Axel Philippi • Der Heiler des Kaisers

Axel Philippi

# DER HEILER DES KAISERS

Aquamarin Verlag

Deutsche Originalausgabe
1. Auflage 1999
© Aquamarin Verlag GmbH
Voglherd 1 • D-85567 Grafing

Titelbild: Kaleja Värttö
Umschlaggestaltung: Annette Wagner
Druck und Bindung: Wiener Verlag • Himberg

ISBN 3-89427-129-9

Dieses Buch widme ich meinen Kindern
Mark, Tanja, Aaron und Irina. Ohne sie
wäre mein Leben arm geblieben. Durch sie
hat mein Herz diese Worte verstehen gelernt:

„Eure Kinder sind nicht eure Kinder.
Sie sind die Söhne und Töchter der Sehnsucht
des Lebens nach sich selbst.
Sie kommen durch euch, aber nicht von euch,
und obwohl sie bei euch sind, gehören sie euch nicht.
Ihr könnt ihnen eure Liebe geben,
aber nicht eure Gedanken,
ihr könnt ihren Körpern ein Zuhause geben,
aber nicht ihren Seelen,
denn ihre Seelen leben im Haus der Zukunft,
das ihr nicht betreten könnt, nicht einmal in euren Träumen."

(Kahlil Gibran, Der Prophet)

# INHALT

# PROLOG

BRANDGERUCH LIEGT in der Luft. Der Himmel ist grau und schwarz. Wolken verdüstern den Horizont. Ein Schwarm Raben läßt sich krächzend auf einer alten Eiche nieder. Aus der Ferne dringen Geschrei und das wütende Bellen von Bluthunden über die Wiesen am Flußufer. Trauerweiden säumen die dunklen Wasser, die in diesen Tagen traurige Lasten in das nahe Meer befördern. Zerschlagene menschliche Leiber treiben zu Hauf einem nassen Grab entgegen, das jede Erinnerung an sie auslöschen wird. So, als wären sie nie gewesen. Leichen von unschuldigen Kindern, gebrechlichen Alten und schwachen Frauen, aber kaum von Männern tanzen mit stierem Blick, bleichen Gesichtern und offenen Mündern in den kalten Wellen des Flusses einen wilden Reigen. Die Opfer zeugen von dem erbarmungslosen Wüten in den Gassen und auf den Plätzen der nicht weit entfernten Stadt. Das klagende Geläut der Sturmglocken weht über die menschenleere Landschaft und die Natur hält vor Grauen den Atem an. Krieg verheert das Land, erzeugt Haß und Rachsucht in den Herzen der Überlebenden.

Dort, wo jetzt Ströme von Blut fließen und Menschen zu reißenden Bestien werden, trafen sich vor nicht allzulanger Zeit die Großen des Reiches. Die alte Stadt hatte sich wie eine Braut festlich geschmückt, gewillt, sich dem hinzugeben, der die Krone erringen würde. Die Menschen trugen ihre schönsten Kleider und vergaßen für eine Weile die Mühsal und das tägliche Ringen ums Überleben. Die Herzen von jung und alt waren verzaubert vom Anblick der Herrlichen, deren Leben Anlaß für Anekdoten und spannende Geschichten am abendlichen Feuer waren. Für einen kurzen Moment der Geschichte war das Unglaubliche geschehen, war ein Märchen wahr geworden. Doch bald welkten die Blüten der Hoffnung. Eifersucht, Neid, Gier und Machtstreben machten sich wieder unter den Edlen breit. Und dort, wo sie einst Treue schworen, übten sie nun Verrat. Wieder einmal zerbrach die Einheit des Reiches, und das Schicksal nahm seinen unerbittlichen Lauf.

# 1. KAPITEL

# DAS KIND DER LIEBE

EIN HEFTIGER STURM heult an diesem frühen Morgen laut um die alten Mauern. Es ist Anfang Februar, und der Winter hat das Land noch fest im Griff. Die altersmürben Felle an den Fenstern verhindern kaum das Eindringen des kalten Windes, und so ist es in den hohen Räumen der Burg meistens naßkalt. Hustend erhebt sich Karl von Donarsberg von der klammen Liege. Ob nun vom Rauch des offenen Kaminfeuers, das vergeblich gegen Feuchtigkeit und Kälte im Schlafgemach des Grafen ankämpft, oder vom ungesunden Klima in der alten Burg, seit Tagen quält den Hausherrn ein lästiger Husten. Jeder Atemzug schmerzt. Auch das Rasseln in seiner Brust ist nicht dazu angetan, die Laune des stämmigen Mannes zu verbessern. Fluchend und knurrend steigt er in die ledernen Hosen, die zusammengeknüllt am Fußende liegen, wo von Donarsberg sie am vergangenen Abend nach einem wüsten Gelage mit seinen Gästen einfach fallen ließ.

„Groot, verdammt noch mal, Groot, wo steckst du?" Die schwere Eichentür öffnet sich vorsichtig, und ein blonder Schopf schaut argwöhnisch in Richtung der nichts Gutes verheißenden Stimme. Die Vorsicht ist angebracht. Haarscharf verpaßt ein nagelbesetzter Reitstiefel den Kopf des Jungen und prallt gegen den Türholm. Die über die ganze Tür verstreuten Kratzer und tiefen Dellen im Holz verraten das cholerische Temperament des Grafen und die Art und Weise, wie er seinem Knappen „ritterliche Erziehung" zukommen läßt. Groot, ein mit allen Wassern gewaschener Sohn verarmter Landadliger, hat gelernt, mit den Wutausbrüchen seines Herrn zu leben. Meistens sind sie genauso schnell verraucht, wie sie ent-

11

flammt sind. Und so kommt der schlacksige Vierzehnjährige jetzt auch ohne Scheu näher.

„Wo zum Teufel ist mein Wams?" Die blutunterlaufenen Augen seines Herrn sind mürrisch auf den Jungen gerichtet. In diesem Zustand des Grafen ist es besser, wortlos zu gehorchen. Groot schaut sich um, bückt sich dann und zieht das verschlissene Kleidungsstück unter dem Tisch mit dem Waschtrog hervor, wohin es der Graf gestern abend trunken hingefeuert hat. Der Junge seufzt. Es ist immer das gleiche mit seinem Herrn, wenn er zu trinken anfängt. Da ist leider niemand, der den einsamen Mann dann noch bremsen kann. In seinem Alter von nahezu 50 Lenzen beginnt er langsam, eigenbrötlerisch zu werden. Zu groß ist die Angst aller vor den unkontrollierten Ausbrüchen Karls von Donarsberg. Es muß unbedingt eine Frau her, die mit zarter Hand das gepanzerte Herz des durch den Kreuzzug gegen die Sarazenen hart und verbittert gewordenen Haudegens erweicht. Das ist zumindest die Meinung des Hauspersonals unter Führung der alten Maria, die schon dem Vater des Grafen den Haushalt führte. Außerdem ist der Hausherr der letzte seines Geschlechts. Und schon deshalb ist es höchste Zeit, daß der alte Krieger endlich zur Ruhe kommt und sich Gedanken um die Zukunft macht.

Mißmutig stampft Karl von Donarsberg die ausgetretenen Sandsteinstufen der Rundtreppe zur Haupthalle hinab. Das Schlafgemach des Grafen liegt im Hauptflügel der Burg, die schon mehrere Generationen im Besitz der Familie ist. Der erste Donarsberg hat das damals noch hölzerne Kastell, den Vorläufer der heutigen Burg, von Kaiser Karl, den sie später den Großen nannten, für langjährige treue Dienste als Lehen erhalten. Der heutige Hausherr war lange Jahre ein Gefolgsmann von Kaiser Barbarossa gewesen und mußte miterleben, wie sein von ihm so sehr verehrter Fürst nach dem Sieg gegen die Muselmanen in Kleinasien beim Baden ertrank. Der ehrlose Tod dieses bereits zu Lebzeiten legendären Kaisers hatte den Grafen tief getroffen, und wie Maria der gespannt lauschenden Dienerschaft am Abend vor dem Küchenkamin erzählte, sei es von da an mit dem Grafen bergab gegangen. Auch die Tatsache, daß das Ziel des Kreuzzugs und das Bestreben Barbarossas, wieder freien Zugang nach Jerusalem zu erhalten, von Sultan Saladin letztlich zugestanden wurde, konnte ihn nicht trösten. Er wurde immer verschlossener und begann bald darauf, unmäßig zu trinken.

Dabei sei Karl von Donarsberg doch immer noch ein ansehnliches Mannsbild. An diesem Punkt der Geschichte wechselt die Alte gern vielsagende Blicke mit den jungen Mägden, die daraufhin verschämt kichern. Es ist ein offenes Geheimnis, daß die meisten von ihnen bereits das Bett des Grafen gewärmt haben, und daß die Manneskraft des Hausherrn noch ungebrochen ist. So haben die vaterlosen Söhne zweier ehemaliger Mägde mehr Ähnlichkeit mit ihrem Erzeuger, als diesem lieb ist. Aber Karl von Donarsberg steht zu seiner Verantwortung, und so leben die beiden Frauen in geordneten Verhältnissen im Dorf am Fuß der Burg. Die Söhne erhalten eine ordentliche Ausbildung bei dem Ortspfarrer, und wenn sie erwachsen sind, warten zwei verwaiste Bauernhöfe mit viel Land auf sie.

Als der Graf nach einem ausgiebigen Frühstück, das seine Laune leicht gebessert hat, in den Burghof tritt, steht dort bereits Godewind, sein Lieblingspferd, gesattelt und gezäumt, fertig zum allmorgendlichen Ausritt. Ein prüfender Blick zum Himmel bestätigt ihm, daß der Wind alle Wolken vertrieben hat und daß es heute kalt, aber schön werden wird. In einen wärmenden Lammfellmantel gehüllt, reitet Karl von Donarsberg im leichten Trab über das holprige Hofpflaster. Dann galoppiert er über die heruntergelassene Zugbrücke den schmalen Weg hinab, der sich um den Berg windet und in eine breitere Straße mündet, die das zur Burg gehörende Dorf mit der nahen Stadt verbindet.

Man schreibt das Jahr 1193. Barbarossa, wegen seines rotblonden Barthaares so von den italienischen Bürgern des Reiches genannt, ist seit Juni 1190 tot. Sein Sohn Heinrich VI. ist nun römischer Kaiser deutscher Nation. Aber die Vorgeschichte seiner Krönung hat ihn im Volk und beim Adel viele Sympathien gekostet. Unwillkürlich gibt Karl von Donarsberg seinem Rappen die Sporen, als er daran denkt. Godewind reagiert nervös, bäumt sich leicht auf und wiehert schrill. Mit leisen und besänftigenden Worten beruhigt er das Tier wieder. Seine impulsive Reaktion macht dem Grafen bewußt, wie unritterlich und verabscheuungswürdig er das Vorgehen Heinrichs VI. nach wie vor findet. Coelestin III., seit dem Tod von Klemens neuer Papst und Herr von Rom, war erklärter Gegner einer deutschen Herrschaft auf Sizilien und widersetzte sich deshalb anfänglich der Krönung Heinrichs, der auch den verwaisten sizilianischen Thron für sich beanspruchte. Erst als Heinrich das italienische Städtchen Tusculum, das auf seinen Beistand und Schutz rechnen durfte, kaltblütig seinen Plänen opferte und den Truppen Coelestins auslieferte, war der Bischof von Rom bereit, die Kaiserkrönung vorzunehmen. Zuvor aber veranstalteten die Soldaten des Vatikans unter der Bevölkerung ein Massaker und schleiften den papstfeindlichen Ort.

Der Graf knirscht unwillkürlich mit den Zähnen, als er an diesen ehrlosen und verräterischen Handel denkt. Insgeheim ist Karl von Donarsberg ein aufrichtiger, ehrenhafter und gläubiger Mensch, der sein wahres Wesen nur hinter der rauhen Schale des Kriegsmanns verbirgt. Als Barbarossa 1165 Karl den Großen heiligsprechen ließ, hatte das den jungen Grafen tief berührt, und als 1179 Hildegard von Bingen, deren Schriften und Visionen für das Leben und den Glauben Karls von Donarsberg richtungsweisend waren, starb, trauerte der Graf mehr als beim Tode seiner Mutter.

Die einzige gute Nachricht der letzten Zeit war für den treuen Vasallen Barbarossas die Gefangennahme des englischen Königs Richard Löwenherz, der durch sein selbstherrliches Auftreten beinahe die Allianz der christlichen Könige auf dem Kreuzzug gegen Saladin gesprengt hätte. Nun haben ihn die Österreicher bei der Heimreise aus dem Orient abgefangen und wollen ihn an Heinrich ausliefern. Der Graf hat beim gestrigen Gelage von seinen augenblicklichen Gästen - Edelleuten vom Hofe Heinrichs - gehört, daß der Kaiser beabsichtige, den Gefangenen auf Burg Trifels bei Annweiler einzukerkern. Angeblich will Heinrich von den Engländern ein hohes Lösegeld erpressen.

Angewidert schüttelt Karl von Donarsberg den Kopf. Eine Geste, die er besser nicht gemacht hätte, bringt sie ihm doch wieder schmerzhaft die Nachwehen des gestrigen Abends in Erinnerung. Godewind spürt, daß sein Reiter mit seinen Gedanken ganz wo anders ist und fällt in einen gemütlichen Zotteltrab. Auch das kluge Pferd, das seinem Herrn schon auf dem gefahrvollen und anstrengenden Weg ins Heilige Land treue Dienste leistete, ist inzwischen in die Jahre gekommen. Und so trotten Pferd und Reiter gedankenversunken dem Dorf entgegen, das hinter der nächsten Senke in der klaren Februarsonne auf den Beginn des Frühlings wartet.

Am Dorfeingang zügelt der Graf Godewind, der für diese Atempause recht dankbar ist und im Stehen sofort in eine Art Wachschlaf fällt. Die niedrigen Häuser sind auf seine Veranlassung hin weiß gekalkt und die Dächer sorgfältig mit schwarzem Schiefer aus den nahen Brüchen gedeckt worden. Er hat niemandem gesagt, daß ihn das an die lieblichen Dörfer in Kleinasien erinnert, an die er oft wehmütig denken muß. Das war die Zeit, als er und sein Kaiser - der eine in den besten Mannesjahren, der andere bereits über sechzig - sich auf die lange Reise machten, die Stadt Jesu von den Ungläubigen zu befreien. Von Donarsberg denkt in letzter Zeit immer häufiger an diese sonnendurchfluteten Tage, die intensiven Gerüche fremdartiger Kräuter und exotischer Blüten und an die stundenlangen Gespräche von einem Pferderücken zum anderen, wenn sich die Wegstrecke wieder einmal endlos hinzog. Es war oft nur ein mühseliges und langsames Vorwärtskommen gewesen, und so vergingen viele Monate bis das Kreuzfahrerheer endlich mit der Eroberung Ikoniums seine erste siegreiche Schlacht schlagen konnte. Allein aus Deutschland kamen fast 100.000 Mann. Acht Bischöfe, drei Markgrafen und neunundzwanzig Grafen zogen mit. Karl von Donarsberg erinnert sich trotz der Strapazen gern an diese Tage, die für ihn und seinesgleichen erfüllt waren von ritterlichen Abenteuern und unbeschwertem männlichen Draufgängertum. Wer hätte ahnen können, daß dieser Kreuzzug für Barbarossa und die Seinen so enden würde? Seufzend gibt der Graf Godewind die Sporen, der daraufhin unwillig wiehernd in Trab fällt.

Links biegt jetzt ein schmaler Weg zu der kleinen aber sauberen und wohnlichen Hütte ab, in der Hiltrud und ihr zehnjähriger Sohn Gernot so lange leben, bis der Junge alt genug ist, den für ihn vorgesehenen Bauernhof zu übernehmen. Ein kurzer Anflug, sich in die immer noch willigen Arme der alleinlebenden Frau fallen zu lassen, wird mannhaft unterdrückt. Jetzt muß sich der Graf um Wichtigeres kümmern.

Ein Stück weiter wohnen an der Hauptstraße in dem einzigen zweistöckigen Gebäude des Ortes Gerlinde mit ihrem Sohn Rainer. Als ihre Verbindung mit dem Grafen letzten Sommer nach fast drei Jahren zu Ende ging, verheiratete sie von Donarsberg mit seinem Stallmeister Hans von Warken, der es geschickt verstanden hatte, als wohlhabender Mann vom Kreuzzug zurückzukommen. Erstaunlicherweise liebt der Gefolgsmann des Grafen den Bastard seines Herrn wie seinen eigenen Sohn. Und auch die Ehe der beiden scheint ausgesprochen gut zu verlaufen. Von Donarsberg ertappt sich dabei, wie ihn ein deprimierendes Gefühl von Eifersucht übermannen will. Wie sehr sehnt er sich selbst nach einer standesgemäßen Gefährtin, mit der er sein Leben teilen möchte! Aber obwohl er insgeheim leidenschaftlich darum betet, ist ihm die Frau, mit der er sein Leben teilen möchte, bisher noch nicht begegnet.

Godewind stolpert über eine tiefe Furche in der hartgefrorenen Erde und reißt damit seinen Herrn aus dessen trübsinnigen Gedanken. Der Graf lenkt das Pferd zu dem Gasthof, der am Rande des Dorfes all diejenigen beherbergt, die auf der Durchreise sind und meistens am nächsten Tag in die nahe Stadt wollen. Von seinen adligen Besuchern hat er gehört, daß seit vorgestern dort ein Heilkundiger aus dem Morgenland mit seinem Gefolge Quartier bezogen hat, der mit den Höflingen Heinrichs und unter deren Schutz hierher gezogen ist. Angeblich sei der Medicus zu der seit langem kranken Frau des Vogtes der Pfalz und Burgfeste Hagenau unterwegs, an deren Lager der verzweifelte Ehemann den berühmten Heiler aus Persien kommen läßt. Karl von Donarsberg konnte es anfänglich kaum glauben, bis er erfuhr, daß der Perser bereits seit einiger Zeit in Wien lebe und dort sehr erfolgreich Kranke kuriere. Das Wort „Persien" hat ihn wie ein Schlag durchzuckt und mit seinem lästigen Husten war schnell ein Vorwand gefunden, den heilkundigen Mann zu konsultieren. Insgeheim gesteht sich der Graf ein, daß das Heilige Land und das noch fernere Persien einen unwiderstehlichen Reiz auf ihn ausüben

Karl von Donarsberg tritt durch die verwitterte, hölzerne Tür der Schenke, die dem Gasthof angeschlossen ist. Ein widerlicher Geruch von schalem Bier, menschlicher Ausdünstung und dem Rauch des offenen Kamins raubt ihm fast den Atem und läßt ihn angeekelt husten. An den schmutzigen Holztischen sitzen Tagelöhner und Wanderarbeiter und ertränken ihren tristen Alltag im selbstgebrauten Gerstenbier des geschäftstüchtigen Wirts. Der läßt alle, die nicht zahlen können, unentgeltlich auf seinen Äckern arbeiten. Als die Männer den Grafen bemerken, ducken sie sich ängstlich über ihre Krüge und hoffen, daß er sie nicht zur Kenntnis nimmt. Ein herrischer Wink des Grafen bringt den Wirt im Laufschritt zu ihm. „Stimmt es, daß Fremde aus dem Morgenland unter deinen Gästen sind?" Der Wirt erschrickt und geht in Gedanken schnell die Liste der möglichen Verstöße gegen die gräflichen Vorschriften durch. Aber er findet nichts, und etwas beruhigt macht er eine tiefe Verbeugung und antwortet hastig: „Ja, euer Gnaden, ein alter Mann, eine junge Frau und drei Diener, wenn's beliebt." Erleichtert stellt er fest, daß diese Antwort Karl von Donarsberg zu befriedigen scheint. Also, kein Gewitter im Anzug! Mit einem servilen Grinsen macht der Wirt eine weitere Verbeugung. „Womit kann ich dienen, euer Gnaden?" Der Graf zieht seine Reithandschuhe aus und, begleitet von einer ungeduldigen Handbewegung, fordert er dann den Mann auf, seinem Gast mitzuteilen, daß ihn der Lehnsherr dieser Gemarkung zu konsultieren wünsche. Eilig verschwindet der Wirt über eine Nebentür ins Nachbargebäude, um seinen Auftrag zu erledigen. Währenddessen begibt sich der Graf in das Nebenzimmer, das nur Leuten von Stand vorbehalten und wesentlich komfortabler und sauberer ist, als der eigentliche Schankraum.

Es dauert nicht lange, bis sich die Tür öffnet und eine weibliche Gestalt den Raum betritt. Mit ihr kommt ein Duft von Rosenöl und Sandelholz, der Karl noch gut von seinen Aufenthalten in den Häusern seiner mehr oder minder freiwilligen Gastgeber während des Kreuzzugs in Erinnerung ist. Die Frau ist in farbige, seidene Stoffe gehüllt, die ihre Figur mehr umschmeicheln als verbergen. Ein durchsichtiger Schleier verhüllt nur unzureichend ihre Züge, so daß der Graf deutlich strahlend blaue Augen in einem exotisch schönen, gebräunten Gesicht wahrnehmen kann, das von langen, blauschwarzen Haaren eingerahmt wird. Dicht vor Karl von Donarsberg bleibt sie stehen und schaut ihm dann, ohne ein Wort zu sagen, unverwandt in die Augen. Der Graf, der von Menschen und insbesondere von Frauen entweder unterwürfiges oder schmeichlerisches Verhalten und Auftreten gewohnt ist, ist zuerst ratlos, und das macht ihn schließlich wütend. Als sein Versuch, dieses Frauenzimmer durch geziemende Worte in ihre Schranken zu verweisen, auch noch in einem unpassenden Hustenanfall erstickt, läuft sein Gesicht vor Zorn puterrot an. Zu allem Überfluß lacht dieses Frauenzimmer jetzt auch noch, um dann in erstaunlich gutem Deutsch ironisch zu bemerken: „Ich sehe oder besser ich höre schon, warum sie meinen Vater sprechen wollen. Aber leider war er von den Anstrengungen der Reise so erschöpft, daß er einen Schlaftrunk genommen hat, der ihn nicht vor heute nachmittag aufwachen läßt. Also müssen euer Gnaden mit mir Vorlieb nehmen. Ich bin mit allen Dingen der Heilkunst wohl vertraut und vertrete oft meinen Vater in seiner Abwesenheit."

Sprachlos über soviel unverhohlenes Selbstbewußtsein und gleichzeitig von der exotischen Schönheit seiner Gesprächspartnerin tief beeindruckt, ringt Karl von Donarsberg mühsam um passende Worte. Bevor er aber etwas sagen kann, ergreifen ihn zarte Hände am Arm und führen ihn wie einen Kranken zu dem am nächsten stehenden Sessel. Der Graf weiß nicht, ob er lachen oder fluchen soll, und so zieht er es vor, sich zuerst einmal zu setzen. „Wenn ich mich recht erinnere, ist es den muselmanischen Frauen nicht erlaubt, einen fremden Mann anzusprechen und schon gar nicht, ihn zu berühren." Wieder dieses helle Lachen, das ihn so aus der Fassung bringt. „Erstens bin ich als Arzt geschlechtslos und zweitens keine Muselmanin!" Dieses Weib scheint auf alles eine Antwort zu haben. Karl überlegt, wie er - ohne das Gesicht zu verlieren - zu seinem ursprünglichen Anliegen zurückfinden kann. Aber, was war eigentlich sein Anliegen? Wie soll er diesem respektlosen Wesen jetzt noch erklären, daß ihn eigentlich die Erinnerung an die schönste Zeit in seinem Leben und eine Art Fernweh hierher getrieben hat. Seinen Husten als Grund anzugeben, kommt dem Grafen nun geradezu lächerlich vor. Verdammt, verdammt, verdammt! Wie konnte er sich nur in eine solche Situation manövrieren? Und wie immer, wenn er sich in die Enge gedrängt fühlt, steigt in Karl von Donarsberg sein gefürchteter Jähzorn auf.

18

Die junge Frau spürt intuitiv, daß sie mit ihrer leichtherzigen Art etwas zu weit gegangen ist und bemüht sich, das aufsteigende Gewitter mit einem taktischen Rückzug zu umgehen. „Verzeiht, euer Gnaden, ich vergaß ganz, mich Ihnen vorzustellen." Ihre Stimme ist nun sanft wie ein Lämmchen, und ihre ganze Körperhaltung drückt Schuldbewußtsein und die Bitte um Vergebung aus. „Ich heiße Jadasa. Mein Vater gab mir diesen Namen nach der Weggefährtin Zarathustras, der der Prophet Ahura Mazdas, des Gottes der Arier, ist. Der Name meines Vaters ist Saadi Atravan, was besagt, daß er einem alten Priestergeschlecht unserer persischen Heimat entstammt. Und im Namen meines schlafenden Vaters bitte ich Euch um Vergebung für seine mißratene Tochter und um die großzügige Gewährung des Gastrechts für uns beide."

Verblüfft und wieder sprachlos hat Karl die Verwandlung der jungen, selbstsicheren Frau in ein schuldbewußtes Kind erlebt, und wenn er nicht das spitzbübische Lächeln in ihren Augenwinkeln bemerkt hätte, wäre ihm diese großartige schauspielerische Leistung geradezu entgangen. So muß er unwillkürlich lachen und dieser gelungenen Vorstellung Tribut zollen. Sein Zorn ist schon wieder verraucht und hat einer tiefen Bewunderung für die funkelnde Lebendigkeit dieser schönen jungen Frau Platz gemacht. Der Graf erhebt sich und ist sich dabei der Wirkung seiner Person und seines Ranges wohl bewußt. Nun wieder ganz Landesherr, sagt er dann: „Ich will Eurem Wunsch entsprechen und Euch und Eurem Vater Gastrecht in meiner Burg gewähren. Ich erwarte Euch also heute zur Abendvesper. Dann können wir unsere Bekanntschaft vertiefen und ich die Dienste Eures Vaters in Anspruch nehmen." Eine herrische Handbewegung des Grafen erstickt ihren vorsichtigen Einspruch, daß beide eigentlich auf dem Weg zur Pfalz Hagenau seien, wo man sie dringend erwarte. Wenn sie ehrlich ist, muß sie sich innerlich eingestehen, daß diese Begegnung und die Einladung nicht ohne Reiz für sie sind, und so verbeugt sie sich fügsam. „Im Namen meines Vaters bedanke ich mich herzlich für diese großzügige Einladung, der wir selbstverständlich gern folgen werden!" Mit einer anmutigen Kopfbewegung und nach einer weiteren Verbeugung verschwindet Jadasa Atravan durch die halboffene Tür nach draußen. Auf dem Heimritt ist Karl von Donarsberg noch ganz benommen vom unerwarteten Verlauf des Besuchs und der einnehmenden und faszinierenden Persönlichkeit dieser jungen Frau.

In die Burg zurückgekehrt, ist es dem Grafen nicht unlieb, daß sich seine Besucher vom Hofe Heinrichs VI. bereits auf den Weg machen wollen. So kann er sich heute abend ganz seinen neuen Gästen widmen, ein Gedanke, der - für ihn selbst überraschend - Freude in ihm aufsteigen läßt. Nach der Verabschiedung der Ritter befiehlt er Maria, die Haushälterin, zu sich, um mit ihr alles Notwendige bezüglich Unterkunft und Bewirtung der interessanten Neuankömmlinge zu besprechen. Gutgelaunt und ein freches Minnelied vor sich hinpfeifend, macht er sich danach auf den Weg in die Waffenkammer, wo ihn der örtliche Waffenschmied und Kurt von Wachenheim, sein Schildknappe, erwarten, um notwendige Neuanschaffungen und Reparaturen sowie Verbesserungen an den hier lagernden Waffenvorräten zu besprechen.

Die große Halle ist durch viele Fackeln an den Wänden hell erleuchtet. Der mannshohe Kamin verbreitet behagliche Wärme, und die Luft ist vom Duft des orientalischen Räucherwerks angenehm erfüllt, das der Graf aus Kleinasien mitbrachte und nur bei seltenen Anlässen verbrennen läßt. Das Licht der Fackeln an den Wänden bricht sich im warmen Rot eines riesigen, gehämmerten Kupferkessels, aus dem im Winter bei besonderen Gelegenheiten warmer, gewürzter Wein gereicht wird. Erst letzte Nacht hatte er seine durchschlagende Wirkung erneut bewiesen. Im Sommer wird bei großen Festen daraus selbstgebrautes Bier ausgeschenkt, für das Maria in der ganzen Gemarkung berühmt ist und was nicht unerheblich zum fragwürdigen Ruf der Burg als Stätte fröhlichster und ausgelassenster Gelage beigetragen hat.

Die Wände der Halle sind mit erbeuteten Waffen aus dem Kreuzzug und alten orientalischen Teppichen mit Motiven aus einer exotischen, fremden Welt und großformatigen Gemälden naiver Darstellungen aus der Bibel geschmückt. Die Bilder stammen von einem ehemaligen Mönch, der sich im Kloster mit Buchillustrationen beschäftigt hatte. Karl von Donarsberg hat den heimatlos Herumirrenden aufgenommen, den ein strenger

Abt wegen mehrerer schwerwiegender Verstöße gegen die Ordensregeln aus der Gemeinschaft verstoßen hatte. Nun arbeitet er im Auftrag Karls an der textlichen und bildlichen Gestaltung einer Chronik der gräflichen Familie.

Prunkstück der Halle, und in der Mitte des Raumes plaziert, ist eine lange, blank polierte Tafel aus feinstem Buchenholz, die bereits der Vater des Grafen in Auftrag gab und die von zweiunddreißig lederbezogenen und aus dem gleichen Holz geschnitzten wuchtigen Sesseln beidseitig eingerahmt wird. Am Kopfende steht der alte gräfliche Thronsessel, dessen hohe Rückenlehne alle anderen Sitzgelegenheiten überragt. Sie ist aus kunstvollen, mit Gold ausgelegten Schnitzereien gearbeitet. Direkt über dem Zentrum des Tischs hängt ein großer, der Grafenkrone nachempfundener Kronleuchter aus schwarzem Schmiedeeisen, der mittels einer eisernen Kette herabgelassen werden kann. Seine einhundertzwanzig Kerzen können den ganzen Raum in ein festliches, warmgelbes Licht tauchen. Heute abend möchte der Graf auf diese Beleuchtung verzichten, um den intimen Charakter des Essens und der Unterhaltung zu betonen.

Als von der Dorfkirche das Abendgeläut heraufweht, meldet ein Diener die Ankunft der Gäste. Karl von Donarsberg, der bereits in der Halle ungeduldig gewartet hat, eilt ihnen entgegen, um sie persönlich ins Innere der Burg zu geleiten. Er findet Vater und Tochter mit ihren Dienern im Vorhof, wo sie soeben von Maria über ihre Unterbringung unterrichtet werden und wo die Stallknechte begonnen haben, die Pferde von ihren Lasten zu befreien, um sie anschließend zu versorgen. Beim Anblick des Grafen versinkt Jadasa Atravan in einen tiefen Knicks und macht damit ihren Vater auf die Anwesenheit des Hausherrn aufmerksam. Der wendet sich um, und Karl blickt in die gütigsten und weisesten Augen, in die er jemals geschaut hat. Silberglänzendes, kurz geschnittenes Haar umrahmt ein zeitloses, tiefbraunes Gesicht asiatischen Zuschnitts, das Würde und Gelassenheit ausstrahlt.

Karl von Donarsberg ist angenehm berührt und macht unwillkürlich eine Begrüßungsgeste, wie man sie am Hofe üblicherweise nur gegenüber hochgestellten Persönlichkeiten vollzieht. Saadi Atravans Augen leuchten erfreut auf und er dankt mit einer achtungsvollen Verbeugung. „Ich be-

21

danke mich für die ehrenvolle Einladung und die Gastfreundschaft, die Sie mir und meiner Tochter entgegenbringen. Es wird mir eine Ehre sein, Euer Gnaden, mit meinen bescheidenen Mitteln zur Wiederherstellung Ihrer Gesundheit dienlich zu sein." Der Graf lächelt freundlich, macht eine galante Verbeugung vor der verschleierten jungen Frau und sagt dann: „Die Ehre ist ganz auf meiner Seite. Seit meiner Reise nach Palästina habe ich die Kultur und die Menschen Kleinasiens, insbesondere aber auch die Persiens, die mir während langer Wochen ein adliger persischer Gefangener Kaiser Friedrichs nahe brachte, achten und schätzen gelernt. - Aber nun möchte ich Euch zuerst zu Euren Gemächern geleiten. In einer halben Stunde bitte ich Euch zu einem Mahl und einem Glas edlen Wein. Ich hoffe, wir werden in den kommenden Tagen viel Gelegenheit finden, ungezwungen miteinander zu reden."

Während der ganzen Begrüßung hat Jadasa den Grafen nicht aus den Augen gelassen. Ihr gefällt seine nur mühsam im Zaum gehaltene Begeisterung für ihre Heimat und sein offensichtliches Interesse für die Kultur und die Menschen des Landes, dem sie entstammt. Darüber hinaus spürt sie, daß seit ihrer ersten Begegnung etwas zwischen ihnen geschehen ist. Eine keineswegs unangenehme Spannung, die sich wie ein Prickeln auf der Haut anfühlt, belebt alle ihre Sinne. Als weltoffene Tochter und medizinische Schülerin ihres Vaters, der sie auch in allen Fragen der Seele und deren Gemütszustände gründlich unterrichtete, bleibt ihr die eigene weibliche Reaktion auf die kraftvolle Präsenz Karls von Donarsberg nicht verborgen. Jadasa hat gelernt, zu ihren Gefühlen zu stehen, und so freut sie sich auf ein tieferes Kennenlernen, ohne daß sie damit schon irgendwelche Erwartungen oder heimliche Wünsche verbindet. Und so folgen beide dem Grafen zu den Gemächern, die er für sie hat herrichten lassen.

Der Abend verläuft noch viel harmonischer, als Karl von Donarsberg es erwartet hat. Saadi Atravan erweist sich als ein hochgebildeter, weitgereister Mann, der interessant von seinen Reisen und Begegnungen zu berichten weiß. Als das Abendessen beendet ist, sind die drei in bester Stimmung, wozu nicht unwesentlich auch der edle Tropfen aus den gräflichen Weinkellern beigetragen hat. Die angeregte Unterhaltung fließt leicht dahin, und auch die junge Frau hat daran ihren Anteil. Als die Dienerschaft auf Geheiß des Grafen beginnt, die Tafel abzuräumen, setzen sich die drei in bequemere Lederstühle, die vor dem Kamin plaziert sind. Die warme Glut und das rötliche Licht der niedrigen Flammen schaffen eine Atmosphäre der Besinnlichkeit, so daß es kein Wunder ist, daß die Sprache bald auf ernstere Themen kommt.

Der persische Gefangene, der sich im Lager Friedrichs frei bewegen konnte, war oft abendlicher Gast im Zelt des Grafen gewesen. In langen Stunden erzählte er blumenreich von den Schönheiten seiner geliebten Heimat und ihren Menschen, so daß Karl von Donarsberg, der eine starke Vorstellungskraft besitzt, später oft das Gefühl hatte, selbst dort gewesen zu sein. Der Gefangene war islamischen Glaubens gewesen, weshalb Karl unwillkürlich angenommen hatte, alle Perser wären Anhänger dieser Religion. Um so erstaunter war er, als er bereits bei seinem Besuch in der Schenke erstmals von dem ihm unbekannten Propheten Zarathustra und dem Lichtgott Ahura Mazda hörte. Nun vernahm er, daß der Mazdaismus - die ursprüngliche persische Religion - neben der islamischen auch die christliche, die jüdische und eine - dem Grafen unbekannte - buddhistische Religion geduldet habe. Jetzt sei zwar der Islam Staatsreligion, aber auch der sei den anderen Religionen gegenüber sehr tolerant. Beschämt erinnerte sich Karl an die Intoleranz der Christen gegenüber ihren jüdischen Mitbürgern und an die religiös motivierten Massaker der christlichen Ritter auf den Kreuzzügen.

Während die Männer ihre Gedanken austauschen, beobachtet und lauscht Jadasa dem Grafen mit steigender Freude. Bisher waren ihr in diesem Land noch nicht viele gebildete und wissensdurstige Adlige begegnet. Ja, sie hatte bisher den Eindruck, daß die Edlen dieses Volkes mehrheitlich der Meinung waren, Bildung sei etwas für Schwächlinge oder Pfaffen. Dem Ritter aber gebühren solche Dinge wie Turniere oder die Jagd und, wenn nötig, die Kriegsführung. Karl von Donarsberg sind die prüfenden und interessierten Blicke Jadasas wohl bewußt. Er vermeidet es aber, sie direkt zu erwidern und tut so, als würde er ihr Interesse nicht bemerken oder es sei ihm gleichgültig. Tatsächlich freut er sich darüber.

23

Wieder nehmen ihn die Worte Saadi Atravans gefangen, der gerade die Grundzüge der altpersischen Religion erläutert und soeben von Ahriman spricht, dem dunklen Gegenspieler Ahura Mazdas, und von der beiden ewigem Kampf um die Seelen der Menschen. Den Grafen erinnert das stark an die christliche Lehre von Gut und Böse und an Luzifer, den Gegenspieler Gottes, und so entsteht ein gelehrsamer und teilweise hitzig geführter Disput zwischen Gastgeber und Gast über die theologischen Unterschiede in dieser Frage und welche Religion - das Christentum oder der Mazdaismus - der Wahrheit am nächsten komme. Das Streitgespräch endet auf Vorschlag Saadis schließlich in der versöhnlichen Übereinkunft, daß wohl die Grundaussagen in beiden Religionen gleich seien und daß ja auch im Koran Ähnliches zu finden sei.

Jadasa nutzt die Pause in der Diskussion zwischen den beiden Männern, um dem Gespräch eine neue Wendung zu geben. „Herr Graf, gibt es in ihrem Land auch die Falkenjagd?" Wie zu erwarten war, wird dieses neue Thema von beiden Männern sofort begierig aufgenommen, sind sie doch beide begeisterte Anhänger dieser ritterlichen Form der Jagd. Die junge Frau ist froh, die beiden geschickt von einem brisanten Thema losgeeist zu haben, das in dieser Zeit für Andersgläubige in einem christlichen Land geradezu lebensgefährlich werden kann. - Die Fackeln sind heruntergebrannt, die meisten Diener haben sich klammheimlich in ihre Quartiere zurückgezogen. Nur die alte Maria und Groot sind noch auf und sitzen müde auf den Stufen, die in die Küche hinabführen, die unter der Halle liegt. Jadasa gähnt hinter vorgehaltener Hand so offensichtlich, daß es auch die beiden Unermüdlichen nicht mehr übersehen können, und so macht man sich nach der gegenseitigen Bekundung, daß dies ein sehr gelungener Abend gewesen sei, auf den Weg in die Schlafgemächer. Beim Entkleiden wird dem Grafen plötzlich bewußt, daß er den ganzen Abend nicht ein einziges Mal husten mußte, und er nimmt dies als ein gutes Omen für den weiteren Verlauf des Besuches. Kurz darauf verrät ein lautes Schnarchen, daß Karl von Donarsberg eingeschlafen ist. Für Groot, der in eine grobe Leinendecke gewickelt auf seinem Strohsack vor der Tür auf letzte Wünsche seines Herrn gewartet hat, ist dies das untrügliche Zeichen, daß sein

Dienst für heute beendet ist. Und so fällt auch der Junge bald darauf in einen tiefen, traumlosen Schlaf.

In dieser Nacht hat Jadasa einen merkwürdigen Traum. Sie sieht sich auf einem einsamen Weg durch einen Wald voll toter Bäume wandern. In ihren Armen trägt sie ein wenige Tage altes Kind. Das Neugeborene schaut sie aus tiefblauen Augen unentwegt an, so, als wolle es sie fragen: Wohin gehst du? Dann kommt sie im Traum an eine Weggabelung. Träumend ahnt sie, daß sie der linke Weg in die Geborgenheit und Sicherheit ihres Zuhauses zurückführen wird. Der rechte Weg führt ins Ungewisse. Nur einige Schritte weiter verliert er sich in einem undurchsichtigen Nebel. Hoch über der weißen Nebelwolke spannt sich ein leuchtender Regenbogen. Ihr gegenüber, dort, wo die beiden Pfade sich trennen, steht ein Galgen, auf dem zwei Raben sitzen. Am Galgen hängt wie zur Warnung eine lebensgroße Puppe, die Jadasas Gesichtszüge trägt. Die Hände der Puppe sind vorne zusammengebunden, und auch die Füße sind gefesselt. Zwei aufgemalte Tränen rinnen aus den Puppenaugen, die ratlos auf die ausgedörrte Erde vor ihr starren.

Plötzlich wird es Jadasa im Traum bewußt, daß sich die beiden Raben unterhalten und sie verstehen kann, was sie sagen. „Wie wird sie sich entscheiden?" fragt der eine, und der andere antwortet: „Ein Mann, der liebt, ist imstande, die größten Opfer zu verlangen, die liebende Frau, sie zu bringen!" - Schweißgebadet und innerlich aufgewühlt erwacht sie und liegt nun, über den Sinn der Traumbilder grübelnd, auf der zerwühlten Bettstatt. Die Luft im Raum ist verbraucht, und das Fell vor der Fensteröffnung läßt kaum Licht herein. Jadasa erhebt sich, um den zerschlissenen Fellvorhang beiseite zu ziehen. Ein Schwall kalter Morgenluft treibt sie sofort wieder in die warme Geborgenheit der ansonsten wenig einladenden und recht harten Liege. Mit Wehmut denkt sie an den bescheidenen Luxus des gemieteten Hauses in Wien, das sogar über geölte Pergamentfensterscheiben verfügte, die zwar nur ein schmutziges Licht in die wenigen Zimmer ließen, die naßkalte Witterung aber weitgehend abhielten. Glasscheiben kennt sie nur vom Hörensagen, da dieser verschwenderische Luxus nur den Palästen von Herzögen, reichen Grafen oder Bischöfen vorbehalten ist.

25

Ihre Gedanken kehren zu dem nächtlichen Traum zurück. Ein Gefühl sagt ihr, daß es prophetische Bilder waren, daß es um ihre Zukunft geht und ihr eine sehr wichtige Entscheidung bevorsteht. Aber was soll das Kind in ihren Armen? Und was muß sie aus Liebe opfern? Je länger sie darüber nachdenkt, um so verworrener kommt ihr das Ganze vor. Schließlich durchbricht sie ihre Verwirrung, indem sie entschlossen die Laken von sich stößt, sich erhebt und mit ihrer Morgenwäsche beginnt. Dabei wird ihr die Ironie der Situation bewußt. Verdankt sie es doch der gräflichen Teilnahme an den Kreuzzügen und den dort gemachten Erfahrungen, daß ihr Gastgeber überhaupt auf die Idee kam, Wasser für die Körperreinigung bereit stellen zu lassen. Ein keineswegs üblicher Luxus in europäischen Burgen und Schlössern.

Karl von Donarsberg erwacht nach tiefem und erfrischendem Schlaf in ungewohnt guter Laune. Der noch schlaftrunkene Groot draußen vor der Tür traut seinen Ohren kaum, als er den Grafen so früh am Morgen und nach einer doch recht langen Nacht ein fröhliches Spottlied brummen hört. Gesang kann man die Töne, die sein Herr da von sich gibt, beim besten Willen nicht nennen. Schnell erhebt sich der Knappe, um seinem Ritter beim Anziehen behilflich zu sein. Er öffnet die Tür und wird im gleichen Moment wie von einem durchgehenden Pferd überrannt. Zumindest kommt es ihm so vor. Benommen am Boden liegend, erkennt er seinen Herrn, der schon fertig angezogen und sehr unternehmungslustig schnellen Schrittes die Rundtreppe hinunterläuft. Groot rappelt sich auf und beeilt sich, ihm zu folgen.

Maria, die treue Seele, kann sich nicht daran erinnern, den Grafen schon so früh auf den Beinen gesehen zu haben. Verblüfft und etwas außer Atem folgt sie ihm im Laufschritt, als er die Treppe hinab in die Küche hastet, um Anweisungen für ein besonderes Frühstück zu geben. Noch nie hat er sich persönlich darum gekümmert, sondern alles, was Maria ihm vorsetzte - manchmal brummend, meistens aber mit ihrer Wahl durchaus einverstanden - mit Appetit verzehrt. Heute scheint ihm nichts recht zu sein. Weder die Reste des gebratenen Kapauns vom gestrigen Mittagstisch, noch die sonst übliche Milchsuppe und schon gar nicht der heißgeliebte Hafer-

26

brei mit Speck und gerösteten Kastanien finden heute morgen Gnade vor seinen Augen. Und so muß Anna, die Küchenmagd, schnell Teig anrühren und frisches Rosinenbrot backen. Maria aber soll einen Eierkuchen vorbereiten, der wahlweise mit Honig oder mit dem seltenen, und deshalb teuren, schwarzen Pfeffer gewürzt wird. Dazu wird sie einen sehr aromatischen Tee aufbrühen, den der Hausherr aus Palästina mitbrachte und der - laut dem Händler im Basar einer eroberten Stadt - auf dem Karawanenweg über Persien aus Indien gekommen sei. Mit diesen bescheidenen Mitteln versucht Karl von Donarsberg, seinen Gästen eine annähernd heimatliche Atmosphäre zu schaffen.

In die Halle zurückgekehrt, wärmt sich der Graf an dem bereits hoch lodernden Feuer im Kamin. Gerade als er sich fragt, ob er seine Gäste durch den Knappen wecken lassen soll, erschreckt ihn ein gellender, verzweifelter Schrei bis ins Mark. Es dauert einen Augenblick, bis ihm klar wird, daß das eine Frauenstimme aus dem Obergeschoß war und es sich deshalb nur um Jadasa handeln kann. Bei diesem Gedanken löst sich seine Erstarrung und plötzlich von einer wilden Angst gepackt, hastet Karl von Donarsberg die Stufen zum Gästetrakt hinauf. Oben angekommen, sieht er, daß die Tür zum Schlafgemach Saadi Atravans offen steht. Er tritt ein und erfaßt mit einem Blick die Lage. Auf dem zerwühlten Bett liegt mit starren, gebrochenen Augen und offenem Mund der Vater Sadasas. Sie selbst kniet schluchzend vor dem Bett, die Hand des Toten streichelnd, den Kopf in die Kissen über der Schulter des Verstorbenen vergraben. Es sieht so aus, als hätte den Perser mitten im Schlaf der Schlag getroffen. Der Graf erinnert sich, daß seine Mutter, die genauso starb, den gleichen überraschten Gesichtsausdruck hatte. Behutsam nähert er sich der Trauernden und berührt tröstend ihren Arm. Dann kniet er neben ihr nieder und betet laut das lateinische Totengebet, das ihn sein geistlicher Hauslehrer in jungen Jahren anläßlich der Beerdigung seiner Mutter lehrte. Bei solchen Gelegenheiten ist er seinem Vater im nachhinein sehr dankbar, der - entgegen den Gepflogenheiten seines Standes - damals darauf bestanden hatte, daß seinem Sohn neben der ritterlichen Ausbildung auch eine geistige Erziehung zuteil wurde.

Es dauert lange, bis sich die weinende Jadasa so weit beruhigt hat, daß sie sich aufrichten und aus tränenfeuchten und geröteten Augen ihren Gastgeber anschauen kann. Als sie seine mitfühlenden Blicke sieht, ist es um ihre Fassung erneut geschehen, und so sinkt sie wie selbstverständlich in die tröstend geöffneten Arme Karls. Ein tiefes Gefühl der Verbundenheit und Fürsorge durchströmt die Brust des Mannes und ein inniger Wunsch, diese Frau in seinen Armen zukünftig vor allen Schicksalsschlägen zu bewahren, macht sich in ihm breit. So knien sie beide vor dem Totenbett, und die Hand Karls streicht einfühlsam und beruhigend über den Rücken der vom Schluchzen geschüttelten Jadasa.

In den folgenden Tagen kümmert sich der Graf rührend um die Hinterbliebene und gleichzeitig um die Planung und Vorbereitung der Bestattungsfeierlichkeiten, die auf Wunsch Jadasas gemäß den Anweisungen Zarathustras und den Riten der altpersischen Lichtreligion durchgeführt werden sollen. Und so findet Saadi Atravan fünf Tage nach seinem überraschenden Ableben seine letzte Ruhestätte in einer Ahura Mazda geweihten Gruft auf einem Hügel gegenüber der Burg, dicht neben dem Grab der Amme Karls, die dem Grafen noch in guter Erinnerung ist. Noch lange, nachdem der Leib des Verstorbenen in die bergende Erde versenkt worden ist, stehen Karl und Jadasa in der goldenen Nachmittagssonne vor dem Grab, jeder von beiden in seinen Gedanken versunken. Die der Frau sind voller Angst vor einer ungewissen Zukunft in einem fremden Land. Und die des Mannes voll aufkeimender freudiger Ahnung, daß das Weib an seiner Seite die ist, die er sich in vielen inneren Gesprächen mit seinem Gott so sehnlichst erbeten hat.

Sanft legt Karl seinen Arm um die Schulter Jadasas und zieht sie fast unmerklich an sich. Die junge Frau läßt es aufseufzend geschehen und lehnt sich schutzsuchend an ihn. Und wieder kommt ihr der Traum aus der Todesnacht ihres Vaters in Erinnerung. Wollte er sie auf all das vorbereiten, und wenn ja, welchen Weg soll sie jetzt nehmen? Langsam gehen beide zu den wartenden Pferden am Fuß des Hügels zurück, die dort in der Obhut des Schildknappen friedlich grasen.

Jadasas Gedanken kreisen weiter um dieses Thema: Zurück, nach Hause, das wäre ihre persische Heimat, das von Zypressen umsäumte Haus ihres Großvaters am Fuß der wild zerklüfteten Berge, deren schneebedeckte Gipfel die fruchtbare Ebene so hoch überragen. Viele Jahre ist es her, daß sie mit ihrem Vater nach dem überraschenden Tod ihrer Mutter und seiner über alles geliebten Frau die Heimat verließ, um in der Fremde all das zu vergessen, woran Vater und Tochter zu Hause leidvoll erinnert wurden. Ist es nun Zeit zurückzukehren? Mit Sicherheit bedeutet das der linke Weg in ihrem Traum. Aber was verspricht der Rechte? Was verbirgt die Nebelbank mit dem krönenden Regenbogen? Jadasa hat das Gefühl, daß sie der Lösung ganz nahe ist, ohne sie klar greifen oder erkennen zu können. Kurt, der Schildknappe, hilft ihr in den Sattel, und so reiten die drei auf die Burg zu, die soeben von der untergehenden Sonne in flammend rotes Licht getaucht wird, das auch die Ränder der wenigen weißen Wolken am dunkel werdenden Himmel warm einfärbt.

In der Burg angekommen, zieht sich Jadasa bis zur Abendvesper in ihr Zimmer zurück, um nach den Anstrengungen des Tages noch etwas zu ruhen. Karl von Donarsberg ist dies ganz lieb, hat er doch nun Gelegenheit für ein ungestörtes Gespräch mit dem Beauftragten des Bischofs. Bruder Clemens gehört dem Orden der Benediktiner an und ist der neue Beichtvater und Vertraute des Bischofs von Metz. Nach dem Ableben von Saadi Atravan hat der Graf den Bischof brieflich um Rat gebeten. Erstens wollte Karl - was die Beerdigung betraf - nicht unwissentlich gegen kirchliche Gebote verstoßen, und zweitens gedachte er in Erfahrung zu bringen, welche Konsequenzen es hat, wenn ein Christ eine andersgläubige Frau heiratet. Je länger der Graf mit diesem Gedanken spielt, um so selbstverständlicher erscheint er ihm. Hat ihm Gott diese Frau nicht geradezu übergeben? War es nicht ein Zeichen des Himmels, daß Jadasas Vater in seiner Burg starb und die so Verwaiste damit wie ein Vermächtnis seiner Obhut und Fürsorge überließ? Was soll aus der jungen Frau werden, wenn er, ihr Gastgeber und Beschützer, sich nicht um sie kümmert? Nun galt es nur noch, sich der Zustimmung und des Segens der Kirche zu versichern. Dann wollte er mit Jadasa reden und sie bitten, seine Frau zu werden. Mit keinem Gedanken dachte Karl von Donarsberg daran, daß sich Jadasa verweigern könnte, war er doch einer der wohlhabendsten Grafen im christlichen Abendland, Freund von Fürsten und Königen und Lehnsherr eines großen und reichen Landstrichs. Was sollte sie also gegen eine solche Verbindung haben? Selbstbewußt und von keinerlei Zweifel geplagt, bittet der Graf Bruder Clemens in einen kleinen Raum neben der Halle, der als Bibliothek und für vertrauliche Gespräche genutzt wird.

Als das Gespräch nach über einer Stunde zu Ende geht, ist Karl von Donarsberg hoch zufrieden. Die einzige Bedingung, die die Kirche stellt, ist, daß eventuelle Kinder getauft und im christlichen Glauben erzogen werden müssen. Das leuchtet dem Grafen ein, gleichzeitig ist er froh, daß der weltoffene Bischof, den er vom Kreuzzug her kennt, auf eine erzwungene Konvertierung Jadasas verzichtet. Sicherlich hat das Angebot Karls, in seinem Sprengel eine weitere Kirche auf seine Kosten bauen zu lassen, die Entscheidung des Bischofs günstig beeinflußt. Tatsächlich ist der Graf mit einem weiteren Kirchenbau bei seinen Bauern sowieso schon lange im Wort und kann so zwei Fliegen mit einer Klappe schlagen. Jovial klopft der Hausherr Bruder Clemens auf den Rücken und bittet ihn, bis zu seiner morgigen Rückkehr sein Gast zu sein. Der Mönch, inzwischen an das luxuriöse Leben im Bischofspalast gewöhnt, hat schon mit Schrecken an eine weitere Nacht in diesem schrecklichen, schmutzigen Gasthof mit seinen verlausten Schlafstätten und dem geschmacklosen Essen gedacht. So kommt ihm die Einladung des Grafen wie eine Erhörung seiner Gebete vor. Darüber hinaus ist der Kirchenmann ein Liebhaber guter Weine, und der Keller des Grafen hat - im Gegensatz zur Burg mit ihren wilden Festen - einen ausgezeichneten Ruf. Artig bedankt sich der Beichtvater des Bischofs mit einem: „Gott vergelt's" und einem salbungsvollen Segen für Herr und Burg. Dann begibt sich Bruder Clemens bis zum Beginn der Vesper in die Burgkapelle, und Karl von Donarsberg macht sich auf die Suche nach Maria, um ihr seine Anweisungen für den Abend zu geben.

Das Feuer im Kamin der großen Halle ist heruntergebrannt. Karl und Jadasa sitzen schweigend beieinander und blicken versunken in die Glut. Der Graf hat bis jetzt gewartet, um der jungen Frau seinen Antrag zu machen. Nun, da sie beide allein und ungestört sind, hat ihn plötzlich der

Mut verlassen und einer unerklärlichen Angst vor einer möglichen Ablehnung Platz gemacht. Verstohlen schaut Karl sie von der Seite an. Die Glut zaubert eine sanfte Röte auf ihre Wangen. Die Farbe ihrer Augen wirkt in diesem Licht fast violett. Die tiefschwarzen Haare hat Jadasa an diesem Abend hochgebunden und mit einem kleinen Perlendiadem geschmückt. Der bewundernde Blick des Mannes liebkost die sanft geschwungene Linie ihres Nackens. Jadasa ist sich sehr wohl der schmeichelnden Blicke und des Interesses Karls an ihrer Person bewußt. Auch in ihr ist in den letzten Tagen ein starkes Gefühl für diesen Mann an ihrer Seite herangereift. Ihre Situation bringt es mit sich, daß sie bezüglich ihrer Zukunft in ungewöhnlich kurzer Zeit eine Entscheidung treffen muß, die eigentlich reiflich überlegt sein sollte. Prüfend schaut sie dem Grafen ins Gesicht. Kann sie ihrem Gefühl trauen, und wird die in den wenigen Tagen ihrer Bekanntschaft erlebte Fürsorge und Achtung des Mannes von Dauer sein? Was ist, wenn sie sich täuscht? Dann ist sie in diesem fremden Land und in den alten Mauern dieser Burg wie in einem Verlies lebenslang gefangen. Die Angst vor den fatalen Konsequenzen einer falschen Wahl liegt Jadasa wie ein Stein im Magen. Wie soll sie sich entscheiden? Wieder kommt ihr der Traum aus der Todesnacht ihres Vaters in den Sinn. Soll sie den Weg ins Ungewisse wagen und sich nach rechts wenden? Zu gern wüßte sie, was sich in diesem Nebel verbirgt.

Langjährige väterliche Schulung und das Studium der metaphysischen und esoterischen Texte des Mazdaismus und des Islams - der beiden Religionen, in denen sie aufwuchs - haben ihr Bewußtsein für den Sinn und den Nutzen von Träumen geschärft. Sie weiß, daß sich dahinter oft wichtige seelische oder geistige Botschaften verbergen. Von ihrem Vater lernte sie, auf diese Signale aus ihrem Innern zu hören und sie richtig zu deuten. Der Traum kündigte ihr eine bevorstehende Entscheidung an und beinhaltete eine Warnung. Die Puppe am Galgen war sie selbst. Scheinbar einem unerbittlichen Schicksal ausgeliefert, kann nur die Liebe sie davor bewahren. Das war die Botschaft der beiden Raben. Und es ist ihr auch klar, daß der Nebel, der in ihrem Traumbild den rechten Weg verdeckt, symbolisch zu verstehen ist und für eine unbeeinflußte und freie Entscheidung sorgt.

Die Kenntnis dessen, was morgen geschieht, würde ihre heutige Entscheidung beeinflussen. Die Zukunft würde die Gegenwart bestimmen. Und dies - das leuchtet ihr ein - darf nicht sein. Auch was das Kind in ihren Armen bedeuten soll, bleibt ihr trotz eifrigen Nachdenkens ein Rätsel.

Da wird ihr plötzlich bewußt, daß sie die ganze Zeit Karl ins Gesicht blickt. Etwas verlegen wendet sie sich ab. Der Graf räuspert sich und will gerade zu sprechen beginnen, als sich Jadasa überraschend erhebt und unruhig auf und ab geht. Schließlich bleibt sie direkt vor dem Mann stehen und schaut ihn mit ihren geheimnisvollen Augen so ernst und forschend an, daß es dem Grafen ganz mulmig wird und er zum ersten Mal seit längerer Zeit wieder einen Hustenanfall bekommt. Was, zum Teufel, ist mit diesem Weib los? Die unberechenbare Art der jungen Frau zieht ihn einerseits stark an, macht ihn aber andererseits unsicher und aggressiv. So vor ihr sitzend, kommt er sich wie ein armer Sünder vor. Als er sich gerade ebenfalls erheben will, fängt sie zu sprechen an: „Ich hatte bis jetzt noch nicht die rechte Gelegenheit, Ihnen, Herr Graf, für all das zu danken, was Sie für meinen armen Vater und mich getan haben. Ich werde Ihre Großzügigkeit und Ihr Mitgefühl nie vergessen."

Jadasa sucht etwas in einer verborgenen Tasche ihres Kleides und zieht dann einen Lederbeutel heraus. Sie langt hinein und bringt einen schimmernden Gegenstand zum Vorschein. Sie ergreift Karls Rechte und legt ihm ein zauberhaftes Medaillon an einer geflochtenen Goldkette in die Hand. „Dieses Amulett erhielt mein Vater von einem Weisen in den hohen Bergen zwischen Indien und China. Er war einige Zeit Schüler dieses Einsiedlers, der über große magische Fähigkeiten verfügt haben soll. Zum Abschied schenkte ihm sein Lehrer dieses außerordentlich wirksame und kraftvolle Medaillon, das mein Vater von da an immer für seine Heilrituale benutzte." Neugierig starrt Karl auf das im Fackellicht funkelnde Kleinod in seiner Hand. Ein dünner Goldreif umfaßt zwei Kreishälften aus kunstvoll geschliffenen Edelsteinen, die nahtlos aneinander passen. Die Nahtlinie ist nicht gerade, sondern wie die Hüften einer Frau geschwungen. Die eine Hälfte besteht aus einem dunkelblauen Saphir, die andere aus einem hell schimmernden Diamanten, die beide jeweils eine senkrecht übereinanderliegende, punktförmige Vertiefung aufweisen, die mit Gold ausgefüllt ist. Als Jadasa des Grafen fragenden Blick bemerkt, fährt sie in ihren Erklärungen fort: „Wie mir mein Vater sagte, stellt dieses Medaillon die Vereinigung des Männlichen mit dem Weiblichen dar, die beide gleichwertig sind. Ihre Verschmelzung führt zur Offenbarung des durch die Kreisform symbolisierten All-Einen, aus dem alles entsteht. Deshalb soll dieses Amulett auch über soviel Kraft verfügen." Nachdenklich betrachtet Karl dieses seltsame Schmuckstück. Fast kommt es ihm wie ein Zeichen und eine Ermutigung und Bestätigung seiner Pläne vor.

„Es ist sicher im Sinne meines Vaters, wenn ich Ihnen heute dieses Medaillon als Ausdruck unserer beider Dankbarkeit für Ihre Gastfreundschaft und Hilfsbereitschaft überreiche. Sie sind ein würdiger Träger, wie ich in den letzten Tagen erleben durfte." Mit einer anmutigen Bewegung ihres Kopfes beendet Jadasa ihre Ansprache und setzt sich wieder auf ihren Stuhl. Einen Moment überlegt Karl von Donarsberg, ob sein Selbstverständnis die Annahme eines so wertvollen Geschenks für - wie er findet - selbstverständliche christliche Nächstenliebe erlaubt. Aber als er den bittenden Ausdruck in Jadasas Augen sieht, überlegt er nicht mehr lange, sondern streift sich das Medaillon spontan über den Kopf. Das Amulett baumelt funkelnd mitten auf seiner Brust. Der glückliche und bewundernde Blick der jungen Frau läßt es ihm ganz warm ums Herz werden. Oder sollte ihr Geschenk bereits seine Wirkung entfalten? Der Graf erhebt sich, um nun endgültig seine Absicht, um die Hand Jadasas zu bitten, in die Tat umzusetzen. Ursprünglich hat er sich eine wohl überlegte Rede aufgesetzt, mit der er die junge Frau so beeindrucken wollte, daß sie nur noch „ja" sagen konnte. Unter dem Eindruck ihrer Worte und des Geschenks verwirft er alle ausgefeilten Worte und beschließt so zu reden, wie es ihm ums Herz ist. „Ich bin sicher, Sie haben bereits bei unserem ersten Zusammentreffen im Gasthof bemerkt, daß ich Ihnen sehr zugeneigt bin. Diese Zuneigung und Bewunderung hat sich durch die Ereignisse der letzten Tage noch vertieft und in meinem Herzen ein Gefühl tiefer Verbundenheit und Liebe zu Ihnen entstehen lassen. Ich bin fest davon überzeugt, daß es kein Zufall, sondern göttliche Führung war, die unsere Wege sich kreuzen ließ..."

Irritiert hält Karl einen Moment inne, da er bemerkte, wie Jadasa bei seinen letzten Worten zusammenzuckte, um dann nach einer entschuldigenden und ermutigenden Geste ihrerseits fortzufahren: „...und so frage ich Sie, ob Sie mein weiteres Leben mit mir teilen und meine Frau werden wollen." Erleichtert, es geschafft zu haben, läßt sich Karl auf seinen Stuhl sinken und blickt die junge Frau ihm gegenüber erwartungsvoll an. Ihr Gesicht bleibt zunächst regungslos, so daß der Graf bereits befürchtet, nicht verstanden oder gar abgelehnt worden zu sein. Dann, mit einem tiefen Ausatmen, schaut Jadasa ihn strahlend an, und alle Zweifel und Ängste Karls verfliegen. Beide erheben sich gleichzeitig und liegen sich anschließend stürmisch in den Armen.

Die folgenden Tage vergehen für die beiden wie im Flug. Arm in Arm wandern sie stundenlang auf verschwiegenen Wegen. Lange Gespräche vertiefen das Wissen um den anderen und schaffen eine stetig wachsende Vertrautheit. Nach und nach erst wird es Karl bewußt, wie gebildet seine zukünftige Frau ist, und das verstärkt seine Bewunderung für sie. Er ist etwas überrascht, wie schnell sie in die Bedingungen der Kirche bezüglich ihrer Heirat und eventueller Kinder einwilligt. „Habt ihr einen anderen Gott als wir? Ich denke, es gibt nur den Einen. Die Priester geben ihm zwar unterschiedliche Namen und wir Perser erleben ihn vielleicht anders als ihr Christen, aber ich bin mir ganz sicher, es ist der gleiche höchste Geist, den wir alle in unseren Gebeten anrufen." Sie stehen beide auf dem Gipfel des Hügels, etwas oberhalb des Grabes ihres Vaters, und schauen hinaus ins weite Land. In der Ferne ragen die Doppeltürme des Doms der nahen Stadt in das noch dunstige Blau des Morgens. Dort will Karl standesgemäß heiraten, und insgeheim ist es Jadasa doch etwas mulmig vor dieser fremden Zeremonie und den neugierigen Blicken. Der Mann an ihrer Seite und ihr neues Zuhause sind ihr schon sehr lieb und vertraut, aber was wird die Welt, was werden die Freunde Karls von Donarsberg zu dieser Verbindung sagen? Werden die Menschen dort unten sie als ihre Herrin akzeptieren? Mit einem tiefen Atemzug der frischen Morgenluft vertreibt Jadasa alle ängstlichen Gedanken, ergreift dann die Hand ihres zukünftigen Gemahls und führt ihn hinunter an das schlichte Grab zu einem stillen Gebet. Innerlich gestärkt, machen sich dann beide auf den Weg zu den Pferden, die unter der Obhut des Schildknappen am Fuß des Hügels grasen.

Die Zeit vergeht, und so ist nun der Tag ihrer Vermählung gekommen. Es ist Anfang Mai, und der Frühling hat das ganze Land in frisches Grün gekleidet. Hecken und Bäume stehen in voller Blüte und wetteifern mit der Farbenpracht der zahlreichen Wiesenblumen. Wie um das Seine zum Glück der beiden beizutragen, ist der Frühling in diesem Jahr bereits sehr früh gekommen. Seit Tagen scheint die Sonne von einem wolkenlosen, azurblauen Himmel und läßt bereits einen sonnigen Sommer erahnen. Das warme Wetter, der Duft der Gräser und Blüten in der Luft erinnern Jadasa an ihre Heimat, und sie denkt mit Wehmut daran, daß kein Mitglied ihrer Familie an ihrem Freudentag dabei sein wird. Sie nimmt sich vor, ihren Großvater so schnell wie möglich vom Tod seines Sohnes und der Hochzeit seiner Enkelin mit einem deutschen Reichsgrafen in Kenntnis zu setzen. Das wird zwar wegen der großen Entfernung schwierig werden, aber sie wird einen Weg finden.

Die junge Frau erhebt sich von der Liege in ihrem Zimmer und schaut hinab in den Burghof. Dort unten herrscht bereits geschäftiges Treiben. Knechte und Mägde gehen ihrer üblichen Arbeit nach. Hunde bellen, Katzen räkeln sich in der Sonne und ein stolzer Hahn wacht auf dem Misthaufen vor den Stallungen über die große Schar seiner emsig scharrenden Hennen. Ein Stallknecht ist gerade dabei, Godewind neu zu beschlagen, der ungeduldig nach der Schulter des Mannes schnappt. Die ersten Gäste, Freunde Karls, sind bereits angekommen und werden soeben von dem gut gelaunten Hausherrn lautstark begrüßt. Jadasa nimmt dieses Bild, das ihr Sicherheit und Geborgenheit vermittelt, tief in sich auf. Heute beginnt ein neues Leben. Und - ganz allein auf sich gestellt - wird es nun an ihr liegen, wie es sich gestalten wird. Mit einem letzten liebevollen Blick auf ihren zukünftigen Ehemann wendet sie sich ab, um mit der Morgentoilette zu beginnen und ihr schönstes Kleid für diesen Tag herauszusuchen.

Monate sind vergangen. Ein goldener Oktober läßt noch einmal die Erinnerung an einen sonnigen Sommer voller Lebensfreude wach werden. Dankbar denkt Jadasa an die Zeit unbeschwerten Glücks seit ihrer Hochzeit zurück. Karl von Donarsberg hat sich auch in der intimen Zweisamkeit als liebevoller und zärtlicher Ehemann erwiesen. Und um das Glück voll zu machen, ist auch die Ernte in diesem Jahr reichlich ausgefallen. Von ihrem Lieblingsplatz, dem Söller des alten Wehrtums aus, hat man einen herrlichen Blick ins weite Land. Die Herbstsonne steht schon tief über den abgeernteten Feldern. Im Tal weiden Schafe, und einige Kinder aus dem Dorf pflücken die letzten Äpfel von den verkrüppelten Bäumen der Obstwiesen entlang des Flusses. Das gedämpft zu ihr aufsteigende Blöken der Mutterschafe und der heranwachsenden Lämmer dieses Frühlings und das vergnügte Rufen der Kinder wecken ein wehmütiges Gefühl in der Brust der jungen Frau. Wie um es sich zum wiederholten Male bewußt zu machen, legt sie die Hände auf die schwellende Rundung ihres Leibes. Bald wird das heranwachsende Leben in ihrem Bauch das mühsame Heraufsteigen nach hier oben unmöglich machen.

Als sich Jadasa ihrer Schwangerschaft sicher war und es ihrem geliebten Mann mitteilte, erlebte sie zum ersten Mal, wie jungenhaft überschwenglich Karl sein kann. Er nahm sie wie ein Kind auf den Arm und tanzte mit ihr trunken vor Glück und laut jauchzend die Wiese hinab. Sie hatte es ihm am Grab ihres Vaters gesagt, weil sie wollte, daß die beiden Menschen, die sie am meisten liebte, es gleichzeitig erfahren sollten. Heute morgen, noch vor Sonnenaufgang, hatte sie erstmalig dieses sanfte Stoßen in ihrem Leib verspürt und überglücklich die Hand ihres noch schlafenden Mannes auf ihren Bauch gelegt. Kaum erwacht, hatte so Karl von Donarsberg den ersten Gruß seines Sohnes empfangen. Daß es ein Sohn werden wird, daran hat der Graf nicht den geringsten Zweifel. Und so war er bereits kurz nach dem Frühstück in die Waffenkammer geeilt, um Kurt von Wachenheim mit der Herstellung einer Kinderrüstung, einem kleinen Schild mit dem gräflichen Wappen und einer entsprechend kleinen Nachbildung seines Kampfschwertes, zu beauftragen. Schließlich würde der junge Graf ein Ritter werden und der Erbe eines alten Geschlechts sein. Jadasa wird es jedesmal etwas mulmig, wenn sie an die Möglichkeit der Geburt einer Tochter denkt. Ein kalter Abendwind läßt sie schaudern und erinnert sie daran, daß der Winter nicht mehr fern ist. Sie verläßt ihren Aussichtsplatz und macht sich auf die Suche nach ihrem Mann, den sie vor kurzem auf Godewind in den Burghof reiten sah.

Als Jadasa etwas schwerfällig die Halle betritt, findet sie ihren Mann in ein Gespräch mit Berthold, dem verstoßenen Mönch, vertieft. Beide sitzen an der großen Tafel, vor ihnen Pergamentrollen mit Zeichnungen und Texten in lateinischer Sprache. Sie kommt näher und hört, daß es um die gräfliche Familienchronik geht, die nun, da der Graf mit einem Erben rechnet, für ihn von noch größerer Bedeutung ist. Karl von Donarsberg spürt die Gegenwart seiner Frau, die leise hinter ihn getreten ist. Er dreht sich um, und ein Lächeln tiefer Freude überzieht sein Gesicht. „Da bist du ja, Liebes! Ich habe mich schon gefragt, wo du steckst. Ich bin gleich soweit, dann will ich dir zeigen, was mein Stallmeister aus der Stadt mitgebracht hat." Er dreht sich wieder Berthold zu und gibt ihm ein paar letzte Anweisungen für die Ausgestaltung der Chronik. Dann erhebt er sich, nimmt Jadasas Hand und führt sie hinaus auf einen schmalen Balkon, der in den Burghof hinabschaut.

Während er versonnen auf das geschäftige Treiben unten im Burghof blickt, überlegt Karl von Donarsberg, wie er seine schwangere Frau behutsam auf das Kommende vorbereiten kann. „Du hast doch, auch wenn du es mir nicht immer zeigst, häufig Heimweh nach deiner persischen Heimat und deinem Großvater." Jadasa schaut ihren Mann verblüfft an. Ja, natürlich hat sie ab und zu Heimweh, aber sehr viel seltener, als er zu glauben scheint. Schließlich ist sie nun hier zu Hause - und das inzwischen sogar mit Leib und Seele. Und er weiß das doch ganz genau! Der Graf spürt, daß das wohl nicht der richtige Gesprächseinstieg war, und so fährt er schnell fort: „Ich meine, dir fehlt doch die Möglichkeit, mit Menschen deines Volkes und in deiner Muttersprache reden zu können. Niemand von uns war jemals in Persien, und eure Gebräuche sind uns fremd."

Langsam wird Jadasa unruhig. Worauf will er hinaus? Will er sie vielleicht loswerden? Ist er ihrer schon überdrüssig und sucht nur nach Gründen und einen Weg, sie nach Hause zu schicken? Mit großen, erschreckten Augen blickt sie Karl an und wartet mit angehaltenem Atem, was da auf sie zukommt. Als er sich seiner Frau zuwendet und ihr erwartungsvoll ins

Gesicht schaut, bemerkt Karl erst, daß er wohl das Pferd von der falschen Seite aufgezäumt hat. Statt weibliche Neugierde hat er offensichtlich nur Angst hervorgerufen. Aufseufzend nimmt er Jadasa in die Arme. Mit Frauen ist es doch manchmal recht schwierig. Und besonders schwangere Frauen neigen - wie Karl noch aus leidvoller Erfahrung weiß – zu Gefühlsausbrüchen, die Männern oft unverständlich sind." „Was ich sagen will, mein Liebling, ist, daß ich eine Überraschung für dich habe. Ein Geschenk, wenn du so willst!" Er spürt, wie sich die Frau in seinen Armen entspannt. Sanft hebt er mit einem Finger unter ihrem Kinn ihr Gesicht zu sich empor und küßt sie zart auf die tränenfeuchten Augen und die bebenden Lippen. Dann dreht er sich um und gibt mit der Rechten ein Zeichen in den Burghof. „Ich will dich nicht länger auf die Folter spannen, zumal ich ganz offensichtlich kein Talent habe, meine Frau mit unerwarteten Überraschungen zu erfreuen. Laß uns wieder hineingehen und sehen, was mein Stallmeister in meinem Auftrag mitgebracht hat."

Arm in Arm treten beide wieder in die Halle, deren innere Tore merkwürdigerweise weit geöffnet sind. Bevor Jadasa ihn fragen kann, was das zu bedeuten hat, ertönt ein zorniges Schnauben und Stampfen, und ein schneeweißes Pferd stürmt mit aufgestelltem Schweif, unwillig seine Mähne schüttelnd, in den Raum. Erst auf den zweiten Blick bemerkt sie, daß das Pferd von einem dunkelhaarigen Jungen geführt wird. Im Türrahmen erscheinen jetzt Arno von Warken und eine verschleierte Frau in der Tracht der persischen Region, der auch Jadasa entstammt. Auf ein leises Kommando des Jungen steht der Schimmel ruhig und bewegungslos wie ein Fels. Die Blicke der Anwesenden wenden sich Jadasa zu. Gespannt warten alle auf ihre Reaktion.

Atemlos hat sie das Geschehen, an die Brust ihres Mannes geschmiegt, verfolgt. Wie Schutz suchend, klammert sie sich fest an Karl, der seinen Arm beruhigend um ihre Schultern gelegt hat. Da schiebt die Frau im Türrahmen mit einer unerwarteten Geste ihren Schleier zur Seite, und Jadasa erblickt das vertraute und geliebte Gesicht ihrer Kinderfrau Lamira. „Lamira, du? !" Mit einem freudigen Aufschrei löst sich Jadasa von Karl, rennt hinüber und stürzt sich in die Arme der mütterlichen Frau, die sie schluchzend umfängt. Eine ganze Weile tauschen die beiden Frauen in ihrer Muttersprache die neuesten Nachrichten aus. Von Lamira erfährt Jadasa, daß ihr Mann noch vor ihrer Hochzeit einen Kurier in ihre Heimat mit einer Einladung an ihren Großvater geschickt hatte, seine Enkelin zu besuchen. Plötzlich in Persien aufgetretene Unruhen hatten das verhindert, und so sandte er statt dessen Lamira und ihren zwölfjährigen Sohn Ali, dessen Vater im Jahr zuvor an den Pocken gestorben war. Die beiden sollen so lange bleiben, wie Jadasa sie braucht und um sich haben will. Immer wieder wird der Bericht Lamiras von kleinen Freudenschreien Jadasas unterbrochen, die es noch nicht fassen kann, mit lieben und vertrauten Menschen aus ihrer Heimat sprechen zu können.

Inzwischen ist der Junge mit dem Pferd näher gekommen, und mit ernstem Gesicht und sich ganz seiner wichtigen Mission bewußt, berichtet er Jadasa, daß Aratau, der junge Schimmelhengst, ein Sohn des großen Khar ist, der viele Rennen für ihren Großvater gewonnen hat. Ihr Großvater sende ihr Aratau als Geschenk zu ihrer Hochzeit, auf daß er Stammvater einer stolzen Herde werde. Gerührt streichelt die junge Frau die unglaublich zarten Nüstern des jungen Hengstes, der bei ihrer Berührung erregt mit seinen Ohren spielt, sonst aber ganz still steht. Als wenn er von ihrer zukünftigen Beziehung wüßte, mustert das Pferd sie aufmerksam mit seinen großen braunen Augen. Karl von Donarsberg tritt zu ihr und Jadasa wirft sich glücklich in die Arme ihres Mannes. Sie bedankt sich bei ihm, daß er an ihren Großvater gedacht und ihr so diese große Freude ermöglicht hat. Wieder wendet sich Jadasa den beiden aus ihrer Heimat zu, und während die drei den Hengst gemeinsam in den Verschlag neben Godewind hinunter in den Stall bringen, ziehen sich der Graf und sein Stallmeister zu einem Männergespräch in die Bibliothek zurück.

Der Lehnsherr und sein Vasall haben es sich bei einem Becher Wein gemütlich gemacht, und Karl lauscht interessiert den neuesten Nachrichten, die Arno von Warken aus der Stadt mitgebracht hat. Und was er da hört, läßt im Grafen wieder die Erinnerung an vergangene glückliche Tage wach werden. „Der Kaufmann, der in ihrem Auftrag, Herr, nach Persien reiste und die Frau und den Jungen mit dem Pferd mitbrachte, erzählte mir, daß er in Kleinasien hörte, daß Saladin vor kurzem gestorben sei. Wenn das stimmt, dann dauert es nicht mehr lange, bis der Papst zum nächsten Kreuzzug aufruft." Nachdenklich kratzt sich der Graf am Kopf. Saladin, Kalif und viel geliebter Herr der Sarazenen, stand, obwohl er der erklärte Gegner des christlichen Abendlands war, im Lager der Kreuzritter in hohem Ansehen. Er galt als großmütig, gerecht und selbstlos, Eigenschaften, die so manchem christlichen Herrscher fehlten. „So wie ich Coelestin einschätze, wird er nichts unversucht lassen, zu seinen Lebzeiten die Stadt Christi endgültig von den Sarazenen zu befreien. Dieser Papst ist von zwei Dingen besessen: Erstens von der Befreiung Jerusalems und zweitens von der Rückkehr der Orthodoxen und der freiwilligen Unterwerfung der byzantinischen Kirche unter den Stuhl des Petrus. Sein Ruhm wäre unermeßlich - und er wäre in jeder Hinsicht der neue Herr der Christenheit. Aber ob das Heinrich, unserem verehrten Lehnsherren, gefallen würde, bezweifle ich."

Die beiden Männer nehmen einen tiefen Schluck aus ihren Bechern, und Karl von Donarsberg wird plötzlich bewußt, daß ihn die Aussicht auf die Abenteuer eines weiteren Kreuzzugs nicht mehr sonderlich lockt. Sein Leben, seine Ansichten haben sich unter dem Einfluß seiner Frau in den letzten Monaten doch merklich verändert. Und auch ein jahrelanger Aufenthalt in der Fremde, wo zu Hause sein Sohn heranwächst, schreckt ihn nun eher ab. Arno von Warken, der seinen Herrn insgeheim beobachtet hat, ist erleichtert, als er feststellt, daß offensichtlich kein neuer Zug in die Fremde droht. Auch er hat inzwischen die Geborgenheit des eigenen Heims und die Fürsorge einer Familie schätzen gelernt und keinerlei Bedürfnis mehr nach fragwürdigen Meriten auf dem Schlachtfeld. Und so sitzen die beiden in die Jahre gekommenen Recken in der hereinbrechenden Dunkelheit und sind ganz zufrieden damit, daß ihr Leben nun in friedlicheren und geordneteren Bahnen verläuft.

Ein Schmerz wie ein Dolchstoß in ihre Eingeweide weckt Jadasa aus ihrem leichten Schlummer. Aufstöhnend richtet sie sich auf, um nach Lamira zu rufen. Erschreckt bemerkt sie, daß das Laken unter ihr ganz naß ist. Wie es aussieht, ist ihre Fruchtblase geplatzt. „Das Kind kommt." Unwillkürlich verfällt sie in ihre Muttersprache, als eine neue Schmerzwelle sie überrollt. „Lamira, wo bist du? Das Kind kommt!" Als aufgeklärte und ausgebildete Tochter ihres Vaters und bereits mehrfache Helferin bei Geburten ist sie zwar über das Geschehen und seine Abläufe unterrichtet, aber selbst zu gebären, ist doch etwas ganz anderes. Es ist weitaus unmittelbarer, angstmachender und vor allem schmerzhafter, wie sie gerade wieder feststellen kann, als eine neue Wehe sie gefangennimmt.

Es ist ein früher Morgen Anfang März. Der Winter war kurz und mild gewesen, und die vielen weißen Schneeglöckchen und das erste Grün lassen auf ein frühes Erwachen der Natur schließen. Auf ihren Wunsch hin hat der Graf die Fensteröffnungen der Halle und der Schlafräume mit dem teuren Glas verschließen lassen. Nun zieht es nicht mehr so schrecklich, und das Kaminfeuer kann endlich eine behagliche Wärme in dem ansonsten kargen Raum verbreiten. Wieder überschwemmt Jadasa eine Schmerzwelle, und sie ist froh, als gleichzeitig ihre Kinderfrau, die ihr heute als Hebamme dienen wird, eilig den Raum betritt. Lamira erfaßt mit einem Blick die Lage und fordert eine vor der Tür wartende Magd auf, umgehend für viel heißes Wasser zu sorgen. Saubere Leintücher und alle anderen notwendigen Utensilien hat sie vorsorglich schon bereitgelegt und kann sich somit sofort und uneingeschränkt der werdenden Mutter widmen. Jadasa ist für die Anwesenheit der mütterlichen Freundin unendlich dankbar. In einem solchen Moment braucht man als Frau mehr als sonst das Verständnis und die Fürsorge einer Geschlechtsgenossin.

Die folgenden Stunden sind für die junge Gräfin sehr qualvoll. Die Wehen folgen nun dicht aufeinander. Lamira beobachtet sorgenvoll den aufgedunsenen und schweißüberströmten Körper ihres Schützlings. Seit einiger Zeit scheint sich das Kind nicht mehr weiter nach unten zu bewegen, obwohl Jadasa aus Leibeskräften preßt und Lamira den Bauch der Kreißenden ständig kraftvoll nach unten massiert und ausstreicht. Die Geburtshelferin fragt sich, ob sie es riskieren kann, ein altes Hausmittel ihrer persischen Heimat anzuwenden. Bei schweren Geburten, wenn die Gebärende sich nach langem, erfolglosen Kampf zu sehr verkrampft und das Loslassen immer aussichtsloser wird, verabreichen persische Hebammen einen geheimnisvollen Trank, der unter anderem aus seltenen Wildkräutern besteht. Der Saft des Schlafmohns soll ebenfalls darunter sein. Aber so genau weiß es Lamira auch nicht. Eine weise Frau ihres Dorfes hat ihr vor Lamiras Abreise vorausschauend eine Phiole mit einer dunklen Flüssigkeit mitgegeben. Sie riet ihr, im Falle einer Schwangerschaft der werdenden Mutter stündlich einen Löffel davon einzuflößen, wenn die Niederkunft schwierig werden sollte. Aber was ist, wenn Mutter oder Kind die Geburt nicht überleben? Wird man sie dann nicht dafür verantwortlich machen? Und wenn man dann dieses Mittel bei ihr findet? Wird man sie dann nicht als Hexe anklagen? Lamira wagt gar nicht daran zu denken, was ihr droht, wenn diese Geburt unglücklich ausgeht.

In ihrer Verzweiflung entschließt sie sich, den Grafen entscheiden zu lassen, der bereits ungeduldig draußen vor der Tür wartet und zunehmend besorgter wird. Karl von Donarsberg hat Mühe, die Frau, die nur gebrochen Deutsch spricht, zu verstehen, und ihre Aufregung macht die Verständigung noch schwieriger. Aber ein Blick auf seine Frau sagt ihm, daß es schlecht um sie steht. Angstvoll beugt er sich über die Stöhnende, als plötzlich das Amulett ihres Vaters aus dem Ausschnitt seines Wamses fällt und im Licht der Mittagssonne vor den Augen Jadasas blitzt und blinkt. Mit Erstaunen nimmt ihr Mann wahr, daß die Augen der Kreißenden das geheimnisvolle Medaillon fixieren und wie, während Jadasa es unverwandt anstarrt, ihre Atemzüge ruhiger werden und ihr Leib sich entspannt. Karl von Donarsberg erinnert sich daran, was sie ihm über das Amulett gesagt hat, und einem inneren Impuls folgend, streift er es sich über den Kopf und legt es seiner Frau sanft auf den zum Bersten prallen Unterleib. Kurz darauf beobachten er und die staunende Lamira, wie Wellen über den Bauch der Gebärenden ein weiteres Absinken des Kindes in den Geburtskanal ankündigen. Dann geht alles sehr schnell, und so erlebt der Graf unerwartet die Geburt des sehnlichst erwarteten Sohnes mit - wie er voller Freude feststellt - als er dieses blutverschmierte Menschlein staunend in den Händen hält, während Lamira die Nabelschnur abbindet und dann durchtrennt.

Jadasa ist vor Erschöpfung eingeschlafen. Ein entspannter und glücklicher Zug um ihre Mundwinkel läßt die Schlafende rührend hilflos und kindlich wirken. Zärtlich streicht ihr Mann die feuchten Haare aus ihrer Stirn und beginnt, seine Frau mit warmem Wasser abzuwaschen. Nie zuvor hat er Ähnliches getan. Während er sich einfach von seinen Gefühlen für Jadasa leiten läßt, kümmert sich Lamira um den Neugeborenen, dessen energisches Schreien bereits Kraft und Lebenswille verrät. Der Graf ist sehr glücklich, daß alles doch noch gut gegangen ist und er auf diese Weise ungewollt Zeuge der Geburt seines Erben wurde. Er nimmt das nun saubere und in weiße Leintücher gewickelte Kind, und während die Kinderfrau Jadasa weiterversorgt, geht er mit dem Neugeborenen im Arm hinaus, um - nun ganz stolzer Vater - seinen Sohn den gespannt wartenden Mitgliedern seines Haushalts und Gefolges vorzustellen. Ein dreifaches Hurra empfängt Vater und Sohn, als Karl von Donarsberg in die große Halle tritt. „Dies ist mein Sohn und Erbe - Hakon von Donarsberg." Stolz hebt der Graf das winzige Bündel ins Licht, das golden durch die hohen, schmalen Fenster fällt. Der junge Graf blinzelt unwillig und schaut dann streng und wie es scheint standesbewußt auf die Versammelten, wie um ihnen zu sagen, daß er ihr Herr und sie seine Vasallen sind. - Zumindest ist das die Ansicht Marias, die felsenfest davon überzeugt ist, solches im Gesicht des jungen Herrn gelesen zu haben. Und keine der anwesenden Mägde, die sich später in der Küche versammelt haben, um das Geschehen immer und immer wieder durchzuhecheln, wagt, ihr zu widersprechen. So geht Hakon von Donarsberg bereits seit dem Tag seiner Geburt der Ruf voraus, ein wahrer Herr und würdiger Vertreter des gräflichen Geschlechts zu sein.

## 2. KAPITEL

# DAS GETEILTE REICH

FAST FÜNF JAHRE SIND seit der Vermählung Jadasas mit Karl von Donarsberg ins Land gegangen. Ihre Liebe zueinander ist ungebrochen, obwohl sie harten Prüfungen unterworfen wurde. Vor zwei Jahren starb, kurz nach einer schweren Geburt, die einzige Tochter. Seitdem weiß das gräfliche Paar, daß jede weitere Schwangerschaft für Mutter und Kind tödlich enden würde. So ist es kein Wunder, daß sich die ganze Liebe und Sorge der Eltern auf den einzigen Sohn konzentriert, der am heutigen Tag, dem 3. März im Jahr des Herrn 1198, seinen vierten Geburtstag feiert.

Im vergangenen Herbst ist unerwartet Heinrich VI. im Alter von 32 Jahren in Messina an Malaria gestorben. Italien und hauptsächlich Sizilien galt zeitlebens die ganze Aufmerksamkeit dieses Sohnes Barbarossas. An Weihnachten, im ersten Lebensjahr des jungen Grafen, war Heinrich endlich zum König von Sizilien gekrönt worden, und von da an arbeitete er unermüdlich an der Vereinigung des Inselreichs mit Deutschland. Allerdings hatte er mehr Erfolg im Ausbau der Vormachtstellung Siziliens über Nordafrika. Seit der römischen Caesarenzeit hat die Hoheit eines abendländischen Herrschers nie so weit gereicht wie jetzt. Seinen am Tag der Krönung geborenen Sohn, Friedrich II., ließ Heinrich vor anderthalb Jahren vorsichtshalber gleich zum sizilianischen König krönen. Nun hat Constanze, seine Mutter, die Regentschaft bis zur Volljährigkeit ihres Sohnes übernommen.

Die Leistungen des verstorbenen Monarchen haben schließlich die verlorene Achtung Karls von Donarsberg für Heinrich VI. wiederaufleben lassen. Mit Sorge schaut der Graf nun aber in die Zukunft. Auf Betreiben von Erzbischof Adolf von Köln soll so bald wie möglich der Sohn von Herzog Heinrich dem Löwen, Otto IV., zum neuen deutschen König gekrönt werden. Der Kirchenmann ist ein erklärter Gegner des regierenden Staufergeschlechts und will die Situation nutzen, daß der legitime Thronerbe im fernen Sizilien lebt und noch zu jung ist, seine Ansprüche auf die deutsche Königskrone geltend zu machen. Deshalb und um dem zuvor zu kommen, will sich in diesen Tagen der Onkel von Friedrich II., Philipp von Schwaben, von den ostdeutschen Reichsfürsten zum König wählen lassen, um so seinem Neffen die Krone zu erhalten. Was wird die Zukunft bringen? Wo wird dieser Thronstreit enden? Karl von Donarsberg ist bezüglich der Frage, wem künftig seine Loyalität und Gefolgschaft gelten soll, gespalten und innerlich zerrissen. Einerseits gilt seine Treue und Liebe den Nachkommen Barbarossas, andererseits braucht das Land so schnell wie möglich eine starke Hand, die es führt und in diesen Zeiten des Umbruchs vor Schaden bewahrt. Der Graf nimmt sich vor, über seine Sorgen und Zweifel mit dem befreundeten Bischof von Metz und mit seinem getreuen Gefolgsmann Arno von Warken zu sprechen. Wieder etwas zuversichtlicher, verläßt er dann die Burgkapelle, wo er an diesem frühen Morgen Rat und Trost gesucht hat, um mit Frau und Sohn gemeinsam zu frühstücken.

Hakon läuft aufgeregt auf seinen Vater zu, als dieser die Halle betritt. „Schau Vater, was Mutter mir zum Geburtstag geschenkt hat!" Und er hält dem Grafen ein kunstvolles Schnitzwerk entgegen, das einen Ritter in voller Rüstung auf seinem Pferd darstellt. Karl hebt den Vierjährigen hoch und drückt seinen Sohn gegen dessen Protest liebevoll an sich. Hakon ist jetzt in dem Alter, wo er solche Liebesbezeugungen für unmännlich hält und lieber vor den kichernden Mägden und der alten Maria in seiner zum letzten Geburtstag vom Vater geschenkten Ritterrüstung paradiert.

Heute nun soll sein größter Wunsch - nach einem eigenen Pferd - in Erfüllung gehen. Aratau, der stolze Schimmelhengst seiner Mutter, hat sich als wahrer Stammvater erwiesen und in den letzten Jahren mit drei eigens für diesen Zweck vom Grafen angeschafften Araberstuten fünf Kinder gezeugt. Der zweite Sohn, seinem Vater in Fellfärbung und Körperbau sehr ähnlich, aber von sanfterem Temperament, ist mit seinem neuen Herrn gleichaltrig und zwischenzeitlich vom Stallmeister persönlich eingeritten und für seine verantwortungsvolle Aufgabe geschult worden. Heute soll nun die feierliche Übergabe sein, und Hakon, der fast schneller reiten als laufen lernte, fiebert seit Tagen diesem Augenblick entgegen. Von seinem Paten Arnulf, dem Bischof von Metz, hat er einen silberbeschlagenen Sarazenensattel als Geschenk erhalten, den dieser als Beutegut vom letzten Kreuzzug mitbrachte.

Karl begrüßt nun auch Jadasa mit einem zärtlichen Kuß auf die Wange. Die Anziehung zwischen den beiden Ehepartnern ist nach wie vor groß, und Jadasa hat ihre damalige Entscheidung, dem Werben des Grafen nachzugeben, niemals bereut. Der wilden Leidenschaft der ersten Jahre ist eine innige Zweisamkeit gefolgt, und die Gräfin aus dem Morgenland versteht nun, was der christliche Priester damals bei ihrer Hochzeit meinte, als er predigte, daß Mann und Frau ein Leib und eine Seele sein sollen. Heute erlebt sie, daß Harmonie und Gleichklang in ihrer Beziehung so groß sind, daß beide oft das gleiche denken und es sogar im selben Moment aussprechen wollen. Die zwei blicken nun lächelnd auf ihren Sohn, der mit bettelndem Blick vor ihnen steht und es nicht abwarten kann, daß er Castor - seinen Schimmel - endlich in Besitz nehmen darf. Und so machen sich alle drei noch vor dem Frühstück auf den Weg in die Stallungen, wo das Geburtstagsgeschenk geschniegelt und gebügelt und mit dem neuen Sattel geschmückt auf seinen zukünftigen Herrn wartet.

Zu ihrer großen Freude hat Jadasa bei ihrem Sohn das gleiche Interesse an Religion und Medizin entdeckt, wie sie es von ihrem Vater her kannte. Der Knabe ist allem gegenüber sehr aufgeschlossen und stellt Vater und Mutter unablässig tiefsinnige Fragen, die diese oft Mühe haben, zufriedenstellend zu beantworten. Sein Erzieher, ein gelehrter Benediktinermönch, ist voll des Lobes über seinen Wissensdurst und die rasche Auffassungsgabe des Jungen. Noch nie hatte er einen Schüler, der bereits in diesem Alter Freude am Lernen und Studieren zeigte. Karl von Donarsberg sieht diese

Entwicklung nicht ohne Besorgnis, ist er doch der Meinung, daß sein Sohn und Erbe mehr Interesse für die ritterlichen Tugenden als die Wissenschaft und die schönen Künste zeigen sollte. Daher nimmt er Hakon bei jeder Gelegenheit zu Turnieren und Inspektionsreisen durch sein Lehen mit, um seinem Sohn seine zukünftigen Pflichten als Lehnsherr und ranghoher Adliger so früh wie möglich nahezubringen. Erleichtert beobachtet der Graf, daß das Interesse des Knaben mit gleicher Begeisterung diesen Dingen gilt und er beim Spielen mit Gleichaltrigen immer den Ton angibt, wobei er viel Abenteuerlust und Draufgängertum zeigt.

Ali, der inzwischen erwachsene Sohn von Lamia, geht ganz in der Rolle des Leibwächters und brüderlichen Beschützers des jungen Grafen auf. Getreulich wacht er über seinen Schützling, bleibt aber dabei stets im Hintergrund und gibt damit Hakon das Gefühl von Sicherheit, ohne daß dieser sich eingeschränkt fühlt. Im Laufe der Zeit hat sich zwischen den beiden trotz des Altersunterschieds von fast dreizehn Jahren so etwas wie Freundschaft entwickelt. Auch heute am Geburtstag seines jungen Herrn hält Ali sich zurück und drückt Hakon erst im Stall bei den Pferden ein in ein seidenes Tuch gewickeltes Geschenk in die Hand. Nach einem hastigen Glückwunsch und bevor Hakon reagieren kann, ist er dann wieder schnell zwischen den Tieren verschwunden. Dort hält er sich immer auf, wenn sein kleiner Freund ihn nicht braucht.

Neugierig und ungeduldig zerren die kleinen Finger des Knaben an kunstvoll verschlungenen bunten Bändern, die das Geschenk umwickeln. Als es ihm mit Jadasas Hilfe schließlich gelingt, den Gegenstand aus seiner Umhüllung zu befreien, hält er einen kleinen Zierdolch in Händen, dessen funkelnde und gebogene Klinge mit arabischen Schriftzeichen und dessen Griff kunstvoll mit Intarsien aus Elfenbein geschmückt ist. Stolz zeigt der Knabe die Waffe seinem Vater und sagt: „Sieh mal, was Ali mir geschenkt hat! Der Dolch paßt doch gut zu meiner Rüstung. Meinst du, daß ich ihn auf die Bärenjagd mitnehmen kann?" Erschreckt blickt Jadasa ihren Mann an. „Was soll das bedeuten, Karl? Du willst doch das Kind nicht mit auf die Jagd nehmen?" Hakon merkt, daß er sich verplappert und das große Geheimnis zwischen Vater und Sohn ungewollt verraten hat. Um diese Zeit sind die Bären aus ihrem Winterschlaf erwacht, und hungrig wie sie sind, fallen sie gern in die Weiler und Bauernhöfe ein. Der Graf und seine Jagdgesellschaft kommen also pflichtgemäß der waffenlosen Bevölkerung zur Hilfe und haben dabei gleichzeitig ihr Jagdvergnügen. „Es ist an der Zeit, daß unser Sohn auch das kennenlernt. Ein Graf ist auch Beschützer seiner Untertanen und muß eingreifen, wenn ihr Leib und Leben bedroht ist. Dafür und für vieles andere zahlen sie mit dem Zehnten. Ali wird wie immer auf Hakon aufpassen, und auch ich und alle meine Jagdgäste werden den Erben von Donarsberg nicht aus den Augen lassen." Jadasa beruhigt das keineswegs. Aber sie weiß, wenn ihr Mann in diesem bestimmten Ton spricht, ist Widerspruch zwecklos. Und sie selbst hat ja inzwischen erfahren, daß man sich den Gefahren des Lebens stellen lernen muß. Also folgt sie schweigend ihren beiden Männern zu der Box, in der Castor ungeduldig auf den Leckerbissen wartet, den er erfahrungsgemäß jeden Morgen von seinem jungen Herrn erhält. Diesmal ist es eine Handvoll Hafer, die die weichen Lippen des jungen Hengstes genüßlich von der flachen Hand Hakons auflesen.

Als die Jagdgesellschaft drei Wochen später in die Burg zurückkehrt, erwartet Jadasa Mann und Sohn bereits am Eingangstor bei der Zugbrücke. Nachdem sie sich schnell versichert hat, daß beide gesund und unversehrt sind, geht sie beruhigt am Arm ihres Mannes und mit Hakon an der Hand in die Halle. Dort wartet zum abendlichen Mahl ein gebratenes Wildschwein auf sie, das der Graf zur Feier ihrer Rückkehr vorausgeschickt hat. Die anderen Jagdteilnehmer, sein Stallmeister und Adlige der Umgebung, folgen ihnen nach einer Weile. Instinktiv spürt der Graf, daß seine Frau etwas bedrückt. Aber bevor er sie fragen kann, blickt Hakon seine Mutter an und sagt: „Wo ist denn Ali? Ich habe ihn so vermißt und muß ihm nun so viel erzählen!" Jadasa zuckt zusammen. Das ist die Frage, auf die sie gewartet und die sie gefürchtet hat. Sie beugt sich zu ihrem Sohn hinab, streichelt ihm beruhigend übers Haar und antwortet: „Du erinnerst dich doch! Er konnte euch nicht auf die Jagd begleiten, weil er am Tag zuvor krank wurde. Nun, die Krankheit ist leider so schlimm und für uns alle so gefährlich, daß er die Burg verlassen mußte und nun mit Menschen zusammenlebt, die das gleiche Schicksal erleiden müssen wie er." Hakon schaut seine Mutter groß an, die daraufhin ihren Mann hilfesuchend anblickt. Aber der Graf, genauso überrascht wie sein Sohn, beantwortet ihren Blick nur mit einem fragenden Hochziehen der Augenbrauen. Seufzend wendet sich Jadasa wieder dem Knaben zu. „Was fehlt ihm denn Mutter?" Tröstend legt die Gräfin ihrem Sohn die Hand auf den Nacken. „Es ist eine Krankheit, Hakon, die es überall auf der Welt gibt. Wahrscheinlich hat Ali sie aber bereits aus Persien mitgebracht. Zuerst bekam er hohes Fieber. Am dritten Tag zeigten sich erstmals in seinem Gesicht und auf seinen Unterarmen und Händen knotenartige Beulen. Besonders sein Gesicht hat sich ganz verändert. In meiner Heimat nennt man diese armen Menschen „die mit dem Löwengesicht".

Die Krankheit ist heimtückisch. Jeder kann sich anstecken, wenn sie erst einmal ausgebrochen ist. Nach einiger Zeit fühlt man in den befallenen Körperteilen nichts mehr. Hände und Füße verkrüppeln. Ich habe mit meinem Vater zu Hause öfter versucht, diesen Kranken zu helfen. Nichts half. Nur wenn mein Vater magische Heilrituale vollzog und das Medaillon trug, das nun dein Vater hat, wagte er es, den Kranken die Hände aufzulegen. Tatsächlich kam bei vielen danach die Krankheit zum Stillstand. Ganz verschwand sie nie."

Eine erschreckte Geste ihres Mannes unterbricht sie. „Du sprichst doch nicht etwa von der Lepra?!" Das Gesicht Jadasas spiegelt ihre Verzweiflung. „Doch, Karl, und deshalb habe ich Ali zu den Aussätzigen in die Höhlen der Dreisbachschlucht schicken müssen. Du weißt ja, wie die Menschen überall auf Aussätzige reagieren. Sie machen sie für alles Unglück verantwortlich und bewerfen sie mit Steinen, wenn sie einen zu Gesicht bekommen. Das wollte ich Ali und seiner Mutter ersparen, zumal die Knechte und Mägde hier auf der Burg bereits unruhig wurden und zu tuscheln anfingen. Vorgestern fand Lamira einen abgerissenen Hühnerkopf vor der Tür des Krankenzimmers. Wie du weißt, ist das in dieser Gegend ein altes Mittel gegen den bösen Blick. Da wußte ich, daß es Zeit ist für diesen Schritt. Gestern nacht sind sie gegangen. Lamira begleitet ihren Sohn. Kurt von Wachenheim, dein Schildknappe, hat sich bereit erklärt, die beiden

Unglücklichen sicher bis zur Schlucht zu geleiten. Er ist aber noch nicht zurück." Man merkt Jadasa ihre große Betroffenheit über das Schicksal der beiden Menschen aus ihrer Heimat deutlich an. Hakon umarmt Jadasa tröstend, und während er seinen Kopf fest an den Bauch seiner Mutter drückt, meint er plötzlich ganz spontan und sehr ernsthaft: „Ich werde Ali heilen! Großvater hat mir im Traum erzählt, daß ich das kann. Ich muß nur meine Hände auf seinen Körper und besonders auf die kranken Stellen legen und ganz stark an die Sonne und ihr Licht denken. Dann wird Großvater mir helfen, und Ali wird wieder gesund werden."

Sprachlos schauen die Eltern ihren Sohn an. Jadasa läuft ein kalter Schauder über den Rücken. Genau das hatte ihr Vater ihr damals als eine über seinen Tod hinausreichende Unterstützung bei ihrer Heilertätigkeit mitgeben wollen. Sie hatte dieses Angebot seinerzeit nicht sonderlich ernst genommen und auch mit niemandem darüber gesprochen. Und nun das! Unfähig zu sprechen, streicht sie über die dunklen Haare ihres Sohnes. Karl von Donarsberg merkt an der Reaktion seiner Frau, daß mehr hinter dieser Aussage steckt als kindliche Phantasie und naive Selbstüberschätzung. Ein bittender Blick seiner Frau läßt ihn aber seine Fragen auf später verschieben. Er nimmt seinen Sohn auf den Arm und sagt dann eindringlich: „Jetzt, mein Sohn, verabschiedest du dich von Castor und gehst dann zu Bett. Die Jagd war anstrengend, und nun brauchst du wie dein Pferd Ruhe und Schlaf. Morgen werden wir beraten, was wir für Ali tun können. Dann ist auch Kurt zurück. Einverstanden?" Hakon nickt widerwillig. Er spürt jetzt selbst, wie erschöpft und müde er ist, und so geht er ohne weiteren Protest, nachdem er sich von seinen Eltern verabschiedet hat, an der Hand Marias noch einmal in den Stall, um seinem vierbeinigen Freund gute Nacht zu sagen.

In Gedanken versunken, sitzen Karl und Jadasa am späteren Abend allein am Kamin in der Halle. Jadasa hat ihrem Mann erklärt, warum die Worte ihres Sohnes sie so betroffen machten. Das erinnerte Karl daran, daß er seinerzeit auf dem Kreuzzug einmal miterlebte, wie Barbarossa einem erkrankten Ritter, auf dessen Wunsch hin, den Königssegen erteilte und die Hände auflegte, worauf dieser in kürzester Zeit genas. Anschließend erklärte der ebenfalls anwesende Bischof von Metz, daß sich bei vielen Monarchen der Vergangenheit, nach der Salbung und Weihe zum König, die Befähigung zum Heilen zeigte. Und er berichtete dann von einigen Aufsehen erregenden Heilungen Karls des Großen.

Der Graf starrt in die Glut des Kaminfeuers. Kleine gelbe Flammen tanzen über die glühenden Reste dessen, was einmal eine stolze Eiche gewesen ist. Karl von Donarsberg fühlt, wie etwas von diesem Feuer ausgeht, das ihn in seinen Bann zieht. Wie in Trance kann er seinen Blick nicht von den glosenden Holzscheiten abwenden. Plötzlich scheint sich alles um ihn herum aufzulösen. Und wie im Traum und voller Staunen sieht er, wie aus dem flackernden Licht ein goldenes Buch auftaucht, dessen Umschlag mit geheimnisvollen Zeichen und großen Edelsteinen bedeckt ist und nun dicht vor ihm schwebt. Während das Buch wie von Geisterhand aufgeschlagen wird und sich das Bild eines Sonnenaufgangs zeigt, aus dem ein weißer Vogel auf den Betrachter zufliegt, vernimmt der Graf eine majestätische Stimme, die mahnend zu ihm spricht:

Und so steht es hier geschrieben:

Mich nur sollst du ewig lieben!
Treu sein sollst du Meinem Wort,
dann erst wird dein Haus zu einem Hort,
wo herrschen wird die göttliche Liebe
und nimmermehr die niederen Triebe.
Deinen Sohn will ich heben in heiligen Stand,
und also wird er jedwedem Tand
abschwören zu heiligem, innerem Gewinn
und so fähig sein, zu ändern der Gottlosen Sinn!
Durch Taten mächtig und rein,
wird sein Ruf bald so gefestigt sein,
daß alles Volk wird auf ihn hören,
und auch die Edlen auf ihn schwören.
Heilen wird er, was unheilbar war,

ein gefürchteter Feind der Falschen im Talar,
die daraufhin gegen ihn zu Felde ziehen,
was den Gottesmann wird nötigen zu fliehen,
in seiner Mutter Heimat, zu den Quellen,
die sich nun bald in ihm formen zu mächtigen Wellen
und branden werden an seines Bewußtseins Tor,
so Zeugnis ablegen werden wie nie zuvor,
von dem was Ahura Mazda und sein Licht vollbringt,
wenn der Mensch nur selbstlos um Erkenntnis ringt!
In Zarathustra, Buddha, Jesus und auch Mohammed
bin ich die gleiche Kraft, die alles lenkt und ewig richtet.
Erkenne also, wer zu dir spricht:
Es ist der Herr des Seins und ewigen Lichts!

Das Buch vor des Grafen Augen zerplatzt in einem Lichtblitz. Die Stimme schweigt, und Karl von Donarsberg sinkt schwer atmend in seinen Stuhl zurück. Alles ist wieder wie zuvor. Die Halle, das Zischen der Glut und auch Jadasa nimmt er jetzt wieder wahr, die bemerkt hat, daß etwas Ungewöhnliches mit ihrem Mann geschehen ist. Gespannt hat sie sich vorgebeugt, erinnert sie das Ganze doch sehr an die heiligen Zeremonien in den Feuertempeln ihrer Ahnen, wenn die Priester die heilige Glut und die Flammen nutzten, um mit ihrem Gott in Berührung zu kommen.

Der Graf schaut innerlich zutiefst aufgewühlt seine Frau an. „Großer Gott, was war das?" Und dann erzählt er Jadasa, was er soeben erlebt hat und zitiert wörtlich, was die Stimme ihm sagte und was sich wie Feuer tief in seine Seele und ihr Gedächtnis eingebrannt hat. Die Gräfin, durch die Schulung ihres Vaters auf viele Formen der Gotteserfahrung vorbereitet, ist genauso erschüttert wie ihr Mann und hegt keinerlei Zweifel an der Wahrhaftigkeit des Gehörten. Und so stimmt sie ihrem Mann freudig zu, als dieser überlegt, unter diesen Umständen die beiden Verbannten zurückzuholen und Ali von Hakon behandeln zu lassen. „Aber du weißt, wir müssen sehr vorsichtig sein, sonst bringen wir die ganze Bevölkerung und - was noch schlimmer wäre - die Pfaffen gegen uns auf. Deshalb müssen wir die Angelegenheit bis zu ihrem hoffentlich erfolgreichen Ende geheimhalten. Die Frage ist nur, wo bringen wir Ali und seine Mutter unter, ohne daß sie entdeckt werden?"

Karl von Donarsberg reibt sich nachdenklich das Kinn. Dann geht ein verschmitztes Lächeln über sein Gesicht. „Wie wäre es mit dem Groothof am Druidenfeld? Er ist seit langem verwaist. Und wegen seiner unmittelbaren Nachbarschaft zu dem Steinkreis aus alter Zeit von der Bevölkerung gefürchtet und gemieden. Bei den Leuten geht die Mär um, daß es dort spukt und bei Vollmond alte heidnische Priester Opferrituale abhalten würden. Man munkelt sogar, daß an diesem Platz noch bis zur Jahrtausendwende Jungfrauen geopfert worden seien, die nun als Geister in dem magischen Kreis herumirren würden, in den sie durch Zauberkräfte gebannt sind. Es wird sich also von der Bevölkerung kaum jemand freiwillig an diesen Ort begeben, und die beiden wären dort vor Verfolgung sicher. Zu Pferd ist es knapp eine Stunde dorthin, und durch den Wald kann man sich unbemerkt nähern. Was denkst du?"

Jadasa überlegt einen Moment und stimmt dann ihrem Mann zu. „Im näheren Umkreis werden wir nichts Geeigneteres finden. Und von hier aus können wir die beiden auch leicht versorgen. Für Hakon und mich ist es so unter dem Deckmantel eines Ausritts auch nicht schwer, Ali zu behandeln. Für alle Fälle sollten wir aber Kurt von Wachenheim ins Vertrauen ziehen, damit wir jemanden haben, der uns begleiten kann." Karl ist mit diesem Vorschlag einverstanden. Es ist spät geworden, und so beschließen die beiden, zu Bett zu gehen und alles weitere zu besprechen, wenn der Schildknappe zurück ist.

Vier Wochen später ist der Plan, wie an diesem Abend grob entworfen, in die Tat umgesetzt. Ali und Lamira waren dem gräflichen Paar unendlich dankbar, daß es sie aus der Hölle der Verbannten befreit hat. Die wenigen Wochen unter den Aussätzigen in der Dreisbachschlucht haben sie schmerzlich gelehrt, daß Solidarität unter den Elenden noch seltener und krasse Selbstsucht noch häufiger ist als unter den Gesunden. Bereits am Tag nach ihrer Ankunft in den dunklen Höhlen der Schlucht beraubte man sie schamlos ihrer wenigen Habe und drohte ihnen unverhüllt mit dem Tode, als sie sich gegen die zerlumpte und gespenstische Horde der Leprakranken zur Wehr setzen wollten.

Ali hat zwischenzeitlich den ersten Ausbruch seiner Krankheit leidlich überstanden und damit begonnen - soweit es seine Kräfte erlauben - den verfallenen Groothof nach und nach wieder instandzusetzen. Heute nun will Jadasa mit ihrem Sohn hinüber reiten, damit Hakon, getreu seinem Traum, mit den Heilsitzungen für Ali beginnen kann. Die Gräfin ist sehr gespannt, ob und wie sich die Vision ihres Mannes und die Botschaft ihres Vaters bewahrheiten werden. Der Graf ist an diesem Tag leider verhindert, da Gerichtstag ist, was seine persönliche Anwesenheit erfordert.

Hakon selbst ist ganz unbefangen. Er freut sich auf den Ausritt mit Castor und auf den Besuch bei Ali und seiner Mutter. Er ist nach wie vor fest davon überzeugt, daß er Ali nur die Hände auflegen muß, um ihn wieder gesund zu machen. Der Traum von seinem Großvater hat sich zwischenzeitlich mehrfach wiederholt, und immer drängender wurde dessen Botschaft, mit den Heilsitzungen bald zu beginnen. Wie abgesprochen, werden Mutter und Sohn von Karls Schildknappe, Kurt von Wachenheim, begleitet und beschützt, der insgeheim seine Herrin abgöttisch liebt und an einem Minnelied dichtet, das er der Angebeteten am Abend seines baldigen Ritterschlags vortragen will. So reiten alle drei an einem frühen Morgen Ende Mai hoffnungsfroh durch den Frühlingswald, dessen Bäume in allen Schattierungen eines satten Grüns prangen.

Unbemerkt nähern sie sich dem verlassenen Bauernhof, und während der Knappe die Pferde in die Deckung des halbverfallenen Stalls bringt, eilen Jadasa und Hakon auf die Tür des Haupthauses zu, die soeben von Lamira freudestrahlend geöffnet wird. Um den Hals von Hakon baumelt das Medaillon seines Großvaters, das ihm Karl von Donarsberg vor ihrem Abritt heute morgen feierlich umgehängt hat.

Sich ganz der Bedeutung des Augenblicks bewußt, hatte der Knabe das wertvolle Geschenk mit einer würdevollen Ernsthaftigkeit entgegengenommen, die seine Eltern tief berührte. Nun funkelt das Kleinod, dessen Kette verkürzt werden mußte, an der Brust des einzigen männlichen Nachkommens Saadi Atravans aus dem fernen Persien. Mit Wehmut im Herzen und Tränen in den Augen folgt Jadasa ihrem Sohn in das Halbdunkel des alten Hauses.

Unbefangen begrüßt Hakon Ali und seine Mutter, die unsicher sind, ob sie die dargebotene Hand des jungen Grafen ergreifen dürfen. Auch Jadasa reagiert zuerst erschreckt auf die mögliche Gefahr der Ansteckung durch Berührung. Doch dann erinnert sie sich wieder an die Worte des All-Einen in der nächtlichen Vision ihres Mannes, und vertrauensvoll umarmt sie zuerst Lamira und dann Ali, die von dieser liebevollen Geste tief bewegt sind.

Ohne lange zu zögern, führt der kleine Junge dann den ausgewachsenen Mann an der Hand zu einer kümmerlichen Bettstatt von aufgeschüttetem Stroh, über das ein altes, vergilbtes Leintuch gebreitet ist. Hakon fordert Ali auf, sich hinzulegen, setzt sich dann mit gekreuzten Beinen vor den Kranken und blickt ihm liebevoll in das aufgedunsene Gesicht. Dann ergreift er die zuckenden Hände seines älteren Freundes und sagt mit heller, sicherer Stimme: „Bald, mein lieber Ali, wirst du wieder gesund sein! Mein Großvater, der jetzt im Licht ist, hat es mir versprochen. Ich soll nur meine Hände auf die kranken Stellen deines Körpers legen, dann werden die Beulen und Schmerzen schnell wieder verschwinden. Also, nur Mut! In wenigen Tagen kannst du mich wieder begleiten!" Ein lautes Aufschluchzen von Lamira unterbricht die feierliche Stille, die nach den Worten des Jungen eingetreten ist. Jadasa umarmt ihre Kinderfrau und beide beobachten erwartungsvoll, wie Ali ruhig und entspannt die Augen schließt, als Hakon seine Hände auf seinen Leib und seine Stirn legt.

Die Stille im Raum wird tiefer. Der Kranke liegt bewegungslos und wie tot da, während die Hände Hakons über seinen Körper wandern. Die Zeit scheint still zu stehen. Ein goldener Sonnenstrahl findet überraschend seinen Weg durch die schmale Fensteröffnung und zaubert einen Lichtkreis um die heilenden Hände des jungen Grafen, die sanft auf der Brust seines Freundes ruhen. Ein erregtes Aufstöhnen Lamiras macht Jadasa auf die eintretenden Veränderungen aufmerksam. Deutlich kann man sehen, daß sich die aggressive Färbung der befallenen Hautteile aufhellt, die Schwellungen scheinen zurückzugehen und der Kranke wirkt insgesamt ganz gelöst, und seit langem liegt wieder ein hoffnungsfrohes Lächeln auf seinem Gesicht. Als Hakon den Fluß der Lichtenergie stoppt, weil er die Stimme seines Großvaters sagen hört, daß es für heute genug sei und er seine Sache gut gemacht habe, ist fast eine Stunde vergangen. Die beiden Beobachter stehen wie gebannt und können kaum glauben, was sie doch mit eigenen Augen sehen. Das Aussehen des Kranken ist wesentlich verändert, die Beulen haben sich tatsächlich merklich zurückgebildet und die Haut nimmt wieder eine normale Farbe an. Noch sind zwar nicht alle Krankheitszeichen verschwunden, aber die Besserung ist so offensichtlich, daß es an ein Wunder grenzt. Dankbar sendet die Gräfin in Gedanken ihrem Vater einen liebevollen Gruß, bevor sie ihren Sohn stolz umarmt. „Es ist unglaublich. Aber ich bin jetzt sicher, Hakon, daß noch zwei oder drei Heilsitzungen ausreichen werden, Ali wieder ganz gesund werden zu lassen. Wenn das dein Vater gesehen hätte, er würde nicht mehr an der Wahrheit seiner Vision zweifeln." Gerührt schauen Jadasa und Hakon auf Lamira, die ihren Sohn vor Freude weinend umarmt.

„Herrin, es wird Zeit zurückzukehren!" Die Worte Kurt von Wachenheims rufen Jadasa wieder in die Wirklichkeit zurück. Der Knappe, der bei den Pferden geblieben war und unbemerkt eingetreten ist, bleibt wie erstarrt stehen, als er Ali erblickt. „Beim Heiligen Benedikt, du siehst ja fast wieder wie früher aus! Und das hat der junge Herr getan?" Ehrfürchtig betrachtet er Hakon und beginnt jetzt erst zu glauben, was ihm der Graf bezüglich seines Sohnes im Vertrauen mitgeteilt hat. Wenn er es ehrlich zugab, waren ihm die Worte Karl von Donarsbergs wie der krankhafte Wahn eines kindverliebten Vaters vorgekommen. Aber aus Loyalität zu seinem Herrn und wegen seiner schwärmerischen Liebe zu Jadasa hat er geschwiegen und ist ihren Wünschen gefolgt. Und nun erweist sich das alles sogar als wahr! Noch während sie zurückreiten, ist der angehende Ritter gedanklich ausschließlich mit dem erlebten Wunder beschäftigt. Kurt läßt in seinem Innern noch einmal die Worte und Erklärungen seines Herrn aufleben, die nun für ihn eine ganz neue Glaubwürdigkeit und Bedeutungsschwere gewonnen haben. Hakon an der Spitze gibt seinem Hengst die Sporen, und auch die Pferde der beiden anderen fallen in einen gestreckten

Galopp. Um die Mittagszeit erreichen sie wieder die Burg, deren rötliche Mauern hoch über die Baumwipfel ragen und schon von weitem zu sehen sind.

Jadasa behält recht. Dreimal reiten die drei noch zum Groothof; dann ist Ali geheilt. Zumindest sind alle Anzeichen der Krankheit verschwunden, und nach der Gräfin Erfahrung und nach menschlichem Ermessen ist nicht zu erwarten, daß sie noch einmal ausbrechen wird. Nach einiger Zeit kehren Ali und seine Mutter wieder in die Burg zurück. Jadasa hat Maria „im Vertrauen" mitgeteilt, daß die beiden eine Wallfahrt zu einem christlichen Heiligtum unternommen hätten und Ali nun von seinem Fieber geheilt sei. Bereits ein paar Stunden später wissen alle Bediensteten, daß der „Heide" Gnade vor Jesu Augen gefunden habe und wieder genesen sei. Das Gespenst des Aussatzes, das wie ein Damoklesschwert über ihnen allen geschwebt hat, ist verjagt, und der Alltag hält äußerlich wieder Einzug. Das Erlebte hat allerdings alle Beteiligten innerlich zutiefst erschüttert und wird sie auch nicht mehr zur Ruhe kommen lassen. Nur an Hakon, der Hauptperson des Geschehens, scheint das Unglaubliche spurlos vorüberzugehen. Er bleibt das wißbegierige und lebhafte Kind und verhält sich so normal, daß Jadasa manchmal glaubt, alles nur geträumt zu haben. So gehen Monate ins Land, ohne daß sich etwas Besonderes ereignet, sieht man einmal von den gesellschafts- und machtpolitischen Ereignissen ab, die zunehmend Europa erschüttern.

Es ist Winter. Eine geschlossene weiße Schneedecke liegt über dem ganzen Land. Nach den anstrengenden liturgischen Pflichten, die das Weihnachtsfest für einen Priester mit sich bringt, hat sich Arnulf, Bischof von Metz, mit kleinem Gefolge zum Jahreswechsel angesagt, und so herrscht an diesen letzten Tagen des Jahres 1198 ein geschäftiges Treiben in der ganzen Burg. Der Bischof will sich erholen und dabei seit langer Zeit wieder einmal seinen Patensohn wiedersehen, den er sehr ins Herz geschlossen hat.

Der Graf verbindet allerdings noch andere Interessen mit diesem Besuch. Karl von Donarsberg liegt schon seit langem die politische Entwicklung in Deutschland schwer auf der Seele, und er ist ganz begierig darauf, mit dem weltoffenen Bischof die Lage zu besprechen. Arnulf ist als Parteigänger des Erzbischofs von Köln über alles Geschehen stets gut informiert. Zur Zeit hat wieder ein neuer Mann auf dem Stuhl Petri in Rom Platz genommen. Kaum wurde Innozenz III. zum Papst gewählt, hat er sich die Regentschaft für den minderjährigen Stauferkönig Friedrich II. zunutze gemacht und zahlreiche kaiserliche Ländereien in Italien dem Kirchenstaat eingegliedert. Noch nie hat ein Papst über so viel Land geherrscht. Dem Grafen allerdings kommt das Ganze wie ein gemeiner Raub vor, und er neigt immer mehr dazu, sich auf die Seite des Onkels von Friedrich, Philipp von Schwaben, zu schlagen. Hinzu kommt, daß Karl von Donarsberg für den in England erzogenen und vom Kölner Erzbischof favorisierten Otto IV. keinerlei Sympathien hat. Dieser gerade Sechzehnjährige ist der Sohn von Herzog Heinrich dem Löwen, der 1182 - nach seinem Zerwürfnis mit Barbarossa - verbannt wurde und nach England zu seinem königlichen Schwiegervater fliehen mußte. Otto wurde zwar am richtigen Ort, in Aachen, gekrönt, aber mit falschen, nämlich neuen Insignien. Philipp von Schwaben dagegen wurde mit den echten Reichsinsignien, aber in Mainz und damit leider am falschen Platz gekrönt. Die Lage ist also mehr als verworren und der Adel in der Frage, wer der rechtmäßige deutsche König sei, tief zerstritten.

Während Karl von Donarsbergs Gedanken in dieser Zeit fast ausschließlich um den Thronstreit kreisen, beschäftigt sich Jadasa zunehmend mit den geistigen und spirituellen Fragen des Lebens. So versucht sie beispielsweise, ihrem Sohn mit einfachen Worten die Grundzüge der von dem Propheten Zarathustra reformierten alten persischen Religion nahe zu bringen. Sie erklärt Hakon, daß Ahura Mazda der Schöpfer von Himmel und Erde und von Licht und Dunkelheit sei. So wie er die moralische Ordnung geschaffen habe, stamme auch die Natur von ihm, von der der Mensch nur ein kleiner Teil sei. Im Himmel werde Ahura Mazda von sieben Geistwesen unterstützt, die untergeordnete Aspekte von ihm sein sollen.

An dieser Stelle kommen ihre Erklärungen etwas ins Stocken, weil es Hakon nicht einleuchten will, daß diese sieben Geister Offenbarungen oder Ausdrucksformen von Ahura Mazda sind, daß er sie und sie er sind. Jadasa macht ihren Sohn auf die gleiche Lehre in der christlichen Religion aufmerksam, wo auch von einem dreieinigen Gott gesprochen wird, der trotzdem eins sei. Und dann liest sie ihm noch aus der Johannes-Offenbarung der Bibel die Stelle vor, wo ebenfalls von den sieben Geistern Gottes gesprochen wird. Jadasa gibt sich viel Mühe, ihrem Sohn an Hand einer Reihe von Beispielen klar zu machen, daß in allen Religionen die gleichen Urwahrheiten zu finden sind.

Weiter erzählt sie von Spenta Mainju, einem der Sieben, dem heiligen Geist, der in ständigem Kampf mit dem zerstörerischen Geist Angra Mainju liege, den man auch Ahriman, den Herrn der Lüge, nenne. Beide waren einst im Himmel Zwillingsbrüder, dienten dem gleichen Gott. Bis Ahriman von Ahura Mazda wegen Ungehorsam aus dem Himmel gestürzt wurde und von da an begann, jeder göttlichen Schöpfung seine verneinende Gegenschöpfung entgegenzusetzen. Der Vergleich mit dem christlichen Luzifer fällt Hakon da nicht schwer.

Jadasa fährt weiter fort: „Der heilige Geist und Ahriman kämpfen um die Seelen der Menschen, die sich für einen von beiden entscheiden müssen. Nach unserem Tod wird uns der große Gott richten, und entsprechend unseren Taten werden wir im Jenseits entweder ein glückliches oder ein qualvolles Schicksal erleben. Aber am Ende der Zeit wird Ahura Mazda Ahriman vernichten und die Erde erneuern. Von da an wird sie wie ein Paradies sein und nur noch Gerechte werden auf ihr leben." - „Aber das klingt ja wie in unserer Bibel, wenn Gott in der Apokalypse den guten Menschen eine neue Erde, ein neues Jerusalem verspricht!" Unbemerkt von den beiden ist der Graf in das Zimmer Hakons getreten, hat voller Interesse den Worten seiner Frau gelauscht und fragt dann: „Hat da vielleicht eine Religion einfach etwas von der anderen übernommen? Rein zeitlich wäre das ja ohne weiteres möglich! Immerhin existiert die Botschaft Zarathustras, wie du mir erzählt hast, seit 600 vor Christus. Etwa sechzig Jahre später befreite euer legendärer König Kyros durch die Eroberung Babylons die Juden aus ihrer Gefangenschaft und erlaubte ihnen, den zerstörten Tempel in Jerusalem wieder aufzubauen. Und verkündet nicht der Prophet Jesaja in der Bibel über Kyros, daß Gott ihn eingesetzt habe und ihm alle Wege ebnen wolle?"

Hakon wird diese Diskussion zu anstrengend, und so wendet er sich seinen Spielsachen zu, während seine Eltern über diese Frage ihre Umgebung und Jadasa ihr ursprüngliches Anliegen, ihren Sohn zu schulen, scheinbar vergessen haben.

„Oder wenn schon nicht voneinander, ist es dann nicht möglich, daß Juden wie Perser aus den gleichen Quellen geschöpft haben? Und die Christen haben es später von den Juden und Griechen übernommen!" Der Graf steigert sich in eine Erregung hinein, die seiner Frau mißfällt, zumal sie seine Schlußfolgerungen keineswegs teilt. Und so antwortet sie ihm: „Ich glaube, da irrst du dich! Ich denke eher, daß die gleichen Grundwahrheiten - oft sogar gleichzeitig - an vielen Orten dieser Welt durch Propheten, die den Geist des All-Einen in sich tragen, in unterschiedlichen Formen und Bildern den Menschen bewußt gemacht werden. Ungefähr zur selben Zeit als in Persien Zarathustra lebte, erwachte in einem Mann namens Siddhartha in Indien der Gottesgeist, und er wurde unter seinem Ehrentitel „Buddha" der Gründer einer Religion, die bis in meine Heimat kam. Wenn du glaubst, daß eine Religion die Lehren einer anderen nur kopiert, dann gilt dies auch und gerade für die islamische, die ihr christlichen Ritter doch so sehr bekämpft. Sind in Mohammeds Lehre nicht große Teile identisch mit der jüdischen und christlichen Religion? Stammen diese Aussagen nun von seinen bekannten Kontakten mit Juden und Christen in seiner Heimat oder hat er sie - wie er behauptet - im Traum als Botschaft des Engels Gabriel erhalten?"

Das Gespräch hat einen Punkt erreicht, wo der Graf nicht mehr mithalten kann, da er sich nie intensiv mit Fragen der Religion beschäftigt hat, und so schiebt er ein dringendes Gespräch mit seinem Stallmeister vor, um sich, sein Gesicht wahrend, zurückziehen zu können. Jadasa durchschaut ihn, läßt ihn aber lächelnd ziehen. Seine Vision hat ihr gezeigt, daß sich schon ein anderer um das Seelenheil ihres Gatten bemüht, der es offensichtlich besser und vor allem nachhaltiger als sie versteht, Karl von Donarsberg zu überzeugen.

Am Vorabend des Jahreswechsels trifft endlich Arnulf von Metz in der Burg ein. Der Graf ist ein wenig erschrocken, als er den etwa gleichaltrigen Bischof sieht. Dessen Gesicht ist grau und eingefallen, und seine Umarmung wirkt matt und müde, als er Karl von Donarsberg begrüßt. Respektvoll geleiten Karl und Jadasa ihren Ehrengast zu seinen Gemächern, während sich Maria um seine Begleiter kümmert. Der Bischof will sich zuerst von der anstrengenden Reise erholen und bittet deshalb seine Gastgeber, ihn für heute zu entschuldigen. Nachdem Graf und Gräfin ihr Verständnis bekundet haben, verabschiedet man sich bis zum kommenden Morgen.

Als der Bischof am nächsten Tag die Halle betritt, sieht er zwar erholter als am Vortag aus, aber sein Gang und sein gequältes Lächeln verraten, daß es um die Gesundheit des Gastes nicht zum besten steht. Nach dem Frühstück, das man nur zu dritt eingenommen hat und das noch etwas förmlich verlief, lehnt sich Arnulf zurück, schaut Karl und Jadasa resigniert lächelnd an und meint dann betont forsch: „Euch beiden kann ich wohl nichts vormachen! Ich spüre eure Betroffenheit über mein Befinden, und tatsächlich gibt meine Gesundheit Anlaß zur Besorgnis. Seit einiger Zeit habe ich ein offenes Bein, das mir große Schmerzen bereitet und mich zeitweise ans Bett fesselt. Meine Ärzte meinen, daß etwas mit meinem Blut nicht stimmt. Sie zwingen mich ständig, bittere Tees zu trinken, machen mir dicke Kräuterverbände und lassen mich fast täglich zur Ader. Niemand kann mir genau erklären, was mir fehlt, und mein Bein ist in der letzten Zeit eher schlimmer als besser geworden. Inzwischen habe ich in diesem Jahr schon den dritten Medicus in meinen Diensten, der mich auch auf dieser Reise begleitet, aber der kann auch nicht viel mehr als seine Vorgänger." Resigniert und nachdenklich macht der Bischof von Metz eine Pause.

„Im vergangenen Jahr war ich nach meinem Besuch in Rom schon auf dem Weg zu Heinrich nach Sizilien, dem ich eine Nachricht des Papstes überbringen sollte und bei dieser Gelegenheit um seinen heilenden königlichen Segen bitten wollte. Leider ist unser Kaiser und König kurz vor meinem Eintreffen überraschend verstorben - der Herr sei seiner Seele gnädig - und so mußte ich wieder unverrichteter Dinge abreisen. Und nun haben wir zwei Könige! Welcher ist jetzt der wahre und von Gott berufene? Denn nur der hat auch die königliche Heilkraft! Höre ich auf meinen Amtsbruder in Köln, so ist es Otto. Meine Berater aber sagen, daß es nach Recht und Gesetz Philipp ist, der stellvertretend für seinen unmündigen Neffen Friedrich den Thron verwahrt. Also bin ich zu Hause geblieben und muß nun tatenlos zusehen, wie mein Bein von Tag zu Tag schlimmer wird."

Verbittert und von seiner zum Schluß leidenschaftlich vorgetragenen Rede erschöpft, hat sich Arnulf von Metz zurückgelehnt und die Augen geschlossen. Man spürt seine Hoffnungslosigkeit. Seine Angst vor dem scheinbar Unabwendbaren ist geradezu greifbar. Jadasa erinnert sich an ähnliche Fälle ihres Vaters, der ihr erzählt hatte, daß arabische Ärzte behaupten, das Blut eines solchen Menschen sei zu süß, und sie hätten in einem solchen Fall eine strikte Diät von frischem Gemüse und einer grobgemahlenen, in frischem Quellwasser aufgequollenen Getreidemischung verordnet und ihren Patienten alles Zuckerwerk sowie Honig und Bier verboten. Sie erinnerte sich aber auch daran, von ihrem Vater gehört zu haben, daß die Krankheit in diesem Stadium meistens nicht mehr zu heilen sei und bald zum oft qualvollen Tod führe.

Jadasa wechselt einen fragenden Blick mit ihrem Mann, der dies als Aufforderung versteht, mit dem Bischof vorsichtig über das zu reden, was sich zwischenzeitlich mit seinem Patensohn ereignet hat. Blitzartig ist es Karl von Donarsberg bei den Worten Arnulfs bewußt geworden, daß der Besuch seines bischöflichen Freundes zu diesem Zeitpunkt kein Zufall ist, sondern daß dies ein bedeutungsvoller Schritt in dem Geschehen sein muß, das ihm seine Vision angekündigt hat. Und so beginnt der Graf, unter dem Vorwand, dem Paten von der Entwicklung Hakons zu erzählen, Arnulf von den Ereignissen der letzten Monate zu berichten. Karl von Donarsberg verschweigt auch sein eigenes visionäres Erleben und die Botschaften Saadi Atravans an seine Tochter und seinen Enkel nicht, so daß der Bischof, der immer gespannter gelauscht hat, zum Schluß über alles Bescheid weiß. Als er von der Heilung des an der Lepra erkrankten Ali hört, zeigt Arnulf kurzfristig Zweifel, die der Graf aber schnell dadurch beseitigen kann, indem er Lamira und ihren Sohn kommen und selbst von dem berichten läßt, was ihnen vor kurzem widerfahren ist. Das Mittagsgeläut macht allen bewußt, wieviel Zeit seit Beginn ihres Gespräches vergangen ist. Das Gesicht des Bischofs ist leicht gerötet, und man merkt ihm seine Erregung am unruhigen Spiel seiner Hände an. Zum ersten Mal seit langer Zeit schöpft er wieder Hoffnung und bittet darum, nun seinen Patensohn sehen zu dürfen. Ali bietet sich an, Hakon zu rufen, der sich bestimmt in der Nähe Castors herumtreibt, der heute morgen vom Hufschmied des Ortes beschlagen werden soll.

Zwei Stunden später liegt Arnulf, Bischof von Metz, auf seiner Bettstatt und wartet auf seine erste Heilsitzung mit Hakon. Der Knabe war ihm gegenüber wie immer so unbefangen, ja fast naiv aufgetreten, daß den Bischof wieder Zweifel beschlichen, ob ihm dieses unbedarfte Kind wird wirklich helfen können. Aber er hat nichts mehr zu verlieren, und so hat er sich mit Hilfe seines Leibdieners seiner Beinkleider entledigt, so daß am linken Unterschenkel ein schon etwas angeschmutzter Verband aus altem Leinen sichtbar wird, den der Diener nun aufzurollen beginnt. Neben dem Kranken und dem Diener sind im Zimmer nur noch Hakon, seine Eltern und der Arzt Arnulfs anwesend, der das Ganze voller Mißtrauen schweigend beobachtet.

Der Bischof stöhnt laut auf, als die Binde soweit abgewickelt ist, daß die letzten Wicklungen, die schon von Wundflüssigkeit durchtränkt und mit den Wundrändern verklebt sind, zum Vorschein kommen. Da stoppt der neben Arnulfs hochgelegtem Bein kniende Hakon den Diener mit einer fordernden Handbewegung und läßt sich wie selbstverständlich von ihm die Binde reichen. Nachdem der überraschte Diener sie Hakon gegeben hat, wickelt der Knabe langsam und behutsam mit der linken Hand die verkrusteten Bindenreste ab, während er gleichzeitig seine rechte sanft auf das Knie des kranken Beines legt. Mit Erstaunen stellt der Bischof fest, daß die großen Schmerzen, die normalerweise beim Lösen der letzten Umwicklungen auftreten, diesmal ausbleiben.

Sofort nachdem die offene Stelle am Unterschenkel freigelegt ist, verbreitet sich ein pestilenter, süßlicher Geruch im Zimmer. Bestürzt sieht der Graf eine schwärende Wunde, die denen ähnelt, die er vom Schlachtfeld her kennt. Sie traten damals meistens nach schweren Verletzungen auf, die nicht rechtzeitig gesäubert wurden, so daß es zum gefürchteten Wundbrand kam. Solche brandigen Glieder mußten normalerweise umgehend abgetrennt werden, sollte der Verletzte überleben. Aufsteigende Gasblasen aus dem Gewebe der Wunde offenbaren, daß das Fleisch des Bischofs an dieser Stelle bereits am Knochen fault und den ganzen Körper zu vergiften droht. Von Geruch und Anblick angeekelt, ziehen sich alle außer Hakon und dem Arzt ein paar Schritte zurück. Nun beginnt der Knabe mit der Rechten handbreit über dem Bein vom Knie abwärts zum Fuß zu streichen. „Wie mein Großvater mir erklärt hat, muß die schlechte, verbrauchte Kraft zuerst aus dem Bein verschwinden, damit neue Lebenskraft einströmen kann. Wenn man zum Beispiel lange auf der Kante einer Mauer oder einem Hocker sitzt, kann der Blutfluß abgeklemmt werden und ein Bein einschlafen. Strömt dann das Blut nach dem Aufstehen wieder hinein, tut das oft sehr weh." Wie zur Bestätigung stöhnt der Kranke mit schmerzverzerrtem Gesicht laut auf. „Mach weiter, Junge! Ich spüre ganz deutlich die Kraft, die von deinen Händen ausgeht. Der Schmerz läßt jetzt auch nach, und ich habe das Gefühl, als wenn ich zum ersten Mal seit langer Zeit meinen Unterschenkel und Fuß wieder normal spüre." Hakon legt jetzt beide Hände links und rechts neben die Wunde und läßt sie dann nach einer Weile über der Wunde schweben. Es ist Jadasa mit der empfindlichen Nase, die als erste feststellt, daß der üble Geruch nachläßt und kurz darauf fast verschwunden ist.

Plötzlich wird dem Bischof bewußt, daß immer, wenn Hakons Rechte über seinem Bein schwebt, sich die Schmerzen verstärken, dagegen wenn er die Linke nimmt, sie sich verringern. Darauf angesprochen, erklärt Hakon mit erstaunlicher Sicherheit, daß ihm sein Großvater erklärt habe, daß aus seiner rechten Hand die helle Sonnenenergie seines Medaillons fließe und aus der linken die blaue Mondenergie. Und weiter, daß die Sonne eine zur Veränderung treibende Kraft sei und sie Schmerzen verursache, da im Körper krankmachende Widerstände überwunden werden müssen. Diese Kraft bewirke letztlich die Wandlung und Heilung. Die Mondkraft der Linken aber besänftige, mache ruhig und lindere Schmerzen, schenke dem Körper die notwendige Ruhe und Ausgeglichenheit, die für das Gesundwerden notwendig seien. Beide Kräfte würden sich ergänzen und müßten deshalb auch gleichzeitig zur Wirkung kommen.

Obwohl Jadasa ihren Sohn bereits bei seiner Arbeit mit Ali beobachtet hat, ist sie immer wieder fassungslos, mit welcher Selbstsicherheit er ans Werk geht und selbst schwierige Zusammenhänge erklärt. Hinter seinen Worten erkennt sie die Persönlichkeit ihres Vaters, und ihr wird klar, daß dieser seinen Enkel als Kanal für seine Absichten benutzt, daß Hakon als verlängerter Arm des Verstorbenen tätig ist. Nur gut, daß sie sich der lauteren Motive ihres Vaters gewiß ist, sonst würde sie eine solche Inbesitznahme ihres Kindes zutiefst ängstigen. Da sie sich aber sicher ist, daß die Zusammenarbeit der beiden gottgewollt ist, kann sie sich dem Wunder, das da vor ihren Augen geschieht, ganz hingeben.

Der Bischof liegt inzwischen ganz vertrauensvoll mit geschlossenen Augen da, und bald darauf verrät ein leises Schnarchen, daß er eingeschlafen ist. Sein Leibarzt schaut Hakon mit Argusaugen auf die Finger, um sicher zu gehen, daß nicht Magie mit im Spiel ist, wie er insgeheim vermutet. Die Blicke Karls von Donarsberg hängen voll Bewunderung an seinem geliebten Sohn, und voller Freude legt er seinen Arm kameradschaftlich um die Schultern seiner Frau, die sich sanft an ihn schmiegt. So vergeht die Zeit wie im Flug, und es kommt dem Grafen viel zu kurz vor, als sich Hakon schließlich erhebt und die heutige Sitzung für beendet erklärt.

In den nächsten Tagen macht die Heilung des Bischofs ständig Fortschritte. Noch einmal muß Arnulf große Schmerzen erleiden, als sein Medicus auf Geheiß Hakons das schwarze, bereits abgestorbene Fleisch im Bereich der Wunde großflächig abschneidet. Drei Diener müssen den im Gesicht aschgrauen Kranken während dieser Tortur festhalten. Eine gnädige Ohnmacht ist ihm leider nicht vergönnt. Doch bereits nach der zweiten Heilsitzung bildet sich an den Wundrändern deutlich sichtbar wieder gesundes, gut durchblutetes Gewebe. Am Ende der ersten Woche des neuen Jahres hat sich die Wunde zum ersten Mal seit vielen Monaten wieder geschlossen. Der Bischof hat ein Gefühl, als sei ihm das Leben wieder geschenkt worden. Auf seinen Leibdiener gestützt, um das genesende Bein noch zu schonen, machen er und der Graf einen Spaziergang durch den

Rosengarten der Burg, der außerhalb der Mauern liegt und auf Geheiß Jadasas von Bediensteten und Tagelöhnern der Umgebung angelegt worden war.

„Ich brauche Euch, Karl, nicht zu sagen, wie dankbar ich Euch und besonders meinem Patensohn bin. Was in meiner Macht steht, will ich gern tun, damit dieses gottbegnadete Kind seinen Weg gehen und seine Mission erfüllen kann. Allerdings kann ich nicht verhehlen, daß ich die in Eurer Vision angekündigten Schwierigkeiten und Anfeindungen bereits kommen sehe. Leider läßt sich mein Leibarzt nicht vom Augenschein beeindrucken. Mehr noch als zu Beginn meiner Behandlung durch Hakon ist er jetzt felsenfest davon überzeugt, daß schwarze Magie im Spiel und der Knabe von seinem heidnischen Großvater besessen ist. Das geheimnisvolle Medaillon am Hals Hakons, dessen Herkunft und wichtige Rolle bei seiner Geburt der Dienerschaft bekannt wurde und auch ihm hier zu Ohren gekommen ist, hat die letzten Zweifel meines Medicus beseitigt, daß es sich dabei um einen teuflischen Fetisch handelt. Und die merkwürdigen Handbewegungen Hakons über meinem kranken Bein und seine schwer verständlichen und für einen kaum fünfjährigen Knaben absolut ungewöhnlichen Erklärungen haben meinen Arzt nur in seiner Überzeugung bestärkt, daß hier zweifelsfrei der Teufel am Werk gewesen sein muß.

An sich hätten die Überzeugungen dieses kleingläubigen Mannes nicht viel Gewicht, wäre er nicht der Neffe meines Beichtvaters, der im Benediktinerorden viel Einfluß genießt. Schon bei eurer Hochzeit mußte ich die Würde meines Amtes und meine ganze Überzeugungskraft in die Waagschale werfen, um meinen Beichtvater und seine Anhänger umzustimmen, die vehement gegen eine Verbindung eines deutschen Reichsgrafen mit einer Ketzerin Stimmung machten und Jadasas Konvertierung erzwingen wollten. Ich habe euch damals nichts davon gesagt, um nicht euer beider Glück und Freude zu trüben, und bis heute gab es dazu auch keinen Anlaß mehr. Aber ich glaube, daß sich die gleichen bigotten Frömmler, deren Horizont kaum weiter als bis zu ihren Klostermauern reicht, diese Gelegenheit, euch - und indirekt damit auch mich - in Verruf zu bringen, nicht entgehen lassen werden. Spätestens nach meiner Rückkehr werden sich mein Leibarzt und sein Onkel ans Werk machen. Das sehe ich ganz klar kommen, und darauf müssen wir vorbereitet sein. Also laßt uns beratschlagen, wie wir dieser Gefahr begegnen können."

Karl von Donarsberg hat mit steigender Unruhe den Worten seines bischöflichen Freundes gelauscht. „Ich habe nicht geglaubt, daß sich meine Vision so schnell und ausgerechnet auch noch in ihren düsteren und bedrohlichen Teilen bewahrheiten würde. Hakon hat doch bisher nachweislich nur Gutes getan. Er ist doch noch ein Kind!" Erregt unterbricht ihn der Bischof mit einer ungeduldigen Handbewegung. „Aber das ist es doch gerade! Auch eure Gegner werden behaupten, daß ein Kind solches niemals vollbringen kann. Höchstens Heilige, begnadete Priester oder im Namen des christlichen Gottes geweihte Könige. Aber keinesfalls das Kind einer Heidin, die darüber hinaus nie ihrem ketzerischen Glauben abgeschworen hat. All das wird man als Beweis dafür vorbringen, daß es sich bei den Fähigkeiten Hakons nur um untrügliche Zeichen satanischer Besessenheit handeln kann! Und damit kommt die bischöfliche Inquisition ins Spiel, die ausgerechnet euer verehrter Kaiser Barbarossa und Papst Lucius III. 1184 einvernehmlich ins Leben riefen. Wir können nicht riskieren, daß Mutter und Sohn vor dieses geistliche Gericht zitiert werden, das zu allem Überfluß auch noch unter meiner Oberhoheit stünde, was mir zudem die Hände binden würde! Als Bischof muß ich in erster Linie die Belange und Interessen unserer heiligen christlichen und apostolischen Kirche vertreten und kann mich nicht dem Vorwurf aussetzen, parteiisch zu sein oder Ketzer zu schützen! Ihr wißt doch, in welcher Zeit wir leben!" Wie betäubt hat Karl von Donarsberg Bischof Arnulf zugehört. Mit wenigen Sätzen hat der Kirchenmann seinen Traum von einer heilen Welt und einem lange währenden, glücklichen Familienleben zerstört und ihm schmerzlich bewußt gemacht, in welcher Gefahr seine Lieben bald schweben werden. Nun sieht es so aus, als wenn das, was er für eine Gnade Gottes gehalten hat, sich im nachhinein scheinbar als Fluch erweist. Doch da erinnert sich der Graf wieder an die prophetischen Worte seiner Vision, daß Hakon zwar zu den Quellen seiner mütterlichen Heimat wird fliehen müssen, aber letztendlich siegen wird. Bisher hat der Graf geglaubt, das Ganze liege noch in

weiter Zukunft. Nun schwant ihm, daß dies alles schneller geschehen könnte, als ihm lieb ist. Und während die beiden und der schweigende Diener
in Gedanken versunken auf den schneebedeckten Wegen wandeln, verdüstert sich wie ein Vorbote schlimmer Zeiten der Horizont und kündigt
einen der gefürchteten Winterstürme an. Bedrückt beschließen Bischof
und Graf, in die Burg zurückzukehren und alles weitere mit Jadasa zu besprechen.

## 3. KAPITEL

# SCHWARZES KREUZ AUF
# WEISSEM GRUND

DAS JAHRHUNDERT GEHT zu Ende und mit ihm das Glück
Karl von Donarsbergs. Gebeugt und in den letzten Wochen um Jahre gealtert, steht der Graf im Spätherbst des Jahres 1199 auf dem kleinen Balkon,
der der großen Halle der Burg vorgebaut ist, und starrt mit toten Augen
auf das große Tor, durch das bereits vor Stunden seine geliebte Frau und
Hakon, sein einziger Sohn und Erbe, verschwunden sind. Es ist gekommen, wie es Arnulf, Bischof von Metz, zu Beginn des Jahres prophezeit hat.
Kaum in die bischöfliche Residenz zurückgekehrt, hat Arnulfs Leibarzt
seinen Onkel und andere hohe Würdenträger des Benediktinerordens über
die „gotteslästerlichen" und „fluchwürdigen" Ereignisse in der gräflichen
Burg in Kenntnis gesetzt, deren Augen- und Ohrenzeuge er gewesen sei.
Man habe den bedauernswert schlimmen Zustand des verehrten Herrn
Bischofs ausgenutzt, um so mittels Hexerei Macht und Einfluß über Mutter Kirche zu gewinnen. Der Herr Bischof sei das beklagenswerte Opfer
einer zauberkundigen Ketzerin und ihres besessenen Bastards geworden.
Ja, man schreckte nicht einmal davor zurück, die Rechtmäßigkeit der gräflichen Hochzeit in Abrede zu stellen, was Hakon nachträglich zu einem
unehelichen Sohn, einem Bastard machen würde. Dabei wird von den fa-
natischen Kirchenmännern verdrängt und geleugnet, daß es ausgerechnet
der Beichtvater des Bischofs selbst gewesen war, der sich anerboten hatte,
die kirchliche Erlaubnis zur Eheschließung des Grafen persönlich zu überbringen. Der falsche Mönch wollte damit dem Mißtrauen des Bischofs

ihm gegenüber die Spitze nehmen, insgeheim hielt er aber unverrückbar an seiner Ablehnung dieser Ehe fest und wartete nur geduldig, bis seine Zeit gekommen sei. Nun war sie da!

Vor einigen Tagen war bei Karl die geheime Warnung Arnulfs angekommen, daß die Einberufung des Inquisitionsgerichts unmittelbar bevorstünde und er dringend rate, wie abgesprochen, nun Mutter und Sohn außer Landes zu schicken, bis sich die Wogen geglättet hätten. Daraufhin haben Jadasa und der Graf schweren Herzens beschlossen, daß es nun an der Zeit sei, die seinerzeit ins Auge gefaßte Reise in Jadasas Heimat und zu Hakons persischem Urgroßvater anzutreten. Es war klar, daß - sollte es nicht nach außen wie eine Flucht und damit wie ein Schuldeingeständnis aussehen - Karl von Donarsberg im Land bleiben mußte.

Hakon war inzwischen zu lokaler Berühmtheit gelangt. Die begeisterten Berichte des Leibdieners des Bischofs, der aus der nahen Stadt stammte, hatten dafür gesorgt, daß immer mehr Kranke Rat und Hilfe von dem Knaben erhofften. Was anfänglich als Rinnsal begann, war in den letzten Wochen zu einem breiten Strom vom Schicksal Geschlagener angeschwollen, die alle von dem Wunderkind Befreiung von ihren Leiden erwarteten. Die Kunde von dieser Wallfahrt war bis in den bischöflichen Palast zu Metz gedrungen und hatte ihre Widersacher angestachelt, endlich mit aller Härte gegen Jadasa und Hakon vorzugehen. Der Bischof konnte sich nicht länger diesem Begehren entgegenstellen, wollte er nicht in Verdacht geraten, den Glauben und Mutter Kirche zu verraten.

Ali und Lamira wollten mit den beiden Flüchtlingen nach Hause zurückkehren. Kurt von Wachenheim, der Mitte des Jahres von seinem Lehnsherrn zum Ritter geschlagen worden war, hatte sich anerboten, Jadasa und Hakon zu beschützen und zumindest bis Jerusalem zu begleiten, wo er sich dem vor kurzem von Papst Innozenz III. gestifteten geistlichen Ritterorden anschließen will. Der „Deutsche Orden" hat vom Papst den Auftrag, gegen die Ungläubigen in Palästina zu kämpfen. Er entstand aus einer Spitalgemeinschaft Bremer und Lübecker Kaufleute, die nach dem Kreuzzug, an dem auch Karl von Donarsberg teilgenommen hatte, weiter bestehen blieb und sich der Pflege kranker Pilger und Kreuzfahrer widmete. Die Ordensbrüder müssen Keuschheit, Gehorsam und Armut geloben. Ihre Ordenstracht besteht aus einem weißen Mantel mit schwarzem Kreuz.

Karl von Donarsberg hat sich bei seinem Freund, Heinrich von Tunna, der erst Anfang des Jahres zum dritten Hochmeister des Ordens gewählt worden ist, für seinen ehemaligen Knappen verwandt. Von Tunna gilt - wie der Graf - als treuer Gefolgsmann der Staufer. Deshalb bittet ihn Karl in einem Brief, den Kurt von Wachenheim überbringen soll, um Hilfe für Frau und Sohn.

Müde und wie ausgelaugt kehrt Karl von Donarsberg in die Halle zurück. Das Wissen, daß die beiden Menschen, die er am meisten liebt, nun für lange Zeit aus seinem Leben verschwunden sind, drückt ihn wie eine schwere Last nieder. Nur die Hoffnung, Jadasa und Hakon irgendwann wiederzusehen, hält ihn aufrecht und gibt ihm die Kraft, sein Leben weiterzuleben und seiner Pflicht und Verantwortung als Landesherr nachzukommen. Das Mittagsgeläut erinnert den Grafen daran, daß er immer noch seinen Gott hat, an den er sich Trost suchend wenden kann, und so macht er sich umgehend auf den Weg zur Burgkapelle.

Den Beginn des neuen Jahrhunderts erleben die Flüchtlinge in Venedig, dem unter den italienischen Seestädten eine immer größere Bedeutung zukommt. Seine Schiffe befördern Wein, Waffen und Menschen. Die Kreuzzüge - für die, denen sie gelten, ein Fluch - bringen Genua, Pisa und Venedig hohe Gewinne. Gewürze, Seidenstoffe und andere exotische Luxusgüter aus Asien wecken den Neid und die Gier der Fürsten und Kreuzfahrer und schüren ihren Haß gegen Byzanz und seine märchenhaft reiche Hauptstadt Konstantinopel.

Jadasa hat auf Anraten ihres Mannes beschlossen, auf dem Seeweg ins Heilige Land zu reisen, da der Landweg zu langwierig und gefährlich ist. Und so ist sie am Vorabend mit dem Kapitän eines venezianischen Kauffahrers handelseinig geworden, der sie alle am morgigen Tag mit nach Caesarea nehmen will, wo er Pfeffer aus Indien und Salz vom Toten Meer laden wird. Dort werden sich die Flüchtlinge einer Gruppe mitreisender Tempelritter anschließen, die auch auf dem Weg nach Jerusalem sind. Die heilige Stadt ist zwar nach wie vor in Händen der Sarazenen, aber der Vertrag zwischen Richard Löwenherz und Saladin, der den Christen freien Zugang zum Heiligen Grab und einige andere Rechte gewährt, ist noch in Kraft. Jadasa, die das Meer fürchtet, sieht dieser Fahrt schon mit Schrecken entgegen. Hakon, der bereits beim ersten Anblick der grenzenlosen blauen Weite in Begeisterung ausgebrochen ist, will am liebsten sofort an Bord gehen, was ihm die Sympathie des Kapitäns einbringt, der daraufhin sein Vorhaben, diese fränkische Gräfin und ihren Sohn kräftig zu schröpfen, fallen läßt.

Obwohl sich das Meer während ihrer Überfahrt von seiner besten Seite zeigt und eine Schule von Delphinen für die Unterhaltung der Reisenden sorgt, sendet Jadasa ein Dankgebet gen Himmel, als am Horizont die Küstenlinie Palästinas auftaucht. Der ständige Wind auf dem Schiff und die salzhaltige Luft haben ihre Haut ausgetrocknet, und sie sehnt sich nach dem Komfort eines Bades, wie sie es von zu Hause gewohnt ist. Hakon und Ali waren ständig auf dem Schiff unterwegs, und Jadasa und Lamira bekamen sie nur zu den Mahlzeiten zu Gesicht. Kurt von Wachenheim hatte sich zu Beginn der Reise schmollend in seine Kabine zurückgezogen, als Jadasa ihm unmißverständlich klar machte, daß seine Verehrung dort ihre Grenzen habe müsse, wo die Liebe zu ihrem Mann beginne. Nun stehen alle an der hölzernen Reling und starren angestrengt auf das näher kommende Land, das noch im Dunst des frühen Tages vor ihnen liegt. Der Kapitän gesellt sich zu ihnen, um ihnen zu eröffnen, daß man gegen Mittag im Hafen von Caesarea einlaufen würde.

Ein warmer Wind steigt aus dem Kitrontal herauf und spielt in den Kronen uralter Olivenbäume, Koniferen und Akazien, die sich in der kargen, trockenen Erde des Ölbergs festsetzen konnten. Von hier aus haben Jadasa und Hakon einen hervorragenden Blick über das alte Jerusalem. Golden glänzt im Morgenlicht die Kuppel des Felsendoms vom Tempelberg herüber. Links davon strahlt silbern die der Al-Aksha-Moschee, die ursprünglich von Kaiser Justitian I. als christliche Kirche erbaut worden war. Acht Tore führen nach Jerusalem hinein. Als die Flüchtlinge vor einigen Tagen die Stadt ehrfürchtig durch das Stephanstor, das von zwei steinernen Löwen flankiert wird, betraten, war es Jadasa wie eine Bestätigung ihres eigenen Leidensweges vorgekommen, daß sie sich auf der Suche nach einer Herberge und ihrem Kontaktmann unversehens auf der Via dolorosa, dem Kreuzweg Jesu, wiederfanden. Müde und erschöpft trafen sie schließlich Heinrich von Tunna, der ihnen eine Unterkunft nahe der Erlöserkirche verschaffte.

Jadasa ist für die Anwesenheit Lamiras und Alis sehr dankbar. Beide fühlten sich in den Gassen und Straßen der Stadt mit ihrem bunten Völkergemisch, den orientalischen Gerüchen und dem warmen Klima gleich heimisch und nehmen der Gräfin, die sich in der Heiligen Stadt merkwürdig verloren vorkommt, alle Besorgungen ab. Dabei werden sie immer von Hakon, der stets voller Neugier und Abenteuerlust ist, begleitet. Heute Abend soll ein erstes längeres Gespräch mit dem Hochmeister des Ordens Klarheit darüber bringen, wie ihre Reise nach Persien weiter vonstatten gehen soll. Jadasa hofft, daß der Ordensritter inzwischen den Brief ihres Mannes gelesen hat, so daß sie sich lange Erklärungen sparen kann. Hakon an ihrer Seite hüpft ungeduldig von einem Bein auf das andere. Er will heute noch unbedingt die Grabeskirche sehen, von der ihm sein Vater schon so viel erzählt hat. Seufzend winkt Jadasa Ali und seiner Mutter, die sich in einiger Entfernung auf den Resten einer alten Mauer niedergelassen haben.

Die Residenz des Hochmeisters des Deutschen Ordens während seines kurzen Aufenthalts in Jerusalem hält jedem Vergleich mit einem fürstlichen Palast stand. Es ist ein hohes Gebäude aus weißem Kalkstein, dessen Innenhof mit einem alten Mosaik geschmückt ist, in dessen Mitte ein großer, mannshoher Brunnen für erfrischende Kühle sorgt. Ein rundum laufender Säulengang erinnert die Gräfin an das Innere christlicher Klöster. Palmen und stark duftende Blüten verleihen dieser Oase der Stille einen Hauch paradiesischer Glückseligkeit. Ein Ritter im Ordensgewand führt die Gräfin und ihren Sohn sowie Kurt von Wachenheim über eine breite Steintreppe in die große Halle und von dort in das Empfangszimmer im Erdgeschoß und bittet sie, Platz zu nehmen. Die weißen Wände des Raumes sind schmucklos. Auf dem Boden liegen schwere Teppiche. Sie umrahmen einen in der Mitte des Raumes plazierten alten, massiven Steintisch, um den acht stoffbezogene Holzschemel stehen.

Als der Ordensvorsteher den Raum betritt, erheben sich Kurt und Hakon. Heinrich von Tunna nickt den beiden freundlich zu, begrüßt dann ehrerbietig Jadasa und erkundigt sich nach dem Wohlbefinden ihres Mannes. Der Hochmeister ist ein imponierender Mann. Hochgebaut, mit eisgrauem Haar und athletischer Gestalt, verkörpert er vorbildlich die ritterlichen Tugenden, die man von einem Streiter Christi in dieser Zeit erwartet. Jadasa fühlt sich gleich sicher und geborgen in seiner Gegenwart, und zum ersten Mal seit ihrer Ankunft in Jerusalem kann sie ihre Angst vor der Zukunft für einige Zeit vergessen.

„Dank des ausführlichen Briefes Eures Mannes bin ich über das, was Euch, Frau Gräfin, zu dieser gefahrvollen und mühseligen Reise veranlaßte, gut informiert." Ein anerkennender Blick des Mannes streift Hakon und bleibt dann bewundernd auf dem schönen Antlitz der Frau ruhen. „Die bisherigen Taten dieses jungen Mannes sind ja recht beachtlich. Wollen wir hoffen, daß er weiter Gelegenheit hat, mit seiner Begabung noch viel Gutes zu tun. Hinsichtlich Ihrer Weiterreise kann ich Euch aber im Moment keine Hoffnung machen. Wie mir Euer Mann mitteilte, wollt Ihr über Bagdad nach Isfahan in Eure persische Heimat. Sicherlich habt Ihr schon gehört, daß in Frankreich und Italien Stimmen laut werden, die zu einem weiteren Kreuzzug aufrufen. Deshalb bin ich übrigens von unserem Stammsitz, der Burg Montfort bei Akkon, nach Jerusalem gekommen, um mit dem islamischen Statthalter zu verhandeln und ihn zu beruhigen, damit es nicht zu unüberlegten Reaktionen kommt, die unseren Frieden hier in Palästina unnötig gefährden. Auf die Reaktion des Kalifen an-Nasir in Bagdad habe ich allerdings keinen Einfluß. Ich weiß nur, daß er uns Christen nicht sonderlich schätzt und auch zur Zeit auf seine persischen Glaubensbrüder nicht gut zu sprechen ist. Kurz gesagt, im Augenblick ist die Spannung in dieser Region wieder groß, und täglich kann es zu militärischen Auseinandersetzungen kommen. Ich halte deshalb Euer Vorhaben für viel zu riskant, ja geradezu lebensgefährlich. Es sei denn, Ihr wollt alle auf irgendeinem arabischen Sklavenmarkt und Sie, Frau Gräfin, in einem Harem landen." Heinrich von Tunna schweigt und blickt Jadasa forschend an. Wie kann er die Gräfin von diesem unsinnigen Plan abbringen? Sein

74

Blick fällt auf Hakon und plötzlich hat er einen Einfall. „Euer Sohn, Frau Gräfin, wird hier dringend gebraucht! Die Pflege der kranken Pilger und Ordensangehörigen liegt uns nach wie vor sehr am Herzen. Leider sind gerade auf diesem Gebiet unsere Möglichkeiten sehr begrenzt. Arabische Ärzte, die bekanntlich als die besten gelten, können wir aus verständlichen Gründen nicht beschäftigen. Und die europäischen, die sich bis zu uns verirren, sind rar und dann meistens noch schlecht ausgebildet. Stimmen die Referenzen Ihres Sohnes - und daran zweifele ich nicht - dann ist sein Platz in unserem Orden, der ihn auch vor der Inquisition schützen wird. In Montfort und Akkon unterstellt ihm niemand, mit dem Teufel im Bund zu sein, und er kann ganz seiner Mission nachgehen. Die nach Deutschland zurückkehrenden Pilger und Ordensritter, die er heilen kann, werden das ihrige tun, Hakons Ruf zu festigen, so wie es die Vision Ihres Mannes ankündigte. Palästina ist ein Land der Wunder - und Euer Sohn damit am rechten Platz!"

Wieder schweigt der Hochmeister und blickt Jadasa erwartungsvoll an. Ganz uneigennützig ist sein Vorschlag nicht. Einerseits braucht der Orden viel dringender, als ihr Oberhaupt zugibt, auf diesem Gebiet kompetente Hilfe, weil die Pflege und Heilung von Kranken sein ursprünglicher Auftrag ist und nur das die Kassen füllt. Andererseits reizt ihn trotz seines Keuschheitsgelübdes die Vorstellung, diese schöne Frau länger um sich zu haben. Nachdenklich und bedrückt blickt Jadasa auf die zentrale Szene im Teppich zu ihren Füßen: Kriegselefanten überfallen eine Stadt. Blumengirlanden umranken wie ein Lorbeerkranz das Bild. - Was soll sie tun?

Sie sehnt sich zwar danach, ihre persische Heimat und ihren Großvater noch einmal zu sehen, aber was ist, wenn ein neuer Kreuzzug sie und ihren Sohn auf Jahre dort festhält? Oder wenn sie auf dem Weg in die Hände von Feinden fallen? Insgeheim hatte sie gehofft, der Hochmeister würde ihr eine Eskorte stellen. Nun hier im Land und angesichts eines so brüchigen Friedens, der jederzeit in blutige Scharmützel umschlagen kann, kommt es ihr geradezu egoistisch und kindisch vor, zu erwarten, Heinrich von Tunna würde ihr von seinen wenigen Mannen noch einige zu ihrem Schutz mitgeben. Gut, daß sie das noch nicht zur Sprache gebracht hat! In Akkon zu bleiben hieße, weit genug von zu Hause und damit der Inquisition entronnen zu sein und doch als Gast des Deutschen Ordens sozusagen auf deutschem Boden zu leben. Und wer weiß, vielleicht ändert sich bald die allgemeine Lage, und Hakon und sie können nach Hause zurückkehren oder doch noch ungefährdet nach Persien reisen.

Ein tiefer Atemzug begleitet ihren Entschluß, vorläufig in Akkon die weitere Entwicklung abzuwarten. Jadasa streckt lächelnd die Hand nach Hakon aus und sagt dann: „Es sieht so aus, mein Sohn, als müßten wir uns gedulden und die Gastfreundschaft dieses Ritters und seines Ordens annehmen." Hakon, der den Worten Heinrichs von Tunna aufmerksam gelauscht hat, ist keineswegs unzufrieden mit dieser Änderung der Pläne. In einer Burg der Ordensritter im Heiligen Land zu leben, scheint ihm sehr vielversprechend zu sein. Da winken bestimmt viele Abenteuer. Zum Beispiel Kamelritte in die Wüste oder das Beobachten der Schiffe im Hafen von Akkon, arabische Reiterspiele oder der Kampf gegen die Heiden. Hakon sieht sich schon auf seinem galoppierenden Schimmel mit wehendem Ordensumhang und einem blitzenden Schwert in der Hand an der Spitze tapferer Ritter gegen die Sarazenen ziehen. Jadasa dämpft etwas die Begeisterung des Knaben, als sie den Hochmeister darum bittet, einen gelehrten Mann seines Ordens als Lehrer für den jungen Grafen zur Verfügung zu stellen. Sehr zufrieden mit dem Ausgang des Gesprächs, sagt Heinrich von Tunna jegliche Unterstützung zu, die den Aufenthalt von Mutter und Sohn in der Ordensburg so angenehm und förderlich wie möglich machen kann.

Monate und Jahre gingen ins Land, und man schreibt nun das Jahr des Herrn 1209. Es ist Anfang November, und der Herbst hat auch in Palästina Einzug gehalten. Nach einem sehr heißen Sommer, wie seit Menschengedenken nicht mehr, sind die Tage jetzt vergleichsweise kühl und angenehm. Heute abend tritt das Generalkapitel des Ordens, das alle Ritter umfaßt, zusammen, um nach dem tragischen Tod Heinrichs von Tunna einen neuen Hochmeister zu wählen. Ein goldener Lichtstrahl fällt durch das schmale Fenster des spartanischen Raumes auf den mit Büchern überladenen Tisch in der Mitte. Ein braungebrannter junger Mann in bequemen muselmanischen Kleidern sitzt davor. Dunkle Haare umrahmen ein kühnes Gesicht, das mit seinen ausgeprägten Backenknochen und der geschwungenen Nase an einen Falken erinnert. Die Stirn ist hoch, und die Augen blitzen in einem verwegenen Blau, das dem Indigo der Kopftücher einiger Wüstenvölker gleicht. Ganz vertieft in ein ursprünglich arabisches Lehrbuch, das von klugen Juden im spanischen Granada ins Hebräische und dann von fleißigen christlichen Mönchen ins Lateinische übersetzt worden war, brütet Hakon über anatomischen Darstellungen des menschlichen Körpers und der Beschreibung von Krankheiten, die seit Jahrhunderten die gefürchtetsten Geiseln der Völker sind. Ab und zu schüttelt er unwillig den Kopf, wenn er wieder einmal Stellen im Text entdeckt, die offensichtlich nur auf Hörensagen beruhen und in vielem eine große Unkenntnis bezüglich der Organe des menschlichen Körpers und ihrer Funktion verraten. Es ist traurig, daß sich Christen und Moslems ausgerechnet dort einig sind, wo es um die Unversehrtheit des toten menschlichen Körpers geht und deshalb pathologische Eingriffe oder Leichenöffnungen zu Studienzwecken an den medizinischen Fakultäten der Universitäten der christlichen und islamischen Welt aus religiösen Gründen verboten sind.

Hakon ist sich seiner privilegierten Situation wohl bewußt. Im Laufe der Zeit hat er zwar die Stimme seines Großvaters in seinem Innern immer seltener vernommen, dafür zeigte sich aber ein anderer Ausdruck seiner besonderen Begabung. Hakon begann, geistig das Innere des menschlichen Körpers wahrzunehmen. Er „sah" mit geschlossenen Augen in Brusthöhlen, beobachtete das Schlagen des Herzens oder verfolgte die Bewegungen der Darmschlingen im Bauch. Er entdeckte bei seinen Patienten Geschwüre in der Magenwand oder blickte auf Geschwulste an Leber oder Niere, die das Leben des Betreffenden bedrohten. Vieles wurde ihm durch intensives Beobachten oder Vergleichen mit der Tierwelt bewußt. Auch wenn sein zeitweiliges Interesse an Schlachtungen das verständnislose Kopfschütteln seiner Umgebung hervorrief oder das gründliche Untersuchen von tödlichen Verletzungen ihm von Seiten der Hinterbliebenen als mangelnde Achtung vor dem Toten ausgelegt wurde, sein Wissensdurst blieb unstillbar. Aber trotz alles eifrigen Beobachtens und Forschens war ihm

77

vieles noch unklar, und so suchte er nach Erklärungen in Büchern. Enttäuscht hatte er oft den Eindruck, aus eigener Anschauung mehr zu wissen, als die gelehrten Autoren nach jahrzehntelangem Studium. Hakon wollte nicht unwissend heilen. Er wollte verstehen, was vor sich ging, wie die Zusammenhänge waren. Einfaches Handauflegen genügte ihm schon lange nicht mehr, was bei denen, die seine Fähigkeiten als Gottesgabe ansahen, Unwillen hervorrief, da sie seinen Wissensdrang als Hochmut und Undankbarkeit gegenüber dem Geber aller Gaben ansahen.

Es klopft, und Ali tritt ein. Er ist jetzt Hakons einziger Freund und Vertrauter in der Fremde und nach dem Tod seiner Mutter Lamira im zweiten Jahr nach ihrer Ankunft in Palästina auch sein Leibdiener. Ali fragt seinen jungen Herrn, was er an Kleidung für den heutigen Abend bereitlegen soll? Es ist Hakons erste Teilnahme an einem Treffen des Generalkapitels des Ordens. Kurz vor den tragischen Ereignissen zu Beginn des Jahres, war Hakon anläßlich seines 15. Geburtstages auf Grund seiner Verdienste für den Orden vorzeitig in den Ritterstand erhoben worden.

Die letzten Jahre waren für den jungen Grafen harte aber gute Lehrmeister gewesen, und so war er frühzeitig gereift. In der ersten Zeit ihres Aufenthalts in Akkon bestand das Leben für den Knaben lediglich aus einer Kette nicht abreißen wollender Abenteuer. Ganz so, wie er es sich - seinem Lebensalter entsprechend - vorgestellt hatte. Und wie in Deutschland, war Ali auch hier sein Schatten, der über seinen Schützling getreulich wachte. Die wunderbare Heilung Alis hatte die Bindung zwischen beiden noch enger werden lassen und grenzte von seiten des Geheilten schon an Vergötterung. Aber bald begann für Hakon der Ernst des Lebens. Immer häufiger wurde er vom Leiter des Ordensspitals zur Behandlung von Kranken herangezogen, und seine übernatürlichen Kräfte und die Vielzahl der geglückten Heilungen machten ihn in der orientalischen Stadt, in der sich Gerüchte wie Lauffeuer zu verbreiten pflegen, bald zum Gegenstand öffentlicher Bewunderung und zur Hauptfigur unzähliger Geschichten arabischer Märchenerzähler in den Basaren Palästinas. Jadasa sah diese Entwicklung mit Skepsis und Argwohn. Sie wartete nur darauf, daß sich Neider und Denunzianten einstellen würden und sie alle wieder in Gefahr gerieten. Ihre Angst blieb unbegründet. Die Mentalität der Orientalen und die Wundergläubigkeit der Menschen hier sowie die mystische Atmosphäre des Heiligen Landes, von der auch die Kreuzfahrer und dauernd hier lebenden Europäer nicht unberührt blieben, ließen inquisitorische Ansichten und Versuche schon im Keim ersticken.

Nein, die Gefahr für Hakon drohte von ganz anderer Stelle! Dem kleinen Grafen war die unkritische Bewunderung seiner Umgebung zu Kopf gestiegen, und allein die strenge Erziehung Jadasas bildete da ein allerdings unzureichendes Gegengewicht. Erst als Hakon mit zwölf Jahren an einer gefährlichen Seuche erkrankte und tagelang im Fieberwahn die mahnende Stimme seines Großvater vernahm, die ihn nachdrücklich an Dankbarkeit und Demut gegenüber dem Spender aller Gaben erinnerte, kam es zum endgültigen Umschwung. Aus einem überheblichen Knaben wurde ein ernster junger Mann, der sich nun ganz seinen Studien und seinem göttlichen Auftrag verschrieb.

Jadasa litt sehr unter der Verbannung, wie sie es nannte. Sie wechselte lange, leidenschaftliche Briefe mit ihrem Mann, in denen sie ihn anflehte, ihnen die Rückkehr zu erlauben. Aber die Wirren der Zeit ließen keine unüberlegte, nur vom Gefühl getragene Entscheidung zu, zumal sich die politische Lage nach anfänglichen ermutigenden Fortschritten wieder zu Ungunsten der Staufer und ihrer Anhänger entwickelte. Philipp von Schwaben war im Laufe der Zeit immer mehr erstarkt, hatte sogar die Unterstützung des Erzbischofs von Köln und der Kurie erlangt, als er im vergangenen Jahr von Otto von Wittelsbach heimtückisch ermordet wurde. Man stelle sich einmal vor: Ein deutscher König wird von einem seiner adligen Vasallen wegen einer Liebschaft aus Neid und Eifersucht ermordet! Karl von Donarsberg war fassungslos, wie seine Briefe verrieten. Nun war wieder Otto IV. am Zug, und die staufische Anhängerschaft hatte sich gezwungen gesehen, ihn vor einigen Monaten offiziell anzuerkennen und zum deutschen König nachzuwählen. Vor kurzem wurde der Sohn Heinrichs des Löwen, des Erzrivalen Barbarossas, sogar von Innozenz III. zum Kaiser gekrönt. Damit war die Rückkehr der Gräfin und ihres Sohnes nach Deutschland auf nicht absehbare Zeit vereitelt.

Jadasa allerdings hatte diese letzte Entwicklung nicht mehr erlebt. Zutiefst über die immer wieder auftretenden Rückschläge enttäuscht und voller Zorn auf alle, die der Wiedervereinigung mit ihrem Mann entgegen standen, war sie Anfang des Jahres einer Einladung des Hochmeisters zur Falkenjagd in die Wüste gefolgt. Hohe islamische Würdenträger waren auch dabei. Die Jagdgesellschaft war nachts in einem ausgetrockneten Wadi in der Nähe des Toten Meeres von einer plötzlich anrollenden Flutwelle erfaßt worden, für die ein überraschender Gewittersturm im nahen Gebirge verantwortlich war. Die ausgedörrte Erde hatte die plötzlichen Wassermassen nicht mehr fassen können, und so waren sie mit todbringender Gewalt und unter Mitnahme mannshoher Felsbrocken zu Tale geschossen. Die im Schlaf Überraschten wurden mitgerissen und ihre Leichen erst am nächsten Tag von Schafhirten, deren Herden in der Nähe weideten, geborgen. Eine zufällig vorbeikommende Karawane aus Bagdad, der auch Abgesandte des muslimischen Stadthalters von Jerusalem angehörten, brachte die Kunde in die Heilige Stadt, und von dort aus übermittelten berittene Boten die Nachricht nach Akkon. Der islamischen Tradition gemäß, hatte man die toten Körper von Heinrich von Tunna, Jadasa, Gräfin von Donarsberg sowie aller moslemischer Würdenträger und ihrer Begleiter in Sichtweite der Salzfelder des Toten Meeres beerdigt. Die letzten Worte an ihrem Grab soll ein islamischer Mufti gesprochen haben.

Hakon wollte es tagelang nicht glauben, daß seine lebensfrohe und an ein gerechtes Schicksal glaubende Mutter auf solche Art umgekommen sei. Erst eine geistige Begegnung von Mutter und Sohn in einer seiner Meditationen hatte Hakon trösten und wieder beruhigen können. Das, was Jadasa ihm medial über ihren Tod und seine Gründe sowie allgemein über das Jenseitige mitteilen durfte, hat in dem jungen Grafen und Ritter des Deutschen Ordens ein tiefes religiöses Gefühl wach und ihn endgültig erwachsen werden lassen.

Es hat lange gedauert, bis auf Hakons Brief an seinen Vater, in dem er die tragischen Ereignisse aber auch seine tröstenden Begegnungen mit seiner Mutter in Meditation und Traum ausführlich schilderte, gestern endlich Antwort aus Deutschland kam. Der Brief Karls von Donarsberg war eine einzige Liebeserklärung an seine verstorbene Frau, und Hakon kämpfte beim Lesen oft mit den Tränen. Zwischen den Zeilen konnte man die tiefe Verzweiflung seines Vaters und die Sehnsucht nach seinem einzigen Sohn und Erben herauslesen. Unversehens packte Hakon ein starkes Heimweh nach zu Hause. Er sah sich wieder mit seinem Vater zur Jagd reiten, dachte mit Wehmut an die immergrünen Landschaften in Deutschland und sehnte sich danach, wieder zu erleben, wie im Winter der Schnee fällt und alle Bäume wie Ordensritter einen weißen Umhang tragen. An all das konnte er sich noch erstaunlich gut erinnern.

Wieder klopft es, und Ali teilt ihm mit, daß ein Sarazene gekommen sei, der den berühmten Hakim konsultieren, aber nur Hakon seinen Namen nennen wolle. Hakon runzelt mißbilligend die Stirn über Alis Tonfall. Für Ali sind außer den Persern alle Araber „Sarazenen", die er als wichtigtuerische Emporkömmlinge ansieht und denen gegenüber er sich als Angehöriger eines jahrtausendealten Kulturvolkes haushoch überlegen fühlt. Zerknirscht über Hakons strafenden Blick fügt er schnell hinzu, daß die Zahl seiner Begleiter und die Pracht ihrer Ausrüstung darauf hindeute, daß es sich um einen reichen und einflußreichen Mann handeln müsse.

Hakon ist überrascht. Normalerweise lassen ihn solche Patienten in ihre Häuser oder Paläste rufen. Arabische Notabeln sind sehr darauf bedacht, ihr Gesicht und ihre Stellung zu wahren und sich gegenüber den „Ungläubigen" keine Blöße zu geben. Alle Begegnungen mit ihnen liefen deshalb stets förmlich und zeremoniell ab. Trotz seiner unbestrittenen Erfolge auch bei der arabischen Bevölkerung, war es Hakon zu seinem Bedauern bisher nicht gelungen, in näheren oder gar freundschaftlichen Kontakt zu einem von ihnen zu treten. Auf Anweisung des jungen Grafen bittet Ali den Ankömmling in Hakons Konsultationszimmer.

Als Hakon das Zimmer betritt, steht der Fremde mit dem Rücken zur Tür am Fenster und schaut hinunter auf das Treiben in den Straßen der Stadt. Sofort fällt dem jungen Kreuzritter die Kleidung des Besuchers aus teurer Seide auf. Eine langfallende, rubinrote und goldbestickte Jacke über einer dunkelblauen Pluderhose, um deren Beine sich silberne Blumenornamente ranken. Die schnabelförmigen Schuhe aus Brokat sind mit Perlen besetzt. Um die Hüfte ist ein breiter Ledergürtel geschlungen, der mit der kunstvollen Darstellung einer Löwenjagd aus goldenen Figuren geschmückt ist. An der Seite hängt ein juwelenbestückter Dolch, der seinen Träger als wehrhaft und reich ausweist. Der Mann ist mittelgroß und dunkelhaarig, von drahtiger Gestalt und strahlt eine katzenhafte Geschmeidigkeit aus. Beim Eintritt Hakons schnellt die Gestalt wie ein kampfbereiter Tiger herum, und der junge Ordensritter steht zu seiner großen Überraschung dem Gesandten Temudschins gegenüber, den sie auch Dschingis-Khan nennen. Temur-Khan hat den Auftrag, für den Mongolenherrscher die militärische und strategische Bedeutung der christlichen Kleinstaaten auszuforschen, die in Folge der Kreuzzüge auf palästinensischem Boden entstanden sind. Der Herr der Mongolen ist seit seiner Wahl vor drei Jahren angetreten, die Welt zu erobern und ihr seinen Wahlspruch aufzuzwingen: „Eine einzige Sonne am Himmel, ein einziger Herr auf Erden!" Im Moment wendet sich der Mongolensturm noch gen Süden und droht das geheimnisvolle chinesische Reich zu erobern und zu verwüsten, wie Temur-Khan prahlerisch anläßlich eines Festbanketts, das ihm der Orden gab, verlauten ließ. Aber warnende Stimmen aus dem arabischen Lager weisen auf die erklärte Absicht Dschingis-Khans hin, bald auch die persischen, arabischen und osteuropäischen Staaten zu unterwerfen. Noch setzt der Mongolenherrscher gegenüber den Ländern im Westen auf Diplomatie. Aber wie lange noch?

Hakon lernte den Botschafter erstmals anläßlich dieses Banketts in der Burg Montfort kennen, an dem er als Erbe eines alten deutschen Adelsgeschlechts teilnehmen durfte. Rangmäßig ganz am Ende der Ordenshierarchie, verwundert es Hakon, den Vertreter eines so mächtigen und gefürchteten Herrschers hier bei sich zu sehen. „Seid Willkommen, Temur-Khan! Was kann ich für Euch tun?" Der Mongole mustert Hakon schweigend. Sein Blick drückt Mißtrauen und Unglauben aus. „Der Khan Eures Stammes sagte mir, daß Ihr der größte seiner Schamanen hier in Akkon seid. Mir scheint, Ihr seid dafür aber noch reichlich jung!" Hakon vermutet, daß der stellvertretende Hochmeister ihn Temur-Khan anscheinend als Heiler empfohlen hat. Wie er gehört hat, nennt man bei den Mongolen die Priester, die eine Mischung von Magier, Naturkundige und Heiler sind, Schamanen. Der junge Graf ist gespannt, was der Gesandte Dschingis-Khans von ihm will.

„Eine Person meiner Begleitung ist schwer erkrankt, und ich fürchte, daß sie sterben wird, wenn Ihr nicht helfen könnt!" Die Zweifel Temur-Khans an Hakons Fähigkeiten sind unübersehbar. Doch den stört das wenig. Das hat er in den letzten Jahren oft erlebt, daß wegen seiner Jugend viele nicht an ihn glauben konnten. Spätestens nach der ersten Behandlung war dann bei den meisten von Zweifel keine Spur mehr. Was Hakon weit mehr beschäftigt, ist die Frage, wieso der Fürst eines Volkes, das für seine Rücksichtslosigkeit und Grausamkeit bekannt ist, sich so besorgt für einen Untergebenen einsetzt? „Wenn es wirklich so um den Kranken steht, sollte ich mich sofort um ihn kümmern." Erstaunt beobachtet Hakon, daß der Khan fast verlegen wird. Irgend etwas stimmt da nicht. Dann gibt sich der Mongole einen Ruck, schaut dem jungen Ordensritter direkt in die Augen und meint dann: „Ich hoffe, Ihr behandelt auch Frauen! Wenn Ihr Shalimar retten könnt, soll es Euer Schaden nicht sein." Der Khan hebt einen prallen Lederbeutel hoch, in dem es verführerisch klingt. Hakon ist verblüfft: Eine Frau! Warum nimmt der Mongole auf eine solche Mission eine Frau mit? Und wieso ist sie für den Khan offensichtlich von so großer Bedeutung, daß er sich persönlich für sie verwendet? Rätsel über Rätsel. Hakon sucht einige Utensilien zusammen und signalisiert dann, daß er bereit ist, dem Botschafter zu der Kranken zu folgen. Hakon informiert noch Ali und eilt dann die Treppe hinab, an deren Ende Temur-Khan bereits ungeduldig wartet.

Temur-Khan hat vorsorglich ein freies Pferd mitgebracht, auf das Hakon in einer eleganten, fließenden Bewegung aufsitzt, was ihm von dem Mongolen, als dem Angehörigen eines stolzen Reitervolkes, anerkennende Blicke einbringt, die sich zur Bewunderung steigern, als er sieht, wie gut Hakon das fremde Tier beherrscht und wie Reiter und Pferd zu einer Einheit verschmelzen. In gestrecktem Galopp und ohne Rücksicht auf Fußgänger und Lastträger, die fluchend zur Seite springen, geht es die steinige Straße hinab ins Zentrum der Stadt. Kurz darauf sind sie schon am Domizil des

Mongolen-Fürsten angelangt, der mit seinem Gefolge in einem großen arabischen Haus wohnt, das in einem weitläufigen Palmenpark liegt. Mongolen in ihrer fremdartigen Tracht laufen innen entlang der Mauer Wache. Als die Reiterschar am Eingangstor ankommt, springt Temur-Khan sofort vom Pferd und eilt, ohne sich zu versichern, daß Hakon ihm folgt, ins Innere des Hauses. Der junge Ordensritter eilt ihm nach. Die Empfangshalle des Hauses ist im Vergleich zum gleißenden Licht draußen geradezu düster, und Hakons Augen brauchen eine Weile, um sich an das Dunkel zu gewöhnen.

Der Khan gibt gerade einem untertänig buckelnden Diener verschiedene Anweisungen, die er mit herrischen Gesten seiner Arme unterstreicht. Der Diener verschwindet hastig, und der Khan wendet sich – nun ganz liebenswürdiger Hausherr - freundlich lächelnd seinem Gast zu. „Ich habe Shalimar ausrichten lassen, daß wir zurück sind und sie sich auf unseren Besuch vorbereiten soll. Die Kranke entstammt einem alten persischen Geschlecht und dient mir auf dieser Reise als meine Dolmetscherin. Wie Ihr sicherlich bemerkt habt, beherrsche ich Eure Sprache nur mangelhaft und spreche außerdem kein Arabisch, und von meinen geplanten Gesprächspartnern versteht keiner meine Muttersprache. Ursprünglich war Shalimar eine Gefangene des Kalifen von Bagdad. Als ihre Familie das hohe Lösegeld für ihre Befreiung nicht so schnell aufbringen konnte, verlor dieser das Interesse an seiner Geisel und schickte sie mit einer Gesandtschaft als Geschenk an Dschingis-Khan. Im Harem des Großkhans wurde bald die große Sprachbegabung der jungen Frau festgestellt. Und da sie von außerordentlicher Schönheit ist und von den Frauen unseres Herrn als Bedrohung angesehen wurde, sorgte Borte, seine Hauptfrau, dafür, daß Dschingis-Khan sie mir als Anerkennung für treue Dienste überließ, damit sie mich auf meiner Mission als Dolmetscherin begleiten kann."

Temur-Khan schweigt und blickt nachdenklich und bedrückt zu Boden. Dann hebt er wieder den Blick und schaut Hakon direkt an. Erstaunt nimmt der junge Graf wahr, daß die Augen des gefürchteten Kriegers in Tränen schwimmen. „Auf unserer langen Reise von den Steppen der Mongolei hierher an die Küste Palästinas haben wir uns näher kennen und schät-

84

zen gelernt. In Samarkand erkrankte ich schwer an dem Fieber, das ihr Malaria nennt. Ich lag auf Leben und Tod danieder, und nur die aufopfernde Pflege dieser Frau rettete mein Leben. Als ich wieder genesen war, gab ich sie frei und stellte ihr anheim, in ihre persische Heimat zurückkehren zu können. Sie lehnte ab und folgte mir von nun an aus freiem Willen. Seitdem ist sie mein Licht und mein Leben. Wenn wir zurückkehren, will ich Shalimar mit Erlaubnis meines Herrn zu meiner rechtmäßigen Frau machen."

Nun versteht Hakon die Betroffenheit und den persönlichen Einsatz des Mongolen. Noch immer weiß er nicht, an was die junge Frau leidet, aber das bereitet ihm keine Sorgen, da er schon oft erfahren hat, daß mit Gottes Hilfe und wenn es das Schicksal des Betreffenden zuläßt, auch die gefährlichsten Krankheiten geheilt werden können. Der Diener kommt zurück, und die beiden folgen ihm in einen Seitentrakt des Hauses, in dem die Frauengemächer liegen.

Es ist finster im Raum. Hakons Augen brauchen wieder eine Weile, um sich an das Halbdunkel zu gewöhnen. Die Fenster sind mit Tüchern verhängt, und in der Luft liegt ein atemberaubender Duft fremdartiger Kräuter und Essenzen. Ohne zu zögern, schiebt der junge Heiler die Vorhänge beiseite, um frische Luft und das goldene Sonnenlicht hereinzulassen. Mitten im Zimmer sind seidene Kissen zu einem Lager aufgeschichtet. Wie verloren liegt darauf die zierliche Gestalt der Kranken, die fast bis zur Haarspitze mit einer Felldecke zugedeckt ist. Ein leises Stöhnen dringt zu den beiden, und auf einen Wink Temur-Khans hin zieht der Diener die Decke ein Stück herunter, so daß Gesicht und Brust einer schönen jungen Frau zum Vorschein kommen. Ihr langes schwarzes Haar liegt wirr um den Kopf und klebt an der schweißüberströmten Stirn und den hohen Wangen. Ganz offensichtlich hat die Kranke starkes Fieber und ist nicht voll bei Bewußtsein. Als Hakon näher tritt, hört er das bedrohliche Rasseln ihres Atems, und ein trockener Husten schüttelt die zarte Gestalt. Der schwache Pulsschlag und die leicht geweiteten Pupillen in den dunklen Augen sagen ihm, daß die Kranke in einem Zustand ist, der das Schlimmste befürchten läßt. Die Haut der jungen Frau glüht geradezu, und Hakon ist klar, daß er sich zuerst um das mörderische Fieber kümmern muß, das in seiner Patientin brennt.

Hakon tritt an das Fußende, schlägt die weiße Felldecke zurück und ergreift die Fußspitzen der Kranken. Dann konzentriert er sich auf sein Innerstes und zieht danach die krankmachenden Energien aus dem Körper der jungen Frau. Von Zeit zu Zeit schüttelt er die schlechten Kräfte aus dem Körper der Todkranken von seinen Händen. Das geht so eine ganze Weile, bis dem ungeduldig wartenden Mongolen plötzlich auffällt, daß seine Geliebte merklich ruhiger geworden ist. Er ergreift hoffnungsvoll ihre Hand und fühlt zu seinem Erstaunen, daß das Fieber ganz offensichtlich stark gefallen ist. Auch die krankhafte Rötung ihrer Haut ist verschwunden und hat einer fast normalen Gesichtsfarbe Platz gemacht.

Hakon wechselt die Position, kniet sich nun hinter den Kopf der jungen Frau und legt beide Hände auf ihre Schläfen. Dabei erklärt er Temur-Khan, daß er nun beginnt, neue Lebensenergie in den Körper der Kranken einströmen zu lassen. Nach einiger Zeit wechselt er auf die linke Seite und legt die Hände auf verschiedene Stellen am Körper der Frau, wo sich Kraftzentren im menschlichen Körper befinden, die es im Rahmen des Heilungsritus zu harmonisieren und ebenfalls mit frischer Energie zu versorgen gilt. Während Hakon mit der Kranken beschäftigt ist, erhebt sich der Mongole und geht in den Hintergrund des Zimmers, wo er in einer Reisetruhe zu suchen beginnt. Hakon achtet nicht weiter auf ihn. Bald darauf ist die erste Heilsitzung beendet, und der junge Ordensritter erhebt sich. Zufrieden betrachtet er sein Werk. Seine Patientin ist eingeschlafen, und ihre ruhigen und tiefen Atemzüge verraten ihm, daß die größte Gefahr überstanden ist. Jetzt ist es nur noch wichtig, die Ursache des Fiebers, die - wie es aussieht - auf einer gravierenden Entzündung der Atemwege beruht, durch weitere Behandlungen zu beseitigen.

Als sich Hakon umwendet, um mit dem Khan weitere Besuche zu vereinbaren, steht dieser an einem der Fenster und ist in eine Art Buchrolle vertieft. Hakon kommt näher und sieht dann, daß eine farbige Zeichnung, auf Seide gemalt, das Interesse des Mongolen gefangen hält. Das zwei Spannen breite Seidentuch ist zum Zusammenrollen an seinen Enden in Bambusstäbe gefaßt. „Als ich Euch eben zusah, Schamane, erinnerte ich mich an dieses buddhistische Bild, das mir ein Mönch in einem Kloster bei Samarkand schenkte. Ich hatte diesen Wallfahrtsort anläßlich meiner Genesung aufgesucht und aus Dankbarkeit reich beschenkt. Wie ihr sehen könnt, sind hier die Energiezentren auf einem Buddhabild eingezeichnet, die ihr soeben bei Shalimar behandelt habt. Wenn ich mich recht erinnere, nannte der Mönch diese kreisförmigen Wirbel 'Chakras'." Erstaunt betrachtet Hakon die fremdartige Zeichnung, die tatsächlich die Stellen wiedergibt, die er bei seinen Patienten intuitiv erspürt und behandelt und auf die ihn - damals, vor vielen Jahren - erstmals sein Großvater aufmerksam gemacht hat. Die Zeichnung ist mit Erklärungen in einer fremden Schrift versehen, und Hakon möchte zu gern wissen, was dort geschrieben steht.

Temur-Khan sieht die Begehrlichkeit im Blick des jungen Mannes, und da er inzwischen überzeugt ist, daß dieser seiner Geliebten wird helfen können, rollt er die Zeichnung zusammen und reicht sie Hakon mit den Worten: „Euer Khan hat nicht zuviel versprochen. Ihr seid wirklich ein Meister eures Fachs. Nehmt dies als erste Anerkennung für eure Dienste. Wenn Shalimar wieder gesund ist, sollt ihr nicht nur den versprochenen Beutel mit den Goldstücken erhalten, sondern es wird der wieder Genesenen sicherlich eine große Freude sein, euch die Texte dieses Lehrbilds zu übersetzen, da sie diese Sprache lesen und schreiben kann." Hakon ist hocherfreut über diese Geste des Mongolen. Hat doch ein solches Geschenk eine viel größere Bedeutung für ihn, als ein Beutel voll Gold. Schnell vereinbart er seinen nächsten Besuch, um sich dann auf den Rückweg zu machen und sich auf die abendliche Zusammenkunft des Generalkapitels vorzubereiten, anläßlich derer der neue Hochmeister gewählt werden soll. Er ahnt nicht, daß dieser Tag seinem Leben eine ganz neue Wendung geben soll.

Die hohe Versammlungshalle der Burg Montfort ist vom Lärm der Stimmen erfüllt. Soeben wurde fast einstimmig Hermann von Salza zum vierten Hochmeister des Deutschen Ordens gewählt. Der knapp 40-jährige entstammt einer thüringischen Ministerialenfamilie und gilt als großer Bewunderer Friedrich Barbarossas und als glühender Anhänger der Staufer. Das hat ihn dem jungen Grafen von Donarsberg gleich sympathisch gemacht. Anläßlich der Wahl des neuen Hochmeisters sind hochrangige Gäste aus der Kreuzritterschaft, der moslemische Stadthalter von Jerusalem und einige seiner wichtigsten Berater sowie Temur-Khan, der Botschafter Dschingis-Khans, zu einem Festbankett geladen, das direkt im Anschluß an die Proklamation des neuen Hochmeisters stattfinden soll. Noch stehen die Ordensritter und ihre Gäste in Gruppen beieinander und diskutieren die Auswirkungen der Wahl auf die Politik des Ordens sowie über die Reaktion des augenblicklichen deutschen Königs und Kaisers Otto IV., der bekanntlich ein erklärter Feind der Staufer ist. Wie man allgemein weiß, ist das Interesse Ottos an dem Rückgewinn der alten Reichsgebiete in Süditalien beim Papst in Rom auf heftige Ablehnung gestoßen. Nun befürchten die meisten Ordensritter eine kriegerische Ausweitung des Konflikts zwischen Otto und Innozenz III. Als Hakon Kontakt suchend, mit einem Becher Wein in der Hand, durch die Halle schlendert, hört er im Vorübergehen öfter, daß Hermann von Salza vor einer schwierigen Aufgabe stehe und nicht zu beneiden sei; daß man aber an sein diplomatisches Geschick glaube, den Orden aus den drohenden Auseinandersetzungen herauszuhalten.

Plötzlich legt sich von hinten eine kraftvolle Hand auf die Schulter Hakons. Als er sich umdreht, blickt er in das Gesicht Temur-Khans, der in einer Gruppe um den neuen Hochmeister und die Oberen des Generalkapitels steht. Der Mongole zieht ihn in den Kreis, so daß sich das jüngste Mitglied der Ordensritter plötzlich deren oberstem Vertreter gegenüber sieht. „Ich weiß nicht, Hochmeister, ob Ihr schon wißt, welche Perle schamanischen und heilerischen Könnens sich unter Euren Leuten befindet?" Verlegen will sich Hakon dem Griff entwinden, der ihn aber unerbittlich an seinen Platz bannt. Die blumige und übertriebene Ausdrucksart des Mongolen ist ihm peinlich, und die Aufmerksamkeit aller, die jetzt auf ihm liegt, läßt ihm die Röte ins Gesicht schießen. Nun kommt ihm der bisherige kommissarische Leiter des Ordens zu Hilfe, der ihn dem Botschafter Dschingis-Khans empfohlen hatte. „Darf ich vorstellen, Hochmeister, Hakon von Donarsberg, jüngstes Mitglied unseres Ordens. Sohn des Grafen gleichen Namens, der einer der Freunde und engsten Berater Barbarossas auf seinem so tragisch endenden Kreuzzug war. Der junge Mann arbeitet als Heiler in unseren Spitälern und hat sich bereits bei der Ritterschaft wie bei den Einheimischen einen solchen Ruf erworben, daß ich ihn guten Gewissens dem Botschafter in einer persönlichen Angelegenheit empfehlen konnte. Wie mir Temur-Khan vorhin mitteilte, ist er zwischenzeitlich - trotz anfänglicher Zweifel - von den Leistungen unseres jungen Ritters und Heilers sehr angetan." Hermann von Salza ist, wie sein Vorgänger, ein hochgewachsener, imponierender Mann von kraftvoller Statur, mit dunkelblonden Haaren und fast schwarzen Augen, die Hakon jetzt neugierig und gleichzeitig durchdringend mustern.

„Wie kommt der Erbe eines alten deutschen Adelsgeschlechts in so jungen Jahren nach Palästina? Und dann noch als Vertreter eines Berufsstandes, der einem deutschen Grafensohn wohl kaum in die Wiege gelegt wird? Ich kenne und schätze euren Vater als mutigen und draufgängerischen Kriegsmann, was so gar nicht zu der Berufung seines Sohnes zu passen scheint. Löst mir das Rätsel, Hakon von Donarsberg!" Der junge Graf verflucht innerlich seine Unvorsichtigkeit, die ihn in die Nähe dieser Gesellschaft brachte. Aber nun hilft alles nichts mehr. Nun heißt es, Rede und Antwort zu stehen. Er hebt zu einer Erklärung an, als er von Fanfaren unterbrochen wird, die den Beginn des Festbanketts ankündigen und alle zum Platznehmen auffordern. „Ein andermal, junger Mann, ich muß nun meinen neuen Pflichten gehorchen und das Bankett offiziell eröffnen. Aber ich werde Euch nicht vergessen. Euer Schicksal interessiert mich sehr. Bis bald also!" Erleichtert sieht Hakon Hermann von Salza und den anderen nach, die zu ihren Plätzen am Kopf der langen, hufeisenförmigen Tafel eilen. Ungesehen verläßt er die Halle, da er nichts von solchen Veranstaltungen hält und die knappe Zeit, die ihm seine Kranken lassen, lieber bei seinen Büchern und Schriften verbringt.

Bei seinem nächsten Besuch im Hause Temur-Khans findet er seine Patientin schlafend, aber fieberfrei und sichtlich erholt vor. Die unmittelbare Lebensgefahr scheint vorüber zu sein, und so gilt seine ganze Aufmerksamkeit der Behandlung der Atemnot der Kranken und ihres immer noch schlimmen Hustens, der ihren zarten Körper selbst im Schlaf schüttelt. Leise läßt Hakon sich neben ihr nieder. Mit seiner besonderen Begabung erspürt er die Entzündung der Atemwege Shalimars, und ihm wird bewußt, daß ein schwerer seelischer Konflikt zu dieser Erkrankung führte. Von seinen Studien und seiner Erfahrung her weiß er, daß jede Krankheit eine seelische Ursache hat und das befallene Organ die Art und den Inhalt des Konflikts spiegelt. Im Falle dieser jungen Frau signalisiert die Lungenentzündung, daß sie etwas unterdrückt, daß sie etwas nicht ausspricht, das auszusprechen für ihr Seelenheil wichtig wäre, aber aus falscher Rücksicht ungesagt bleibt. Da der Konflikt somit nicht gelöst ist, drängen die unterdrückten Gefühle über die Krankheit ans Licht und erzwingen so die Auseinandersetzung mit ihnen.

Aufmerksam schaut Hakon in das vom Schlaf entspannte Gesicht seiner Patientin, während seine Hände über ihre Lunge und Bronchien wandern und das heilerische Licht aus seinen Hand-Chakras lindernd und lösend in ihre Brust strömt. Zum erstenmal wird ihm bewußt, wie sehr Shalimar seiner verstorbenen Mutter ähnelt. Als die Kranke plötzlich überraschend die Augen aufschlägt, schaut Hakon in die schwärzeste Iris, in die er je blickte. Augen sehen ihn an, die allerdings so ganz anders sind, als die seiner Mutter und die ihn magisch anziehen und ihn wie in einem Strudel gefangen halten. Plötzlich wird sich Hakon des hypnotischen Einflusses bewußt, der von diesem Blick ausgeht, und schwer atmend löst er den Augenkontakt, um sich verwirrt der weiteren Behandlung zuzuwenden. Noch immer ist zwischen den beiden kein Wort gefallen. Shalimar hat die Augen wieder geschlossen und gibt sich ganz der wohltuenden Wirkung der heilerischen Energien hin, die von Hakons Händen ausgehen. Die Sitzung nähert sich ihrem Ende, und Hakon überlegt krampfhaft, wie er ein Gespräch anfangen soll, da ein unerklärliches Gefühl ihn an die Seite dieser anziehenden jungen Frau bannt.

„Würdet ihr mir bitte schildern, was ihr fühlt!" Hakon hat sich in die Rolle des Behandlers zurückgezogen, um, von dieser unverfänglichen Position aus, ins Gespräch mit Shalimar zu kommen. Als keine Antwort erfolgt, glaubt er schon, daß seine Patientin wieder eingeschlafen sei und will sich gerade erheben. „Was fühlt ein Wüstenwanderer, wenn ihn das erste Quellwasser erfrischt? Was empfindet eine Rose, wenn die ersten Strahlen der Sonne ihre Blätter sanft streicheln?" Der Klang dieser unglaublichen Stimme, mehr noch als das, was sie sagt, lassen den jungen Grafen mitten in der Bewegung erstarren. Hakon fühlt sich wie von Feenhand berührt. Magisch, unbegreiflich, verzaubert! Innerlich tief berührt, versinkt er in der unergründlichen Tiefe der wieder geöffneten, nachtschwarzen Augen Shalimars, und die Zeit scheint still zu stehen.

„Nun, wie geht es der Blume meines Herzens?" Die grobe und laute Stimme Temur-Khans zerreißt den Zauber des Augenblicks, und Hakon bemerkt, daß die Kranke erschreckt zusammenfährt und erbleicht. Mühsam seinen wild aufflammenden Zorn über die unerwünschte Störung hinabwürgend, wendet er sich dem Botschafter des Mongolen-Herrschers zu. „Ich denke, noch sechs oder sieben Heilsitzungen, und die Kranke ist wieder so weit hergestellt, daß ihr Eure Heimreise antreten könnt." Temur-Khan scheint befriedigt zu sein. Hakon wendet sich wieder Shalimar zu und bemerkt erstaunt, daß sie ihn geradezu flehend anschaut. In diesem Moment wird ihm intuitiv klar, daß in der Beziehung zwischen dem Khan und seiner Dolmetscherin die Gründe für die Erkrankung Shalimars zu finden sind. Selten macht Hakon von seiner Begabung Gebrauch, sich in das Denken und Fühlen anderer Menschen einzuschleusen. Nur wenn es das Wohl des anderen dringend erfordert und Heilung sonst nicht möglich ist, nutzt er diese Gabe, die sich erstmals nach seiner eigenen schweren Erkrankung vor einigen Jahren zeigte. Blitzschnell verbindet er sich mit dem Unterbewußtsein seiner Patientin und begreift nach innerer Schau das ganze Drama!

Shalimar war Temur-Khan, der sie von Anfang an unerwartet anständig behandelt hatte, für die Befreiung aus dem Gefängnis des Harems und dem Schicksal, das sie dort erwartet hätte, zutiefst dankbar. Und aus dieser Dankbarkeit heraus hatte sie alles getan, um in Samarkand den an Malaria erkrankten Mongolen zu retten. Das wiederum hatte die Liebe des älteren Mannes geweckt, der von der Schönheit der jungen Frau überaus bezaubert war und sie auch körperlich heftig begehrte. Als Shalimar die fatale

Wirkung ihrer Fürsorge bemerkte, war es bereits zu spät. Der Mongole sah in ihr mit der Inbrunst des Verliebten seine zukünftige Frau und die Mutter der Kinder, die ihm bisher verwehrt waren. Alle vorsichtigen Versuche der Kranken, ihn davon zu überzeugen, daß sie aus Dankbarkeit und nicht aus Liebe gehandelt hatte, wurden unwirsch zur Seite gefegt und mit einem neuen Ausbruch schwärmerischer Verliebtheit von Seiten des Mannes erstickt, bis sie sich schließlich schweigend in ihr Schicksal fügte. Die Rebellion in ihrem Innern gegen diese Vergewaltigung ihrer Gefühle und ihres Willens führte schließlich zu ihrer Erkrankung.

Hakon empfindet Mitleid mit diesen Menschen, die beide Opfer ihrer Gefühlswelt sind. Aber seine Sympathien gelten eher Shalimar, deren freier Wille aus egoistischen Gründen nicht respektiert wird. Ein Umstand, den er für um so verwerflicher hält, als alle seine Lehrer ihn immer wieder auf dieses göttliche Recht jedes Menschen ausdrücklich hingewiesen hatten. Und von dem Mongolen-Khan weiß er, daß er über eine für sein Volk überraschend gute Bildung verfügt.

Ein eintretender Diener unterbricht die Spannung, die sich zwischen den drei Beteiligten aufzubauen droht. Hakon nutzt die Gelegenheit, sich rasch von der Kranken und ihrem Herrn zu verabschieden, nicht ohne einen neuen Behandlungstermin auszumachen. Er hat wohlweislich einen Zeitpunkt gewählt, an dem der Khan zu seiner ersten offiziellen Audienz bei Hermann von Salza weilt und er und Shalimar somit ungestört bleiben. Im Hof wartet schon sein Schimmelhengst Castor ungeduldig auf seinen Herrn. Ein älterer Mongole hat alle Mühe, das temperamentvolle Pferd unter Kontrolle zu halten. Leichtfüßig springt Hakon in den Sattel und reitet dann im leichten Trab hinaus auf die staubige Straße, die um diese Mittagsstunde fast menschenleer im gleißenden Sonnenlicht liegt. Nur einige schwarze Sklaven aus dem Inneren Afrikas folgen mit schwer bepackten Maultieren unterwürfig einem Araber auf einem goldgelben Kamel, das soeben in das weit geöffnete Tor einer Karawanserei, einige Schritte die Straße hinab, einbiegt.

Einige Stunden später klopft Hakon an das schwere Holzportal, das zu den Gemächern Hermann von Salzas führt. Während er darauf wartet, daß ihm geöffnet wird, geht ihm noch einmal die Begegnung mit Shalimar vom heutigen Vormittag durch den Kopf. Als er nach Hause zurückgekehrt war, teilte ihm Ali mit, daß zwischenzeitlich ein Bote des Großmeisters da gewesen sei, der ihn zu einem Gespräch am späten Nachmittag aufgefordert habe. Erstaunt über das scheinbar tatsächlich vorhandene Interesse des Ordensoberen an seiner Person, hat er sich neugierig auf den Weg in den Teil der Burg gemacht, den er bisher nur vom Hörensagen kannte. Ein Ordensritter öffnet ihm und führt ihn durch einen langen Flur in einen Raum mit mehreren Sitzmöglichkeiten. Dort heißt er Hakon zu warten, bis der Hochmeister ihn rufen wird. Dann verschwindet der ältere Mann durch eine Tür in einen Nachbarraum, aus dem Gesprächsfetzen hereinwehen, die auf eine lebhafte Diskussion schließen lassen. Bevor Hakon etwas verstehen kann, wird die Tür wieder geschlossen, und nur noch schwaches Gemurmel dringt durch das massive Holz bis zu dem Wartenden. Hakon hat allerdings für einen Moment den Eindruck, den Namen Temur-Khans gehört zu haben, ist sich aber nicht sicher.

Nach einer knappen Stunde, die Hakon wie eine Ewigkeit vorgekommen ist, fordert ihn ein anderer Ordensritter auf, einzutreten. Um einen wuchtigen, runden Holztisch sitzen im Schein einiger Kerzen ein Dutzend Personen, von denen Hakon nur den Hochmeister und seinen Stellvertreter kennt. Mit einer höflichen Geste bittet ihn Hermann von Salza, Platz zu nehmen. „Ich bedaure, daß ich Euch so lange warten lassen mußte. Aber die Geschäfte des Ordens haben immer Vorrang. Und so muß ich Euch, lieber Graf, auch sagen, daß für mich der ursprüngliche Anlaß unseres Gesprächs, Eure sicherlich interessante Lebensgeschichte zu hören, zwischenzeitlich von unerwarteten Ereignissen in den Hintergrund gedrängt wurde." Hakon ist verblüfft. Was will der Hochmeister dann noch von ihm? Aber bevor das jüngste Ordensmitglied eine entsprechende Frage stellen kann, fährt der Ältere schon fort: „Kurz vor Eurem Eintreffen habe ich erfahren, daß auf den Gesandten Dschingis-Khans ein Mordanschlag verübt wurde. Die näheren Umstände sind mir noch nicht bekannt, nur so viel, daß nach ihrem Weggehen der Botschafter sich zur Mittagsruhe zurückgezogen hatte und er dann im Schlaf angegriffen wurde. Wie wir von einem christlichen Mitglied der Gesandtschaft hörten, schwebt Temur-Khan in äußerster Lebensgefahr. Dolchstiche sollen seine Lunge verletzt haben, und man rechnet sogar mit seinem baldigen Ableben. Als Täter wurde ein Mongole seiner Begleitung dingfest gemacht. Dieser gehört einem verfeindeten Stamm an, der mit dem Stamme Temur-Khans in Blutfehde liegt. Wie ich soeben hörte, soll Temur-Khan nach Euch verlangen und bereits nach Euch geschickt haben. Im Interesse guter Beziehungen zu Dschingis-Khan ist es wichtig, daß wir nichts unterlassen, was das Leben seines Botschafters retten könnte. Ich bitte Euch deshalb, unverzüglich zur Residenz Temur-Khans zurückzukehren und alles in Eurer Macht stehende zu tun." Hakon ist ganz benommen von der überraschenden Wendung der Dinge. Eilig erhebt er sich, verneigt sich und verläßt wortlos den Raum.

Als er von einem verstörten Diener in das Zimmer des Verwundeten geführt wird, findet er dort alle hochrangigen Begleiter Temur-Khans vor, die sich angstvoll um das Lager ihres Herrn geschart haben. Sollte der Khan sterben, werden zu Hause sicherlich unangenehme Fragen auf sie zukommen. Dschingis-Khan ist dafür bekannt, daß er nicht lange fackelt, wenn er zu der Überzeugung kommt, daß jemand seine Pflicht verletzt hat. Und den Versammelten oblag gewiß auch der Schutz von Leib und Leben Temur-Khans. Überrascht bemerkt Hakon, daß sich selbst die kranke Shalimar an das Bett ihres Verehrers geschleppt hat. Eine Dienerin muß die Geschwächte stützen, damit sie sich aufrecht halten kann.

Hakon tritt näher und beugt sich über den röchelnden Kranken. Hellroter, blutiger Schaum, der unaufhaltsam aus Mund und Nase des Verletzten strömt, bestätigt dem jungen Heiler, daß tatsächlich die Lunge Temur-Khans durchbohrt wurde. Erstaunlicherweise ist der Mongole bei Bewußtsein und schlägt die Augen auf, als Hakon sich niederbeugt und die Hände auf die klaffende Wunde legt, die kaum noch blutet. Hakon spürt, wie schwer es Temur-Khan fällt, Atem zu holen und fühlt das wilde Schlagen des überforderten Herzens. Hier ist alle Hilfe vergeblich. Zu schwer ist die Verletzung und zu hoch der bereits eingetretene Blutverlust. Ein Wunder, daß der Schwerverletzte überhaupt noch lebt! Als er den flehentlichen Blick Temur-Khans bemerkt, der sich an Shalimar festsaugt und sich dann bittend auf ihn richtet, versteht er, was den Sterbenden noch am Leben hält. Es ist die Sorge um Shalimar!

„Deute ich Euren Blick richtig, Temur-Khan, wenn ich annehme, daß ich mich um Eure Dolmetscherin kümmern soll?" Mit Erleichterung im Blick nickt der Gesandte schwach aber unmißverständlich. Sprechen kann er nicht mehr. Auf einen mühsamen Wink seines Herrn hin, überreicht ihm einer der Begleiter des Khans einen prallen Beutel. „Nach dem Willen unseres Herrn sollt Ihr dieses Gold nach Abzug Eurer Forderung für die Versorgung Shalimars verwenden. Sie ist nun frei und kann tun und lassen, was sie will. Temur-Khan bittet Euch, Schamane, alles zu tun, damit sie wieder ganz gesund wird und dann zu ihrer Familie zurückkehren kann. Versprecht Ihr das?" Gerührt sieht Hakon die Tränen in den Augenwinkeln des Sprechers, der offensichtlich sehr an seinem Herrn hängt. Er wendet sich dem Sterbenden zu und sagt feierlich: „Ich verspreche bei Gott, alles zu tun, damit das Licht Eures Lebens noch lange hell leuchtet, um das Andenken ihres teuren Herrn zeitlebens zu rühmen!" Hakon hat ganz bewußt die Redewendung benutzt, die der Khan bei ihrer ersten Begegnung bezüglich Shalimar ihm gegenüber gebrauchte. Zufrieden und erleichtert sinkt der Kopf Temur-Khans zurück in die Kissen.

Hakon wendet sich Shalimar zu, die die ganze Szene mit weit aufgerissenen Augen beobachtet hat. Tränen rinnen ihr unaufhörlich über die bleichen Wangen, und ein gequältes Schluchzen und ein heftiger Hustenanfall erinnern den jungen Grafen daran, daß das alles zuviel für die Kranke ist. Shalimar muß dringend zurück ins Bett, wenn Hakons Versprechen, das er dem Khan gab, wahr werden soll. Bevor er aber entsprechende Weisung geben kann, lenkt ein ersticktes Röcheln des Sterbenden wieder die Aufmerksamkeit auf ihn. Der Oberkörper Temur-Khans bäumt sich auf, und mit einem letzten Blutschwall aus seinem Mund haucht der Mongole sein Leben aus. Ein Aufschrei geht durch die versammelten Getreuen, dem bald darauf ein herzzerreißendes Wehklagen der Steppenkinder folgt, das Hakon bewußt macht, daß der Verstorbene zwar gefürchtet, aber auch geachtet und geliebt worden ist.

Shalimar ist in den Armen ihrer Dienerin zusammengebrochen, und

Hakon gibt nun energisch Anweisung, sie sofort in ihr Bett zu bringen, damit er sie anschließend noch behandeln kann. Während die junge Frau hinausgetragen wird, bleibt der Ordensritter noch zu einem stillen Gebet am Lager des toten Gesandten Dschingis-Khans. Einige Zeit später beginnen Diener auf Geheiß des Stellvertreters Temur-Khans, der ihm zuvor den Beutel gab, die Leiche auszuziehen und zu säubern, damit sie in zeremonielle Totengewänder gekleidet werden kann. Hakon wendet sich an den Mann und sagt: „Mit Eurer Erlaubnis will ich morgen die Kranke in unser Spital bringen, wo ich sie besser behandeln kann und sie schneller genesen wird als hier, wo sie alles an den Verstorbenen erinnert." Der Gefragte nickt zustimmend, sichtlich erleichtert, daß ihm diese Bürde so schnell von den Schultern genommen wird, und so macht sich Hakon in Begleitung einer Dienerin auf den Weg zu den Frauengemächern, um sich um Shalimar zu kümmern.

Wie befürchtet, hat sich der Gesundheitszustand der immer noch Schwerkranken durch die Ereignisse verschlechtert. Hakon hat alle Mühe, einen Rückfall zu verhindern. Während er mit untergeschlagenen Beinen neben ihr sitzt, ihrem röchelnden Atmen lauscht und heilende Energien durch seine Hände in ihre Brust einströmen läßt, wird ihm klar, daß er mit diesem spontanen Versprechen an den Botschafter mehr Verantwortung auf sich geladen hat, als ihm ursprünglich bewußt war. Aber nun gilt es, zu seinem Wort zu stehen. Sein Blick wandert zu Shalimars Gesicht. Der anfänglich gequälte Gesichtsausdruck ist wieder verschwunden und hat einer tiefen Erschöpfung Platz gemacht. Eine gute Stunde verbleibt der Heiler am Krankenlager, und während er ununterbrochen Lebensenergie in die Kraftzentren ihres Körpers fließen läßt, überlegt er, wie sich wohl die kommenden Tage und Wochen gestalten werden. Dann macht sich Hakon auf den Weg, um angesichts des bedeutungsschweren Geschehens noch zu dieser späten Stunde dem Hochmeister Bericht zu erstatten.

Betroffen und nachdenklich nimmt Hermann von Salza den Bericht Hakons entgegen. Die beiden sind allein im Arbeitszimmer des Hochmeisters, der auf den jungen Ordensritter gewartet hat. „Ich werde der Gesandtschaft eine Botschaft an Dschingis-Khan mitgeben, die unser tief-

stes Bedauern über die Ereignisse ausdrückt. Da die Sachlage klar und der
Schuldige, Gott sei Dank, selbst ein Mongole und in ihren Händen ist,
denke ich nicht, daß es Schwierigkeiten mit Dschingis-Khan geben wird.
Ich danke Euch, Graf von Donarsberg, für die Dienste, die Ihr dem Orden
geleistet habt und sicherlich noch leisten werdet. Ich bin damit einverstanden, daß die Kranke so lange in Eurer Obhut verbleibt, wie es von Nöten
ist. Haltet mich über ihre Genesung auf dem laufenden!

Wie ich von unserem christlichen Gewährsmann in der mongolischen
Gesandtschaft hörte, ist die ehemalige Gefangene der Mongolen ein hoch-
rangiges Mitglied einer bestimmten persischen Fürstenfamilie. Im Vertrauen
sage ich Euch, daß der Orden von geheimen Verhandlungen zwischen dem
Kalifen von Bagdad und Dschingis-Khan weiß. Beide wollen Persien erobern und unter ihre Kontrolle bringen, sind aber angeblich noch uneins,
wie sie das Land unter sich aufteilen sollen. Wir stehen in Kontakt mit den
wichtigsten persischen Fürstenhäusern. Eure Patientin gehört nun einem
der bedeutendsten - dem Hause Hafis - an, und das kann vielleicht zukünftig von großer politischer Bedeutung sein. Ich wundere mich deshalb,
daß Temur-Khan sie frei gegeben hat. Er muß die junge Frau wirklich
geliebt haben! Wie auch immer, sie ist - ohne daß sie sich dessen bewußt ist
- möglicherweise eine wichtige Figur und ein Pfand in diesem Spiel und
für uns sehr viel mehr als nur eine schöne Frau oder eine Dolmetscherin.
Achtet also gut auf die Perserin, und macht sie wieder gesund! Auch im
Interesse des Ordens!"

Zum ersten Mal wird Hakon bewußt, wie sehr die Welt um ihn herum,
die er bisher mit fast kindlich naiven Blicken betrachtet hat, in Lager und
Interessen, in Täter und Opfer, in Mächtige und Ohnmächtige gespalten
ist. Er begreift schmerzhaft, daß das Leben des kleinen Mannes häufig von
Dingen gelenkt und entschieden wird, die weit außerhalb seines Einfluß-
bereichs liegen. Hakon erkennt, daß das, was viele für ein unbegreifliches
Schicksal halten, oft nichts anderes als der egoistische Wille und die Gier
von einigen wenigen Mächtigen ist. Es kommt ihm vor, als wenn die Worte Hermann von Salzas einen Schleier von seinen Augen gerissen hätten.
Er spürt, daß er nun klar sieht, und daß er das Leben jetzt so wahrnimmt,

wie es wirklich ist. Kein Traum, kein Märchen, sondern ein dauernder Kampf um Macht und Einfluß, bei dem es für die meisten Menschen ums nackte Überleben geht. Manchmal wird dieser Kampf offen, meistens aber verdeckt geführt. Eine Mischung aus Wut und Ekel steigt in Hakon auf. Am stärksten erschreckt ihn, daß auch solche Institutionen wie sein Orden, der doch vorgeblich an christlichen Geboten orientiert ist, sich an diesen Machenschaften beteiligt. An wen kann man sich da noch halten? Wem darf man da noch trauen?

Hakon hebt den Blick und bemerkt, daß der Hochmeister ihn aufmerksam beobachtet. Mühsam reißt er sich zusammen. Mit ausdruckslosem Gesicht erhebt er sich und verabschiedet sich mit den Worten: „Ich habe Temur-Khan mein Wort gegeben, mich um seine persische Geliebte zu kümmern. Wenn das - wie ich nun höre - auch unserem Orden dient, werde ich, entsprechend meinem Gelöbnis, mein Bestes geben. Das fällt mir in diesem Fall um so leichter, als meine Mutter aus dem gleichen Land wie Shalimar stammt. Ich denke, daß sie in spätestens drei Wochen wieder ganz gesund sein wird." Hakon verneigt sich und verläßt den Raum, bevor der Hochmeister seine wahren Gedanken erraten kann.

Am nächsten Tag begleitet eine Dienerin Shalimar in das Spital des Ordens. Die Kranke ist noch so geschwächt, daß sie die ganze Wegstrecke von zwei kräftigen Stallburschen des Ordens getragen werden muß. Hakon läßt ihr auf Geheiß des Hochmeisters ein Zimmer neben dem seinen räumen, das bisher der Lagerung von Heilkräutern und Essenzen diente. Die ältere Dienerin - eine dunkelhäutige Asiatin, die von Kindheit an stumm ist - hat sich schon in der Residenz Temur-Khans rührend um die Kranke bemüht. Nun schlägt sie wie ein treuer Wachhund ihr Lager am Fuße der Bettstatt Shalimars auf. Ihren ganzen Besitz trägt sie in einem schmutzigen Lederbeutel mit sich. Hakon begegnet die Stumme mit bewundernder Ergebenheit. Sie spürt instinktiv wie ein Tier, daß von dem jungen Mann eine Kraft ausgeht, die ihrer Herrin helfen wird. Lautlos wie ein Geist ist sie ständig um die Kranke, wischt ihr den Schweiß von der Stirn, füttert sie mit Fleischbrühe und gibt ihr von einem besonderen Kräutertee zu trinken, den Ali auf Anweisung Hakons täglich frisch aufbrühen muß.

Die nächsten Tage vergehen für Hakon wie im Flug. So oft seine anderen Pflichten es zulassen, meistens aber mehrmals am Tag, sieht er nach Shalimar und legt ihr die Hände auf. Die Genesung der Kranken macht gute Fortschritte. Das Fieber ist endgültig verschwunden, und auch der bellende, trockene Husten ist wesentlich besser. Der starke Kräutertee, den sie so heiß wie möglich schluckweise trinken muß, hilft beim Abklingen der Lungenentzündung, verflüssigt den eitrigen Schleim, der die Bronchien verstopft, so daß ihn die Kranke leicht abhusten kann. Shalimar schläft anfänglich viel, und erst in der zweiten Woche erwacht ihr Interesse an ihrer neuen Umgebung und ihrem weiteren Schicksal. Hakon nimmt sich nun viel Zeit für sie und ist dankbar für den Umstand, daß er im Augenblick nur wenig Kranke zu behandeln hat.

Als er am Anfang der dritten Woche ihres Aufenthaltes im Spital eines Morgens in ihr Zimmer tritt, ist er überrascht, seine Patientin in einem dampfenden, hölzernen Zuber vorzufinden. Shari, die Dienerin, reibt gerade den Rücken ihrer Herrin mit einem Basaltstein ab. Die Haut Shalimars ist von dem heißen Wasser und der Massage gut durchblutet und gerötet. Der Geruch im Raum verrät, daß ätherische Öle dem Wasser beigegeben sind, die sich wohltuend auf die Atemwege legen. Herrin und Dienerin sind so in ihr Tun vertieft, daß sie Hakons Eintreten nicht bemerkt haben, und so hat er Muße, diese unerwartete Szene auf sich wirken zu lassen. Er macht sich nun Vorwürfe, daß er sich nicht vorher an die Erzählungen seiner Mutter erinnert hat, für die regelmäßiges Baden seit ihrer Kindheit nicht nur selbstverständliche Körperpflege, sondern auch für ihr seelisches Wohlbefinden wichtig gewesen war. Auch er selbst hat es sich ja zur Regel gemacht, mindestens einmal wöchentlich zu baden. Das hat zwar den Spott seiner europäischen Umgebung hervorgerufen, die das nicht kennt und für Verweichlichung hält, aber von Hakon ist man inzwischen Absonderliches gewöhnt.

Der aus dem Zuber aufsteigende Dampf treibt wie Nebelschwaden durch den Raum. Das durch das nahe Fenster hereinfallende Sonnenlicht bricht sich in den Wassertröpfchen und zaubert im Gegenlicht einen Regenbogen wie ein Dach über die beiden Frauen. Der Holzfußboden knarrt unter seinen Füßen, und erschreckt drehen sich beide zu dem Eindringling um. Shalimar hat ihre Hände schützend vor ihre vollen, nackten Brüste gelegt. Die langen, feuchten Haare schmiegen sich wie ein schwarzer Vorhang um ihre rosigen Wangen. Die großen dunklen Augen werden weich und warm, als sie ihn erkennt. Shalimars Mund mit der sinnlich geschwungenen Unterlippe ist feucht und leicht geöffnet, so daß Hakon die gepflegten weißen Zähne sieht. Wieder hat er das Gefühl, von diesem Blick wie gebannt zu sein. Aber diesmal kommt ein anderes Gefühl hinzu, das wie ein kraftvoller Fluß heiß durch sein Becken strömt und ihn wie ein Magnet zu dieser Frau zieht. Verwirrt wird ihm bewußt, daß er sich zum ersten Mal von einer Frau körperlich angezogen fühlt; und die Kraft dieses Gefühls überrumpelt ihn, macht ihn wehrlos. Langsam und ohne Scheu erhebt sich Shalimar und bietet seinem hungrigen Blick die ganze Fülle ihres schönen Körpers. Atemlos verfolgt er die silbrig glänzenden Wasserperlen, die über ihren flachen Bauch laufen und sich im schwarzen Vlies zwischen ihren Schenkeln verlieren. Shari reicht ihrer Herrin die Hand, die daraufhin mit einer fließenden Bewegung aus dem Zuber steigt. Bevor sich Shalimar in einen bunten Kapuzenumhang wickelt, hat Hakon so noch Gelegenheit, lange und makellose Beine zu bewundern, die in wohlgeformten, zierlichen Füßen enden. Tief ausatmend, versucht er sich von dem Zauber der Situation zu befreien. Als aber Shalimar herantritt, seine Linke ergreift, sie zu ihren Lippen führt und sanft küßt, ist es endgültig um die Fassung des jungen Grafen geschehen. Er spürt das wilde Schlagen seines Herzens und den unwiderstehlichen Wunsch, sie in seine Arme zu ziehen und seinen Mund auf diese verführerischen Lippen zu pressen. Gleichzeitig ist er unsicher und weiß nicht, wie er sich nun verhalten soll. Shalimar, die Ältere und Erfahrenere, fühlt, was in ihm vorgeht, und seine Unschuld rührt sie und nimmt sie für ihn ein.

So steht sie in dem langen, fließenden Umhang dicht vor ihm und blickt ihm tief in die Augen, seine Hand sanft an ihre Brust gedrückt. „Bis jetzt hatte ich noch keine Gelegenheit, dir für deine Hilfe zu danken." Wie selbstverständlich benutzt sie das vertrauliche 'Du'. Schon seit ihrer zweiten Begegnung, als sie zum ersten Mal vom Fieberwahn befreit war, ist dieses Gefühl der Nähe und Vertrautheit zu diesem jungen Mann aus einer anderen Welt in ihr. Es ist für sie wie ein Wiederfinden nach langer Zeit, und sie ahnt, daß sich ihre beiden Seelen seit langem kennen. „Ich bin dir aber nicht nur dankbar für das, was du für mich getan hast, sondern auch für den Seelenfrieden Temur-Khans auf seinem letzten Weg, den du ihm durch dein Versprechen geschenkt hast. Er war ein guter Mensch, den ich geachtet, aber leider nicht geliebt habe. Ich werde sein Andenken immer in Ehren halten und ihm für das Geschenk der Freiheit unendlich dankbar sein. Du aber hast mein Leben gerettet und die Verantwortung für meine Zukunft übernommen." Sie schweigt und schaut Hakon liebevoll und zärtlich an. Lächelnd wartet sie auf seine Reaktion. Wie oft in den letzten Tagen, hat sie auch jetzt diese so wohltuende Kraft gespürt, die von ihm ausgeht. Nichts, was sie jemals empfand, ließ sich mit diesem Gefühl vergleichen. Es strömte wie Feuer in ihre Brust und befreite ihr Herz von allen Ängsten und diesem kalten Band der Verzweiflung, das es so oft in den letzten Monaten umklammert und fast erdrückt hatte. Sie hatte gefühlt und innerlich ganz deutlich wahrgenommen, daß Licht in sie hineinfloß und es hell in ihr wurde. Die dunklen Schatten der Vergangenheit schwanden und machten einer freudigen Zuversicht Platz. Sie spürte, daß Hakon in ihr wieder die Liebe entfacht hatte. Zum ersten Mal in diesem, aber schon oft in längst vergangenen Leben. Und eine Kette von Bildern war vor ihrem inneren Auge vorbeigezogen - Hakon und sie. Als Liebespaar, als Vater und Tochter, als Freunde. Sie erinnerte sich an frohe und an leidvolle Stunden, an Lachen und Weinen. Aber immer war Liebe zwischen ihnen. Der krankheitsbedingt geschwächte Zustand ermöglichte ihr einen leichteren Zugang zu den Quellen ihres Wesens, und so tauchte sie freudig ein in die ewige Geschichte der unsterblichen Liebe zwischen zwei Seelen auf ihrem Weg ins Licht.

Hakon räuspert sich, entzieht ihr sanft seine Hand und führt sie dann zu einem Hocker am Fenster. Die Kapuze ist heruntergeglitten, und die Sonnenstrahlen zeichnen einen Lichtkranz um ihren Kopf und die schwarze Flut der langen Haare, die bis tief in ihren Rücken fallen. „Es ist mir selten so leicht gefallen, einer Kranken zu helfen. Manchmal hatte ich den Eindruck, als wenn du alles, was von mir kam, wie ein trockener Schwamm aufsaugtest. Und ich konnte nicht aufhören. Es floß und floß, und ich empfand mich wie eine nie versiegende Quelle, aus der das Wasser des Lebens strömt. Noch nie fühlte ich mich einem eigentlich doch fremden Menschen so verbunden, und es verwirrt mich sehr, das zu erleben. Sag mir, woher kommt diese Vertrautheit zwischen uns, wie sie doch sonst nur zwischen Menschen herrscht, die sich viele Jahre kennen?" Hakon war bei seiner Rede erregt auf und ab gegangen. Nun bleibt er stehen und schaut ihr fragend und eindringlich in die Augen. Shalimar lächelt und antwortet: „Hat dir deine Mutter nichts von Seelenwanderung erzählt? Sie war doch Perserin und - wie du mir erzähltest - Anhängerin der Lehre Zarathustras und kannte darüber hinaus die Wiedergeburtslehre des Buddha. Die Antwort auf deine Frage ist dort zu finden!" Sie legt ihre Hand besänftigend auf seinen Arm und sagt dann: „Ich denke, wir beide haben uns viel zu sagen, und dafür brauchen wir Zeit. Komm heute abend zu mir! Laß uns gemeinsam meditieren und dann über alles reden. Shari wird für uns kochen, und ich kann ganz für dich da sein. Du wirst sehen, es gibt für alles eine Erklärung." Fragend schaut Shalimar Hakon an. Der nickt zustimmend, nimmt sie dann wortlos in den Arm, drückt ihr einen Kuß auf die Stirn und ist durch die Tür verschwunden, bevor sie reagieren kann. Frohen Herzens wendet sie sich an die Dienerin und erklärt ihr mit Gesten und einfachen Worten, was sie heute abend von ihr erwartet.

# 4. KAPITEL

# ZURÜCK ZUR QUELLE

ZWEI JAHRE SIND vergangen. Man schreibt das Jahr des Herrn 1212. Sizilien erlebt in diesen späten Februartagen die ersten Vorboten des Frühlings. Ein warmer Wind weht vom Meer her durch die Gassen Palermos und vertreibt die Reste winterlicher Trägheit, die sich in den drei letzten Monaten über die Stadt und ihre Bewohner gelegt hat. Aufbruchsstimmung liegt in der Luft, so als wüßte die Natur, daß sich in diesen Tagen von der größten Insel des Mittelmeeres aus ein visionärer junger Mann aufmacht, das Erbe seines Vaters anzutreten. Friedrich II., der siebzehnjährige Sohn des deutschen Kaisers Heinrich VI. und Enkel Barbarossas, beabsichtigt, der Aufforderung einiger deutscher Fürsten zu folgen und nach Frankfurt zu ziehen, um sich dort zum deutschen König wählen und in Mainz krönen zu lassen. Ganz bewußt will er damit gegenüber dem Volk und dem amtierenden deutschen Kaiser und König Otto IV. seinen legitimen Anspruch auf Krone und Reich anmelden. Das Vorhaben ist zwar gewagt, aber nicht ohne Aussicht auf Erfolg. Hat doch Papst Innozenz III. wie erwartet 1210 Kaiser Otto wegen dessen italienischer Gebietsansprüche gebannt. Anschließend spielte der Bischof von Rom die beiden Thronkonkurrenten gegeneinander aus, in der Hoffnung, dadurch seinen Einfluß und die Vorherrschaft der Kirche in Mittelitalien abzusichern. Skrupellos wie seine Vorgänger, setzte das kirchliche Oberhaupt dabei religiöse Mittel zum weltlichen Machterhalt ein. Friedrichs kurz bevorstehende Reise findet also ausdrücklich die offizielle Billigung und Unterstützung von Innozenz.

Die aufgehende Sonne wirft eine breite, rotgoldene Bahn über das still daliegende Blau des Meeres. Möwen ziehen krächzend ihre Kreise über den Dächern des Palazzos. Hakon steht versonnen auf einem Balkon mit Blick über die Stadt und das nahe Mittelmeer. Fast ein Jahr lebt er nun auf Geheiß des Ordens und seines Hochmeisters in diesem alten normannischen Königspalast. Sein Auftrag lautete, Kontakt mit dem fast gleichaltrigen Friedrich aufzunehmen und ihn inoffiziell der Loyalität und Unterstützung des Deutschen Ordens und seines Hochmeisters zu versichern. Ein nicht unerheblicher Betrag in seinem Reisegepäck sollte Botschaft und Überbringer die gewünschte Aufmerksamkeit und das erhoffte Wohlwollen des möglicherweise zukünftigen deutschen Königs sichern. Beides war Hakon überraschend leicht gefallen. Trafen sich doch in den zwei jungen Männern artverwandte Seelen. Beide waren - durch einen harten Lebensweg bereits in jungen Jahren auf sich selbst gestellt - zu kosmopolitisch denkenden Menschen herangereift, die gewillt waren, auch künftig ihr Schicksal selbst in die Hand zu nehmen.

Die ersten Lebensjahre des jungen Königssohnes waren geradezu abenteuerlich verlaufen. Durch den Tod seiner Mutter Konstanze 1198 früh verwaist, streunte der Achtjährige ab 1202 über die Marktplätze und Gassen der Stadt. Niemand kümmerte sich um ihn, sein Stern schien untergegangen zu sein, denn die Welt und ihre Herren hatten sich wichtigeren Dingen zugewandt. Hätten ihn nicht mitleidige Bürger Palermos zeitweilig aufgenommen und versorgt, der offizielle König Siziliens wäre in diesen Tagen elend verhungert. So lernte er bei seinen Streifzügen Menschen aller Kulturen und Rassen kennen. Juden, Griechen, Spanier, Römer, die Nachkommen der Normannen und natürlich die Araber, deren Naturell und orientalische Kultur ihn besonders faszinierte. So war es nicht verwunderlich, daß er - als er von Hakons Lebensgeschichte hörte - so etwas wie Wesensverwandtschaft empfand. Und so begann zwischen dem jungen sizilianischen König und dem gleichaltrigen deutschen Grafensohn eine ungewöhnliche Freundschaft, die auch in ihrer beider Begeisterung für den

Orient wurzelte. Hakons mütterlicherseits persische Herkunft und seine übernatürlichen Fähigkeiten faszinierten Friedrich, und so machte er ihn bald nach seiner Ankunft zu seinem Hofmedicus. Daher ist es selbstverständlich, daß der Ordensritter und Heiler seinen neuen Freund und Herrn auf seiner bevorstehenden gefahrvollen Reise nach Deutschland begleiten wird.

Die Stadt erwacht. Das Rumpeln der Karren der Bauern und Händler, die auf den nahen Markt ziehen, vermischt sich mit den herausfordernden Rufen der Scherenschleifer und Kesselflicker, die bereits begonnen haben, von Haus zu Haus zu ziehen. Fenster werden geöffnet und Kübel mit der Notdurft der Nacht ohne Rücksicht auf eventuelle Passanten auf die Straße geleert. Ratten, die die dunklen Winkel des nächtlichen Palermos beherrschen, ziehen sich hastig in ihre Schlupfwinkel zurück. Der Geruch des Meeres und der Abfälle und Exkremente in den Rinnsteinen sowie die Gerüche der Fleisch-, Gewürz- und Fischmärkte vermischen sich zu dem unverkennbaren Odeur, das so viele südliche Hafenstädte auszeichnet. Es erinnert Hakon an Akkon, die Stadt in Palästina, die zu seiner zweiten Heimat geworden war und ihn so geprägt hatte.

Und weiter wandern seine Gedanken zu der Frau, die in den letzten Tagen seines Aufenthalts in der Burg Montfort sein Leben mit so viel Neuem und Schönen bereichert hat. Das Bild Shalimars taucht in ihm auf, und er fühlt dort auf dem Balkon in Palermo, wie sein Herz vor Sehnsucht schwer wird. Es war ihnen nicht viel Zeit vergönnt gewesen, sich in diesem Leben besser kennenzulernen. Bald nach ihrer Genesung erhielt Hakon von Hermann von Salza den Auftrag, Shalimar zu ihrer Familie nach Persien zu geleiten. Was seiner Mutter nicht gelungen war, stellte plötzlich kein Problem mehr dar. Der Hochmeister genehmigte eine zwölf Mann starke Eskorte, damit die junge Perserin und ihre stumme Dienerin sicher nach Hause reisen konnten. Ali begleitete seinen Herrn, da beide bei dieser Gelegenheit die Heimat der Mutter Hakons, die ja auch die Alis war, und Hakons Großvater besuchen wollten.

In Akka hatte Hakon zum erstenmal die Freuden der Liebe kennen und schätzen gelernt. Denn Shalimar war die beste Lehrerin in den orientalischen Liebeskünsten, die der unerfahrene junge Mann sich nur wünschen konnte. Vergessen war sein Keuschheitsgelübde, aufkommende moralische Bedenken wurden von der Kraft seiner ersten großen Liebe wie toter Staub hinweggefegt. Einfühlsam nahm Shalimar ihm die Scheu und führte ihn zu Gipfeln der Lust und Ekstase, die für Hakon immer mit ihrem Bild verbunden bleiben werden. Die Harmonie zwischen ihnen beiden war geradezu sprichwörtlich, und so lebten sie einige Wochen wie im Paradies. Aber bald kam der Tag der Abreise nach Persien, und von da an waren sie keinen Tag mehr wirklich allein. So sehr sich Hakon auf diese Reise und den Besuch der Heimat seiner Mutter freute, so sehr verfluchte er die Tatsache, daß an ihrem Ende der Verlust der Frau stand, die ihm nach seiner Mutter bis jetzt am wichtigsten war.

Persien erlebte er wie in einem Traum. Schon kurz hinter der Grenze kam ihnen eine große und prunkvolle Delegation der Familie Shalimars entgegen, und Hakon wurde es erstmals richtig bewußt, daß seine Geliebte einer der reichsten und mächtigsten Familien dieses Landes angehörte. Zu seiner Überraschung erfuhr er, daß sie in ihrer Heimat eine Prinzessin war, der man große Ehrerbietung entgegenbrachte. Sie übernachteten stets in märchenhaften Palästen und die Feste und Feiern zu Ehren der glücklich Zurückgekehrten nahmen kein Ende. Hakon wurde als ihr Retter angesehen, und so übertrug sich ein großer Teil der Freude und Dankbarkeit ihrer Familie und deren Freunde und Anhänger auf ihn. Hätte er es zugelassen, man hätte ihn mit Geschenken, Titeln und Pfründen überhäuft. Shalimars Vater war vor Kummer über ihren Verlust und seine vergeblichen Versuche, sie zu retten, gestorben. Ihre Mutter starb bereits bei ihrer Geburt. Nun war ihr ältester Bruder Herrscher der Provinz, zu der auch die Heimatgegend Alis und seiner Mutter gehörte. Shalimar wollte Hakon zu dem großen Gut am Fuß der Berge begleiten. Aber Hakon lehnte ab. Erstens hätte das bedeutet, mit großer Eskorte bei seinem Urgroßvater erscheinen zu müssen, und zweitens schmerzte es ihn zu sehr, Shalimar ständig um sich zu haben und sie doch nicht besitzen zu können. Seit sie in Persien waren, schien sie ihm weiter entfernt zu sein als der Mond. Ständig scharwenzelten irgendwelche Hofschranzen um sie herum. Ihre Stellung und die damit verbundenen Lebensumstände machten es unmöglich, ihre

Liebesbeziehung weiter ungestört leben zu können. Auch an eine Heirat war nicht zu denken, da Shalimar seit frühester Kindheit dem Thronfolger der Nachbarprovinz versprochen war. Und so verabschiedeten sie sich schweren Herzens. Es war beiden klar, daß es ein Abschied für immer sein würde. Zum ersten Mal hatte Hakon in seinem jungen Leben das Gefühl, daß sein Herz brechen würde, und er schämte sich nicht der heißen Tränen, die er bei ihrem letzten geheimen und verstohlenen Treffen in Shalimars Armen vergoß. Viel zu schnell nahte der Tag seiner Weiterreise, und an einem sonnigen Sommermorgen war es dann so weit. Noch lange begleitete ihn das Winken eines roten Seidenschals, den er ihr noch auf einem Basar in Akka gekauft hatte, aus einem Fenster der Gemächer Shalimars im Obergeschoß des Stadtpalastes ihrer Familie. Seine Rechte hielt krampfhaft ein handtellergroßes Bildnis seiner Geliebten fest, das ein persischer Künstler auf ihr Geheiß hin in den letzten Tagen erstaunlich lebensecht gemalt hatte und das in einen kostbaren Edelsteinrahmen gefaßt war. Außer Sichtweite gekommen, befestigte er es an der Kette mit dem Amulett seines Vaters, das er immer um den Hals trug. Tränen füllten seine Augen, als er seinem Schimmel die Sporen gab und in die Halbwüste hinausgaloppierte, die sich endlos vor ihnen ausdehnte.

Die fast einwöchige Reise zu seinem Urgroßvater half Hakon, sich gefühlsmäßig wieder zu fangen, und so war er gespannt und neugierig, als in der Ferne die Berggipfel auftauchten, an deren Fuß - wie ihm Ali aufgeregt mitteilte - der Besitz seiner Familie läge. Die Vegetation wurde immer üppiger, und bald kamen sie an einen breiten, aber flachen Fluß, der die Grenze ihrer Besitzungen repräsentierte. Hier im Schatten der Berge war das Klima viel milder, und die Gegend erinnerte Hakon an die Voralpenlandschaft, die sie bei ihrer Flucht nach Venedig durchquert hatten und die ihm noch gut in Erinnerung war.

Mit seinem Urgroßvater begegnete ihm ein fast neunzigjähriger Greis mit den Augen seiner Mutter und ihrem humorvollen Lächeln. Hakon hatte soviel von seiner Muttersprache in Erinnerung behalten, daß er sich - manchmal mit Hilfe Alis - gut verständigen konnte. Zwischen dem alten Mann und seinem Urenkel herrschte trotz des großen Altersunterschieds von Anfang an gutes Einvernehmen. Die Welt, aus der Hakon kam, war ihm zwar fremd, aber trotz seines hohen Alters zeigte er sich erstaunlich wach und aufnahmefähig. Nach dem Tod des Alten würde sein jüngster Sohn den Besitz erben, alle anderen Söhne - so auch Hakons Großvater - waren bereits gestorben. Sein Großonkel, mit dem sich Hakon nicht so recht anfreunden konnte, hatte eine große Familie, und eines Tages würde einer seiner vier Söhne das Familiengut übernehmen und die Tradition fortsetzen. Nach drei Monaten machten sich Hakon und Ali, beladen mit Geschenken und mit dem Versprechen, so bald wie möglich zurückzukehren, wieder auf den Rückweg.

Mit einem wehmütigen Seufzer verabschiedet sich Hakon von den Erinnerungen an vergangene Tage und wendet sich wieder den Forderungen des Tages zu. Als Hofmedicus wird er auf der bevorstehenden Reise nach Deutschland im Notfall auch die mitreisenden Berater und Hofchargen des jungen Königs behandeln müssen. Nicht alle sind von seinen „Hexenkünsten" so begeistert wie Friedrich. Daher hat Hakon beschlossen, für diese Fälle auch eine herkömmliche Kräuter- und Essenzenapotheke zusammenzustellen. Die dazu nötigen Einkäufe will er heute tätigen und vorher einen alten heilkundigen Juden aufsuchen, der vor den immer wieder aufflammenden Pogromen in Deutschland hierher geflüchtet ist, um der wahren Heimat des jüdischen Volkes so nahe wie möglich zu sein. Hakon will sich bei ihm über mögliche Gefahren und Krankheiten in Deutschland sowie deren Behandlung informieren, um noch hier in Palermo die richtigen Gegenmittel einkaufen zu können. Er tritt vom Balkon zurück in die weitläufige Zimmerflucht, die ihm sein großzügiger Gönner zur Verfügung gestellt hat und fordert Ali auf, sich für einen mehrstündigen Ausgang bereit zu machen und genügend Taschen für ihre Einkäufe mitzunehmen. Kurz darauf machen sich beide auf den Weg in die Stadt.

Mit kleinem Gefolge reist Friedrich ein paar Tage später nach Deutschland. Es sind nicht viel mehr als zwei Dutzend Reiter mit Packpferden, die auf einem noch geheimgehaltenen Weg durch die Alpen Otto IV. zuvorkommen wollen. Von Gewährsleuten hatte Friedrich nämlich die Nachricht erhalten, daß der regierende deutsche König und Kaiser dem „dreisten Jüngling" den Weg in die deutschen Lande abschneiden und sich nach Konstanz begeben wolle, um seinen jungen Widersacher dort abzufangen. Otto rechne nicht mit großem Widerstand und habe deshalb nur wenig militärische Bedeckung vorgesehen. Außerdem vertraue er auf die Loyalität und Unterstützung der süddeutschen Fürsten und die Treue der Bürger der Stadt und ihres Magistrats.

In Eilritten durchqueren sie die noch tief verschneite Berglandschaft, um an einem sonnigen Frühlingsmorgen Ende April vor den Toren von Konstanz zu stehen. Friedrich hatte einen Boten an den Magistrat vorausgesandt, der die Nachricht mitbrachte, daß die Stadt sich auf den Empfang des deutschen Kaisers vorbereite und ihm, Friedrich, deshalb den Eintritt verwehren wolle. Der junge König hatte mit Schwierigkeiten gerechnet und für diesen Fall vorgesorgt. Auf seine Bitte hin hatte der Papst ihm einen offiziellen Legaten mitgegeben, der nun vor das verschlossene Tor tritt und den ängstlichen und unsicheren, auf den Zinnen der Stadtmauern versammelten Herren der Stadt das gegen Otto gerichtete Bann- und Absetzungsdekret des Pontifex vorliest. Eine Weile herrscht tiefes Schweigen, so als hielten alle den Atem an. Wie würden sich die Konstanzer entscheiden? Wem würden sie die Treue halten? Lange Zeit tut sich nichts. Schon glauben die Heißsporne aus dem Süden, verspielt zu haben, als die Wache auf Geheiß eines würdevollen älteren Herrn das Tor weit öffnet und sie salutierend passieren läßt.

Der päpstliche Legat begrüßt ihren Gastgeber, und die Ankömmlinge erfahren, daß es sich dabei nicht um den Bürgermeister, sondern den Bischof der Stadt handelt, der sich nun tief vor Friedrich verbeugt und ihm wie einem König huldigt. Jetzt drängen auch die weltliche Obrigkeit, der Bürgermeister und die Mitglieder des Magistrats heran, um dem neuen Stern am Himmel der Macht ihre Referenz zu erweisen. Man beeilt sich, den jungen König und die Mitglieder seines Hofstaates zu einem Festbankett einzuladen, das bereits angerichtet ist und eigentlich für Otto vorgesehen war. Erst jetzt wird Hakon die Dramatik der Situation bewußt, daß nämlich der amtierende Kaiser und sein Gefolge jeden Augenblick eintreffen müssen. Ein kurzer Hinweis Friedrichs an den Legaten, dem eine aufgeregte Diskussion zwischen dem päpstlichen Abgesandten, dem Bischof und dem Bürgermeister folgt, genügt, und auf einen resignierenden Wink des Stadtoberhauptes hin schließt sich das mächtige Tor wieder, und alle Anwesenden machen sich auf den Weg in die Festhalle im Rathaus der Stadt.

Als alle schon kräftig zugelangt haben, kommt noch einmal Unruhe an der Ehrentafel auf, an der Friedrich und die Stadtoberen sitzen. Ein energisches Wort des Bischofs sorgt dafür, daß der Stadthauptmann wieder hinauseilt. Bald darauf werden alle Anwesenden vom Bürgermeister in einer kurzen Rede darüber informiert, daß der Rat der Stadt Konstanz Otto IV., dem regierenden deutschen König und Kaiser, der vor der Stadtmauer warte, den Einzug verweigert habe und Friedrich von nun an als den rechtmäßigen deutschen Throninhaber ansehe. Seine weiteren Worte gehen in lauten Beifallsbekundungen der Begleiter Friedrichs und der Mehrzahl der anwesenden Konstanzer Bürger unter, die inzwischen einen romantischen Gefallen an dem jungen König aus dem Geschlecht der Staufer gefunden haben.

Die Nachricht von der Brüskierung und schändlichen Abfuhr Otto IV. durch die Konstanzer breitet sich in Süddeutschland wie ein Lauffeuer aus, und in den folgenden Tagen treffen bereits die ersten Anhänger und Gefolgsleute der Staufer in der Stadt ein, die bisher notgedrungen dem Welfen die Treue gehalten hatten. Auch viele andere Fürsten und Adlige ergreifen über Nacht Friedrichs Partei. Das Blatt wendet sich zunehmend zugunsten des jugendlichen Eroberers aus dem Süden, der bald auch auf breite Zustimmung bei der Landbevölkerung stößt.

Gut gelaunt und zufrieden mit der politischen Entwicklung, schlendert Hakon durch die Gassen der Stadt Konstanz. Sein Ziel ist das Münster, mit dessen Bau bereits vor fast zweihundert Jahren begonnen wurde und das noch lange nicht fertiggestellt ist. Der Deutsche Orden und sein Gewand sind in den deutschen Landen noch weitgehend unbekannt, und so erregt der junge Ordensritter immer wieder Aufsehen. Der weiße Umhang mit dem großen schwarzen Kreuz verleiht seinem Träger etwas Erhabenes,

110

und viele halten ihn trotz seiner Jugend für einen hohen geistlichen Würdenträger aus einem fremden Land. Die persische Tracht Alis, der ihn begleitet, und dessen orientalische Gesichtszüge steigern noch die Neugierde der Leute, und so werden sie, wo sie gehen und stehen, von einer Schar johlender und bettelnder Gassenjungen begleitet, die sich vom gespielt grimmigen Gesichtsausdruck Alis nur wenig beeindrucken lassen. Hebt er in vorgetäuschtem Zorn zur Vertreibung einiger allzu aufdringlicher Hände abwehrend den Stock, so fährt die schmutzige Bande zwar kreischend auseinander, um danach aber den Ring um die beiden sofort wieder noch enger zu schließen. Amüsiert beobachtet Hakon die Szene. Seit er weiß, daß sein neuer Freund und Herr im Juli gekrönt werden soll, hat sich die Hoffnung in ihm verstärkt, bald nach Hause zurückkehren zu können. Und so sind seine häufigen Besuche im Münster und all seine Gebete in der Krypta auf dieses Ziel hin ausgerichtet.

Sein Blick wandert über den Platz vor dem Münster und bleibt an einer Gruppe von Edelleuten hängen, die heftig diskutierend beieinander stehen. Plötzlich durchzuckt es ihn wie ein Schlag. Etwas abseits von den anderen stehen ein Bischof in seinem Ornat und ein älterer Adliger, der den gestenreichen Erklärungen des Priesters schweigend lauscht. Er kennt dieses Gesicht und erinnert sich gut an diese typische Körperhaltung, die eine unnachahmliche Mischung aus gelangweilter Höflichkeit und schlecht verhohlenem Überdruß ausdrückt! Die Gesichtszüge des Mannes sind zwar in den letzten Jahren sehr gealtert und das Haar ist weiß geworden aber Hakon ist sich ganz sicher: Da drüben steht sein Vater! Nie wird er dieses markante Profil vergessen, das noch im Alter Kraft und Durchsetzungswillen verrät. Der junge Graf spürt, daß ihm das Herz bis zum Halse schlägt. Vor Überraschung steht er wie gelähmt und bemerkt nicht den fragenden Blick Alis, der neugierig und erstaunt seinem Blick folgt, aber aus seinem Blickwinkel den Grafen von Donarsberg nicht erkennen und somit nichts Außergewöhnliches feststellen kann. Hakon holt tief Luft und eilt dann mit langen Schritten auf seinen Vater zu, der soeben im Begriff ist, sich von seinem Gesprächspartner zu verabschieden. Erst jetzt erkennt Hakon seinen Paten, den Bischof von Metz.

Verwundert mustert Karl von Donarsberg den jungen Ordensritter, der sich vor ihm und dem Bischof aufgebaut hat und ihn mit strahlenden Augen unverwandt anschaut. Irritiert wechselt der Graf einen Blick mit dem Bischof, der Hakon aber ebenfalls nicht erkennt. Beide haben ihn ja letztmals als Fünfjährigen gesehen, und nun steht ein fremdartiger Erwachsener vor ihnen. Irgend etwas an dem jungen Mann kommt zwar dem Grafen bekannt vor, erinnert ihn an etwas längst Vergangenes, aber diesen merkwürdigen jungen Ordensritter mit seinem Sohn in Palästina in Verbindung zu bringen, kommt ihm trotzdem nicht in den Sinn. Und Hakon weiß nicht, daß sein letzter Brief, in dem er von seiner sizilianischen Mission berichtet hat, verlorenging, und sein Vater deshalb ahnungslos ist. Erst als Ali näher kommt, den Grafen sofort erkennt, vor ihm sein Knie beugt und Karl von Donarsberg überrascht den damals schon erwachsenen Weggefährten seines Sohnes erblickt, dämmert ihm, wer somit dieser junge Ordensritter nur sein kann.

„Vater!" Dieses eine Wort genügt, um den Bann zu brechen, und Vater und Sohn liegen sich in den Armen. Karl von Donarsberg schämt sich nicht seiner Tränen, die ihm in die Augen schießen. Inbrünstig drückt er den einzigen Menschen, der ihm auf dieser Welt noch etwas bedeutet, an sich. Es vergeht einige Zeit, bis der alte Graf seinen Sohn loszulassen vermag, damit dieser auch seinen freudig überraschten Paten begrüßen kann. „Was machst du denn in Konstanz? Und wieso bist du nicht im Heiligen Land?" Die Frage des Grafen überrascht seinen Sohn. Geht er doch davon aus, daß sein Vater durch seinen Brief informiert ist. „Ich gehöre als Leibarzt zum Hofstaat König Friedrichs von Sizilien. Aber das habe ich dir doch aus Palermo geschrieben?" Nun zeigt sich Karl von Donarsberg überrascht, und Hakon beginnt zu ahnen, daß sein damaliger Brief seinen Vater offensichtlich nicht erreicht hat. Rasch gibt er den beiden eine kurze Zusammenfassung dessen, was sich seit seiner Reise nach Persien in seinem Leben alles ereignet hat und findet in dem Grafen und seinem bischöflichen Paten gespannt lauschende Zuhörer. Als er endet, herrscht einen Moment lang nachdenkliche Stille zwischen den dreien, bis Karl von Donarsberg mit Wehmut in der Stimme bemerkt: „Wenn das doch nur

112

noch deine Mutter erlebt hätte! Ihr Sohn kommt in die Heimat zurück als Leibarzt und Freund des Enkels Barbarossas und zukünftigen Deutschen Königs. Wer hätte das bei eurer überstürzten Flucht vor mehr als zwölf Jahren gedacht!" Hakon sieht, wie seinem Vater vor Rührung und wieder aufflammender Trauer um die so früh Verstorbene Tränen in die Augen steigen. Rasch faßt er den Grafen unter den Arm und führt ihn in Richtung auf das königliche Quartier: "Vater, in einer knappen Stunde hält Friedrich Audienz, und bei dieser Gelegenheit will ich dich und meinen Paten unserem König vorstellen. Er und ich sind in den letzten Monaten fast so etwas wie Brüder geworden, und ich genieße sein uneingeschränktes Vertrauen. Du wirst sehen, Friedrich ist ein sehr liebenswerter Mensch und trotz seiner Jugend ein wahrer Monarch! - Aber jetzt sage mir zuerst noch, was euch nach Konstanz führte und seit wann ihr hier seid?"

Voll väterlichen Stolz blickt Karl von Donarsberg seinen Sohn an. Das Gesicht kommt sehr nach der Mutter und ist nach Ansicht des Grafen fast zu schön für einen Mann. Aber dafür hat Hakon den kraftvollen und sehnigen Körperbau derer von Donarsberg geerbt, und das versöhnt ihn wieder. Und so beginnt er - vom Bischof an seiner Seite wortgewaltig unterstützt - die Geschichte ihrer Reise in die schöne, ehemals alemannische Bischofsstadt am Bodensee zu erzählen, die - wie Arnulf, Bischof von Metz, ausdrücklich betont - bereits seit dem Jahr 590 Mittelpunkt des größten deutschen Bistums ist. Hakon erfährt, daß sich die beiden ursprünglich auf Wunsch von Otto IV. auf den Weg gemacht haben, der in seiner Auseinandersetzung mit dem staufischen Thronanwärter so die Loyalität der alten Weggefährten und Kampfgenossen Barbarossas prüfen wollte. Durch die Ironie des Schicksals und den überraschenden Verlauf der Ereignisse zählen so Graf und Bischof mit zu den ersten bedeutenden Parteigängern der Staufer, die nun freudig ihrem neuen Herrn huldigen können. Schmunzelnd lauscht Hakon der Begeisterung der beiden alten Kämpen für die staufische Sache und ist glücklich darüber, daß ausgerechnet er es sein soll, der sie mit ihrem neuen Souverän zusammenbringen wird. Und so machen sich die drei auf den Weg in die provisorische Residenz von Friedrich II.

Die Audienz bei Friedrich verläuft noch harmonischer, als es sich Hakon erhofft hat. Spätestens als Karl von Donarsberg das Gespräch auf seine liebste Betätigung, die Falkenjagd, bringt, ist das Eis endgültig gebrochen. Zu ihrer Überraschung erleben die Besucher einen Fachmann in Sachen Greifvögel, der trotz seiner Jugend bereits ein Wissen über das Leben und Verhalten und die Ausbildung und Abrichtung von Jagdvögeln verrät, die sie alle zutiefst erstaunt. Friedrich erzählt ihnen, daß er seit seiner frühen Kindheit diese majestätischen Vögel zutiefst bewundert und beabsichtige, bald ein Buch zu schreiben über die Kunst, mit Vögeln zu jagen. Besonders zeigt sich der junge König davon beeindruckt, was er durch Experimente herausgefunden hat, daß nämlich kein Vogel den anderen tötete, ohne hungrig zu sein. Viel zu schnell für den Grafen geht die Audienz zu Ende, und noch bei der gemeinsamen Abendvesper schwärmt er von der Klugheit und Reife des Enkels Barbarossas, der ein würdiger Nachfahre seines legendären Großvaters sei.

In dieser Nacht hat Hakon einen bewegenden Traum, an den er sich am nächsten Morgen noch ganz genau erinnern kann. Er sieht sich auf einer umgestürzten Säule in der uralten Tempelanlage am Fuß eines längst erloschenen Vulkans sitzen, die in unmittelbarer Nähe des Familienguts in Persien liegt und die er voller Faszination mehrmals während seines Besuchs besichtigt hat. Wie ihm seine Verwandten erzählt haben, war das auch seiner Mutter liebster Aufenthaltsort in ihrer Jugendzeit gewesen. Die Anlage soll weit über tausend Jahre alt sein und früher als eines der bedeutendsten Zentren der altpersischen Licht- und Feuerreligion gegolten haben. Die Legende berichtet, daß auch Zarathustra zu seinen Lebzeiten einige Zeit dort gelebt haben soll.

Im Traum erscheint ihm Jadasa aus der tiefstehenden Sonne. Wie ein Engel fliegt sie auf ihn zu und steht dann in der vertrauten Gestalt vor ihrem Sohn. Und doch kommt sie ihm verändert vor. Da wird ihm bewußt, daß sie viel jünger aussieht als bei ihrem Ableben, so wie er sie als kleiner Junge in Erinnerung hat. Liebevoll und voller Wiedersehensfreude umarmen sich die beiden im Traum. „Es ist lange her, seit wir miteinander gesprochen haben, mein Sohn! Du nimmst dir in den letzten Monaten zu wenig Zeit, dich mit mir in Verbindung zu setzen. Du weißt doch, die göttliche Vorsehung hat mich für diese Wegstrecke deines Lebens zu deinem geistigen Begleiter und Führer bestimmt. Natürlich kann ich meine Botschaften immer noch in deine Seele einpflanzen, und du erlebst sie dann wie aufsteigende eigene Ideen. Aber wenn man für den medialen Kontakt so begabt ist wie du, dann hat man auch die Verpflichtung, ihn zu nutzen. Denke an das Gleichnis in der Bibel über die Pfunde, mit denen wir wuchern und die wir mehren sollen. Gemeint sind die geistigen und seelischen Talente, die Gott uns zur Verfügung gestellt hat, und die wir zu unserer eigenen Entwicklung nutzen sollen. - Genug der Ermahnungen, sonst glaubst du noch, ich käme nur deshalb zu dir. Nein, auch die Liebe, die uns über Zeit und Raum verbindet, zieht mich zu dir. Ich freue mich sehr, daß du und dein Vater sich endlich wieder gefunden haben. Oft bin ich nachts in seinen Träumen und immer in schwierigen Situationen des Alltags bei ihm, um ihm beizustehen. Aber leider ist er sich dessen noch viel zu wenig bewußt. Die Trauer um meinen scheinbaren Verlust liegt wie ein schwarzer Nebel auf seiner Seele und verhindert, daß er meine zarten Berührungen wahrnimmt und seinen Irrtum erkennt. Damit schadet er sich und seiner Weiterentwicklung sehr, und du solltest deshalb mit ihm sprechen.

Wenn du allerdings bereit bist, mir als Kanal zu dienen, dann werde ich über dich als Medium selbst mit ihm sprechen. Die Entscheidung liegt allerdings bei dir und das Gelingen hängt ganz von deinem Vertrauen in deine Fähigkeiten ab. Deinen Vater wirst du nicht überzeugen müssen. Er hat ja damals - in einem entscheidenden Augenblick unseres gemeinsamen körperlichen Lebens - die Erfahrung einer Botschaft aus dem Geistreich selbst machen dürfen und nicht einen Moment gezweifelt. Also, überlege es dir! Und wenn du einverstanden bist, zieht ihr euch beide am besten in einen ruhigen Raum zurück. Du schließt die Augen und versenkst dich, wie wenn wir früher miteinander gesprochen haben. Das Übrige mache ich dann schon. Sei du nur bereit!"

Mit diesen letzten Worten löst sich die Traumvision in einem hellen, rosaroten Licht auf, und Hakon erwacht. Nachdenklich und etwas betroffen setzt er sich im Bett auf und bemerkt, daß soeben die Sonne aufgeht

115

und draußen in den Bäumen die ersten Vögel ihr morgendliches Lied singen. Er hat ein schlechtes Gewissen, weil er das regelmäßige Gespräch mit dem Geist seiner verstorbenen Mutter, aus dem er in den Jahren in Palästina immer einen großen Gewinn gezogen hat, in den letzten Monaten aus weltlichen Gründen so vernachlässigt hat. Nun hält ihn nichts mehr im Bett. Er erhebt sich, und während er sich mit dem bereitgestellten kalten Wasser abwäscht, überlegt Hakon, wie und wann er seinem Auftrag am besten nachkommen kann. Keinen Moment hat er das Gefühl, ihm nicht gewachsen zu sein oder ihn als unangenehm zu empfinden. Er öffnet die Tür zum Nebenraum und weckt Ali, der schlaftrunken auffährt und glaubt, es wäre etwas Schlimmes geschehen. Hakon beruhigt ihn und bittet ihn, Kleider für einen Ausritt bereitzulegen und dann sein neues Pferd zu satteln.

Sein alter Schimmelhengst Castor ist kurz vor seiner Abreise nach Sizilien an einer Kolik eingegangen, und Hakon hat ihn vor den Toren der Stadt in der Wüste, die sein vierbeiniger Freund so liebte, beerdigen lassen. Die pferdeverliebten Araber hatten diese Geste als letzten Freundschaftsbeweis wohl verstanden, lediglich seine Ordensbrüder, die einem Tier jede Seele absprachen, hatten einen weiteren Grund, sich über ihn lustig zu machen. Als Hakon auf seinem jungen Apfelschimmel, der ein Nachkomme seines alten Gefährten ist, durch das Tor der Stadt Konstanz reitet, muß er daran denken, wie sehr sich alles seit ihrer Ankunft vor einigen Wochen zum Guten gewendet hat. Und während er dem temperamentvollen Tier sanft die Sporen gibt, schickt er ein kurzes Dankgebet an seinen Herrn und Gott. Der Ausritt in der frischen Morgenluft wird ihm gut tun und seinen Kopf frei machen für den anschließenden Besuch bei seinem Vater. Dieser ist zusammen mit Arnulf in der Residenz seines Amtsbruders untergebracht. Drei Stunden später sitzen sich Vater und Sohn in der bischöflichen Residenz gegenüber. Karl von Donarsberg ist sehr überrascht und nicht wenig erstaunt, als er vernimmt, daß sein Sohn sich als Mittler zwischen der Toten und ihm betätigen wolle. Ganz behaglich ist ihm bei dieser Vorstellung nicht. Natürlich erinnert er sich noch an seine eigene Vision und die prophetische innere Stimme, die den Schicksalsweg seines

Sohnes bis jetzt so treffend vorausgesagt hat. Aber nun sozusagen seiner toten Frau gegenüber zu sitzen, ist doch etwas ganz anderes. Und er erinnert sich an die biblische Geschichte von der Beschwörung des toten Propheten Samuel durch König Saul. Hatte der nicht aus dem Mund von Samuels Geist sein unabwendbares Schicksal und seinen baldigen Tod vernehmen müssen?

Der Graf schaut unentschlossen zu Boden. Je länger er darüber nachdenkt, umso seltsamer wird es ihm. Schon will er das Ansinnen seines Sohnes freundlich aber bestimmt ablehnen. Er schaut auf und blickt seinen Erben an, der vor einem der Fenster sitzt, durch das soeben eine breite Lichtbahn in den Raum fällt. Die Strahlen der Sonne bilden eine blendende Lichtaura um das Haupt Hakons, so daß es Karl schwer fällt, noch seine Züge zu erkennen. Plötzlich scheint sich das Gesicht Hakons zu verändern, seine Konturen verschwimmen, und mit angehaltenem Atem beobachtet der Graf die plötzliche Verwandlung in das Gesicht seiner geliebten Jadasa. Sprachlos verfolgt Karl von Donarsberg die weitere Entwicklung. Das hereinströmende Licht erfaßt jetzt die ganze Gestalt vor ihm und wandelt sie in den zu ihren Lebzeiten so anmutigen und weiblichen Körper seiner toten Frau um. Ein Anfall von Panik, die Angst vor satanischen Trugbildern und die Furcht, verhext zu werden, schießt in Karl hoch. Er will sprechen, sich erheben und muß erleben, daß alles an ihm wie gelähmt ist. Ohnmächtig und dem Geschehen hilflos ausgeliefert, sitzt der Graf auf seinem Stuhl, und ein Grauen vor dem Unbekannten und Unheimlichen überschwemmt ihn wie eine Welle.

„Wovor fürchtest du dich so?" Sanft, verständnisvoll und voller Liebe dringen die Worte zu ihm. Es ist tatsächlich die Stimme Jadasas! Das Herz Karls macht einen wilden Sprung und beginnt dann zu rasen. Seine Augen sind weit aufgerissen und stieren auf die aus vielen unvergeßlichen Stunden so vertraute Gestalt seiner geliebten Frau. Kann es wirklich wahr sein? Ist Jadasa aus dem Totenreich zurückgekehrt? Und wo ist Hakon jetzt? Karl hat das Gefühl, als wenn Zentnerlasten auf seinem Brustkorb lägen. Mühsam ringt er keuchend nach Atem, unfähig, das Wunder vor seinen Augen also solches zu begreifen.

Und wieder dringt diese wohlbekannte Stimme zu ihm: „Vertraue doch deinem Gefühl, höre auf dein Inneres! Ich bin es wirklich! Jadasa, die dich zeitlebens so liebte und es immer noch tut. Erinnere dich an meinen letzten Brief, bevor ich diese Erde verließ. Ich sandte dir darin etwas, was du immer noch in einem Amulett um den Hals trägst, das du nach meinem Tod speziell für diesen Zweck bei einem Goldschmied in Metz anfertigen ließest. Niemand weiß davon. Es war dein Geheimnis, und immer, wenn du es in die Hand nahmst und an mich dachtest, war es dir so, als wenn ich bei dir sei. Tatsächlich war ich dir dann auch ganz nah. Aber ich war dies auch bei vielen anderen Gelegenheiten, wo du mich, gefangen in deinen menschlichen Sorgen und Nöten, nicht wahrgenommen hast. Ich teilte deine Trauer und deinen Schmerz, auch wenn ich - dort, wo ich jetzt zu Hause bin - seinen Sinn erkannte. Wie oft zwang mich dein verzweifeltes Rufen aus den Höhen des lichten Reiches zurück in die Finsternis dieser Erde und verhinderte, daß ich weiter voranschritt auf meinem Weg zu Ihm. Verstehe das bitte nicht als Vorwurf. Wie hätte ich nicht auf deine Tränen und deine Sehnsucht nach mir reagieren können? Und so folgte ich häufig der Stimme meiner menschlichen Liebe und legte meine Hände voll Verständnis zärtlich auf dein Herz. Erinnere dich! Wie oft erlebtest du mitten in der tiefsten Verzweiflung eine plötzliche Ruhe, und wie Balsam strömte es in deine Brust. Dann war ich dir näher, als ich es dir jemals zu meinen Lebzeiten war und auch hätte sein können."

Kaskaden von Licht gehen jetzt vom Geistleib Jadasas aus und umhüllen Karl. Zwischen ihren Herzen schwebt ein zartes Band, gewebt aus rosaroten Strahlen, und ein Duft von Rosen zieht durch den Raum. Tiefe Ruhe ist bei ihren Worten in den erschütterten Mann eingekehrt, und nur die unaufhörlich aus seinen Augen strömenden Tränen verraten seine Erschütterung.

Die Zeit im Raum scheint still zu stehen. Es kommt Karl so vor, als wenn es nur noch sie beide gäbe, und er wünscht sich sehnlichst, daß dieses Erleben nie enden würde. Und wieder fängt Jadasas Stimme an, leise zu ihm zu sprechen. Oder hört er sie nur in seinem Herzen? Es ist ihm gleichgültig, solange sie überhaupt nur zu ihm spricht. Immer könnte er ihr lauschen und sich von ihr hinübertragen lassen in diese andere Welt, in der seine geliebte Frau nun zu Hause ist.

„Ich freue mich, daß du nun nicht mehr an deiner Erfahrung und meiner Erscheinung zweifelst. Es gibt noch vieles, was dir fremd und doch für uns hier ganz natürlich ist. Vertraue mir also, vertraue der nie endenden Liebe zwischen uns, die niemals zuließe, daß ein satanischer Geist dieses Band zwischen uns für seine bösen Zwecke mißbrauchen könnte. Aber wenn du selbst dich aus Unverstand und falscher Trauer von der erbarmenden Liebe Gottes abschneidest, dann ist das dein zwar irrender, aber doch freier Wille, der von uns respektiert wird. Und so lernst du leidvoll, was durch rechte Erkenntnis so leicht und mühelos wäre. Wenn du es künftig zuläßt, können wir auch direkt, ohne Vermittlung unseres Sohnes, miteinander sprechen. Du siehst mich dann zwar nicht, hast aber das untrügliche Gefühl, als wenn ich in deinem Herzen, dem Sitz deines Geistes, zu dir spräche. Dort bin ich zu Hause. Eine Erscheinung, wie du sie heute erleben darfst, setzt immer ein lebendes Medium, sozusagen einen irdischen Kraftspender, voraus, der die Energien zur Verfügung stellt, die ein Geistwesen dann zur befristeten Verkörperung nutzt. Für unser geistiges Zusammensein brauchen wir das aber nicht. Und wo könnte ich dir näher sein, als in deinem Herzen? Laß uns also in Zukunft bewußt und direkt die innere Begegnung und das innere Gespräch nutzen. Das kann, wann immer und wo immer du willst, geschehen. Die Liebe führte uns einst vor undenklichen Zeiten zusammen, und in Liebe werden wir uns noch begegnen, wenn diese Sonne längst erloschen ist. Nun soll es aber für heute genug sein. Eine solche Geistoffenbarung ist auch für das Medium sehr anstrengend, und wir wollen unseren Sohn doch nicht über die Gebühr in Anspruch nehmen. Umarme und küsse Hakor für mich. Ich war zwar in Palästina ohne dich sehr unglücklich, aber heute weiß ich, daß dies alles der Plan Gottes war und dem Auftrag unseres Sohnes diente. Bald wird er große Dinge vollbringen, und wir beide werden sehr stolz auf ihn sein können. Der Segen und der Frieden des Herrn sei mit dir, und meine Liebe begleitet dich. Das solltest du nun nie mehr vergessen und dir unseres Wiedersehens gewiß sein. Bis bald, meine große Liebe!"

Die Stimme verstummt. Eine Wolke verdeckt schrittweise die Sonne. Die Lichtaura Jadasas erlischt langsam, und der vor Karl sitzende Körper verwandelt sich zurück in die kraftvolle Gestalt seines Sohnes, der langsam die Augen öffnet und seinen Vater verwirrt und fragend anschaut. „Bin ich eingeschlafen? Was ist geschehen?" Hakon bemerkt an dem stark veränderten und ganz weichen Gesichtsausdruck seines Vaters, daß sich etwas Besonderes ereignet haben muß. Es ärgert ihn jetzt, daß er davon offensichtlich nichts mitbekommen hat. Er erinnert sich nur noch daran, wie in seinem Inneren das Bild seiner Mutter auftauchte, die sanft über seine Stirn und Augen strich. Dann weiß er nichts mehr. Und doch hat er ein Gefühl wie nach einer großen körperlichen Anstrengung.

„Jetzt spanne mich bitte nicht auf die Folter, Vater. Sie hat mir vorher nicht gesagt, daß sie mich zum Einschlafen bringen würde. Was hat Mutter gesagt? Und was hast du erlebt? Ich spüre doch, daß etwas Wichtiges vorgefallen ist!" Hakons Stimme bekommt einen ärgerlichen Klang, und Karl von Donarsberg versteht, daß sich sein Sohn ausgeschlossen fühlt. So beeilt er sich, sein Erlebnis und das Gehörte so bildhaft und wortgetreu wie möglich wiederzugeben. Immer noch spürt er, wie tief ihn das Geschehene berührt und erschüttert hat, und mehr als einmal hindern ihn die wieder aufsteigenden Tränen daran fortzufahren.

Hakon lauscht gespannt dem Bericht seines Vaters. Zu gern hätte er diese Verwandlung bewußt erlebt. Zum ersten Mal ist so etwas mit ihm geschehen, und nun weiß er selbst am wenigsten davon. Ärger steigt in ihm auf, und erst als er die Botschaft seiner Mutter hört, verraucht sein Zorn wieder. Als er das glückliche Gesicht seines Vaters bemerkt, schämt er sich seiner egoistischen Gefühle und erinnert sich daran, daß es schließlich um die seelische Genesung seines Vaters geht, der wegen der Sicherheit seines Sohnes auf die geliebte Frau verzichten und deshalb viele sehr leidvolle Stunden in Kauf nehmen mußte. Impulsiv erhebt sich Hakon, geht auf Karl zu, umarmt und küßt den Überraschten dankbar auf beide Wangen. Der Graf erhebt sich ebenfalls, und dann versinken Vater und Sohn in einer so innigen Umarmung wie seit Hakons Kinderzeit nicht mehr. Die Wolke vor der Sonne ist inzwischen weitergezogen, und das wieder goldgelb hereinfallende Licht verschmilzt die beiden Körper zu einer liebevollen Einheit. Und so findet sie Arnulf, Bischof von Metz, immer noch vor, als er in Begleitung seines Konstanzer Amtsbruders bald darauf den Raum betritt. Gerührt bleiben die beiden Kirchenmänner stehen, ahnend, daß hier die Mächte der Liebe am Werk gewesen waren.

Der Frühling geht langsam zu Ende, und Friedrich bereitet sich auf seine Wahl in Frankfurt und seine Krönung in Mainz vor. Die vielen Gespräche der letzten Wochen mit den ihm verbundenen Grafen des Reiches und die zahlreichen Loyalitätsbekundungen der kirchlichen Würdenträger haben den Staufer in seinen Plänen bestärkt, und so steht seine Abreise aus Konstanz unmittelbar bevor. Der Hofstaat hat sich von Tag zu Tag zusehends vergrößert. Viele wollen jetzt am Erfolg des vielversprechenden jungen Königs teilhaben und sich rechtzeitig einen Platz in der ersten Reihe sichern, wenn es bald um die Verteilung von Gütern und Pfründen geht. Und so ist bereits im Vorfeld der Inthronisation ein verdeckter, aber dafür umso gnadenloserer Kampf um Einfluß und Macht entbrannt. Die meisten der vielen neuen Gesichter um Friedrich blicken daher mit Argwohn auf die freundschaftliche Beziehung zwischen ihm und seinem Leibarzt. Und die Tatsache, daß Hakon ein Ritter des Deutschen Ordens ist, von dem man munkelt, daß er sowohl mit Otto wie mit Friedrich geheime Sondierungsgespräche über Lehen im Osten des Reiches führe, machen seine Position nicht einfacher. Der junge Graf von Donarsberg fühlt sich zunehmend von diesem politischen Ränkespiel und der Atmosphäre, die es in der Umgebung Friedrichs schafft, angewidert. Deshalb hat er heute morgen bei einer schon länger geplanten medizinischen Untersuchung seines jungen Herrn die Gelegenheit genutzt und um die vorläufige Beurlaubung aus seinem Amt gebeten. Friedrich war von diesem Ansinnen zwar überrascht gewesen, aber der Umstand, daß es um seine Gesundheit bestens stand und sie beide darüberhinaus in absehbarer Zeit kaum noch Gelegenheit für tiefsinnige Gespräche haben würden, hat ihn zustimmen lassen. Er bat Hakon allerdings, spätestens bei seiner Rückkehr nach Sizilien wieder seinen Platz einzunehmen. Das hat der Ordensritter gerne zugesagt.

Karl von Donarsberg war von dieser Entwicklung sehr angetan und freute sich sehr über die Rückkehr seines Sohnes in die väterliche Burg. Er selbst würde zwar pflichtgemäß den jungen König noch begleiten, aber sofort nach der Krönung in Mainz nach Hause kommen. Hakon will sich seinem Paten anschließen, der morgen nach Metz aufbrechen wird. Einen Tagesritt vor Erreichen der Bischofsstadt werden sich dann ihre Wege trennen und Hakon nach Norden weiterreiten. Ali ist schon eifrig dabei, ihrer beider Habseligkeiten zu packen und Vorräte für die Reise einzukaufen. Der abenteuerlustige Perser freut sich über Hakons Entschluß, weil er sich in den letzten Tagen zu langweilen begann und sich von der Weiterreise mehr Abwechslung verspricht. So sucht Hakon ein letztes Mal das ehrwürdige Münster auf, um in der Stille der Krypta ein kurzes Gebet zu sprechen und um in Kontakt mit seiner Mutter zu treten. Etwas enttäuscht muß er erleben, daß Jadasa sich nicht zu irgendwelchen Vorhersagen über seine weitere Zukunft bewegen läßt und ihn nur bittet, die tägliche Verbindung mit der geistigen Welt besonders in der nächsten Zeit nicht zu vernachlässigen. Seufzend macht sich ihr Sohn auf den Weg in sein Quartier, um einen längst fälligen Bericht an Hermann von Salza zu verfassen, der dann mit den königlichen Kurieren nach Palermo und von dort ins Heilige Land gelangen wird.

Seit sechs Tagen sind die Reisenden nun unterwegs. Der Bischof, sein Kaplan, mehrere Ordensbrüder und Knechte, die für die Packpferde verantwortlich sind, sowie Hakon und Ali. Die Gruppe folgt bei ihrem Ritt anfänglich dem Rheintal, einer seit altersher dicht besiedelten Kulturlandschaft, und hat somit keine Schwierigkeiten, jeden Abend ein ordentliches Quartier zu finden. Man ist nicht wählerisch, und so ist es einmal ein Wirtshaus, ein anderes Mal ein Kloster und dann wieder ein Schloß oder eine Burg. Der Bischof hat sich nicht zuletzt deshalb auf die Heimreise gefreut, weil er glaubte, nun endlich Gelegenheit und genügend Zeit zu haben, mit seinem Patensohn ausführlich über dessen unglaubliche Fähigkeiten und seine Erlebnisse in Palästina sprechen zu können. Er hat deshalb sogar die Mühe auf sich genommen, große Strecken des Weges zu reiten und nicht seine bequemere Sänfte zu benutzen. Und Hakon tut ihm den Gefallen und beantwortet alle Fragen des Bischofs, so gut er kann.

So vergeht die Zeit wie im Flug, als sie am siebten Tag durch einen frühsommerlichen Buchen- und Eichenwald reiten. Die Bäume stehen weit auseinander, so daß viel Licht auf den Waldboden fällt. Durch die Bäume zur Linken schimmert in der Ferne das träge dahinfließende Wasser des Rheins. Vor kurzem ritten sie noch durch fast mannshohe Farne. Nun müssen sie sich durch dichtes Unterholz kämpfen und die Dornen von Himbeersträuchern zerkratzen ihnen die Beine. Das satte Grün der Pflanzen wetteifert mit dem tiefen Blau des Himmels, der öfter durch die Kronen der Bäume zu sehen ist. Keine Wolke mildert die Kraft der Sonne um diese Mittagsstunde, und so ist es selbst hier im Wald recht warm. Auf Wunsch des Bischofs machen sie auf einer Lichtung halt, an deren gegenüberliegendem Rand eine scheinbar verlassene Köhlerhütte steht. Die Tür ist geschlossen, und die Fenster sind mit Holzbalken verrammelt. Beim genaueren Hinsehen bemerken sie allerdings eine dünne Rauchsäule, die merkwürdigerweise aus dem Schilfdach zu steigen scheint. Kein Mensch ist zu sehen, aber Arnulf schickt vorsichtshalber einen der Knechte hinüber, damit er nachsieht.

Kaum hat der Mann mit einiger Kraftanstrengung die klobige Holztür geöffnet, dringt sein gellender Schrei zu den anderen, die sich schon einen Rastplatz im Schatten gesucht haben. Alles springt auf und sieht dem immer noch Schreienden erschrocken entgegen, der mit wild rudernden Armen zurückgelaufen kommt. Vor dem Bischof und Hakon angekommen, ist der Knecht kaum in der Lage zu sprechen. Mühsam ringt er nach Luft, das Gesicht bleich vor Entsetzen. Zitternd zeigt er auf die Hütte und stammelt: „Monsignore, da drin haust der Teufel! Überall ist Blut und von der Decke hängen nackte Menschen. Auf dem Boden liegt ein brennendes Kreuz, und es stinkt wie in der Hölle... beim Blute Christi, da haust bestimmt Satan persönlich..." und der Mann schlägt schluchzend die Hände vors Gesicht. Der Bischof und Hakon wechseln einen betroffenen Blick, und die Hand des jungen Grafen fährt unwillkürlich zum Schwert, das er an der Seite trägt und im Heiligen Land zu nutzen und geschickt zu führen lernte. „Laß uns nachsehen, Sohn, ob hier der Teufel oder böse Menschen am Werk waren. Auf jeden Fall hat Gott uns nicht umsonst hierher geführt. Mit seiner Hilfe werden wir dem ruchlosen Treiben ein Ende setzen!"

Arnulf gibt seinen Knechten einen Wink, die sich mit dicken Knüppeln bewaffnen, und alle zusammen gehen dann auf die düstere, graue Steinhütte zu, deren Tür halboffen steht. Bereits ein Dutzend Schritte vor Erreichen der Hütte schlägt ihnen ein pestilenter Geruch entgegen, der ihnen den Atem raubt und sie zum Stehen bringt. Die Männer verstecken ihre Nasen so gut es geht in den Kragen ihrer Kleider, und mit Hakon an der Spitze gehen sie dann weiter. In der Rechten sein Schwert, mit der Linken ein Schweißtuch vor Mund und Nase haltend, stößt der Ritter die Tür ganz auf, als drinnen ein so furchtbares Schreien beginnt, daß sich allen vor Entsetzen die Nackenhaare sträuben. Hakon ist abrupt stehen geblieben, so daß der nachfolgende Bischof schmerzhaft gegen ihn prallt. Das Schreien ist jetzt in ein irres Kichern übergegangen, und die Männer bekreuzigen sich furchtsam. Was erwartet sie da drinnen? Hakon gibt sich einen Ruck und tritt ins Innere, dicht gefolgt vom Bischof und dem mutigsten der Knechte. Es bietet sich ihnen wahrlich ein Bild des Grauens. An einem Deckenbalken hängen nackt und ausgeweidet wie Schweine beim Schlachtfest zwei ältere Männer und eine junge Frau an eisernen Haken, die durch ihren Nacken getrieben wie schwarze Zungen aus ihren offenen Mündern ragen. Gebrochenen Augen stieren in fassungslosem Entsetzen ins Nichts, die Hände sind auf den Rücken gebunden. Die vom Halsansatz an aufgeschlitzten Körper klaffen blutrot bis zur Scham und lassen das gespenstige Weiß der Knochen sehen.

„Großer Gott, was ist hier geschehen? Was für eine Bestie, was für ein Dämon hat hier sein gotteslästerliches Opfer gefordert?" Wieder schlägt der Bischof das Kreuz, und die anderen folgen ihm, in der Hoffnung, damit auch gegen alle noch im Halbdunkel der Hütte lauernden Gefahren gefeit zu sein. Fassungslos schauen sie auf das brennende Kreuz in der Mitte des Raumes, das unter den baumelnden Leichen mit unheimlichen kleinen gelben und roten Flämmchen verglimmt und dabei diesen widerli-

124

chen Gestank verursacht. Mit dem geübten Auge des in Anatomie Geschulten erkennt Hakon in den dunklen, angekohlten Haufen, die um das Holz des Kreuzes drapiert sind, menschliche Organe, die wohl von den Unglücklichen an der Decke stammen. Hakon ist sich jetzt sicher, daß hier noch vor kurzem ein satanisches Ritual gefeiert wurde. Von vergleichbaren Menschenopfern im Rahmen von sogenannten schwarzen Messen hat er schon in Sizilien gehört, aber nichts Näheres darüber in Erfahrung bringen können. Jetzt erkennt er auch im Halbdunkel magische Zeichen, die kreisförmig um das Kreuz in den festgetretenen Sandboden der Hütte geritzt sind. Dann fällt Hakons Blick auf das mächtige Gebiß eines knöchernen Wolfsschädels, der etwas seitlich auf einem großen silbergrauen Fell liegt. Der Ordensritter beginnt zu ahnen, daß hier ein in ganz Europa gefürchteter Wolfsmensch am Werk war. Und er erinnert sich nun auch daran, daß gestern Nacht Vollmond war, die Nacht, in der sich nach weitverbreitetem Volksglauben böse Menschen in Werwölfe verwandeln, um blutdürstig auf die Jagd nach unschuldigen Opfern zu gehen.

Ein erneuter gellender Schrei, der in einem Wimmern endet und aus der finstersten Ecke der Hütte rechts von ihnen kommt, läßt die Männer entsetzt herumfahren. Ein beherzter Knecht hält in Ermangelung einer Fackel einen alten Reisigbesen, der neben dem Türeingang stand, in die Flämmchen des Kreuzes, und tatsächlich fängt das trockene Besenreisig schnell Feuer und beginnt lodernd zu brennen. Im Licht dieser gespenstigen Lichtquelle sehen alle Anwesenden einen großen Holzverschlag an der Wand stehen, in dem sich etwas Dunkles unheimlich bewegt. Für einen Moment denkt Hakon an einen gefangenen Wolf und faßt sein Schwert fester. Als nichts weiter geschieht, nimmt er dem ängstlich zögernden Knecht den brennenden Besen ab und tritt näher heran. Das Wesen in dem Verschlag weicht knurrend und keuchend bis in den hintersten Winkel zurück. Nun erst erkennt der junge Graf das verschmutzte Gesicht eines anscheinend noch jungen Menschen mit tief eingefallenen Augen, die wie im Fieber glühen und einem geifernd geöffneten Mund mit raubtierhaft gebleckten Zähnen. Abgesehen von einem Lendenschurz aus Lumpen ist die Gestalt nackt. Eingefallene Brüste und Rippen, die sich deutlich unter der blassen Haut abzeichnen, verraten, daß es sich um eine junge Frau handelt, die entweder vor Hunger oder Entsetzen über das Erlebte oder wegen beidem irrsinnig geworden ist.

„Mein Gott, in was für eine Schlangengrube sind wir da geraten?" Erschüttert steht der Bischof unter den leise hin und her schwankenden Leichen und erteilt ihnen die letzte Absolution. Tränen hilflosen Zorns stehen in seinen Augen, und mit schwankender Stimme befiehlt er den widerstrebenden Knechten, die Toten herabzuholen, in Decken zu hüllen und nach draußen zu bringen, damit sie ein christliches Begräbnis erhalten. Dann wendet er sich kopfschüttelnd und fassungslos Hakon zu und meint: „Und was machen wir mit diesem unglücklichen Wesen? Hätte der Herr in seinem Erbarmen sie nicht besser sterben lassen? Sieh nur, sie ist sogar mit einer Fußfessel an die Wand gekettet. Wir sollten sie deshalb auch nicht so ohne weiteres befreien. Wahrscheinlich ist sie in ihrem Wahnsinn für sich und ihre Umwelt eine große Gefahr." Hilflos starrt Arnulf auf das schmutzige Bündel Mensch. „Hast du vielleicht einen Vorschlag, was wir mit ihr tun sollen?"

Der Kirchenmann ist sichtlich ratlos. Fragend schaut er seinen Patensohn an und hofft, daß der eine Lösung für dieses große Problem hat. Hakon, der voller Mitgefühl auf dieses geschundene Menschenkind blickt, nickt nachdenklich. „Wenn es hier noch eine Hilfe gibt, dann nur von Seiten Gottes und seiner guten Geisterwelt. Die Seele dieser Frau - das sehe ich an ihrer Aura - ist sehr geschädigt. Ich habe keine Erfahrung in der Behandlung geisteskranker Menschen, und hier kommt noch erschwerend hinzu, daß es sich um eine Schädigung durch schwarzmagische Rituale handelt. Dies ist eine Situation, wo ich die Hilfe meiner Mutter brauche, und deshalb will ich mich etwas zurückziehen und sie medial fragen, was ich tun kann. Solange sollten wir die Arme unbedingt dort belassen, wo sie jetzt ist. Jede Veränderung würde nur ihre Angst verstärken und sie immer tiefer in den Wahnsinn treiben."

Dem Bischof fällt auch nichts Besseres ein. Es überrascht ihn nicht, daß Hakon mit seiner toten Mutter reden will. Karl von Donarsberg hat ihm vom Erscheinen Jadasas berichtet. Diese Dinge sind Arnulf nicht fremd, und berichtet nicht auch die Bibel vom Erscheinen Verstorbener? Kamen nicht auch Elias und Moses anläßlich seiner Verklärung auf dem Berg zu Jesus? Und rufen nicht Priester und Laien die toten Heiligen der Kirche um Hilfe und Beistand an?

In seinem Metzer Palast arbeitet in der Bibliothek ein alter Pater, der auch als Exorzist ausgebildet ist und in dieser Funktion schon einige bemerkenswerte Teufelsaustreibungen bewirkt hat. Aber in diesem Fall wäre auch er - davon ist Arnulf felsenfest überzeugt - mit seinem Latein am Ende. Hier kann nur noch ein Wunder helfen oder ein von Gott gesandter Geist. Und wäre es nicht geradezu ausgleichende Gerechtigkeit, wenn mit dessen Hilfe dem unheilvollen Wirken satanischer Kräfte Einhalt geboten würde? Kopfnickend gibt er Hakon sein Einverständnis und fordert dann nach dem Entfernen der Leichen alle Anwesenden auf, bis auf weiteres die Hütte zu verlassen. Mit müden Schritten folgt er den anderen.

Im hellen Tageslicht wirkt das grauenhafte Geschehen in der Hütte vollkommen unwirklich und wie eine Szene aus einem bösen Traum. Wären da nicht die drei eingehüllten Leichen, für die zwei Knechte gerade ein großes gemeinsames Grab ausheben, der Bischof wäre geneigt weiterzureiten und das Ganze für einen teuflischen Spuk zu halten, den man am besten schnell vergißt. So aber blickt er ergeben und auf jenseitige Hilfe hoffend seinem Patensohn nach, der sich gerade abseits von den anderen einen ruhigen Platz für seinen inneren Dialog sucht. Der grüne Waldrand verschluckt Hakon, und so wendet sich Arnulf seufzend seinem Kaplan zu, um mit ihm den Trauergottesdienst für die Mordopfer zu besprechen.

Am Fuß einer alten Eiche, in deren ausladender Krone viele schmarotzende Misteln von des Baumes Kraft leben, findet Hakon eine moosbewachsene Stelle, auf der er sich niederläßt. Er atmet einige Male tief ein und aus, schließt die Augen und fällt sofort in Trance. In diesem Zustand nimmt er die Geräusche seiner Umgebung nur noch wie durch eine Nebelwand wahr. Seine ganze Aufmerksamkeit ist nach innen gerichtet, und er lauscht versunken dem Singen der spirituellen Energien, die in seinem Körper kreisen. Vor seinem inneren Auge taucht in der Ferne ein heller Lichtpunkt auf, von dem konzentrische blaue und rote Farbringe ausgehen, die sich an den Grenzen seines Gesichtsfelds zu einem pulsierenden Violett vereinen. Dann verändert sich der Ausdruck des Lichtzentrums. Konturen werden deutlich und verdichten sich zu einer menschlichen Silhouette, die wie eine Sternschnuppe rasend schnell näher kommt. Hakon erkennt die vertraute Gestalt seiner Mutter, und in der inneren Welt des spirituellen Lichtes erhebt er sich, läuft ihr entgegen, und beide versinken in einer liebevollen Umarmung. Während Hakon die Bilder seines Geistes schaut, spürt er gleichzeitig, wie in seinem irdischen Körper unter dem alten Baum die Energieströme vom Steißbein bis zur Schädeldecke immer mächtiger fließen. Hitze wallt in ihm auf und gibt ihm das Gefühl, mitten in der Sonne zu sitzen.

„Sei gegrüßt, mein Sohn." Die Stimme Jadasas schwingt in seinem Innern wie eine Glocke und füllt ihn ganz aus. Eine Weile schauen sich beide schweigend in die Augen, bis ein verschmitztes Lächeln über die Gesichtszüge seiner Mutter zieht und sie sagt: „Siehst du nun, wie gut es ist, hilfreiche Freunde auf der anderen Seite zu haben? Der Kontakt mit uns lohnt sich, und so wird es auch in diesem Fall sein!" Ihr Gesicht ist wieder ernst geworden, aber die Augen strahlen Güte und ein geradezu überirdisches Verständnis aus. „Nun bist du zum ersten Mal mit Verwirrungen des menschlichen Geistes in dieser Form konfrontiert. Und ich rede dabei in erster Linie von dem dir unbekannten Täter und weniger von den vordergründigen Opfern. Damit du zukünftig im spirituellen Sinne so ein Geschehen richtig einordnen und in der Folge wirksam bekämpfen kannst, muß ich ein wenig ausholen, dir die Entwicklung vor Augen halten und die sich daraus ergebenden Rahmenbedingungen schildern, unter denen so furchtbare Dinge überhaupt nur möglich sind.

Alle Religionen, so auch die christliche und die altpersische, sprechen von einer Auseinandersetzung polarer Kräfte. Das Licht bekämpft die Finsternis, Gott wird Luzifer, Ahura Mazda seinem Gegenspieler Ahriman gegenübergestellt. Aber bereits hier liegt in der Erkenntnis und Offenbarung der Lehre der meisten Religionen ein zentraler Irrtum, der in der Menschheitsgeschichte zu folgenschweren Konsequenzen führte. Bei den unbedarften Menschen entstand der Eindruck, daß mit Gott und seinem

Gegenspieler sich scheinbar zwei gleichberechtigte Parteien gegenüber stehen, die um die Seelen der Menschen kämpfen. Alle Religionen betonen zu wenig, daß der all-eine Gott jenseits der Schöpfung steht, daß dieser duale Konflikt aber Ausdruck der um ihr Sein kämpfenden schöpferischen Kräfte ist, die nach spirituellem Verständnis weder gut noch böse sind. Gott und Schöpfung, das sind zwei unterschiedliche Betrachtungsebenen, die im begrenzten menschlichen Bewußtsein unzulässigerweise miteinander vermischt wurden. So wurde Gott sozusagen auf die Spielebene der Schöpfung herabgezogen und zu einem Mitspieler gemacht. Aber Gott spielt nicht. Er läßt spielen, beobachtet die Spielzüge seiner Kinder und zieht seine göttlichen Schlüsse daraus, die als kosmische Impulse in seine weiteren Schöpfungen einfließen. Die wahren Streiter in diesem Kampf um Erkenntnis und das rechte Licht des Bewußtseins sind die „gute" und „böse" Geisterwelt Gottes, sind die Kinder seiner Liebe, die entweder ja oder nein zu ihm sagen. Wie schon das christliche Gleichnis vom verlorenen Sohn lehrt, war zu Beginn der Schöpfung alles gleich, lebten alle Kinder vereint und im Bewußtsein ihrer Herkunft einig im Vaterhaus. Dann begann auf dieser Ebene der Schöpfung eine Entwicklung, die zur Trennung führte. Der verlorene Sohn, der die von Gott wegstrebenden Kräfte symbolisiert, verließ das Lichtreich und machte sich auf den Lernweg durch die unzähligen Schöpfungen der Erde. Er verspielte damit sein göttliches Erbe und verlor seine Kräfte und - was noch schlimmer war - das Wissen um seine Herkunft.

Das Bewußtsein der als Menschen verkörperten himmlischen Wesen verdunkelte sich immer mehr. Der Geist in ihnen ließ sie aber nicht ruhen, und so suchten und schufen sie sich mit ihrem begrenzten Verstand Erklärungsmodelle für ihre eigene Existenz und die sie umgebende Natur. Verständlicherweise irrten sie sich oft, und aus dem falschen Denken, den irrigen Ansichten und Überzeugungen entstanden - wie in diesem Fall - Handlungen, die alles über die tragische Unwissenheit des Täters aussagen. Ihr nennt solches Verhalten „böse" und, aus eurer Sicht ist das auch sicherlich richtig. Wir aber, die wir eine Entwicklung über Äonen verfolgen können, verstehen, wie alles gekommen ist und betrachten voller Mitleid die

Irrwege des verlorenen Sohnes, der so viele Umwege gehen muß, um am Ende seines langen Weges, endlich geläutert und sich seiner Irrtümer bewußt, heimkehren will. Und nun erlebt er das Wunder der bedingungslosen, sich alles erbarmenden göttlichen Liebe, die ihn nicht abweist, sondern ihn in Freude und Liebe als den wieder nach Hause zurückgekehrten Gottessohn aufnimmt."

Die Stimme in Hakon schweigt. Die Worte seiner Mutter haben in Hakon ein tiefes Verständnis jenseits aller Erklärbarkeit geweckt. Versunken in seiner Trance hat er das Gefühl, daß es bei ihren Worten in seinem Inneren immer heller und heller wird und sich die schrecklichen Eindrükke und Gefühle der letzten Stunden verflüchtigen. Dann fährt Jadasa in ihren Erklärungen fort.

„Die Magie, die auch im vorliegenden Fall im Spiel ist, bedient sich seelischer und nicht geistiger Kräfte. Die Seele gehört der dualen Schöpfung an, deshalb können diese Kräfte Ausdruck des Guten oder Bösen sein, sprechen die Menschen von weißer und schwarzer Magie. Der verlorene Sohn, der sich seiner göttlichen Kindschaft noch nicht bewußt ist, versucht nun alles, sich mit falschen Mitteln die Schöpfung untertan zu machen. Dazu zählt auch die sogenannte schwarze Magie, die dem Magier die Macht über alles Belebte und Unbelebte geben soll. Viele Menschen verstehen angesichts der Opfer nicht, daß Gott dies zuläßt und zweifeln an seiner Existenz. Aber auch diese Einstellung verrät die allgemein herrschende Unwissenheit über das Wesen Gottes. In ihren Wünschen und Erwartungen stellen sich seine irdischen Kinder einen menschlichen Übervater vor, der zwar über übermenschliche Kräfte verfügt, aber sich letztlich doch menschlich verhält. Sie erwarten, daß er überall dort eingreift, wo Böses geschieht, und tut er das nicht, sind sie tief enttäuscht und verlieren ihren Glauben. Die Menschen haben vergessen, daß er auch damals, als sie das Vaterhaus verließen, ihnen diese Freiheit der Wahl ließ. Jemandem die Freiheit zu lassen bedeutet eben nicht, jedesmal direkt einzuschreiten, wenn der Betreffende seine Freiheit nutzt. Gott verhält sich eher wie der Vater, der seine Kinder auch schmerzhafte Erfahrungen machen läßt und nicht schon verhindernd im Vorfeld eingreift.

Beim freiwilligen Verlassen des Vaterhauses entschieden sich die Geister, die diesen Weg wählten, für einen Lernweg, den sie nun - mit seinen Begleiterscheinungen konfrontiert - nicht mehr wahrhaben wollen. Aber das geistige Gesetz besagt, daß ein einmal beschrittener Weg zwingend bis zu Ende gegangen werden muß. Nur die rechte Erkenntnis und ein liebevolles Leben können diesen Weg abkürzen. Dieser Weg konfrontiert jeden mit den Früchten seiner Taten, damit er daraus lernen kann. Aus Sicht des Geistes ist das Sein unbegrenzt und dauert ewig. Also werden dem im Fleisch gefangenen Geist so viele Gelegenheiten wie nötig gegeben, sich in unterschiedlichen Verkörperungen mit den Auswirkungen von Taten vergangener Leben auseinanderzusetzen und auf diese Art zu lernen, bis er seine verlorene Bewußtheit wiedererlangt hat. Der heutige Täter rächt sich also für Leiden, die ihm das heutige Opfer in früheren Leben zugefügt hat. Mit der Zeit lernen beide, daß nur ein Leben in Liebe und Vergebung diesen scheinbar endlosen Opfer/Täter-Kreislauf unterbrechen kann. Das fällt dem gefallenen Geist sehr schwer, und deshalb erzwingt sein rachedürstender Widerstand so viele läuternde Leben.

Betrachten wir nun die Mitspieler an dem vorliegenden Spiel aus diesem Blickwinkel, so sehen wir, wie das karmische Gesetz auch in diesem Fall greift. Der Täter, den ihr nicht kennt, ist ein Mann aus einem nahen Dorf. In seinem letzten Leben, zu Zeiten Karls des Großen, war er ein keltischer Leibeigener in Britannien, der von seiner Herrin gequält wurde. Er liebte hoffnungslos eine freie Frau - die heutige Irre aus dem Käfig - die verächtlich auf ihn herabsah. Diese junge Frau war von ihrem Vater einem Druiden versprochen worden, den sie aber wegen seines Alters ablehnte. Nach geltendem Recht hatte sie aber keine Möglichkeit, sich zu verweigern, und so suchte sie einen anderen Weg, dieser Heirat zu entgehen. Da fiel eines Tages ihr Blick wieder einmal auf den ihr hündisch ergebenen Verehrer, und es begann in ihr ein teuflischer Plan heranzureifen.

Sie fing an, dem naiven Verehrer insgeheim schöne Augen zu machen und seine Begierden anzustacheln. Als er ihr total verfallen war, bedeutete sie ihm, daß sie ihn zum Manne nähme, wenn er sie von ihrem Vater und dem Druiden befreien würde, die ihrer beider Glück im Wege stünden.

Der Unglückliche glaubte ihr und erschlug die beiden im Blutrausch. Aber statt sich mit ihrem Verehrer zu verbinden, klagte sie ihn vor der Dorfgemeinschaft des Mordes an. Er gestand nach schlimmer Folter die Tat, bezichtigte sie aber der Anstiftung. Niemand glaubte ihm, und er wurde zum Tode durch Ertränken im nahen Moor verurteilt. In der Nacht vor der Hinrichtung gelang ihm die Flucht in die nahen Wälder, wo er bei seinen Streifzügen nach Nahrung ein verlassenes Wolfsjunges fand und es mühsam großzog. Die beiden wurden ein unzertrennliches Paar. Eines Tages wurden die zwei von einer Gruppe Dorfbewohner beobachtet, die ihnen daraufhin eine Ziegenfalle stellten, in die beide auch bald darauf blind vor Hunger tappten. Am Abend vor der erneut angesetzten Hinrichtung des Mannes brachte ihm die einst von ihm geliebte Frau als Henkersmahlzeit gebratenes Fleisch. Als er alles heißhungrig hinuntergeschlungen hatte, eröffneten ihm das böse Weib und seine beiden Wärter, die ihn schon das letzte Mal gefoltert hatten, daß er soeben seinen besten Freund, den jungen Wolf, verspeist habe. Und sie lachten und verspotteten den Entsetzten. In dieser Vollmondnacht verdunkelte der Wahnsinn seine Seele, und er begann wie ein Wolf den Mond anzuheulen. Er identifizierte sich in diesen Stunden ganz mit seinem toten Freund, und es wuchs in ihm der Haß auf alle, die ihm das angetan hatten. Mit diesen Gedanken und Gefühlen wurde er am nächsten Morgen im fauligen Moorwasser ertränkt.

Das Gesetz des Ausgleichs führte in diesem Leben alle wieder zusammen; und der Wolfsmensch nahm Rache an denen, die ihm damals so viel Böses zufügt hatten. Die beiden männlichen Toten sind die Wärter von damals, die tote Frau seine damalige Herrin, die ihn hungern und quälen ließ. Aber immer noch ist in den dunkelsten Ecken seiner Seele ein Rest von Liebe zu der Frau zu finden, die ihm im damaligen Leben so böse mitspielte, und so war er nicht in der Lage gewesen, sie im Hier und Jetzt zu töten."

Wieder schweigt die Stimme in ihm, und Hakon empfindet tiefe Trauer über das, was Menschen sich in ihrer Selbstsucht antun. Und es formt sich eine Frage in ihm: „Soll ich dann dieser Frau überhaupt helfen, oder ist diese Erfahrung nicht ihre wohlverdiente Strafe? Und was ist mit dem

Werwolf, müssen wir ihn nicht fangen, um die Bevölkerung vor ihm zu schützen?"

In seinem Innern blickt ihn Jadasa liebevoll an und sagt dann beruhigend zu ihm: „Was deine erste Frage betrifft, und dies gilt auch für zukünftige Fälle, so bedenke, daß das höchste Gebot die Liebe ist. Und sie heißt uns immer zu helfen. Darüberhinaus sind die Wege des Schicksals unerforschlich, und du bist nicht dazu berufen zu entscheiden, wann etwas vor Gott gerecht oder ungerecht ist. Du weißt nicht, ob Er nicht ausgerechnet dich ausgesucht hat, dem Schicksal eines Menschen eine neue Wende zu geben. Was deine zweite Frage betrifft, so sind auch dieses Schicksals Fäden bereits geknüpft, und es ist dafür gesorgt, daß keine weiteren Menschen zu Schaden kommen werden. Nicht weit von hier ist der Täter ungewollt in eine Saujagd geraten. Die eingesetzten Hunde rochen das Blut an seinen Kleidern und die Ausdünstung des Wolfsfells, das er bei seinen Ritualen trug, und haben sich bereits auf die Fährte des vermeintlichen Räubers gesetzt. Wenn die Jäger eintreffen, wird es für den „ehrbaren" Pächter aus dem Nachbarort bereits zu spät sein. Ihr aber sollt die drei Opfer begraben und euch um die junge Frau kümmern. Der Herr will Gnade an ihr walten lassen und ihr Gelegenheit geben, ihr Vergehen an der Liebe durch besondere Hinwendung an die Ärmsten der Armen zu sühnen. Behandele sie deshalb so wie jeden anderen Schwerkranken, unter besonderen Berücksichtigung des Herzens und des Kopfes. Du wirst erleben, daß sie sich schnell erholen wird, und du selbst wirst bei dieser Gelegenheit einige neue Erfahrungen machen. Das unselige Haus aber brennt nieder, damit der Ort eine gründliche Reinigung erfährt. Nimm in drei Tagen wieder Kontakt zu mir auf, um die weiteren Schritte zu besprechen. Nun gehe und befreie die Kranke aus ihrem Gefängnis. Der Friede des Herrn sei mit dir."

Das Licht in Hakon erlischt, und etwas verblüfft über das abrupte Ende öffnet er die Augen. Da sieht er, daß sich ihm zwei der Knechte nähern, die in einen heftigen Disput über die Beurteilung der Ereignisse vertieft sind. Noch haben sie den im Moos sitzenden Ordensritter nicht entdeckt, und der ist dankbar, daß seine Mutter ihm durch ihren schnellen Rückzug peinliche Erklärungen erspart hat. Er erhebt sich, und die beiden Streithähne fahren erschrocken über sein plötzliches Auftreten zurück. Nach ein paar beruhigenden Worten fordert er sie auf, zusammen mit den anderen Knechten trockenes Holz zu suchen, damit man diese teuflische Brutstätte ausräuchern könne. Damit sind die beiden sehr einverstanden und machen sich gleich auf den Weg, diesen Auftrag gemeinsam zu erledigen. Nachdenklich folgt ihnen Hakon auf die Lichtung.

„Nun, was hat sie gesagt?" Das Gesicht seines Paten ist vor innerer Spannung leicht gerötet. Hakon muß unwillkürlich über die Selbstverständlichkeit lachen, mit der Arnulf ein Gespräch wie mit einer Lebenden voraussetzt. Und tatsächlich hat er ja nicht Unrecht, kommt es doch Hakon selbst inzwischen wie das natürlichste von der Welt vor, auf diese Art mit seiner seit Jahren toten Mutter zu sprechen. Er gibt dem Bischof eine Zusammenfassung seines Gesprächs wieder, und der schnauft erleichtert, als er vernimmt, wie leicht sich alles lösen soll. Mit Schrecken hat er schon an die schwierige Verfolgung des Täters und die noch zeitraubendere Durchführung eines Inquisitionsprozesses gedacht, den die Ereignisse hier nach Kirchenrecht erzwingen würden. Aber dann wird ihm leider bewußt, daß er nun ein anderes Problem hat. Wie kann er seinen geistlichen Mitreisenden sagen, daß er deshalb auf eine Unterrichtung der örtlichen Geistlichkeit verzichten will, weil er von einer Toten weiß, daß der Täter einige Meilen von hier inzwischen einem tragischen Unfall zum Opfer gefallen ist und sich die Sache somit erledigt hat. Ratlos, was er jetzt tun soll, fährt sich Arnulf von Metz durch sein graues Haar. Hilfesuchend blickt er auf Hakon, der auch nicht weiß, was er in diesem Fall raten soll. Schließlich einigen sich beide darauf, jetzt zuerst einmal die Kranke herauszuholen und dann die Hütte niederzubrennen. Vielleicht kommt einem von beiden ja noch eine Idee, wie sie den weiteren Verlauf der Dinge so regeln können, daß ihnen zeitraubende und - wie sie von Jadasa wissen - letztendlich fruchtlose Untersuchungen erspart bleiben. Dem Bischof wird langsam klar, was es heißt, Informationen aus einer Quelle zu haben, die man nicht öffentlich nennen kann, ohne in den Verdacht der Hexerei und Ketzerei zu geraten. Seufzend wendet er sich seinem Kaplan zu und fordert ihn auf, die Totenmesse für die drei Unglücklichen zu lesen, damit er Gelegenheit hat, darüber nachzudenken, wie er sich aus diesem Dilemma befreien kann.

Auf Anweisung Hakons holt man die Kranke aus ihrem Verlies und zieht ihr ein Hemd und eine alte Hose von ihm an, um ihre Blöße zu bedecken. Vier Mann sind notwendig, die Tobende zu bändigen. Schließlich bleibt ihnen nichts anderes übrig, als der jungen Frau erneut Hand- und Fußfesseln anzulegen. Mühsam schleppen sie die wie ein gefangenes Tier Fauchende und Spuckende an einen abseits gelegenen Platz am Rand der Lichtung und legen sie auf eine weiche Grasfläche unter dem Blätterdach einer hohen Buche. Dankbar, der unangenehmen Nähe zu der Irren entrinnen zu können, lassen die vier die beiden allein. Hakon hat sich etwas entfernt von der Kranken hingesetzt, so daß sie ihn zwar sehen kann, sich aber nicht durch seine unmittelbare Nähe bedroht fühlt. Nachdenklich beobachtet er die immer noch Wimmernde, die gerade versucht, sich mit den Zähnen von ihren Handfesseln zu befreien. Als das nach einigen Versuchen trotz großer Anstrengungen nicht klappt, robbt sie zu einem grauen Granitfelsen, der einige Schritte entfernt ist, und beginnt die Hanfseile an einer scharfen Felskante zu reiben.

Diese gezielten Handlungen lassen auf eine noch vorhandene logische Erkenntnisfähigkeit schließen, die Hakon bezüglich ihres Bewußtseinszustandes Mut macht. Bevor sie sich ihrer Fesseln entledigen kann, erhebt er sich und geht langsam und mit ruhigen und beschwichtigenden Worten auf sie zu. Die Kranke rollt sich wie eine Katze abwehrbereit auf den Rücken und fletscht drohend mit den Zähnen. Ununterbrochen weiter monoton auf sie einredend, läßt sich der junge Heiler neben ihr nieder. Er hebt die offenen Hände und signalisiert ihr, daß er waffenlos ist. Als Reaktion versucht sie, mit ihren gefesselten Beinen nach ihm zu treten. Hakon läßt sich davon nicht beeindrucken. Er summt nun eine Melodie, die ihm seine Mutter in seiner frühen Kindheit immer dann vorgesungen hatte, wenn er sich vor irgend etwas fürchtete. Dann greift er nach dem Medaillon seines Großvaters, streift es sich vom Hals, löst das Bildnis von Shalimar und läßt das im Sonnenlicht glitzernde und blinkende Amulett gleichmäßig vor ihrem Gesicht hin und her pendeln. Wie eine Tigerin ihre Beute, so läßt die

Kranke das schwingende Kleinod nicht aus den Augen. Sie folgt jeder Bewegung mit dem Kopf, während Hakon immer weiter diese beruhigende Melodie summt. Langsam beginnt sie sich zu entspannen. Sie wimmert nicht mehr, und ihr Augenausdruck ist jetzt weniger gehetzt und panisch.

Ohne mit seinem Tun aufzuhören, schließt Hakon halb die Augen und konzentriert sich auf die Wahrnehmung mit Hilfe seiner inneren Sinne. Bald nimmt er die Energieabstrahlung der Frau wahr und erkennt ihre große seelische Belastung an dem massiven Vorhandensein dunkler und dumpfer Farben im ganzen Oberkörper und im Kopfbereich seiner Patientin. Er sucht nach den zentralen Energiezentren entlang ihrer Wirbelsäule und wundert sich nicht, alle sieben geschlossen zu finden, was auf eine schwerwiegende, seelische Blockade hindeutet. Zu seiner eigenen Überraschung sieht er plötzlich im Kopfbereich und in der Gegend des Solarplexus schemenhafte schwarze Gestalten in ihrer Aura und erinnert sich im gleichen Moment an die Worte seiner Mutter. Er beobachtet gespannt weiter und stellt fest, daß diese gespensterhaften Wesen offensichtlich ein von der Kranken unabhängiges Leben führen, obwohl sie sich von ihrer Lebensenergie zu nähren scheinen. Denn immer dann, wenn diese Wesen der jungen Frau frische Energie abzapfen, verfärbt sich ihre Aura dort und wird schmutzig trüb. Gleichzeitig ändert sich das Verhalten der Besessenen anfallartig. Sie bäumt sich auf, Schaum tritt vor ihren Mund, und der Blick wirkt gehetzt und angsterfüllt.

Hakon beginnt zu verstehen, daß diese schemenhaften, dunklen Gestalten das sind, was die Bibel böse Geister nennt, die die Pfaffen und einfachen Leute so fürchten und überall vermuten. Tatsächlich bemerkt er sie heute zum ersten Mal bei einer Kranken. Also kann es mit der so viel beschworenen Besessenheit nicht so weit her sein. Zumindest der normale Durchschnittsmensch, der sich aller magischer Praktiken enthält und auch nicht Opfer eines Schwarzmagiers ist, hat nach seinen bisherigen Erfahrungen solche Besatzer kaum zu fürchten. Aber verstehen kann er die Angst der Menschen vor solchen Wesen schon. Wenn sie einmal Besitz von jemandem ergriffen haben, ist es schwer, sie wieder loszuwerden. Hakon erinnert sich an die Empfehlung seiner Mutter und legt sanft seine Linke auf den Bauch seiner Patientin, während er weiter summt und das Medaillon ununterbrochen vor ihren Augen hin und her schwingen läßt.

Der Blick der Frau ist inzwischen etwas glasig geworden, und ihre Lieder fallen immer wieder zu. Seine Berührung läßt sie zwar zusammenzukken, aber eine weitergehende Abwehr bleibt diesmal aus. Zum ersten Mal spürt Hakon bei einer heilerischen Behandlung so etwas wie ein schmerzhaftes Stechen in seiner Hand. Es fühlt sich an, als greife er in einen Brennesselstrauch; und dann bemerkt er, daß dieser merkwürdige Schmerz auf sein eigenes Nabelzentrum übergreift. Gleichzeitig hat er den optischen Eindruck, daß diese Wesen sich wehren und ihrerseits Hakon angreifen und auf ihn übergehen wollen. Mit einem gezielten Lichtimpuls aus seinem Inneren schlägt er die Angreifer zurück, und das Stechen hört schlagartig auf. Er sieht jetzt auch, wie das aus seiner Hand strömende Licht die dunklen Farben der Aura der Kranken aufhellt und die schwarzen Gestalten an den Rand drängt. Jetzt erinnert sich der Ordensritter auch daran, daß alle Religionen davon sprechen, daß das göttliche Licht der Feind der Finsternis sei und hat nun den direkten Beweis vor Augen. Seine Patientin ist jetzt fest eingeschlafen, und er kann das Medaillon wieder anziehen. Nun hat er beide Hände zur Verfügung, und so legt er die Rechte auf den Scheitel und die Linke auf den Steiß der jungen Frau. Während sich die heilenden Lichtenergien von oben und unten entlang der Wirbelsäule im Körper und in der Aura verteilen, fängt der ausgemergelte Frauenkörper wie bei einem Veitstanz zu zucken an. Erstaunlicherweise weckt das die Schlafende nicht, und so macht Hakon unbeirrt weiter. Als er seine Aufmerksamkeit wieder auf die schwarzen Gesellen in ihrem Seelenkörper richtet, bemerkt er, daß diese sich in den Bereich der Beine der Kranken zurückgezogen haben, sich dort über beiden Oberschenkeln ballen und dabei ständig ein krampfartiges Muskelzucken hervorrufen. Kopf und Rumpf der Frau sind bereits frei, und ihre Aura wirkt dort nun viel heller und lichter, die Farben viel kräftiger als zu Beginn der Behandlung.

Nun legt Hakon seine Rechte wie eine Sperre auf den Schoß der Patientin und streicht mit der Linken handbreit über den Beinen abwärts zu den schmutzigen Füßen. Die dunklen Gesellen in der Aura der Kranken geraten dabei in helle Aufregung und werden von dem einströmenden Licht immer weiter nach unten gedrängt. Die Beine und Füße der Bedauernswerten bewegen sich ununterbrochen, so als wollten sie sich vom restlichen Körper befreien und weglaufen. Als sich der Energiekörper der Frau schließlich auch im Bereich der Unterschenkel und Füße immer mehr aufhellt, verschmelzen die Schemen plötzlich zu einer schwarzen, nebligen Masse, die bald darauf die Aura der Kranken in der Nähe der Fußsohlen verläßt. Wie einen dunklen Schatten sieht Hakon sie dann in Richtung der Hütte fliegen, wo die Knechte gerade eifrig dabei sind, Reisig und trockenes Holz in und um das Gebäude zu verteilen. Beim endgültigen Austritt der bösen Geister aus der Aura der Patientin fährt es ein letztes Mal wie ein Schlag durch sie. Danach liegt sie ganz ruhig, wie tot, da. Hakon lehnt sich aufatmend zurück. Das Geschehen hat auch ihn sehr angestrengt, und so schließt er die Augen, um sich für eine Weile meditativ zu versenken und neue Kraft zu schöpfen.

Er muß wohl eingeschlafen sein, denn als er die Augen wieder öffnet, ist die Sonne ein gutes Stück weiter gewandert und steht jetzt tief über den fernen Gipfeln der Vogesen. Sein Blick wandert zurück zu der Kranken an seiner Seite, und er erschrickt etwas vor den hellwachen Augen, die ihn unverwandt anstarren. Hakon hat das unbestimmte Gefühl, daß ihn die junge Frau schon länger beobachtet hat, aber er fühlt sich nicht unwohl dabei. Der Augenausdruck der Frau ist nicht mehr angstvoll oder gar irre, sondern eher ruhig und in sich gekehrt. Ihr Blick tastet sich über sein Gesicht, als wollte sie herausfinden, was das für ein Mensch sei, der solche Macht über die sie quälenden Geister hat. Hakon spürt, daß nun keine unmittelbare Gefahr mehr von ihr ausgeht. Er greift nach seinem Dolch und durchtrennt zuerst den Strick um ihre Füße und dann die Handfessel. Ohne sich zu bewegen, läßt sie es geschehen, betrachtet ihn nur fortwährend mit dem Interesse eines neugierigen Kindes.

Nun streckt sie wie eine Katze ausgiebig ihre Glieder und legt sich dann ihm zugewandt auf die Seite, den Kopf auf den Unterarm gestützt. Hakon beobachtet diese entspannte und vertrauensvolle Körperhaltung und lächelt dann verhalten. „Ich freue mich, daß es dir wieder besser geht!" Die

Liegende reagiert nicht sofort, öffnet dann zögernd den Mund und sagt nur inbrünstig: „Danke!" Hakon nickt leicht mit dem Kopf, erhebt sich dann und sagt: „Du kannst noch eine Weile hierbleiben und dich ausruhen. Ich weiß, du bist jetzt sehr hungrig, aber du mußt noch vorsichtig sein mit dem Essen, sonst wird dein überforderter Magen sofort alles wieder von sich geben. Ich brühe dir einen stärkenden Tee auf und lasse dir einen Haferbrei zubereiten. Wenn beides soweit ist, wird man dich holen kommen. Später können wir dann über alles miteinander reden." Nun zieht ein schwaches Lächeln über ihre Züge, und mit den Augen signalisiert sie ihm ihre Zustimmung. Daraufhin kehrt Hakon wieder zu den anderen zurück.

Jetzt erst fallen ihm die qualmenden Überreste der Hütte am gegenüberliegenden Waldrand auf. Die Knechte haben ganze Arbeit geleistet und, soweit sie es vermochten, auch die vom Feuer noch verschonten Mauern umgestürzt. Zufrieden mit dem Verlauf der Dinge tritt er in das provisorische Zelt, das die Bediensteten des Bischofs zum Schutz vor der nächtlichen Kälte und der Feuchtigkeit, die vom Fluß kommt, für ihren Herrn errichtet haben. Arnulf sitzt verdrossen im Halbdunkel auf einer der Reisetruhen und schlürft geräuschvoll aus einem Zinnbecher gewürzten Wein. Beim Anblick seines Patensohnes stellt er den Becher schnell zur Seite und sieht Hakon fragend und erwartungsvoll an. Doch der sagt nur lakonisch: „Alles in Ordnung." Das bringt das Faß des Bischofs zum Überlaufen, der jetzt aus Zorn über diesen verlorenen Tag einen seiner gefürchteten Wutausbrüche bekommt. Mit mühsam gebändigter Stimme zischt er wütend: „Zuerst dieses ganze Schlamassel. Dann Informationen, die ich nicht nutzen kann. Die Aussicht auf viele öde Tage in einem Nest hier in der Nähe und fruchtlose Untersuchungen, die zu nichts führen. Du verschwindest für Stunden mit einer Verhexten im Wald, um dann ohne sie zurückzukommen und mir lapidar zu erklären: Alles in Ordnung!" Die Stimme Arnulfs überschlägt sich jetzt fast, und vor Zorn treten ihm die Augen vor den hochroten Kopf. „Nichts, aber auch gar nichts ist in Ordnung! Wo bleibst du so lange? Wo steckt die Besessene? Und was, in drei Teufels Namen, hat das alles zu bedeuten?" Arnulf ist jetzt geradezu außer sich, und der ebenfalls anwesende Kaplan bekreuzigt sich hastig. Hakon fragt sich, ob wegen des bischöflichen Fluchs oder der üblen Laune des Bischofs. Ruhig setzt er sich auf eine andere Truhe, läßt sich von dem zitternden Kaplan ebenfalls einen Becher Wein reichen, nippt daran und blickt dann den Bischof wortlos wartend an. Dem geht angesichts der Gelassenheit seines Patensohnes die Luft aus, und so läßt er sich mit einem resignierenden Aufstöhnen und einer hilflosen Geste der Arme wieder auf seinen Sitz fallen.

Ohne auf den Wutausbruch und die vorwurfsvollen Fragen seines Paten überhaupt einzugehen, berichtet Hakon dann mit ruhiger Stimme von dem geglückten Exorzismus an der Kranken, und daß er sie zwar noch für körperlich geschwächt, aber im Prinzip für geheilt ansehe. Sie brauche jetzt lediglich noch viel Ruhe und eine aufbauende Ernährung, um wieder ganz gesund zu werden. In diesem Moment kommt einer der Pater aufgeregt herein und berichtet, daß er die Kranke zum Essen holen wollte, sie aber verschwunden sei. Er habe mit Unterstützung einiger Knechte überall im Lager und angrenzenden Wald gesucht, die Kranke aber nicht gefunden. An der Stelle, wo sie gelegen sei, habe man lediglich einen Strauß Waldblumen gefunden. Und er reicht Hakon die Blumen. Der Bischof seufzt und verdreht wegen dieser erneuten Verschlechterung der Situation nur noch die Augen und nimmt trostsuchend einen tiefen Zug aus seinem Becher.

Hakon ist zwar überrascht, aber nicht beunruhigt. Ganz offensichtlich hat er das Heimweh der jungen Frau und den verständlichen Drang, diesen schrecklichen Ort zu verlassen, gründlich unterschätzt. Die Blumen sagen ihm aber, daß er sich keine Sorgen machen muß, und so wendet er sich an Arnulf, um ihm klar zu machen, daß diese Wendung auch etwas Gutes für sie alle hat. Die einzige lebende Zeugin ihrer Geschichte ist verschwunden, ein Täter nicht zu identifizieren und ein Prozeß daher sinnlos. Der örtliche Klerus könne ja eine Untersuchung durchführen und dann einen Bericht nach Metz schicken. Der Bischof möge einen der Ordensbrüder zum Pfarrer der nächsten Gemeinde schicken, damit der alles weitere veranlasse. Arnulf denkt eine Weile nach, dann zeigt sein zufriedener

Gesichtsausdruck, daß er diesen Weg für gangbar hält, und so beauftragt er einen älteren Pater, diese Aufgabe zu übernehmen. Dann läßt er sich und Hakon nachschenken, und noch lange nachdem die Sonne untergegangen ist, sitzen die beiden so, und Hakon muß noch einmal ganz genau schildern, wie diese bösen Geister ausgesehen haben und auf welche Art sie die arme Frau beherrschten.

Drei Tage später übernachten sie in einem Herrenhaus, das eine Tagesreise von Metz entfernt liegt. Morgen werden sich die Wege von Hakon und Arnulf trennen, und der junge Ritter des Deutschen Ordens ist ganz froh darüber. Noch nie war er mit seinem Paten so lange zusammen gewesen, und die anstrengende und fordernde Wesensart des Älteren verlangt viel Geduld und Verständnis von Hakon. Er genießt deshalb diesen geselligen Abend im Hause eines der Vasallen des Bischofs, der sich sehr bemüht, seinen Herrn gut zu unterhalten und in allem zufriedenzustellen. Ludwig von Zabern ist der dritte Sohn eines französischen Barons, der aus dem großen Erbe seines Vaters nur das schloßähnliche Haus, einige Äcker und Viehweiden und ein paar Morgen Wald erhalten hat. Um das Ganze auch unterhalten zu können, war er gezwungen gewesen, sich ein regelmäßiges Einkommen zu suchen. Deshalb war er Arnulf sehr dankbar, nun seit vielen Jahren als weltlicher Sekretär des Bischofs die entsprechenden Mittel verdienen zu können.

Als zum Abschluß einer üppigen Abendtafel, an der alle Honoratioren der Umgebung teilgenommen hatten, Krüge mit gesüßtem Wein kreisen, wird die Stimmung zusehends lockerer, und man fängt an, Geschichten zum Besten zu geben. Hakon, der schon überlegt hat, sich wegen der Anstrengungen der letzten Tage früh zurückzuziehen, wird plötzlich auf ein Gespräch am Tischende aufmerksam. Da berichtet ein Adliger aus einer Nachbargemeinde, daß der Verwalter seines Bruders, dessen Gut in den Rheinauen in der Nähe des Kaiserstuhls liege, auf wundersame Weise seine schon verloren geglaubte Tochter wiedergefunden habe. Das Mädchen sei vor Wochen beim Beerensammeln in den Wäldern von einem Werwolf überfallen und verschleppt worden. Dieses schreckliche Wesen habe sie verhext und bösartigen Dämonen ausgeliefert. Dann aber - als sie sich schon dem Tode nahe wähnte - sei ein Engel mit dem Kreuz Christi auf dem weißen Gewand erschienen und habe den Werwolf verjagt und die Dämonen mit seinem Lichtschwert vertrieben. Und so sei sie nach wochenlangem Martyrium vorgestern, nur mit verdreckten Lumpen bekleidet und bis auf die Knochen abgemagert, wieder zu Hause aufgetaucht. Ein Knecht seines Bruders, der ihm heute morgen zwei Fuder Wein brachte, habe ihm die schreckliche Geschichte berichtet und Stein und Bein geschworen, daß sie wahr sei.

Als Hakon das vernimmt, ist er froh, heute Abend nicht sein Ordenskleid zu tragen. Ein Seitenblick zeigt ihm, daß sein Pate so in ein Gespräch mit dem Hausherrn und dem Ortspfarrer vertieft ist, daß er nichts von dieser Geschichte mitbekommen hat, und der Ordensritter denkt im Traum nicht daran, seine Beteiligung an dem Geschehen aufzudecken. So bleibt es ihm erspart, vor einem bereits trunkenen und sensationslüsternen Publikum über dieses seelisch und spirituell so wichtige Thema sprechen zu müssen. Das Gespräch hat, Gott sei Dank, auch bereits eine neue, ungefährliche Wendung genommen, und so zerreißen sich die Beteiligten jetzt über die Amouren eines nicht anwesenden Burgherrn aus der Nachbarschaft die Mäuler. Innerlich seufzend, aber auch beruhigt und zufrieden über den endgültig guten Ausgang der Geschichte für das Mädchen, lehnt sich Hakon in seinem Stuhl zurück. Seine Gedanken wandern zu seiner morgigen Rückkehr in die väterliche Burg und dem ersehnten Wiedersehen mit den Orten und Personen der glücklichen Zeit seiner frühen Kindheit. Bald darauf bedankt er sich bei seinem Gastgeber, verabschiedet sich dann und geht zu Bett. Schon früh am Morgen des nächsten Tages sind er und Ali wieder auf den Beinen. Nachdem alle Vorbereitungen für den letzten Reisetag getroffen sind, eilt Hakon noch zu den Gemächern seines Paten. Wie jeden Morgen, hat Arnulf von Metz bereits am Frühgottesdienst teilgenommen, den ein älterer Pater seiner Begleitung zelebriert hat. Gut gelaunt sitzt er nun beim Frühstück und gibt seinem Patenkind zum Abschied noch einige unerbetene Ratschläge mit auf den Weg. Der nimmt es mit Gelassenheit, bedankt sich artig und hastet dann die breite Steintreppe hinab und durch das schwere Eingangstor ins Freie, wo in der Einfahrt des

Herrenhauses bereits Ali mit ihrem Gepäck und den Pferden wartet. Fröhlich schwingen sich die beiden dann in die Sättel und traben auf die gepflasterte Straße hinaus, die sie direkt nach Hause führen wird.

Wieder steht ein kalter Winter vor der Tür. An einem klaren Dezembertag reiten um die Mittagszeit Karl von Donarsberg und sein Sohn den Hügel hinauf zu den Gräbern ihrer Lieben. Hakon war erstaunt und gerührt gewesen, daß sein Vater, in Ermangelung des Grabes seiner geliebten Frau, eine Gedenkstätte für sie errichten ließ, in die ein leeres Grab eingebettet ist, in das er selbst am Ende seines Lebens gelegt werden will. Am Sockel hat er in lateinischer Sprache ein persisches Sprichwort einmeißeln lassen, das Jadasa ihm zu Lebzeiten so oft in Momenten der Enttäuschung und Verzweiflung entgegengehalten hat und dessen Übersetzung lautet: „Seelenkranker! Alle Rosen blüh`n, warum bleibt dein Herz allein verdorrt? Sonne lockt und tausend Quellen sprüh`n, warum ist bei dir umsonst ihr Müh`n?"

Vater und Sohn stehen schweigend und in Gedanken vertieft vor diesem Denkmal der Liebe und Zuversicht. Hakon erinnert sich an die letzten Monate seit seiner Rückkehr. Die Heimkehr und die Wiedereingliederung in das Alltagsleben der Burg und ihrer Bewohner war ihm erstaunlich leicht gefallen. Alles schien ihm unverändert, genau so wie er es in Erinnerung hatte. Nur die Mutter fehlte in diesem Bild kindlicher Geborgenheit, das er sich bis heute in seinem Herzen bewahrt hatte. Das änderte sich erst, als Hakon Ende Oktober noch einmal für seinen Vater am abendlichen Feuer in der großen Halle das Medium für das Erscheinen Jadasas sein durfte. Und plötzlich waren sie wieder zu dritt, wie damals vor vielen Jahren, als er, in die sanften und schützenden Arme seiner Mutter geschmiegt, dem ruhig dahinplätschernden Gespräch seiner Eltern über ihre täglichen Sorgen lauschte. Hakon konnte das Geschehen - wie ein Zuschauer im Hintergrund - diesmal bewußt miterleben und war tief bewegt, wieviel unerschütterliche Liebe über Zeit und Raum hinweg nach wie vor zwischen diesen beiden Menschen lebendig war. Von diesem Tag an war es ihm, als schwebe der Geist Jadasas ständig in allen Räumen der Burg und in ihren geliebten Rosengärten. Oft nahm Hakon die Gelegenheit wahr, sich zu versenken und unmittelbar mit seiner Mutter zu sprechen. Aber nie ließ sich Jadasa dazu hinreißen, auf neugierige Fragen ihres Sohnes bezüglich seiner Zukunft zu antworten. Immer waren ihre Botschaften Hilfen zur Selbsthilfe. Sie gaben ihm Anregung oder erklärten ihm Sachverhalte oder führten ihm die logischen Konsequenzen seiner Handlungen vor Augen, ohne ihm direkte Empfehlungen, die seine persönliche Willens- und Wahlfreiheit beeinträchtigt hätten, zu geben. Anfänglich machte das Hakon ärgerlich, da er aus ihrem gemeinsamen Leben gewohnt war, daß ihm seine Mutter unverblümt sagte, was sie für das Beste hielt. Bald aber erkannte er die veränderte Sicht Jadasas und wertschätzte ihr selbstloses Bestreben, seiner Entwicklung nicht aus falsch verstandener Mutterliebe ihren Stempel aufzudrücken.

Eines Tages lenkte sie so seine Aufmerksamkeit wieder auf das Verlangen mancher Seelen, sich aus Entwicklungsgründen mehrmals auf Erden zu verkörpern. Obwohl sich Hakon über viele religiöse und spirituelle Fragen bereits intensive Gedanken gemacht hatte, war ihm dieses Thema bisher nicht so wichtig gewesen. Beim Nachdenken darüber erklärte er es sich mit seiner Jugend, daß ihn die Fragen von Tod und Wiedergeburt früher kaum interessierten. An die Möglichkeit, daß seine Mutter eine Wiederverkörperung anstreben könne und so für ihn unerreichbar würde, hatte er bisher noch nie gedacht. Er mußte zugeben, daß ihn diese Vorstellung erschreckte und schmerzte. Es war ihm, als würde er sie dann zum zweiten Mal verlieren, und die Angst davor und seine ihm nun bewußt werdende Unwissenheit über dieses wichtige Thema trieben ihn dazu, sich in neue Studien zu stürzen und sich mit diesem Thema auseinanderzusetzen.

Daher reiste Hakon bald darauf nach Metz, um darüber von seinem Paten die offizielle Meinung der Mutter Kirche zu hören. Arnulf dozierte wortreich über irrige Entwicklungen der Frühkirche, die durch das zweite Konzil von Konstantinopel 553 endlich ihr verdientes Ende gefunden hätten. Damals hätten kluge Kirchenväter dafür gesorgt, daß falsche Lehren, wie etwa die von der Seelenwanderung und der Wiedergeburt, als ketzerische und satanische Lügen gebrandmarkt wurden. Leider würden im Süden Frankreichs seit einiger Zeit wieder solche teuflischen Ideen aufflam-

144

men und ganze Landstriche in Brand setzen, so daß sich der Papst gezwungen gesehen habe, zum heiligen Kreuzzug gegen die Ketzer von Albi aufzurufen. Von dieser verfluchten Stadt sei diese teuflische Bewegung ausgegangen, deren gottlose Anhänger sich „Katharer", die Reinen, nennen würden. 1209 habe man ihnen eine erste Lektion erteilt und das Katharer-Zentrum Béziers ausgeräuchert und alle Einwohner mit dem Tode bestraft. Daran könne Hakon ersehen, was die heilige katholische Kirche von solchen Lehren halte.

Als er das gehört hatte, ersparte sich der Ordensritter alle weiteren Fragen nach bestehenden Widersprüchen zu Aussagen im Alten wie im Neuen Testament der Bibel, wie beispielsweise der in Matthäus 17, Vers 10-13, als Jesus auf die Frage der Schriftgelehrten nach der angekündigten Wiederkehr des Propheten Elias antwortete: „Ich sage euch aber: Elija ist schon gekommen, doch sie haben ihn nicht erkannt, sondern mit ihm gemacht, was sie wollten." Wodurch Jesus seinen von Herodes hingerichteten Vorläufer, Johannes den Täufer, als wiedergeborenen Elias bezeugte. Hakon hätte leicht noch andere Bibelstellen zitieren können, aber er sah den Glaubensfanatismus seines Paten in dieser Frage und verzichtete auf eine weitere Diskussion. Am nächsten Tag reiste er ab und beschloß, seine weitere Suche nach der Wahrheit auf neutralere und objektivere Quellen zu beschränken.

Am Grab seines Großvaters, der als „Toter" mit ihm sprach, den er aber persönlich nie kennengelernt hatte, wird ihm heute wieder das Mysterium des nie endenden Lebens ins Bewußtsein gerufen. Hier, an der nach christlichem Glauben letzten Ruhestätte des Vaters seiner Mutter, wird ihm klar, daß es den Tod, wie die meisten Menschen ihn verstehen und fürchten, nie gegeben hat. Sterben scheint nur das Wechseln von Form und Ebene zu sein, aber niemals ein Vernichtet- oder Ausgelöschtsein. Der Sterbende erlebt - wie Jadasa ihm berichtet hat - den Tod als Übergang vom Diesseits ins Jenseits und erwacht dort zu neuem Leben in einem Körper aus den Bausteinen dieser betreffenden Lebenssphäre. Aber warum nimmt ein Jenseitiger dann angeblich weitere Male die Qual eines Erdenlebens auf sich? Das ist Hakon nach wie vor ein Rätsel. „Um zu lernen" - diese Antwort

Jadasas leuchtet ihm einfach nicht ein. Das kommt ihm so vor, als würde jemand von einem Berggipfel ins Tal steigen, um etwas in der Ferne liegendes besser erkennen zu können. Wieso soll man im Begrenzten etwas besser oder leichter lernen als im Unbegrenzten? Weshalb soll man in der Finsternis besser sehen können als im Licht? Diese Fragen rumoren jetzt ständig in ihm und lassen ihm keine Ruhe. Selbstkritisch unterstellt er, daß er offensichtlich etwas übersieht. Aber was?

Als er einmal mit Ali über diese Fragen sprach, gab der seinem unruhigen Geist weitere Nahrung für schlaflose Nächte. Sein Freund brachte den Begriff des Schicksals ins Spiel und erinnerte Hakon an das Karma des Buddhismus, von dem auch seine Mutter öfter sprach, ohne daß er es damals wirklich verstanden hätte. Ali erklärte ihm, daß er Karma als gesetzmäßige Konfrontation des Menschen mit den Auswirkungen von Taten aus vergangenen Leben versteht. Die christliche Vorstellung von einem gottgewollten Schicksal, das Menschen nur hinnehmen, aber nicht hinterfragen sollen, kann er als Perser und Anhänger der alten Lichtreligion nicht verstehen und lehnt sie deshalb ab. Hakons Vater wiederum erinnerte ihn bei anderer Gelegenheit an die vielen biblischen Figuren, denen Gott ein schweres Schicksal bereitete, um ihren Glauben zu prüfen und sie am Ende, nach bestandener Prüfung, reich zu beschenken. Kann also ein Leben als Mensch auf dieser Erde eine gottgewollte Prüfung sein? Fragen über Fragen, aber keine befriedigenden Antworten.

Hakon wendet sich von den Gräbern ab, die so viele Rätsel aufgeben und beschließt, bei nächster Gelegenheit Jadasa zu fragen. Insgeheim hat ihn sein Vater die ganze Zeit beobachtet. Karl von Donarsberg macht sich in den letzten Wochen wachsende Sorgen wegen der grüblerischen Art seines Sohnes. Resigniert hat der Graf schon alle Versuche aufgegeben, seinen Erben zu den üblichen Belustigungen des Adels, wie Turnieren, Gelagen oder Jagden, mitzunehmen. Bei diesen Gelegenheiten saß sein Sohn in seinem Ordenskleid wie eine Taube unter Falken, und man begann sich schon über seine angebliche Schwermut und Frömmelei lustig zu machen. Karl seufzt verhalten, als er an seine Jugend und die ausgelassenen Streiche denkt, die er und seine Kumpane ausgeheckt hatten. Hakon dagegen macht sich bereits Gedanken über den Zweck des Lebens und den Tod, bevor er nach Meinung des Grafen überhaupt freud- und sinnvoll gelebt hat. Immer, wenn er in letzter Zeit diese Befürchtungen in den inneren Gesprächen mit Jadasa zur Sprache bringt, erstickt sie all seine Argumente mit dem Hinweis auf den besonderen Auftrag Hakons und den hohen, ernsthaften Geist, der im Körper ihres Sohnes stecke. Karl bleibt da nur der Rückzug in sein menschliches Empfinden, und das sagt ihm, daß dem Lebensalter nach zu wenig Freude und jugendliche Unbeschwertheit in seinem Sohn zu finden sind. In Gedanken versunken stampft Karl von Donarsberg Hakon hinterher, der bereits aufgesessen ist und ungeduldig auf ihn wartet.

Es ist der Weihnachtsabend des Jahres 1212. Burg und Land sind seit Tagen von einer kniehohen Schneedecke überzogen. Es ist außergewöhnlich kalt in den alten Mauern, und auch die vielen Feuer in den Kaminen können die hohen Räume nicht ausreichend erwärmen. Alle Bediensteten haben zum Schutz gegen die beißende Kälte mehrere Kleidungsstücke übereinander gezogen. Vater und Sohn tragen Tag und Nacht ihre Fellmäntel und die gefütterten Fellschuhe, und Hakon erinnert sich zum ersten Mal seit langer Zeit wieder mit Wehmut an seine Zeit in Palästina, wo es im Winter nie so kalt wurde. In der großen Halle wurden anfänglich einige zusätzliche Kohlebecken aufgestellt, die aber die Luft so verpesteten, daß der Graf sie wieder entfernen ließ. Auf Vorschlag Hakons waren alle Bediensteten der Burg als Dank für ihre treuen Dienste zu einem gemeinsamen weihnachtlichen Essen eingeladen worden. Zwanzig Gänse, ein Dutzend Kapaune, zwei Wildschweine und ein Kalb dieses Frühlings mußten dafür ihr Leben lassen. Klara, die Nachfolgerin von Maria, der alten Haushälterin, die im vorigen Herbst der Schlag hinwegraffte, hat für diesen Abend auch mehrere Bottiche mit Bier angesetzt, da heißer Wein für alle die Haushaltskasse zu sehr belastet hätte. Hakon hatte ganz den herben Geschmack dieses milchig trüben Getränkes aus Getreide vergessen, das er als Kind manchmal neugierig gekostet hatte, dem er aber auch heute als Erwachsener nichts abgewinnen kann. Die Knechte und Mägde allerdings sprechen dem Gebräu mit Begeisterung zu, und das immer lauter werdende Stimmengewirr in der Halle deutet darauf hin, daß das starke Rauschgetränk bereits Wirkung zu zeigen beginnt. Das Gesicht des Grafen ist vom reichlichen Genuß des Bieres leicht gerötet, und so sitzt er ausgelassen unter seinen Bediensteten, wie einer der ihren. Nur an seiner Kleidung erkennt man noch den Hausherrn. Hakon, der kurz die Halle verlassen hat, beobachtet beim Zurückkommen die Szene aus einiger Entfernung, und ihm wird bewußt, daß er seinen Vater schon lange nicht mehr so unbeschwert und fröhlich erlebt hat. Überhaupt hat er den Eindruck, daß Karl von Donarsberg, seit Hakon zurückgekehrt ist und er durch den Sohn seine geliebte Frau wiedergefunden hat, sich sehr positiv verändert hat. Er ist seiner Umwelt gegenüber wieder viel offener, und die tiefen Stirnfalten und der mürrische Zug um seine Mundwinkel sind fast verschwunden. Man hört den alten Grafen wieder öfter herzhaft lachen und scherzen und sieht ihn wieder wie früher mit den jungen Mägden schäkern.

Hakon läßt seinen Blick über die Versammelten schweifen und freut sich über die allgemeine Lebensfreude und das warme, familiäre Gefühl, das ihm dieses Bild vermittelt. Er ist wieder zu Hause. Das fühlt er in diesem Moment fast mit Wehmut und so eindringlich wie selten zuvor. Ein sanfter Hauch streift seinen Rücken, und er spürt die Gegenwart seiner Mutter, die nun in ihrem Seelenkörper neben ihn getreten ist und ihren Arm um ihn gelegt hat. Seine linke Körperhälfte wird ganz warm, und dankbar sendet er ihr in Gedanken einen liebevollen Gruß. So stehen beide eine ganze Weile, und Jadasa übermittelt ihm gedanklich Erinnerungsbilder an ihre gemeinsame glückliche Zeit. Und er sieht sich wieder als Kind angelaufen kommen und sich in die weit geöffneten Arme seines Vaters stürzen, der ihn wild herumschwenkte. Die Bilder wechseln, und er erlebt sich noch einmal als Zweijähriger mit seiner Mutter in den Gärten beim Rosenschneiden. So fühlt er auch wieder diesen wilden Schmerz, als er sich ungestüm einen großen Dorn in den Daumen getrieben hatte und Jadasa ihn auf den Arm nahm und seine Tränen mit zärtlichen Küssen zum Versiegen brachte. Sein Gesicht wird ganz weich bei diesen Erinnerungen, und fast entrückt nimmt er anfänglich nicht wahr, daß ihn eine der älteren Mägde von der Seite angesprochen hat und ihm seinen frischgefüllten Becher mit dampfendem Wein reichen will. Dankend prostet er ihr zu und geht dann wieder zu seinem Platz an der Seite des Grafen. Wie einen kühlen Luftzug nimmt er die Begleitung der Unsichtbaren an seiner Seite wahr, und unwillkürlich macht er auf der Bank etwas Platz zwischen sich und seinem Vater. Es wird spät an diesem Abend. Niemand will zu Bett gehen und den Frieden und die Geborgenheit dieser fröhlichen Runde vorzeitig verlassen. Später, als er sich doch müde zurückgezogen hat, wird Hakon plötzlich klar, daß sich, trotz reichlichem Alkoholgenuß, niemand an diesem Abend wirklich betrunken hat. Ganz offensichtlich waren die Herzensfreude und das liebevolle Miteinander und nicht das Bier die eigentliche Quelle ihrer Fröhlichkeit gewesen. Mit diesen Gedanken schläft er glücklich und zufrieden ein.

In dieser Nacht hat Hakon einen beeindruckenden Traum. Er erlebt dabei das irritierende Gefühl, wach zu sein und all das wirklich im Hier und Jetzt zu erfahren, was so farbig und kraftvoll durch sein träumendes Bewußtsein zieht. Zu Anfang sieht er sich in einem ummauerten Gelände mit flachen Bauten zusammen mit vielen anderen Männern, die alle gleich gekleidet sind: An den Füßen geschnürte Ledersandalen, deren Riemen bis an die Knie reichen, um die Hüften einen kurzen Rock mit einem dunkelbraunen Lederschurz und oben ein braunes Leinenhemd und darüber einen ledernen Brustpanzer. Er und einige wenige andere tragen auf dem Kopf einen goldglänzenden, runden Metallhelm mit einem roten Federbusch, wie eine gestutzte Pferdemähne. Die Mehrheit der Männer, die in Kolonnen vor ihnen stehen, haben schmucklose runde Lederhelme auf dem Kopf. An der Seite tragen alle kurze Schwerter, in der Rechten einen Wurfspieß und in der Linken einen Lederschild. Ein älterer Mann in einer besonders prunkvollen Metallrüstung hält eine Ansprache an die Männer. Neben ihm steht ein jüngerer mit einem beschrifteten Metallschild an einer hohen Stange, auf deren Spitze ein metallener Adler seine Flügel ausbreitet, der auf einem Lorbeerkranz sitzt. Hakon fühlt sich bei diesen Bildern an die militärischen Übungen seines Ordens erinnert. Und tatsächlich wechselt jetzt das Bild, und er sieht diese Truppe durch ein wüstenähnliches Gelände marschieren, wie er es vom Heiligen Land her kennt.

Die Krieger und die ganze Situation sind ihm merkwürdig vertraut. Er selbst marschiert jetzt an der Spitze einer solchen etwa hundert Mann starken Abteilung, und die Worte „Kohorte" und „Zenturio" kommen ihm in den Sinn. Da fällt ihm im Traum ein, daß er diese Begriffe schon einmal bei der Besichtigung altrömischer Ruinen in Palästina gehört hat.

Wieder wechselt das Bild, und Hakon findet sich erneut in einem orientalischen Palast aus weißen Steinen und mit farbenprächtigen Mosaiken an den Wänden und auf den Böden. Zusammen mit einigen Kameraden sitzt er in der Vorhalle unter einem Fenster und wartet auf etwas. Man hat sie hierher kommandiert, um einen Verbrecher seiner Verurteilung zuzuführen. Plötzlich gibt es einen Auflauf am Eingang, und eine aufgeregte Menschenmenge schiebt einen am Kopf verletzten und an den Händen gefesselten Mann mittleren Alters mit langen, lockigen Haaren herein. Im Traum kann Hakon nur einen kurzen Blick auf den Angeklagten werfen, dann verschwindet er, eingeschlossen und gestoßen von der erbosten Menschenmenge in der Audienzhalle hinter ihnen. Einen Moment lang hat Hakon den Eindruck von unglaublich blauen Augen, die ihn durchdringend und gleichzeitig unfaßbar liebevoll ansehen. Innerlich zutiefst aufgewühlt von diesem Blick, fragt er seinen Nebenmann, ob er wüßte, wer der Mann sei und was man ihm vorwerfe? Der Gefragte antwortet, das sei nur wieder einer der vielen religiösen Verrückten in diesem Land, der sich für den König der Juden halte. Deshalb sei er von den Hohenpriestern wegen Hochverrats angeklagt und werde nun vom Statthalter verhört. Sein Name sei angeblich Jesus von Nazareth. Dann drängt er Hakon, mit ihrem Würfelspiel um die Zeche der kommenden Nacht weiterzumachen.

Schweißnaß erwacht der junge Ordensritter. Draußen ist es noch dunkel. Ein Talglicht auf dem Tisch mit dem Waschwasser wirft gespenstische Schatten an die gegenüberliegende Wand. Unruhig streicht sich Hakon eine feuchte Haarsträhne aus der Stirn. Was war das für ein seltsamer Traum gewesen? Wie kann man träumen und gleichzeitig glauben, wach zu sein? Und doch hatte er im Traum Wahrnehmungen, die ihm sonst nur seine wachen Sinne vermittelten. So kann er sich beispielsweise deutlich an den vertrauten Geruch von Schweiß und Leder erinnern; und auch an den

Druck des Helmes, unter dem es bei dem Marsch in der Mittagshitze unangenehm warm geworden war. Dagegen fühlten sich die glatten Steine beim Würfelspiel auf dem Palastboden angenehm kühl unter seinen nackten Oberschenkeln an. Überraschenderweise hatte er diesen anderen Körper sehr viel grober und kraftvoller erlebt, als den gewohnten. Er war er und doch ein ganz anderer gewesen. Es kam ihm beim Nachdenken so vor, als wenn er im Traum in einen anderen Körper wie in ein vertrautes Hemd geschlüpft wäre. Aber wem gehörte dieser andere Körper und wieso hatte er ihn so selbstverständlich in Besitz nehmen können, ohne daß sich sein wahrer Herr dagegen zur Wehr setzte? Je mehr Hakon über das Erleben dieser Nacht nachdenkt, umso verwirrter fühlt er sich. Da kommt ihm in den Sinn, daß dies eine gute Gelegenheit sei, darüber seine Mutter ausführlich zu befragen. Es ist ja noch früh. Alle in der Burg schlafen noch, und so kann er sich ungestört versenken.

Er setzt sich mit verschränkten Beinen in die Mitte des Bettes und wikkelt zum Schutz gegen die Kälte alle vorhandenen Laken und Decken fest um sich. Dann schließt Hakon die Augen und atmet einige Male tief ein und aus, bis er spürt, wie dieses vertraute Gefühl der Entspannung seinen ganzen Körper ergreift, das Singen seiner Lebensenergie lauter wird und vor seinem inneren Auge wieder dieser Lichtpunkt wie eine ferne Sonne auftaucht. Als kurz darauf die Gestalt Jadasas aus dem Licht kommend vor ihm erscheint, hat er seine Seelenruhe bereits wiedergefunden und wartet gelassen auf die Erklärungen seiner Mutter.

„Du wunderst Dich, mein Sohn, über Art und Inhalt deines Traumes! Lassen wir die Betrachtung des Inhalts, die nur dein Gemüt unnötig aufwühlen würde, vorerst einmal beiseite. Es gibt im Moment Wichtigeres für dich zu verstehen. Um was handelt es sich also bei diesem Wachtraum? Nun, hast du vergessen, was ich dir über wechselnde Verkörperungen menschlicher Seelen sagte? Im Schlaf hattest du Einblicke in solch ein früheres Leben. Das ist für eine träumende Seele an sich nichts besonderes, nur der wache Mensch erinnert sich selten daran. In diesen besonderen Augenblicken heute Nacht warst du wieder dieser andere Mensch vor fast zwölfhundert Jahren. Obwohl so lange her, war es für dich so, als wenn du in diesen Momenten des Träumens längst Vergangenes in der Jetztzeit erlebeben würdest. Die Situationen, die gemachten Erfahrungen und die empfundenen Gefühle waren dir zutiefst vertraut. Gleichzeitig warst du dir aber auch bewußt, als der Mensch Hakon hier in diesem Zimmer einer Burg zu liegen, die erst viele Jahrhunderte später gebaut wurde und erinnertest dich an Begebenheiten deines Aufenthalts in Palästina aus diesem Leben. Vergangenheit und Gegenwart verschmolzen scheinbar zu einem einzigen Jetzt. Du hast diese Erfahrungen heute Nacht zwar unzweifelhaft gemacht und kannst dich auch lebhaft daran erinnern, aber nun verlangt dein Kopf trotzdem nach akzeptablen, logischen Erklärungen. Dein Verstand versucht, das Unglaubliche zu verstehen und steht dabei vor dem Hintergrund seines Wissens und seiner Erfahrungen vor scheinbar unlösbaren Widersprüchen.

Nun, als Mensch erlebst du täglich, daß am Mittag der Morgen bereits Vergangenheit und der Abend noch Zukunft ist. So erfährst du das Wesen der Zeit. In dir wird alles Erlebte gespeichert, nichts geht verloren. Aber - so wirst du mir entgegenhalten - selbst an vieles aus diesem Leben kannst du dich willentlich nicht mehr erinnern, und wie soll das dann lebensübergreifend möglich sein? Und wer oder was in dir soll sich sogar an Dinge vor deiner Geburt erinnern? Und zu guter Letzt sage ich dir jetzt noch, daß es in uns auch ein Wissen um die Zukunft gibt. Gewiß, als Mensch machst du offensichtlich die Erfahrung, daß du nichts Zukünftiges wissen kannst, weil es in der Gegenwart noch nicht existiert. Aber so wie alles aus deiner Vergangenheit bis auf den heutigen Tag unvergessen in dir schlummert, weiß dein höheres Selbst bereits jetzt alles über deine Zukunft, was dir noch unglaublicher vorkommt.

Aber wenn man keine Kenntnis von der Zukunft haben kann, wieso fragst du mich dann ständig danach? Und wieso gab es zu allen Zeiten Menschen, die offensichtlich die Gabe hatten, Zukünftiges vorherzusehen? Wie kann das sein, wo doch die Zukunft angeblich noch gar nicht existiert? Ist die Zeit für diese Menschen etwas anderes, als für alle anderen? Oder können sie beliebig darin reisen, wie du heute nacht? Die Zeit ist also ein Rätsel, das noch seiner Lösung harrt. Trotzdem will ich versuchen, Licht ins geheimnisvolle Dunkel zu bringen und die Decke über dem Verborgenen ein wenig zu lüften.

Die Zeit offenbart sich uns in Vergangenheit, Gegenwart und Zukunft. Heißt es nun nicht in der Bibel, daß für Gott tausend Jahre wie ein Tag sind? Womit gemeint ist, daß das göttliche Sein die Zeit anders erlebt als ihr? Aber selbst ihr erlebt die gleiche Zeitspanne manchmal sehr unterschiedlich! Vergeht für einen Liebenden die Zeit nicht wie im Flug, und dehnt sich nicht die gleiche Stunde für das arme Opfer auf der Folterbank ins Endlose. Die alten indischen Weisheitsbücher warnen vor der Illusion der Zeit und behaupten, daß sie nicht das sei, für was ihr sie haltet. Aber was ist dann die Zeit; und wie und warum entsteht sie?

Für uns in der Welt des Geistes existiert Zeit, in der Form, wie ihr sie kennt, nicht. Es fällt uns hier selbst als ehemalige Menschen inzwischen sehr schwer, uns überhaupt an sie zu erinnern und ihren großen Einfluß auf euer irdisches Sein gerechterweise in Rechnung zu stellen. Daraus folgt, daß Zeit keine objektive, die ganze Schöpfung umfassende Größe sein kann, sondern eine subjektive Rahmenbedingung sein muß, die auf unterschiedlichen Existenzebenen auch unterschiedlich erfahren wird. Was macht nun den speziellen Unterschied zwischen euch und uns aus, der auch die Unterschiede in der Zeiterfahrung erklären könnte?

Nun, im Lichtreich leben die Geister in Einheit mit ihrem Schöpfer. Alles ist eins. In unserem Bewußtsein gibt es kein Getrenntsein. Wir sind zwar scheinbar getrennte Teile eines Ganzen, erleben uns aber eingebettet in ein allumfassendes Einheitsbewußtsein, das unser Ichgefühl weitgehend zurücktreten läßt. Was das in der Konsequenz für unser Sein, unsere Selbstwahrnehmung und die Wahrnehmung des Ganzen bedeutet, wirst du letztlich erst verstehen können, wenn du selbst zurückgekehrt bist. Im Augenblick kann ich dir nur so viel sagen, daß sich im Lichtreich jedes Individualbewußtsein gleichzeitig als das Geist-Ganze erfährt. Der Schöpfer und sein Werk sind eins. Ein Zustand, für den es auf Erden keine Entsprechung gibt und nach Lage der Dinge auch nicht geben kann.

Es gibt also in eurem Sinne bei uns nicht diese Polarität von ich und du. Mein Bewußtsein hier ist gleichzeitig das aller anderen. Grenzen gibt es nicht, das Ganze ist ungeteilt. Aber verstehe das bitte jetzt nicht räumlich. Das Ganze ist kein räumlicher Begriff. Zeit und Raum in der von euch erlebten Form existieren für uns nicht, weil sie ihrer Natur nach an die Illusion der Materie gebunden sind. Das Geist-Ganze hat keinen Anfang und kein Ende, kennt keine Zersplitterung und hat deshalb keine teilenden Grenzen, ist ohne Ausdehnung und umfaßt doch alles, was ist. Das Ganze ist für uns also kein unendlich großer Raum, sondern Raumlosigkeit, die Ewigkeit keine unendlich lange Zeit, sondern Zeitlosigkeit.

Als Teil dieses Geist-Ganzen erfahre ich zeitgleich, was - nach eurem begrenzten Verständnis - selbst in den „entferntesten" Geistessphären geschieht. Mein Bewußtsein ist also zeitgleich hier wie dort. Entfernungen, Ausdruck des Getrenntseins, gibt es für einen Lichtgeist in seiner Sphäre nicht; und damit also weder Zeit noch Raum. Deshalb existiert aber auch weder Vergangenheit noch Zukunft, so wie ihr sie kennt. Ich benötige keine Zeit, da es keinen Raum für mich gibt, den ich überwinden müßte, und eine Raumvorstellung kann in mir gar nicht erst aufkommen, da ich keine Zeit benötige, um das Ganze zu erfassen. Ich lebe als Ausdruck des raum- und zeitlosen Geist-Ganzen im immerwährenden Hier und Jetzt."

Hakon schwirrt der Kopf, als er angestrengt versucht, den Erklärungen seiner Mutter zu folgen. Fast verzweifelt muß er zugeben, daß sein Verstand hier an seine natürlichen Grenzen stößt.

Dann fährt Jadasa fort: „Ihr auf Erden habt nicht das notwendige Bewußtsein und auch nicht die körperliche Beschaffenheit, dies so erleben zu können. Wollt ihr das Ganze, die Einheit einer Sache, erfahren, so müßt ihr sie künstlich in Teile zerlegen und sie nacheinander wahrnehmen. Euer Gehirn ist kein geeignetes Instrument für die Wahrnehmung von Einheit. Es gehört der materiellen Schöpfung an und ist von daher nicht in der Lage, rein geistige Realitäten erfassen zu können. Der Zwang, in der Gefangenschaft der Materie die Einheit zerschlagen zu müssen, um sie nacheinander und Stück für Stück zu erfassen, läßt gewissermaßen Zeit und Raum als Ausdruck eures beschränkten Bewußtseins erst entstehen. Anders ausgedrückt: Das für euch gültige Evolutionsgesetz besagt, daß ihr nur mit Hilfe von Zeit und Raum Einheit beziehungsweise das Geist-Ganze erkennen könnt. Damit du das Gesagte besser verstehen kannst, will ich dir ein paar erläuternde Beispiele geben:

Eure Burg existiert bereits viele Jahre und wird noch lange bestehen. Betrachten wir sie einmal als Symbol für das Geist-Ganze, so umfaßt ihr Sein Vergangenheit, Gegenwart und Zukunft. Die Burg ist bereits in diesem Augenblick zur Gänze da und vollkommen. Willst du sie aber einem zukünftigen Besucher von den Kellerverliesen bis zum Trockenboden unter dem Dach zeigen, benötigst du Zeit. Du durchwanderst nacheinander mit deinem Besucher Raum für Raum, damit er die ganze Burg kennenlernen kann. Um also das Ganze, die Einheit der Burg in ihrer ganzen Fü''), erfassen zu können, muß das begrenzte Bewußtsein des Besuchers viele Treppen steigen, große Strecken zurücklegen und viel Kraft und Zeit aufbringen. Ich, als Geistwesen, dagegen erlebe, während ich zu dir spreche, gleichzeitig das Erwachen der Mägde in ihren Kammern, die Ratten im Keller auf der Futtersuche und das Fallen der Schneeflocken auf das Turmdach und noch unendlich viel mehr. - Wie alle Gleichnisse hinkt auch dieses. Aber es soll ja auch nur dazu dienen, dir unfaßliche geistige Wirklichkeiten in faßliche Begriffe und Bilder deiner Welt zu übersetzen, damit du dir eine annähernde Vorstellung machen kannst.

Auch der Raum ist für euch trinitär. Ihr Menschen nennt ihn dreidimensional und sprecht von Länge, Breite und Höhe. So zerlegt die Geometrie, die du aus deinen arabischen Lehrbüchern kennst, das ganze Raumgefüge in Dimensionen und diese wiederum in Strecken und berechnet so den Flächen- oder Rauminhalt. Wie würde sich nun zum Beispiel eure Erfahrung des Raumes verändern, wenn ihr zu seiner Erforschung keine Zeit benötigen würdet? Nehmen wir einmal an, du wärest ein Zauberer und könntest die größte Entfernung gedankenschnell zurücklegen. Du wünschtest nach Metz zu deinem Paten zu reisen und wärest - kaum gedacht - sofort dort. In deinem Empfinden würde die Strecke, die zu bewältigen zu Pferd normalerweise viele Stunden dauert, zu einem Nichts zusammenschrumpfen. Du wärst gewissermaßen zeitgleich dort wie hier. Und das gilt nun für alle Orte in jeglicher Richtung. Du willst auf den Mond, und schon bist du da. Gleichgültig welche noch so weiten Orte du dir

155

vorstellst, im selben Augenblick bist du dort. Das hieße in der Konsequenz, daß es so etwas wie Entfernung und damit Raum für dich nicht mehr gäbe. Entscheidend für deine Erfahrung wäre nur noch, worauf du dein Bewußtsein richtest. Nun gut, wirst du mir antworten, dann reise ich jetzt zuerst nach Metz, dann zum Mond und von dort nach Palästina. Ich brauche zwar für das Zurücklegen der Entfernungen keine Zeit, aber benötige ich sie nicht für meinen jeweiligen Aufenthalt? - Das muß ich zugeben, aber bedenke, du bewegst dich ja in deiner Vorstellung nach wie vor in einem physischen Leib auf einer Existenzebene, in der Zeit und Raum real sind. Gleichzeitigkeit zu erfahren, setzt einen geistigen Körper voraus, der nicht den Gesetzen der Materie unterworfen ist.

Zu Beginn unseres Gespräches sagte ich, daß wir Zeit anders erfahren als ihr, aber nicht, daß sie uns vollkommen fremd ist. Unsere Zeitvorstellung entsteht nicht aus einem erzwungenen Nacheinander, sondern hat mehr mit der geistig-seelischen Qualität unserer Erfahrungen zu tun. Die größte Mühe macht euch Menschen dabei der Begriff der Ganzheitlichkeit, die ihr, ins Zeitliche übersetzt, „Gleichzeitigkeit" nennt. Was würde sie auf eure Ebene übertragen bedeuten? Um ein Buch zu lesen, brauchst du Zeit. Nacheinander liest du viele Stunden lang Wort für Wort, Seite um Seite, um das in seiner Gänze zu erfassen, was doch schon die ganze Zeit vollkommen da ist, vielleicht bereits vor deiner Geburt geschrieben wurde und noch nach deinem zukünftigen Tod von anderen Wissensdurstigen gelesen werden wird. Die Ganzheitlichkeit in der Wahrnehmung würde in diesem Fall beispielsweise bedeuten, daß sich dir der komplette Inhalt des Buches in dem Moment erschließen würde, wo du nur den Wunsch danach hegtest. Die Wunschwahrnehmung und ihre Erfüllung fielen sozusagen zeitgleich in einen Punkt. Du würdest sozusagen vom ersten bis zum letzten Wort alles gleichzeitig lesen. Eine nach menschlichem Vermögen undenkbare Fähigkeit. Und doch gab es in der Zeit immer wieder Menschen, die diese geistige Fähigkeit bereits auf Erden demonstrierten.

Darüber hinaus würdest du alles, was mit der Existenz dieses Buches verbunden ist, ebenfalls sofort wissen: Seine Entstehungsgeschichte, von der Herstellung des Pergaments bis zu den Gedanken und Gefühlen des

Mönches, der es auftragsgemäß schreiben mußte, was sein Autor dachte und fühlte und all die Menschen, die bisher mit ihm in Berührung kamen und es zukünftig noch lesen werden. Ich sage dir, allein die Fülle der astralen Informationen, die mit diesem Buch verbunden sind, würde dich schier erschlagen. All dies wüßtest du in dem Moment, wo sich dein Bewußtsein mit diesem Objekt zu beschäftigen wünschte."

Hakon überkam zwischenzeitlich das Gefühl, ihm müsse der Schädel platzen. Tief innerlich versteht er alles, was seine Mutter ihm sagt, mühelos. Nur wenn er anfängt, darüber nachzudenken, beginnt sein Kopf zu schmerzen. Jadasa sieht, daß es besser ist, den Unterricht an dieser Stelle zu beenden, und so verabschiedet sie sich von Hakon mit den Worten: „Du hast nun einen kleinen Einblick in meine Realität bekommen, und ich werde mich in der kommenden Zeit bemühen, dir noch mehr über das geistige Leben zu berichten, das auch auf dich wartet. Für heute soll es genug sein. Die Liebe und der Frieden des Vaters seien mit dir!" Langsam erlischt das geistige Licht in Hakon, und er öffnet mühsam die Augen. Draußen ist es inzwischen hell geworden, und das Leben in der Burg beginnt seinen gewohnten Gang zu gehen. Der junge Ordensritter nimmt sich fest vor, das Gehörte nicht wieder zu vergessen und noch häufig darüber zu meditieren.

# 5. KAPITEL

# MAGIE AN HEILIGER STÄTTE

VOR EINIGEN WOCHEN wurde Otto IV. in Frankreich von Philipp II. Augustus, dem französischen König, der wie der Papst auf der Seite Friedrichs steht, trotz starker Unterstützung durch ein englisches Heer vernichtend geschlagen. Es geht das Gerücht um, Otto habe abgedankt und sich auf die Stammburg der Welfen zurückgezogen. Trotz alledem hat es Friedrich II. auch nach seiner Krönung noch nicht geschafft, von allen Großen des Reiches anerkannt zu werden. Jetzt, zur Zeit der Weinlese des Jahres 1214, herrscht deshalb in ganz Deutschland Ungewißheit darüber, wie es mit dem Land weitergehen wird.

Auf Wunsch seines Vaters, der das Alter kommen spürt und seine Nachfolge geregelt sehen will, hat Hakon an den Großmeister des Deutschen Ordens, Hermann von Salza, geschrieben und um Dispens und ehrenhafte Entlassung aus dem Orden gebeten. Bis jetzt hat er noch keine Antwort erhalten, und so trägt er nach wie vor das Ordenskleid, das ihn bisher auch vor allen offenen Anfeindungen seiner alten kirchlichen Gegner schützte. Sein Pate, Arnulf, Bischof von Metz, befindet sich auf dem vierten Laterankonzil, an dem 400 Bischöfe und über 800 Äbte und Prälaten teilnehmen. Diese bisher größte und bedeutendste Kirchenversammlung ist Höhepunkt und Abschluß des Pontifikats von Innozenz III. Einer der wichtigsten Streitpunkte der Kirchenmänner ist die Behandlung der Ketzerfrage, deren Ergebnis ins kanonische Recht übernommen werden soll. Eingedenk seiner und seiner Mutter Verfolgung durch die Inquisition, vor nunmehr fünfzehn Jahren, war es Hakon etwas bedenklich vor der Zukunft geworden, als er das von seinem Paten hörte, zumal er jedesmal bei seinen seltenen Besuchen in Metz feindselige Blicke und das Getuschel der Kleriker hinter seinem Rücken ertragen muß, was nichts Gutes für die Zeit verheißt, wenn er den weißen Umhang mit dem schwarzen Kreuz ablegen wird. Hakon hat schon überlegt, sich dann wieder dem Gefolge Friedrichs anzuschließen. Aber der zunehmende körperliche Verfall des Grafen von Donarsberg sagt ihm, daß sein Platz in Zukunft an der Seite seines Vaters sein wird, der lange genug auf den ersehnten Sohn und Thronerben verzichten mußte. Auch seine Mutter ermutigt ihn in ihren inneren Dialogen zu bleiben, ohne ihm allerdings etwas Konkretes zu sagen, was ihn hätte beruhigen können.

Gedankenversunken reitet Hakon an diesem sonnigen Morgen durch den bunten Herbstwald. Ali hatte ihn begleiten wollen, er aber hatte abgelehnt, wollte allein sein mit seinen Gedanken und sich über seinen weiteren Lebensweg klar werden. Seit einiger Zeit kommen wieder Kranke hilfesuchend zu ihm, und ihre Zahl ist inzwischen so gestiegen, daß er offiziell im Sprengel verkünden ließ, daß er in einem besonderen Raum des Dorfgasthauses, jeweils montags bis mittwochs, von Sonnenauf- bis Sonnenuntergang, kostenlos als Heiler tätig sein werde. Das hat zwar seinem Vater nicht gefallen, wie seine Miene verriet, als Hakon ihn davon unterrichtete, aber er schwieg, und sein Sohn nahm an, daß er das Jadasa zu verdanken hatte, die jetzt oft in Kontakt mit ihnen beiden ist. Mehr Kopfschmerzen bereitet ihm das Wissen, daß dieser Strom von Heilungsuchenden auch diesmal wieder die unerwünschte Aufmerksamkeit des Klerus auf ihn lenken wird, und er ist gespannt, was sie sich diesmal werden einfallen lassen, um es ihm böswillig anzulasten. Seine inzwischen bekannt gewordene Freundschaft mit Friedrich hat ihm darüberhinaus Neider im Kreis der Adligen geschaffen, die alles, was er sagt und tut, mit Argwohn beobachten. Im Zweifelsfall werden sie sich wohl auch einem Inquisitionsgericht willig zur Verfügung stellen. Die Bäume stehen nun dichter beieinander, und das geschlossene Blätterdach schafft ein geheimnisvolles, grün schimmerndes Halbdunkel. Der Boden ist leicht morastig, und der Schimmel setzt nur langsam und vorsichtig seine Hufe auf den schlüpfrigen Untergrund. Nebelschwaden steigen auf. Der fröhliche Gesang der Vögel, der ihn die ganze Zeit begleitete, ist verstummt. Plötzlich hat Hakon das untrügliche Gefühl einer drohenden Gefahr. Wieder ist da dieser stechende Schmerz in seinem Solarplexus, der ihn vor Bösem warnt, sei es nun rein atmosphärisch oder persönlich und direkt gegen ihn gerichtet. Er schaut sich forschend um, kann aber im nebligen Zwielicht des Waldes nichts erkennen. Vorsichtig treibt er sein Pferd an, um möglichst rasch auf freies Feld zu gelangen, wo er einem Angriff besser begegnen kann. Erleichtert erreicht er den Waldrand und galoppiert auf eine langgestreckte Grasfläche hinaus.

Am Ende der Wiese lugen hinter hohen Hecken die dunkelroten Mauern und das Dach aus grauen, verwitterten Holzschindeln eines alten Gebäudes hervor. Hakon zügelt das Pferd, das erregt schnaubt und unruhig auf der Hinterhand tänzelt. Er schaut sich um und bemerkt einen Kreis mannshoher, moosbedeckter Granitfelsen, die wie steinerne Krieger um das verdeckte Gebäude in ihrer Mitte Wache stehen. Erst als er näher heranreitet und mehr von dem alten Gehöft sieht, das wie ein verwunschenes Schloß von Dornenbüschen fast gänzlich eingeschlossen ist, erkennt Hakon seine erste Wirkungsstätte als kindlicher Heiler wieder. Nun erinnert er sich wieder daran, wie er damals Ali in diesem schon von jeher verrufenen und gefürchteten Haus von der Lepra geheilt hat. Und auch dessen Name „Groothof im Druidenfeld" fällt ihm jetzt wieder ein. Als Kind hat er seinerzeit hier nichts Ungewöhnliches bemerkt, nun aber spürt er intuitiv und fühlt fast körperlich die magische Ausstrahlung dieses Ortes. Und er muß jetzt auch an die Geschichten denken, die, aus grauer Vorzeit stammend, über diesen Platz und das verfallene Gebäude erzählt werden, das angeblich von Anhängern eines keltischen Kults zur Tarnung über ihrer heidnischen Opferstätte errichtet worden sein soll. Bereits Karl der Große und seine Nachfolger, die die Christianisierung der keltischen und germanischen Stämme mit Feuer und Schwert in Angriff nahmen und auch durchsetzten, hatten damals die alte Glaubenswelt mit ihren Göttern und Dämonen in den Untergrund gedrängt, wo sie aber noch immer lebendig sein soll.

Hinter ihm raschelt und knackt es im Gebüsch des Waldes, und der Schimmel fängt wieder an, ängstlich zu schnauben und erregt mit den Ohren zu spielen, während das Tier den Waldrand nicht aus den Augen läßt. Hakon zieht sein Schwert, stellt sich in den Steigbügeln auf, um besser sehen zu können, und wäre bei einem unerwarteten Seitensprung seines Pferdes beinahe zu Boden gestürzt. Ein braunes, laut maunzendes Bärenjunges ist aus der Deckung des Waldes gebrochen und kommt in einem wiegenden Galopp direkt auf sie zu gehoppelt. Das sieht so komisch aus, daß Hakon trotz seines ersten Schrecks laut lachen muß. Dann aber wird ihm schlagartig klar, daß dort, wo ein Bärenjunges ist, auch seine Mutter nicht weit sein kann. Und tatsächlich kommt aus dem Dickicht des Waldes unvermittelt ein so wildes und furchterregendes Fauchen, daß Hakons Pferd vor Angst bäumt und mit panisch weit aufgerissenen Augen durchgehen will. Der junge Ordensritter hat alle Mühe, es wieder unter Kontrolle zu bringen.

Als er seine Aufmerksamkeit wieder der Stelle widmen kann, von wo das bedrohliche Gebrüll kam, ist aber nichts von einer Bärin zu sehen. Das Kleine hat sich jetzt wie ein Waldschrat neben ihnen aufrecht auf die Hinterläufe gestellt und äugt genauso erschreckt und furchtsam in Richtung Wald wie Reiter und Pferd. Was war das? Hakon überlegt, daß er noch nie - weder bei einer Bären- noch bei einer Wolfsjagd - so ein Gebrüll gehört hat. Überhaupt kann er sich nicht erinnern, jemals von einem Tier solche Laute vernommen zu haben. Am nächsten kommt das Geräusch noch dem Brüllen der Löwen in der Wüste, wie er es mehrfach in Persien erlebt hat. Aber hier in Deutschland? Doch wenn es kein Tier gewesen war, was war es dann? Das Bärenjunge scheint verwaist und selbst auf der Flucht zu sein. Es muß schreckliche Angst haben, sonst hätte es nicht ausgerechnet bei einem Menschen, dem Bären sonst tunlichst aus dem Weg gehen, Zuflucht gesucht. Der kleine Braunbär hat sich jetzt auf seine Hinterbacken gesetzt und schaut Hakon mit dunklen Knopfaugen fragend und - wie es Hakon scheint - auffordernd an, so als wollte er sagen: „Worauf wartest du noch? Tu endlich etwas! Greif an!"

Aber Hakon denkt nicht daran, wieder zurückzureiten. Erstens würde da sein Pferd nicht mitspielen, und zweitens hätte er zwischen den Bäumen viel zu wenig Bewegungsspielraum, wenn es zum Kampf kommen sollte. Und so reitet er - den Waldrand nicht aus den Augen lassend, in der Linken die Zügel, in der Rechten das Schwert - weiter auf das verlassene Haus zu. Ein erneutes, noch furchterregenderes Fauchen als beim ersten Mal sorgt dafür, daß der kleine Bär ihnen sofort laut schreiend dicht auf den Fersen ist, was den Schimmel dazu veranlaßt, nervös nach hinten auszukeilen. Doch bis jetzt folgt ihnen sonst niemand. Die drei biegen gerade aufatmend um die Ecke des Hauses, als sich ihnen überraschend ein so unheimlicher Anblick bietet, daß der Schimmel augenblicklich seine Vorderbeine in den sandigen Boden stemmt und danach schrill wiehernd aufbäumt, so daß Hakon, wäre er nicht so ein ausgezeichneter Reiter, sicherlich vom Pferderücken katapultiert worden wäre. So landet er nur auf dem Hals des Tieres und hat Mühe, wieder in den Sattel und die Steigbügel zu kommen. Das Schwert ist ihm dabei aus der Hand gefallen und liegt nun im schmutzigen Sand des Hofvorplatzes. Unwillkürlich greift er zum Dolch in seinem Gürtel, doch gegen das, was sich da vor ihnen aufgebaut hat, würde nicht einmal ein Katapult helfen, wie es die Kreuzfahrer zur Zerschlagung der dicken Festungsmauern in Palästina benutzten. Sein Schimmel ist nun kaum noch zu bändigen und schier verrückt vor Angst. Die Augen weit aufgerissen, das Weiße blutunterlaufen, versucht das Tier erneut durchzugehen, und Hakon muß alle Kraft und Reitkunst aufbieten, um das zu verhindern. Dabei kann er seinen Blick nicht von dem abwenden, was da, etwa zehn Pferdelängen vor ihnen, mannshoch über dem Boden schwebt.

Das Ding ist durchscheinend und fast so hoch wie ein Baum. Es scheint ständig seine Form zu verändern und sieht im Augenblick wie ein übergroßer Waldpilz aus. Aus seinem Inneren strömt Licht in allen Farben des Regenbogens nach außen und verteilt sich auf einer unsichtbaren Außenhaut. Das sieht wie auf Wasser schwimmendes Öl aus, das im Sonnenlicht schillert. Jetzt dreht sich das Ganze, wird dabei immer schneller, wächst in die Höhe und nimmt die Gestalt eines riesigen Wirbels an, vergleichbar den heißen Sandwirbeln in der Wüste. Dann plötzlich schnellt das Gebilde blitzschnell zusammen und ballt sich zu einer leuchtenden Kugel im Durchmesser eines Wagenrads. Wie ein übergroßer Regentropfen schwebt die Erscheinung dann wieder an gleicher Stelle wie zu Beginn.

Mensch und Tier sind von dem Unglaublichen wie gebannt. Starr vor Staunen rühren sich Pferd und Bärenkind nun nicht mehr von der Stelle. Atemlos verfolgt Hakon dann, wie sich die scheinbar wässrige Masse zu einem menschlichen Gesicht großer Schönheit formt, dessen unheimlich lebendige Augen ihn kraftvoll fixieren. Der Mund bewegt sich, und eine Stimme dringt in sein Bewußtsein, die zeitweise wie Gesang und dann wieder wie ein Glockenspiel klingt:

Willkommen, Sohn der Erde und des Himmels,
im Reich längst totgeglaubter Engel und Dämonen!
Das entbietet dir der Geist des magischen Kreises,
wahrer Herr und Hüter dieses Ortes seit Äonen.
Geschaffen einst vom reinen Geist des Glaubens,
wart' ich im Licht auf dein angekündigtes Erscheinen.
Kein Zweifel konnte mich dieser Gewißheit je berauben.
Bin nun bereit, mein Sein mit dem deinen zu vereinen.
Nun ist es an der Zeit, den Plan gehorsam zu erfüllen,
den Gott in seiner Liebe Allmacht hat ersonnen.
Sei also dankbar und freudig stets ihm zu Willen,
damit von allen Suchenden das Lichtreich wird gewonnen.
Doch hüte dich vor der Finsternis Macht,
die deine Seele und deinen Körper vernichten will.
Unterschätze nicht der bösen Dämonen Kraft,
wisse, im Dunkel des Waldes lauert die grausame Sybill.
Sie war einst die falsche Herrin an diesem Ort,
Geschöpf böser Menschen und ihrer schwarzen Magie.
Bis ich, ein Engel des Herrn, kam und jagte sie fort.
Und das verzeiht sie Gott und den Seinen nie!
Du und ich, Kinder des Lichts, sind ihr bitterer Fluch.

Niemals wird sie nachlassen, dir, wenn möglich, zu schaden.
Du wirst sie besiegen, das steht bereits in des Lebens Buch,
doch den nötigen Kampf nur im Verbund mit mir wagen!
Das Kind des Bären sei dir ein Zeichen,
Sinnbild der Welt gläubigen Vertrauens in dein Sein.
Es wird in Zukunft nicht mehr von deiner Seite weichen,
obwohl ein Tier, ist seine Seele doch edel und rein.
Zum guten Schluß und dir zum wahren Nutzen:
Vor Verfolgern flüchte dich in diesen Kreis der Steine.
Hier regiert das Licht, und du kannst allem trutzen,
willkommen bist du immer und auch nie alleine.
Rufst du mich an diesem nun geheiligten Platz,
mit meinem geheimen, nur dir enthüllten Namen,
so gewinnst du an Hilfe einen gottgewollten Schatz.
Du ruhst dich aus und ich setze das ewige AMEN.
Drum schaffe dir hier ein persönliches Refugium,
wo du loslassen kannst der kommenden Bürde Last,
laß Engelchöre dir singen ein himmlisches Oratorium.
Wann immer du willst: komm her und mache Rast.
Wo immer du willst, dort steh ich dir zu Diensten,
ruf mich nur bei meinem Namen „Hanael",
und ich unterstütze dich in deinem Tun für die Geringsten.
Das verspreche ich, auch im Namen von Erzengel Michael.

Die glockenhafte Stimme verstummt. Das Gesicht Hanaels beginnt sich wie Nebel in der Sonne aufzulösen, und kurz darauf erinnert nur noch der exotische Duft von Weihrauch und Myrrhe in der Luft an die wundersame Erscheinung. Wie um die Wirklichkeit des Erlebten zu bestätigen, läuft der kleine Bär zu der betreffenden Stelle, schnüffelt aufgeregt japsend auf dem Boden, stellt sich dann auf seine Hinterpfoten, reckt und streckt sich nach oben und schlägt dabei mit seinen kleinen Pranken wild in die Luft, als wolle er das Bild des Engels unter allen Umständen zurückholen und festhalten. Bei diesem Anblick beschließt Hakon, seinen neuen Freund

und Begleiter „Jakob" zu nennen, wie den Mann im Alten Testament, der mit dem Engel rang, damit der ihn segne.

Innerlich von dem Erlebten noch sehr aufgewühlt, beugt sich der junge Ordensritter im Sattel hinab, um sein Schwert wieder aufzuheben. Dann umrundet er auf dem immer noch sehr nervösen Pferd das verfallene Gebäude und erkundet seinen baulichen Zustand. Eingedenk der Worte Hanaels achtet Hakon darauf, dabei im schützenden Kreis der alten Steine zu bleiben. Trotz der damaligen Ausbesserungsarbeiten von Ali und seiner Mutter ist das Haus inzwischen fast eine Ruine. Das kann man schon von außen erkennen. Es sind ja auch inzwischen wieder mehr als fünfzehn Jahre vergangen, in denen das Gehöft erneut leer stand. Der Zahn der Zeit hat an ihm genagt, und Wind und Wetter haben das ihre getan. Das Pflanzenreich in Gestalt vieler verblühter Löwenzahnstauden, aromatisch duftender Waldkräuter, kleiner Beerensträucher und einiger junger Birken hat sich mit seinen Wurzeln bis in Höhe der Fenster in die Fugen der verwitterten Sandsteinmauern gekrallt und erfolgreich versucht, verlorenes Terrain zurückzugewinnen.

Als Hakon durch die morsche Holztür ins Innere des Gehöfts tritt, folgt ihm Jakob wie ein Schatten. Das trotz des dichten Pflanzenbewuchses durch die schmalen Fenster hereinfallende Licht taucht Boden und Wände des Hauptraums in ein warmes Goldgelb, das gnädig die von der Feuchtigkeit dunklen Stellen im Gemäuer überdeckt. Die Zwischendecke ist an einigen Stellen eingestürzt, und beim Blick nach oben kann man durch das vom Sturm teilweise abgedeckte Dach bauschige weiße Wolken über den blauen Himmel segeln sehen. Auf dem Fußboden türmen sich Schuttberge, auf denen bereits Pflanzen wuchern, die das modrige Haldunkel lieben.

Da wird Ali wieder viel Arbeit bekommen! Keinen Augenblick hat Hakon an der Botschaft des Geistes gezweifelt. Daher ist es für ihn auch bereits eine ausgemachte Sache, diesen traditionell spirituellen Ort wieder instandsetzen zu lassen. Jakob reibt sich zutraulich an seinem rechten Bein, und Hakon beugt sich hinab, um den kleinen Kerl hinter den Ohren zu kraulen. Das war ein Fehler. Wie der Blitz richtet sich das Bärenkind auf und fährt ihm mit seiner sanften rosa Zunge quer über Kinn und Mund.

Jakobs Atem, der dabei um Hakons Nase weht, ist dazu angetan, den stärksten Mann umzuhauen. Und so verzieht der junge Graf angewidert das Gesicht, als er sich schnell wieder aufrichtet. Er ist zwar dem possierlichen Kerlchen nicht böse, aber solchen Liebesbeweisen wird er künftig tunlichst aus dem Weg gehen. Draußen wiehert sein Schimmel und erinnert Hakon an den Heimweg. Nun stellt sich für Hakon die Frage nach der Gefahr, die dabei von Sybill ausgeht. Soll er noch einmal Hanael anrufen und fragen? Das widerstrebt ihm eigentlich. Zuerst will er mit dem Erlebten ins reine kommen. Zudem hat der Engel auch nur davor gewarnt, sich einem voreiligen Kampf allein zu stellen. Vorsichtshalber beschließt der Ordensritter, auf dem etwas längeren Weg entlang des Flusses zurückzureiten. Er steigt in den Sattel, beugt sich dann noch einmal hinab, um den kleinen Bären im Nacken zu packen und den Zappelnden vor sich aufs Pferd zu setzen. Sein Schimmel ist anfänglich von dieser Idee gar nicht begeistert und versucht zu bocken. Ein kräftiger Schenkeldruck Hakons und danach ein beruhigendes Tätscheln des Pferdehalses beenden den halbherzigen und nicht wirklich ernst gemeinten Aufstand, und so sind alle drei kurz darauf unterwegs nach Hause.

Jakob erobert die Burg und die Herzen ihrer Bewohner im Sturm. Die Mägde reißen sich darum, den kleinen Bären zu füttern und dann mit ihm zu spielen. Mit Hilfe eines hölzernen Trichters flößen sie ihm Milch, kleingehackte Fleischreste, Haferschleim und gedrückte Gemüsereste ein. Der Hunger des Bärenkindes ist gewaltig, und auch spät abends muß er noch einmal gefüttert werden. Anfänglich geschieht das immer in der großen Küche. Aber Jakob veranstaltet jedesmal eine solche Schweinerei um sich herum, daß ihn die Haushälterin schließlich in den Stall verbannt. Schnell fühlt er sich dort bei den anderen Tieren wohl und geborgen. Und nachdem ihm die großen Pferde ein paar Mal beißend und tretend unmißverständlich seine Grenzen gezeigt haben und der Leithammel den frechen Eindringling mit einem Kopfstoß aus dem Schafsgatter befördert hat, ist nun Ruhe eingetreten, und alle tolerieren den neuen Mitbewohner.

Zu seinem besondereren Freund hat er einen jungen Stallknecht erkoren, der es ebenfalls vorzieht, auf dem Heuboden über den Pferden zu schlafen. Und so haben sich die zwei nach Bärenart eine Höhle in die nach Wiesenkräutern duftenden Heuballen gebohrt, in der sie dicht aneinander gepreßt schlafen. Lachend erzählen sich die Mägde an den nächsten Tagen, daß, muß man noch spät abends in den Stall, man nicht weiß, wer lauter schnarcht, Mensch oder Tier. Hakon nimmt in der Vorstellung des verwaisten Tierkindes wohl so etwas wie eine Mutterstelle ein. Ihm gegenüber ist Jakob absolut gehorsam und gestattet sich keine der Ungezogenheiten, wie er sie sich immer wieder mit den Mägden leistet und manchmal auch gegenüber Ali erlaubt, den er offensichtlich als Konkurrenten in seiner Liebe zu Hakon ansieht. Seit ihrer ersten Begegnung und dem Zusammentreffen mit dem Engel rangiert der junge Graf in der Hierarchie der Lebewesen, die Jakob bisher kennengelernt hat, ganz oben. Nur vor Karl von Donarsberg, der bei Jakobs Anblick einen fürchterlichen Hustenanfall bekam, dessen Geräusche den kleinen Bären wohl an sein furchterregendes Erlebnis im Wald erinnerten, hat er regelrecht Angst und noch größeren Respekt.

Der Graf, den seit einiger Zeit wieder eine starke Erkältung und eitriger Auswurf plagen, hat der Erzählung seines Sohnes über seine Begegnungen beim Groothof geduldig gelauscht, aber weiter kein großes Interesse gezeigt. Irgendwie hat Hakon den Eindruck, daß die alltäglichen wie die außergewöhnlichen Dinge des Lebens seinen Vater immer weniger berühren. Ja, fast könnte man glauben, Karl von Donarsberg ist dabei, sich still und leise aus dieser Welt zurückzuziehen. Er verbringt nun Stunde um Stunde damit, in wärmende Decken gehüllt vor dem Kamin in der großen Halle zu sitzen, in die Glut zu starren und ab und zu einen Becher stark gewürzten Weins zu trinken. In Gedanken scheint er weit weg zu sein, und hat man eine Frage an ihn, muß man den alten Grafen gewöhnlich mehrfach ansprechen, um seine Aufmerksamkeit zu gewinnen und eine Antwort zu erhalten. Bezeichnenderweise will er sich von seinem Sohn bezüglich seiner Krankheit nicht helfen lassen und hat auch das heilsame Tragen des Medaillons unwirsch abgelehnt. Hakon ist davon überzeugt, daß sein Vater unentwegt davon träumt, mit seiner geliebten Frau vereint zu sein, obwohl er es seinem Sohn gegenüber strikt vermeidet, darüber zu sprechen oder auch nur ihren Namen zu nennen. Hakon tröstet sich mit dem Gedanken, daß Menschen im Alter meistens etwas absonderlich werden und auch sein Vater da keine Ausnahme macht.

Hakon hat inzwischen den Groothof vom Hufschmied des Ortes gekauft, in dessen Besitz er durch Erbschaft geraten war. Der Mann war zwar über sein Ansinnen nicht wenig erstaunt, dann aber froh gewesen, das durch seinen schlechten Ruf bisher unveräußerliche Objekt doch noch zu einem angemessenen Preis verkaufen zu können. Mit dem Erlös will er einige Äcker nahe seiner Schmiede erwerben. Seit Tagen ist Ali nun mit einigen Knechten dabei, das notwendige Baumaterial zur Instandsetzung des Groothofs vorsichtshalber auf Flößen dorthin zu schaffen. Hakon hat ihm von seiner Begegnung mit Hanael und dem Geschehen im Wald berichtet und ihn vor Sybill gewarnt. Doch eigentlich glaubt er nicht an eine Gefahr für ihn und die Männer, da die Dämonin wohl eher in ihm und dem Engel ihre eigentlichen Gegner sieht. Ali selbst hat den Groothof in bester Erinnerung und fürchtet sich deshalb nicht, dort für einige Wochen zu bleiben und zu arbeiten. Tatsächlich geschieht auch in den kommenden Wochen nichts, was zu Befürchtungen Anlaß gäbe. Die Renovierung des Gebäudes macht gute Fortschritte und wird noch vor Winterbeginn abgeschlossen. Als Hakon Anfang Dezember zum ersten Mal nach dem letzten dramatischen Besuch wieder zum Groothof reitet, ist er doch angenehm überrascht, das alte Gehöft wieder in einem so ausgezeichneten Zustand vorzufinden. Das Dach ist neu gedeckt, die Decken und Wände ausgebessert und teilweise erneuert. Innen ist alles gekalkt, der Kamin wieder instandgesetzt und der Steinfußboden mit einem wärmeren Holzboden überdeckt. Aus der Burg wurden einige Möbel herbeigeschafft, so daß das Ganze auf ihn einen sehr wohnlichen Eindruck macht, als Hakon neugierig durch das neue, eisenbeschlagene Eingangstor tritt. Stolz führt ihn Ali herum, und Hakon spart nicht mit Lob für ihn und die Knechte. Anschließend kreisen einige Krüge Bier, die der neue Hausherr zur Einweihung mitgebracht hat. Und als Hakon jedem seinen sehr großzügig bemessenen Lohn überreicht, herrscht in den alten Mauern seit langer Zeit wieder fröhliche Ausgelassenheit. Jakob, der seinen Herrn begleiten durfte, rennt aufgeregt durch alle Räume und beschnüffelt alles ausgiebig. Bald hat er unter einer massiven Holzbank neben dem Kamin einen ihm besonders genehmen Platz gefunden. Sich mehrere Male um die eigene Achse drehend, sucht er die beste Position, um sich nach Bärenart zu einem gemütlichen Nachmittagsschläfchen niederzulassen. Bald verraten entsprechende Geräusche, daß der kleine Meister Petz tief und fest schläft.

Nachdem alle Krüge geleert sind, wird es für die Männer Zeit, an den Heimweg zu denken. Zu Fuß sind es über drei Stunden bis zur Burg. Es wird in dieser Jahreszeit bereits früh dunkel, und die Knechte zünden deshalb Fackeln an. Hakon und Ali schauen ihnen sinnend nach, als die tanzenden Lichter auf dem Uferweg eines nach dem anderen hinter der nächsten Biegung verschwinden. Der nahe Fluß rauscht in seinem Bett, und auf den Erlen am Ufer streiten sich mehrere Elstern lautstark um die besten Schlafplätze. Jakob kommt maunzend von seinem Rundgang um das Gehöft zurück. Ungestüm drängt er sich zwischen Hakon und Ali durch das halboffene Tor wieder hinein ins Warme. Als sich ihm die beiden nicht sofort anschließen, kommt er zurück und stupst Hakon mit seiner Schnauze in die Kniekehle, so als wollte er ihn auffordern, nun endlich für etwas Freßbares zu sorgen. Lachend folgen ihm die beiden Männer ins Haus.

Endlich ist Ruhe eingekehrt. Müde von der harten Arbeit der letzten Tage hat sich Ali bereits zurückgezogen, und Jakob liegt satt und zufrieden auf seinem neuen Stammplatz unter der Bank und säubert mit der Zunge sein Fell. Ab und zu kratzt er sich genußvoll mit seinen Vorderpfoten den Bauch, und Hakon staunt über seine schon beachtlich großen Krallen. Der Ordensritter sitzt entspannt in einem hohen Stuhl vor dem offenen Kamin, in dem die letzten Reste der alten Deckenbalken aus Eiche verglimmen, die gegen neue ausgetauscht wurden. Nachdenklich sinnt er über Alis Bemerkung nach, daß sie bei den Arbeiten am Fußboden eine Falltür entdeckt hätten, die in einen unterirdischen Gang führe würde. Man hätte aber keine Zeit gehabt, die Angelegenheit weiter zu ergründen. Ob diese Entdeckung wohl etwas mit den in der Gegend kursierenden Gerüchten zu tun hat, daß ein altes keltisches Heiligtum unter dem Haus läge? Nun, morgen ist auch noch ein Tag, das zu erkunden, doch im Moment gilt es, Wichtigeres zu erledigen.

Schon seit seiner Ankunft spürt der Heiler eine unbestimmte, drängende Unruhe in sich, und es wird ihm jetzt klar, daß sein Inneres wieder mit dem Engel Kontakt aufnehmen will. Und so lehnt er sich in seinem Stuhl zurück, schließt die Augen und ruft gedanklich dreimal mit aller Kraft und fast inbrünstig „Hanael". Kaum hat er den Namen das dritte Mal gedacht, streicht ein warmer Luftzug durch den Raum, der von dem intensiven Geruch nach Myrrhe und Weihrauch begleitet ist. Aufmerksam geworden, hebt Jakob schnüffelnd den Kopf. In der linken Ecke des Raumes, etwa in Höhe des dort über einem kleinen Weihwasserbecken angebrachten Kruzifixes, scheint sich die Luft zu einem Nebel zu verdichten, aus dem sich kurz darauf das bekannte Antlitz Hanaels herausschält. Wieder ist Hakon von diesem intensiven, liebevollen Blick fasziniert, der so viel Kraft und Wohlwollen ausstrahlt. Jakob läßt wieder beruhigt den Kopf auf seine Tatzen sinken. Dann erklingt diese unbeschreibbare Stimme in seinem Bewußtsein, und verblüfft erlebt Hakon, daß er Antwort auf seine unausgesprochenen Fragen erhält:

Werden soll dies Haus ein Ort der Heilung.
Wie versprochen einst vom Herrn des Lichts.
Andere sollen hier, entsprechend ihrer Neigung,
Antwort finden zu allen Fragen des letzten Gerichts.
Hier wirst du die Kraft des Heilens liebend übertragen.
Auf Mann und Weib, die sich sehnend danach recken.
Das rechte Wort wirst du und deine Schüler jenen sagen,
die tief verstrickt in ihres Alltags Nöten stecken.
Entstehen soll an diesem Platz ein Quell des Lichts,
der weit hinausstrahlt in der Menschen dunkles Herz.
Niemand soll verworfen sein für ein Nichts,
der Herr allein kennt seiner verlorenen Kinder Schmerz.
Morgen sei der Tag unserer ersten gemeinsamen Schlacht,
die jener gilt, die zornig in des Waldes Dunkel lauert.

Sei getrost, zusammen ist es gar schnell vollbracht,
bald wird Sybill vergessen sein und von keinem betrauert.
Früh am Morgen nimm das Schwert in deine Hand,
und geh dann frohgemut in des Waldes Deckung.
Vertrau' mir einfach und schalte aus deinen Verstand,
sei du mein Werkzeug, ich sorge für deine Erweckung!
Mehr zu wissen, wäre jetzt nicht gut.
Geh nun zu Bett und ruhe dich aus.
Alles, was du morgen brauchst, ist dein ritterlicher Mut,
folge mir nur, ich gehe zu deinem Schutz voraus!

Wieder erlebt Hakon, wie die Stimme ausklingt und sich das Antlitz
Hanaels in Nichts auflöst. Leise erhebt er sich, um Jakob nicht zu wecken,
löscht alle Kerzen, außer denen im Kerzenständer auf dem Tisch, und steigt
dann mit dieser Leuchte in der Hand über die steile Holztreppe hinauf in
sein kleines Schlafgemach über dem Hauptraum. Trotz der morgen bevorstehenden Auseinandersetzung bleibt Hakon ruhig und gelassen und versinkt bald darauf in einen erholsamen Schlaf.

Es ist zwar schon hell, aber die Sonne ist noch nicht aufgegangen. Frühnebel wabert über Fluß und Wiesen. Drei Krähen erheben sich krächzend
von einer alten Fichte, die einsam und alles überragend zwischen Birken
am Flußufer steht. Die Elstern in den Erlen, ein Elternpaar mit vier frechen, halbwüchsigen Kindern, haben nun die alten Feinde entdeckt und
attackieren die größeren Vögel mit gewagten Flugmanövern. Im Zwielicht
des frühen Morgens wirkt der nahe Waldrand wie eine dunkle, bedrohliche Wand, und Hakon ist es doch etwas mulmig zumute, als er mit dem
Schwert in der Rechten darauf zugeht. Da er nicht weiß, was ihn erwartet,
und da der Engel auch nur von ihm sprach, hat er ganz bewußt auf Begleitung verzichtet und Ali gebeten, den ungestüm ins Freie drängenden Jakob
zurückzuhalten. Hakon überschreitet die unsichtbare Grenze des schützenden Steinkreises und hat sofort das Gefühl zunehmender Kälte. Unbeirrt marschiert er weiter auf die Stelle im Wald zu, wo er damals diese
namenlose Bedrohung empfunden hat. Heute weiß er, daß das die dämo-

nische Sybille gewesen war, die ihn beobachtete. Noch einige Schritte und er erreicht den Waldrand. Wieder meldet sich der stechende Schmerz in seinem Bauch und verrät ihm durch seine Heftigkeit die in unmittelbarer Nähe lauernde Gefahr. Hakon faßt sein Schwert fester und ruft innerlich nach Hanael. Augenblicklich empfindet er in seinem Rücken das Gefühl großer Wärme. Ein Lichtmantel scheint sich um ihn zu legen, und um die Spitze seines Schwertes tanzen plötzlich grelle Lichter wie bei dem von den Seeleuten so gefürchteten Elmsfeuer. Er fühlt die kraftvolle Anwesenheit seines geistigen Mitstreiters, obwohl er ihn bis jetzt nicht sehen kann. Die Aura aus Licht, die sich schützend um ihn gelegt hat, erhellt das Waldinnere im näheren Umkreis. Nur ein weitläufiges, dichtes Dornengestrüpp, etwa zehn Mannslängen entfernt zu seiner Linken, aus dem ein düsterer Felskeil wie ein steinernes Opfermesser droht, scheint alles Licht zu verschlucken. Wie zur Bestätigung dringt jetzt vom unsichtbaren Fuß des Felsens erneut das furchtbare Fauchen und Brüllen zu ihm herüber, und unwillkürlich macht Hakon einen Schritt rückwärts. Dann faßt er wieder Mut und marschiert trotzig auf die abwehrbereite Bastion aus spitzen Dornen und alles umklammernden Schlinggewächsen zu.

Es kommt Hakon so vor, als brenne sein Schwert einen Weg durch lebendiges Fleisch. Begleitet von dem immer lauter und bedrohlicher werdenden Schreien, schneidet das kunstvoll geschmiedete Eisen Streich für Streich immer tiefer in einen zuckenden Pflanzenkörper hinein, der sich hinter Hakon sofort wieder schließt. Seine Lichtaura kann ihm nur einen Freiraum vom Durchmesser seiner ausgestreckten Arme halten. Dahinter umringt ihn lückenlos die verwunschene feindliche Armee aus zähen Zweigen, gefährlichen Stacheln und giftigen Blättern und versucht, ihn einzuschließen und gefangenzunehmen. Doch unbeirrt bahnt sich Hakon seinen Weg in Richtung des Felsens und der dort wartenden dämonischen Kreatur. Je näher er kommt, umso heller und aufgeregter wird das Kreischen. Fast scheint es so, als mache sein Näherkommen der Sybille Angst. Da sie ihn bis jetzt noch nicht direkt angegriffen hat, hofft Hakon, daß das Licht ihn unangreifbar macht. Das steigert seinen Mut und seine Angriffslust. Als sein Arm schon müde zu werden droht, durchschneidet sein Schwert die letzten dornigen Zweige. Der Anblick, der sich Hakon bietet, läßt seinen Fuß stocken. Vor ihm liegt ein kreisrunder Platz aus schwarzem Gestein, aus dessen Mitte sich der spitz zulaufende Felsen baumhoch erhebt. An seinem Fuß, mit dem Felsen im Rücken, kauert eine Gestalt, halb Mensch, halb Tier, die sich bei seinem Anblick abwehrbereit aufrichtet und wild faucht.

Der Kopf des Dämons ist der eines Pelikans mit einem großen Schnabel, geschwollenem Kehlsack und böse funkelnden gelben Augen. Hakon hat am Persischen Golf Pelikane beim gemeinsamen Fischen beobachtet. Sie bilden eine Jagdgesellschaft und treiben die Fische gemeinsam vor sich her in flaches Wasser, um sie dort mit ihrem Schnabel wie mit einem Netz zu fischen. Und er kennt auch die seltsame Legende, daß der Pelikan seine Kinder tötet und nach drei Tagen wieder mit seinem Blut zum Leben erweckt. Der Kopf der dämonischen Sybille geht in einen langen, federnbesetzten Hals über, der in einen nackten, weiblichen Leib mit vier herausfordernd prallen Brüsten mündet. Auf dem Rücken hat das Wesen drachenähnliche Flügel, mit denen es jetzt wütend schlägt. Arme und Beine sind wie die eines Menschen, enden aber in Klauen mit langen, gebogenen Krallen. Diese Höllenbewohnerin ist etwa zwei Kopf größer als Hakon, und aus dem halb geöffneten Schnabel quillt dampfender gelber Schleim. Dort, wo er auf den Boden tropft, dringt er ätzend und zischend ins Gestein und verbreitet dabei einen stark schwefligen Geruch. Das Wesen kommt Hakon irgendwie bekannt vor. Dann erinnert er sich plötzlich daran, von ihm schon, neben Darstellungen anderer Dämonen, eine steinerne Abbildung auf dem Dach eines Vorbaus einer Metzer Kirche gesehen zu haben. Der Klerus, der die alten heidnischen Überzeugungen nicht ausmerzen konnte, stellte sie in den Dienst der Kirche, indem er sie in die sakrale Architektur einbaute und als Wasserspeier benutzte. Für den, der daran glaubt, dienen die magischen Figuren zur Abwehr des Bösen. Hier steht ihm nun das bedrohlich lebendige Vorbild gegenüber, und die Frage, was wohl sein Pate in dieser Situation tun und lassen würde, schießt Hakon blitzartig durch seine Gedanken.

Da hört er unvermittelt die glockenhafte Stimme seines unsichtbaren

Begleiters, die ihn auffordert, ohne weiter zu zögern der Kreatur sein Schwert in die Brust zu stoßen, anschließend den Kopf und die Flügel abzuschlagen und beides mitzunehmen, damit im Rahmen einer rituellen Handlung auch das von Ali entdeckte unterirdische Heiligtum gereinigt werden könne. Hakon holt noch einmal tief Luft und geht dann zielstrebig auf den Dämon zu, der wie gebannt an der Felswand klebt und spuckend und brüllend mit seinen Krallen nach ihm schlägt. Seine Lichtaura wirkt auch hier wie ein Panzer, und so gleiten die Tatzen des Untiers wirkungslos ab. Tief dringt das lichtblitzende Schwert in das zuckende Fleisch des Dämons ein. Aus der klaffenden Wunde strömt giftgrünes Blut, das den Heiler an dickflüssigen Pflanzensaft erinnert. Mit einem entsetzlichen Schrei sinkt die Sybille zusammen, und Hakon schlägt ihr mit einem schnell geführten Schwertstreich den Vogelkopf ab. Mit der Linken packt er dann nacheinander die wie bei einem geschlachteten Huhn noch schlagenden Flügel und trennt sie weisungsgemäß vom Körper ab. Aufatmend richtet sich der Ordensritter auf und muß erstaunt feststellen, daß sich mit dem Tod des Dämons die ganze Umgebung verändert hat.

Das Dornengestrüpp ist schlagartig verschwunden, und an seiner Stelle breitet sich eine blumenbesetzte Waldwiese aus. Das vorher schwarze Felsgestein ist nun rotbraunem Sandstein gewichen, und auch an diesem Platz wirkt der Wald jetzt licht und friedlich. Die Stimme Hanaels erklärt ihm, daß die Sybille ihre Umgebung magisch verändert hatte und alles, gegen das er so mühsam ankämpfen mußte, letztlich Täuschung gewesen sei. Staunend erkennt Hakon, daß die Macht, die so etwas bewirken kann, von ihm allein nicht hätte besiegt werden können, und er bedankt sich gedanklich bei seinem Freund und Helfer. Dann bindet er Kopf und Flügel seines Gegners mit einer Schlinge aus einem jungen und biegsamen Haselnußstrauch zusammen und macht sich mit seinen Trophäen auf den Weg zurück zum Groothof. Als er sich, schon einige Schritt entfernt, noch einmal umdreht, sieht er, daß der Körper des Dämons zu verfallen beginnt. Wie das grüne Laub der Bäume, das im Herbst braun wird und dann zu Staub zerfällt, geschieht das Gleiche nun mit Sybilles Leib. Nur in viel kürzerer Zeit. Angewidert wendet sich Hakon ab und verläßt den Wald. Schon von weitem sieht er Ali und Jakob, die das Schreien des Dämons sicherlich gehört haben, vor der Tür stehen und zum Wald starren. Als sie ihn sehen, winkt Ali erleichtert mit beiden Armen, und das Bärenjunge kommt freudig japsend auf Hakon zu gelaufen.

Zu Hause muß Hakon ausführlich Rede und Antwort stehen. Schaudernd betrachtet Ali den selbst im Tod noch furchterregenden Kopf des Dämons und seine Flügel. Jakob hat schon bei ihrem Anblick draußen am Waldrand böse mit den Zähnen gefletscht und dann gebührenden Abstand gehalten. Aber offensichtlich begreift das junge Tier, daß jetzt von diesem Wesen keine Gefahr mehr ausgeht. Dann erzählt der Heiler, warum er diese Körperteile von Sybille mitbringen mußte und daß sie heute noch das unterirdische Heiligtum aufsuchen wollen, um es zu reinigen. Zuvor will sich Hakon aber noch einmal versenken, um sich von Hanael genaue Anweisungen für diesen Ritus geben zu lassen. Aber jetzt werden sich alle drei zuerst einmal mit einem Frühstück stärken, und so holt Ali eine große Schieferplatte, die er auf die Glut im Kamin legt und brät dann auf ihr ein Dutzend Eier und einige fingerdicke Scheiben Schinken. Jakob kann es nicht abwarten und verbrennt sich empfindlich die Schnauze. Beleidigt verkriecht er sich unter die Bank und reibt sich leise jaulend die schmerzende Nase mit den angesengten Haaren.

Am frühen Nachmittag zieht sich der Ordensritter zurück, um mit Hanael zu reden. Erstaunt erlebt er, daß stattdessen vor seinem inneren Auge seine Mutter erscheint, die über seine Verblüffung wegen ihres unerwarteten Erscheinens sichtlich amüsiert ist. „Ich hoffe, du bist nicht allzusehr enttäuscht, daß ich zu dir komme und nicht dein neuer Freund. Aber wir, deine Geistführer, sind der Meinung, daß wir dir einiges, was dir heute Morgen begegnet ist, erklären sollten.

Du warst überrascht über die Tatsache, daß der Dämon gedanklich seine Umgebung so verändern konnte, daß seine Vorstellungen für dich zur Wirklichkeit wurden. Die Pflanzen beispielsweise, gegen die du so kraftraubend ankämpfen mußtest, existierten tatsächlich gar nicht. Und doch warst du am Ende körperlich müde und ausgelaugt. Wie kann das sein? - Wenn dir Hanael erscheint, nimmst du wohltuende Gerüche wahr. Aber der Dämon, der doch ebenfalls ein nicht-physisches Wesen ist, roch nach Schwefel. Wieso? Und was bedeutet es, daß das Blut dieses Wesens grün war? - Für all das gibt es spirituelle Erklärungen, die auch dein Verstand begreifen kann, und so will ich dir an Hand dieser Fragen wieder einiges über den Unterschied von geistiger, vielleicht sollte ich besser sagen seelischer Realität und der physischen Wirklichkeit erzählen.

Alles, was du auf der irdischen Welt erlebst, ist das Abbild einer höheren geistig/seelischen Wirklichkeit. Allem, was physisch existiert, geht ein Gedanke voraus. Gefühle und Gedanken sind - ohne daß ihr es wißt - Bausteine der von euch als feste Materie erlebten irdischen Schöpfung. Steht nicht ein Wunsch oder eine Idee am Anfang, bevor ihr ein Haus baut? Heißt es nicht in der Bibel bei der Beschreibung der Schöpfung: Am Anfang war das Wort; also ein geistiger Impuls! Ihr alle seid, wie Gott, Schöpfer eurer eigenen Wirklichkeit. Im Guten wie im Schlechten. Es ist leider wahr, daß der Mensch das nicht mehr weiß und selbst seine eigenen Schöpfungen für losgelöst und unabhängig von sich ansieht. Diesen Umstand machen sich die Kräfte der Finsternis zu nutze. Sie gaukeln euren Sinnen Erscheinungen vor, die ihr, würdet ihr mit den Augen eures Geistes schauen, sofort als Trugbilder erkennen würdet. Wenn ihr also wieder „richtig" sehen lernen wollt, müßt ihr zuerst anfangen, eure Wahrnehmungen zu hinterfragen, beziehungsweise beginnen, sie vor dem Hintergrund spirituellen Wissens neu zu verstehen. Und so sagte ich zu Beginn, daß allen irdischen Erscheinungen eine spirituelle Wirklichkeit zu Grunde liegt. Nur sie allein ist in einem übergeordneten Sinne real.

An dieser Stelle ist es nun wichtig, daß du zwischen Geist und Seele einerseits und dem Körper andererseits sowie ihren jeweiligen Schöpfungen zu unterscheiden lernst. Deine Religion sagt, der Mensch besteht aus Geist, Seele und Körper. Alle drei haben ihre Wirklichkeit und ihre Gesetze, die sie regeln. Eure Wissenschaft spricht von den Naturgesetzen, die auch für euren Körper und seine Erfahrungen bindend sind. Eure Sinne vermitteln euch dabei ein materielles Bild von der Wirklichkeit. Ihr nehmt zum Beispiel das abgestrahlte Licht eines Hauses über eure Augen wahr und nennt das „sehen". Ihr streicht mit der Hand über seine starken Mauern und bezeichnet diese Erfahrung als „fühlen". Ihr nehmt Gerüche, die von ihm ausgehen, mit eurer Nase auf und nennt diese Wahrnehmung „riechen". Was ich sagen will, ist, daß eure Sinnesorgane gemachte Erfahrungen an euer Gehirn weiterleiten, das sie vor dem Hintergrund seines gespeicherten Wissens deutet. Aber was ist, wenn dieses Wissen falsch oder nur unvollkommen ist? Wenn die Schlußfolgerungen, die ihr zieht, auf falschen oder unzureichenden Voraussetzungen beruhen? Dann sind zwangsläufig auch alle Deutungsversuche und Erkenntnisse eures Kopfes falsch. Und tatsächlich ist dies auch weitgehend so bezüglich eurer Vorstellung von der wahren Natur des Seins.

Du beispielsweise erlebtest Zweige und Dornen, die sich dir entgegenstellten. Ich, der ich dich beobachtet habe, sah das gefühlsgeladene Gedankenbild, das die Sybille aufgebaut hatte und erkannte es seiner wahren Natur nach. Im Gegensatz zu dir, hatte ich nicht den Eindruck von „Festigkeit", „Widerstand" oder gar „Angriff", denn meine geistigen Sinnesorgane waren nicht von dieser starken Gefühls- und Gedankenprojektion überlagert und gefangen. Erst als du auf Anweisung Hanaels den Dämon tötetest, durchbrachst du damit gefühlsmäßig und gedanklich diese projizierte Bilderflut einer falschen Realität und sahst die physische Wirklichkeit.

Wo liegt nun das Problem? Tatsächlich seid ihr sehr wohl in der Lage, auch über die Begrenzung eures Körpers hinaus seelische und geistige Impulse wahrzunehmen. Eure Sinne reichen weiter, als ihr vermutet. Leider geschieht dies in den meisten Fällen unbewußt. Da die meisten Menschen nicht an eine geistig/seelische Existenz glauben oder falsche Vorstellungen davon haben, nehmen sie Informationen, die von dort kommen, entweder, wie gesagt, nicht bewußt wahr, oder wenn doch, ordnen sie sie fälschlicherweise dem Bereich der Materie zu. Ihr Kopf entscheidet also mangels besseren Wissens, die empfangenen Impulse entweder als materielle Funktionsstörungen und Sinnestäuschungen oder als gültige physische Wirklichkeiten zu deuten, was sie nun wirklich nicht sind. Damit sind dann der Manipulation durch astrale Kräfte Tür und Tor geöffnet.

Wie sich eine solche bewußte seelische Manipulation auswirken kann, hast du nun selbst beispielhaft erlebt! Nun wollen wir noch klären, wie dein Bewußtsein andere übersinnliche Informationen in dein Weltbild einbaut. Beim Erscheinen von gottergebenen geistigen Wesen nehmen Menschen oft wohltuende Gerüche wahr. Die Kräfte der Finsternis dagegen riechen unangenehm. Der Mensch nimmt über seine Sinne wahr, der Kopf deutet und bewertet die eingehenden Informationen mit Hilfe seines gespeicherten Wissens. Engel wie Teufel oder Dämonen sind keine physischen Wesen, und doch strahlen sie etwas ab, das von euren Sinnen wahrgenommen und über die Nerven an das Gehirn weitergeleitet wird. Dort gibt es nun kein ausreichendes Wissen über diese Wesen, das es dem Verstand erlauben würde, die eingehenden Informationen korrekt einzuordnen und sich ein „zutreffendes Bild" zu machen. Trotzdem ist euer Kopf gezwungen zu verstehen, das heißt, er beginnt nach bereits vorhandenen, gesicherten Informationen zu suchen, die den neuen zumindest ähnlich sind, und ordnet sie dann, mangels anderer Möglichkeiten, einfach deren Bereich zu.

Wenn ihr also Engel und ihre Aura seht, so nehmt ihr sie gleichzeitig über das ganze Spektrum eurer Sinne und damit auch über den Geruchssinn wahr und ordnet es dem Guten und Angenehmen zu und riecht folglich Rosen-, Weihrauch- oder Veilchenduft. Umgekehrt verbindet ihr die Schwingungen der Wesen der Finsternis mit Gerüchen wie Schwefel oder anderen abstoßend riechenden Stoffen. In Wahrheit haben Engel und Teufel natürlich keinen Geruch in eurem Sinne, sondern ihr übersetzt euch ihre Kraftschwingung in Gerüche eurer Welt, die von entsprechender Qualität sind.

Diese „Übersetzungen" wären nicht nötig, wenn ihr, wie wir es weitgehend sind, in der Lage wäret, ganzheitlich wahrzunehmen. Als Mensch seid ihr, wie ich dir bereits einmal erklärte, aus der Einheit allen Seins herausgefallen. Deshalb seid ihr gezwungen, das Ganze aufzuteilen und seine Einheit auf eurer Existenzebene über eure fünf Sinne nacheinander wahrzunehmen und dann wieder zu einem Ganzen zusammenzufügen, um einen Gesamteindruck zu erhalten. Nur wer sich schon als Mensch eine spirituelle Sicht der Dinge aneignet, kann bereits in der Begrenzung der Ma-

178

terie „den Himmel offen stehen sehen" und eine Vorstellung von Einheit haben.

Ein letztes Wort über das Phänomen des grünen Blutes des Dämons. Wie dir Hanael bereits mitteilte, ist die Sybille eine magische Schöpfung von Menschen gewesen, die Anhänger einer schamanistischen Naturreligion waren. Dabei war unter anderem auch eine besondere Art von Pflanzenmagie im Spiel, die heute in Vergessenheit geraten ist. Deshalb fiel es dem Dämon auch leicht, aus seinem Wesen heraus diese Projektion des lebendigen Pflanzenwalls zu erschaffen und so beeindruckend am Leben zu halten. Der Geist prägt die Form, und die Form spiegelt ihren Schöpfer, beziehungsweise die zur Schöpfung verwandten gedanklichen Muster. Pflanzen sind im menschlichen Bewußtsein mit der Farbe grün verbunden. Will ein Magier nun ein Wesen schaffen, dessen fortdauernde Existenz sich künftig auf diesen Naturbereich stützen soll, so wird er in seiner Vorstellung sein Blut als Träger der Lebensenergie so gestalten, daß es dem Pflanzenreich entspricht. Mehr will ich zu diesem Bereich schädlicher menschlicher Schöpfungen nicht sagen. Bevor ich für heute schließe, will ich dir noch Anweisungen für die Reinigung des keltischen Heiligtums unter deinem Haus geben.

Normalerweise wären mit dem Tod des Dämons auch sein Kopf und seine Flügel zerfallen. Da sie aber noch für den Reinigungsritus benötigt werden, hat Hanael dafür gesorgt, daß dies nicht geschieht. Um die notwendige Zeremonie zu verstehen, will ich dir noch etwas über die Natur der Wirklichkeit dieses magischen Wesens erzählen.

Ins Leben gerufen wurde die Sybille vor über siebenhundert Jahren durch die gebündelte Kraft der Gefühle und Gedanken einer Gruppe von Menschen unter Führung eines keltischen Priesters. Die rituelle, gedankliche Konzentration aller Beteiligten auf eine von dem Druiden vorgegebene Form ließ den Dämon die dir bekannte Gestalt annehmen. Wie du weißt, verehrten eure Ahnen die Kräfte der Natur, hinter denen sie - nicht ganz zu Unrecht - das Walten von guten und bösen Mächten vermuteten. Mit Hilfe der Magie versuchten sie, sich diese Kräfte dienstbar zu machen. Und so benutzte der erfahrene Priester zur Beschwörung eine alte Skulptur aus

179

vorchristlicher Zeit. Was er nicht wußte, war, daß man diese Statue, die einen Aspekt der Erdgöttin repräsentierte, früher zur Herbeirufung satanischer Kräfte mißbraucht hatte. Er selbst hatte sie bei einem seiner häufigen Streifzüge durch den Wald in der eingestürzten Erdhöhle einer alten Kultstätte gefunden, war gleich von der Kraft, die von ihr ausging, fasziniert und gefangen gewesen, und neugierig beschloß er, das von der Statue dargestellte Wesen durch Beschwörung herbeizurufen. Eigentlich stellte die Figur - wie die Pelikanlegende berichtet - ein Symbol für den ewigen Kreislauf von Tod und Wiedergeburt in der Natur dar. Doch durch den früheren Mißbrauch waren nun nach magischen Gesetzen finstere Kräfte an dieses Objekt gebunden, von denen der Druide und seine unglücklichen Schüler nichts ahnten. Im Glauben, mit Hilfe des Geistes dieser Skulptur, Saat und Ernte des Dorfes günstig beeinflussen zu können, führten sie unter Opferung von Getreide und gesammelten Waldfrüchten eine Beschwörungszeremonie durch. Denn wie schon das Alte Testament lehrt, verbrannten die Menschen Pflanzen und Tiere, um mit der Welt der Geister in Kontakt zu treten. Die freigesetzte Lebensenergie der Opfergaben wird dabei von den gerufenen Geistern für eine kurzfristige Verkörperung genutzt. Dabei handelt es sich selten um hohe Geistwesen - die ihre Kraft aus der göttlichen Quelle beziehen - sondern meistens um Bewohner der niederen astralen Sphären.

Zu ihrem Entsetzen erschien vor dem Druiden und seinen Schülern nicht der erwartete gute Geist, sondern diese höllische Ausgeburt, über die sie keine Kontrolle hatten. Im Gegensatz zu dir besaßen sie auch keinen Schutz, und so fiel die Sybille sofort über sie her und tötete sie alle auf grausamste Weise, um ihnen ihre Lebensenergie zu rauben. Dann zerschlug sie die Skulptur, um frei von der sie daran bindenden Magie zu werden und floh später vor Hanael in den Wald, wo sie seither ihr Unwesen trieb. Als du ihren Leib mit deinem Schwert durchbohrtest und sie scheinbar tötetest, vernichtetest du allerdings nur ihre materielle Ausdrucksform, nicht ihre künstlich geschaffene satanische Seele. Die bleibt auch an die Trümmer der Skulptur gebunden, die noch auf dem Opferhügel in der Höhle unter diesem Haus liegen. Erst deren vollständige Zerschlagung und das gemeinsame Verbrennen mit Kopf und Flügeln löst endgültig alle Bindungen und ermöglicht es Hanael, die Sybille für immer aus diesem Haus und in ihre dämonische Sphäre zu verbannen.

Nimm also einige Zweige des Haselnußstrauches mit nach unten in die Höhle und ordne sie kreisförmig um den alten Opferhügel. Lege dann Sybilles Kopf und Flügel zu den zerschlagenen Resten der Skulptur. Übergieße alles mit zerlassener Butter und bestreue es mit Asche aus dem Kamin, die du vorher mit der Kraft deiner Hände gesegnet hast. Dann tritt aus dem Kreis, laß dich am Rand der Höhle nieder, sprich das Vaterunser und warte ab, was geschieht! Es wäre gut, wenn Ali mit dabei wäre, damit er lernt, dir auch in solchen Situationen zu vertrauen und zur Seite zu stehen. Das Bärenjunge aber laß oben im Haus. - Das wäre für den Augenblick alles. Habe Mut und Vertrauen. Der Friede und die Kraft des Herrn sei mit dir."

Es fällt Hakon diesmal schwer, aus dem tranceartigen Zustand zurückzukommen. Noch etwas benommen erhebt er sich und macht sich daran, die für die Reinigungszeremonie notwendigen Utensilien zusammenzustellen. Ganz bewußt will er das selbst tun, da er weiß, daß der Magier und seine Instrumente in einer persönlichen, durch keinen fremden Einfluß beeinträchtigten Beziehung stehen müssen, wenn das Ritual erfolgreich sein soll. Als alles vorbereitet ist, ruft er Ali, der sehr interessiert und mehr als bereit ist, ihn hinabzubegleiten. Sie zünden zwei Fackeln an, öffnen die Falltür und steigen die ausgetretenen und feucht schimmernden Stufen hinunter. Beim Schließen der Tür haben sie ihre liebe Not, den laut protestierenden Jakob zurückzudrängen. Noch lange verfolgt sie sein empörtes Jaulen.

Die Fackeln brennen unruhig und zeigen einen stetigen Luftzug an. Ganz offensichtlich hat die Höhle auch einen Ausgang nach draußen. In der Ferne hört man ein schwaches Rauschen. Es dauert einen Moment, bis ihnen klar wird, daß das der nahe Fluß ist. Sie müssen sich etwa in Höhe des Wasserspiegels befinden, was auch die große Feuchtigkeit der Wände und des Bodens erklären würde. Der Gang windet sich immer enger werdend durch roten Sandstein. Dann, als es fast schon kein Weiterkommen mehr gibt, mündet er plötzlich in eine fast kreisrunde natürliche Höhle. Im flackernden Licht der Fackeln erkennen sie zu ihrer Linken verwaschene Umrisse von Zeichnungen an den Wänden. Sie treten näher und sehen, daß hier vor langer Zeit unbekannte Künstler Jagdszenen dargestellt haben. Die meisten sehr lebensecht wiedergegebenen Tiere sind Hakon bekannt, aber einige hat er noch nie gesehen. Besonders eine Katze, so groß wie ein Löwe, mit langen, aus dem Maul ragenden Zähnen ist ihm fremd. Die Höhlenbewohner, die das Tier malten, müssen es sehr gefürchtet haben. Die betreffenden Bilder zeigen, daß es immer nur von großen Gruppen aus mindestens einem Dutzend Menschen gejagt wurde. Ein Bild läßt vermuten, daß man Kopf und Fell des Tieres für kultische Zwecke benutzte. Es zeigt einen Mann mit einem Speer in der Hand, der in das betreffende Fell gehüllt um ein Feuer tanzt, um das die Jagdgruppe in größerem Abstand sitzt.

Die Höhlendecke wölbt sich baumhoch über ihnen und ist in der Mitte geschwärzt. Darunter wurde auf dem Höhlenboden die Erde zu einer drei Fuß hohen, altarähnlichen Erhöhung aufgeschichtet. Als sie nähertreten, stößt Ali einen erstickten Schrei aus. Bevor Hakon nach dem Grund fragen kann, sieht er selbst die Ursache für das Erschrecken seines Freundes. Hinter dem Altar liegen die im Fackellicht gespenstig weißen Skelette mehrerer Menschen. Die Knochen liegen über den ganzen Rückraum der Höhle verstreut, so als wären die Leichen dort liegen geblieben, wo auf der Flucht die Menschen ihr schrecklicher Tod ereilt hat. Einige Schädel sind von wuchtigen Schlägen zertrümmert, und bei anderen verraten tiefe Kratzspuren auf der Stirn die krallenbesetzten Pranken des Täters, der damit seinen armen Opfern das Fleisch von den Knochen gerissen haben muß. Hakon erinnert sich an die Worte Jadasas. Das müssen die Überreste derer sein, die unwissentlich die Tore der Hölle öffneten, als sie mit Hilfe der Skulptur die Sybille beschwören. Erschüttert stehen er und Ali vor diesem schrecklichen Zeugnis eines fatalen und folgenschweren Irrtums.

Hakon wendet sich erschüttert ab und untersucht den Altar. Aschereste deuten darauf hin, daß auf ihm einst Opferfeuer brannten. Erkennbare Bruchstücke, tief in den weichen Untergrund gedrückt, lassen darauf schließen, daß hier die Sybille die magische Figur wütend zertrat. Mit seinem Dolch löst Hakon die Einzelteile aus der Erde. Die Statue war aus einem harten, ihm unbekannten dunkelgrünen Stein geschlagen worden. Wieder grob zusammengesetzt und etwa zwei Fuß hoch, stellt sie überraschend wirklichkeitsgetreu das Wesen dar, das sich erst durch menschlichen Mißbrauch zum höllischen Dämon wandelte. Während Hakon die Altaroberfläche säubert und dann mit einem herumliegenden Gesteinsbrocken die Bruchstücke der Statue zu Staub zerschlägt, holt Ali auf sein Geheiß hin die am Höhleneingang zurückgelassenen leiblichen Überreste der Sybille und die mitgebrachten Utensilien. Der Heiler legt Kopf und Flügel über die in einer Vertiefung der Altarmitte liegenden Reste der Skulptur. Anschließend gießt er aus einer Tierblase die warme und immer noch flüssige Butter darüber. Dann streut er die in einem Leinensäckchen mitgebrachte und von ihm geweihte Asche über alles. Als letztes umrahmt er das Altarquadrat dergestalt mit den frischen Haselnußzweigen, daß seine vier Ekken von diesem magischen Kreis berührt werden. Aus einem inneren Bedürfnis heraus geht Hakon dann zu den Toten, sammelt ihre sieben Schädel ein und formiert sie in einem äußeren Kreis so um den Altar herum, daß ihre leeren Augenhöhlen auf seine Mitte gerichtet sind. Nach dem Willen des Ordensritters sollen des Dämons erste Opfer gerechterweise auch Zeugen seiner endgültigen Verbannung sein. Darin sieht Hakon einen symbolischen Akt später Wiedergutmachung und Versöhnung. Die brennenden Fackeln hat er rechts und links neben den Altar in die Erde gerammt, so daß sich Licht und Schatten auf den bleichen Schädeln abwechseln und ihnen ein unheimliches Leben verleihen. Ali kommt es so vor, als würden manche triumphierend lachen, andere weinen. Schaudernd folgt er Hakon zur Höhlenwand und läßt sich ebenfalls unter den alten Jagdszenen nieder, gespannt darauf, was nun geschehen wird.

Hakon schließt die Augen, faltet die Hände und spricht laut das Vaterunser. Seine Worte hallen dumpf durch die Kultstätte. Am anderen Ende der Höhle löst sich ein Stein aus der Wand und fällt polternd zu Boden. Eine aufgeschreckte Fledermaus flattert über den Altar und verschwindet dann in einem breiten Spalt auf der gegenüberliegenden Seite. Irgendwo tropft Wasser. Nun versenkt sich der Heiler auf die gewohnte Weise und ruft innerlich seinen geistigen Freund und Helfer. Kaum ist der Name des Engels zum dritten Mal in ihm verklungen, beginnt sich die Atmosphäre in der Höhle spürbar zu verändern. In der Mitte, dicht unter der Decke, erscheint wie der Vollmond am Himmel eine Lichtkugel, die zuerst nur schwach leuchtet, dann immer greller wird, bis ihr gleißendes Licht auch die letzten dunklen Winkel der Höhle erhellt. Gleichzeitig ist ein Brausen wie von einem näherkommenden Sturm zu vernehmen, dessen Lautstärke immer mehr zunimmt, bis es die ganze Höhle ausfüllt. Ein starker Luftzug fegt plötzlich um den Altar und wirbelt Staub auf. Mit einem Donnerschlag fährt aus dem Lichtball ein Blitz zur Altarmitte und entzündet die darauf liegenden Dinge. Hakon, der die Augen wieder geöffnet hat und das Geschehen staunend beobachtet, sieht, wie der Kopf und die Flügel des Dämons mit grellgrüner Flamme verbrennen und anschließend die steinernen Reste der Skulptur wie Holzkohle in der Esse einer Schmiede gelbrot verglühen. Nichts bleibt auf dem Altar zurück. Wieder faucht ein Luftzug durch die Höhle, nimmt Rauch und Aschereste mit und reinigt so die heilige Stätte von den letzten Spuren des Bösen. Dann herrscht mit einem Schlag tiefe Stille. Die unruhig flackernden Fackeln erlöschen unvermittelt. Der Lichtball senkt sich etwas verdunkelnd herab, bis er dicht über dem Altar schwebt. Feurige Lichtteilchen tropfen in die Vertiefung in der Mitte und füllen sie bis zum Rand. Während die Lichtquelle langsam wieder nach oben schwebend erlischt, steigt eine Flamme vom Altar auf, die ruhig und stetig brennt. Beide Männer spüren, wie von diesem mystischen und faszinierenden Bild große Ruhe und tiefer Frieden und eine geradezu meditative Wirkung ausgehen. Zu seiner großen Überraschung hört auch Ali Hanaels Stimme in sich, die zu ihnen beiden spricht:

Gereinigt mit der Kraft des Feuers und der Liebe Licht
ist nun der Alten heilige Stätte in der Mutter Erde Schoß.
Der Dämon und seine Schöpfer stehen vor des Ewigen Gericht.
Die Freude derer, die dies einst schufen, ist unendlich groß.
Die ewige Flamme im Zentrum des magischen Quadrats

wird nimmer mehr verlöschen und eine ernste Mahnung sein,
daß trotz des vom Herrn verziehenen gotteslästerlichen Verrats
es jetzt euch obliegt, daß dieser Ort bleibt sauber und rein.
Du Ali, geh deinem Freund wo immer nötig zur Hand.
Viele werden hier suchen ihres Körpers und ihrer Seele Heil.
Wo Hakon steht für des Geistes Kraft, sei du der Verstand,
lege mit Worten an ihren Aberglauben deines Wissens Beil.
Ich selbst will dich schulen, hier an diesem Ort.
Drum nimm dir Zeit und komm täglich herunter.
Versenke dich und du wirst hören meiner Stimme Wort,
von nun an wird dein Leben auch geistig reicher und bunter.
Verkündet nun dieses Haus als wahre Kirche des Herrn.
Und fürchtet nicht der Widersacher List und Macht.
Ich bin für euch da und helfe stets gern,
was immer ihr im rechten Sinn begehrt, das sei vollbracht.

Noch lange nachdem die Stimme wieder schweigt, sitzen Hakon und
Ali gedankenversunken nebeneinander und starren wie gebannt in die leuchtende Flamme. Ali ist von der Fülle des Erlebten wie erschlagen. Eine große Freude über das Gehörte breitet sich in ihm aus. Immer schon hat er
davon geträumt, seinem Lichtgott, Ahura Mazda, auf eine besondere Art
und Weise dienen zu dürfen. Nun gehen seine geheimsten Wünsche in
Erfüllung. Hanael ist für ihn ein Bote seines Gottes. Er respektiert ihn und
bringt ihm auch ein gewisses Maß an Ehrfurcht entgegen, aber sein Leben
und seine ganze Liebe gehören dem Herrn des Lichts. Verstohlen blickt er
Hakon von der Seite an, der seinen Blick spürt, den Kopf wendet und ihn
lächelnd anschaut.

„Na, was sagst du nun! Ich freue mich, daß wir künftig auf diese Weise
zusammenarbeiten. Da scheint eine Menge Arbeit auf uns zu warten." Ali
schüttelt verwundert den Kopf. Er erhebt sich langsam, stellt sich vor Hakon
und hält ihm die Hand hin, um ihm beim Aufstehen zu helfen. Dann
meint er, während er seinen Freund hochzieht: „Ich kann es noch gar nicht
glauben. Wenn ich daran denke, wieviel Wunderbares ich bis jetzt schon in

diesem Leben erfahren habe! Und nun das! Ich bin froh, daß du dabei warst und die Botschaft auch gehört hast. Ich wäre sonst bestimmt fest davon überzeugt, nur geträumt zu haben. Aber jetzt muß ich an die frische Luft und ans Tageslicht, um mich endgültig von der Wirklichkeit meiner Erfahrung zu überzeugen. Kommst du mit nach oben?" Hakon nickt, und so zünden sie wieder die Fackeln an und machen sich auf den Rückweg. Die Falltür geht erst nach einigem Drücken und Stoßen auf, da Jakob sich darauf gelegt hat, um ihre Rückkehr nur ja nicht zu verpassen. Aufgeregt schnüffelnd und knurrend begrüßt er sie und begleitet dann Ali auf seinem Spaziergang um das Gehöft.

# 6. KAPITEL

# VERRAT AUS ANGST

EIN WEITERES JAHR IST vergangen. Heute, an einem sonnigen Junitag des Jahres 1215, wird Friedrich II. zum zweiten Mal zum Deutschen Kaiser gekrönt. Diesmal in der Pfalzkapelle Karls des Großen zu Aachen. Man hat den jungen Kaiser dazu gedrängt, damit später keine Zweifel an der Rechtmäßigkeit seiner Regentschaft aufkommen können. Für die meisten Angehörigen des Adels ist Karl der Gründer des Reiches und somit auch seine Residenz traditionell der einzig wahre Krönungsort für seine Nachfolger.

Hakon hat seinen Vater auf dieser Reise begleitet, da sich dessen Allgemeinbefinden immer mehr verschlechterte. Der Heiler ahnte, daß dies für Karl von Donarsberg eine Abschiedsreise sein würde, und so haben sie sich unterwegs viel Zeit für Land und Leute genommen. Sie waren zu Gast bei alten Freunden des Grafen aus der Zeit des Kreuzzugs mit Barbarossa und besuchten Städte, in deren Mauern er in seiner Jugend an berühmten Turnieren teilgenommen hatte. Ungewohnt gesprächig erzählte er seinem Sohn von Abenteuern und Gefahren seiner Jugend, die jetzt mehr als vierzig Jahre zurückliegen. Hakon bedrückten diese Geschichten mehr, als daß sie ihn unterhielten. Zu sehr war ihm bewußt, daß sie wehmütige Erinnerungen eines Menschen waren, der seinen Tod nahen spürt.

Die Krönungsmesse nähert sich ihrem Ende. Die Kapelle ist bis auf den letzten Platz besetzt. Hakon hat es vorgezogen, nicht an dem Krönungsakt teilzunehmen und draußen auf seinen Vater zu warten. In der Zwischen-

187

zeit hat er die weitläufige Anlage des kaiserlichen Wohnpalastes erkundet. Wie ihm ein dienstbeflissener Mönch berichtete, hat sich Karl bei dessen Planung an byzantinische Vorbilder gehalten und sich bei dem Entwurf der Kapelle auch von der Architektur der berühmten Kirche San Vitale zu Ravenna beeinflussen lassen. Als Hakon sich über die achteckige Bauweise der Kapelle wunderte, erklärte ihm der Benediktiner, daß die Acht im Altertum als vollkommene Zahl galt. Da erinnert sich der junge Graf, daß er bei seinen mathematischen und geometrischen Studien in Palästina in einem arabischen Lehrbuch gelesen hat, daß die Differenz zweier ungerader Quadratzahlen immer ein Vielfaches von acht ist. Damals war er auch erstmals mit der Zahlenmystik der Juden in Berührung gekommen und hat sich auch mit der spirituellen Seite der Lehre des Pythagoras auseinandergesetzt, die Gott und die Schöpfung zahlensymbolisch beschreibt.

Soeben erklingt das letzte Te Deum. Von seinem Platz an dem bereits geöffneten Bronzeportal aus hat Hakon das Versprechen seines kaiserlichen Freundes vernommen, einen weiteren Kreuzzug ins Heilige Land zu unternehmen. Feinsinnig hat Friedrich diesen Platz und diese Gelegenheit abgewartet, um damit vor aller Welt seinen Anspruch auf die weltliche Führung der Christenheit zu erheben. Hakons Blick fällt auf die bronzenen Löwenköpfe des Portals, Zeichen der Macht und des Herrschaftsanspruchs, und er ist glücklich und zufrieden, das Leben führen zu dürfen, das er hat. Niemals wollte er sich den Zwängen einer Krone beugen, die soviel Verantwortung und Selbstverleugnung fordert wie die, die nun seinem Herrn und Freund erneut aufs Haupt gesetzt wurde. Ihm graust ja schon vor den Pflichten, die auf ihn warten, wenn sein Vater nicht mehr lebt und er die Last und Bürde der Grafenkrone tragen muß. Nun beginnen die ersten der geladenen Gäste die Kapelle zu verlassen, und Hakon fragt sich, wie es wohl seinem Vater gesundheitlich nach dieser doch sehr langen und anstrengenden Zeremonie geht. Am besten sie reiten gleich in ihr Quartier bei einer befreundeten Adelsfamilie, damit sich der Graf niederlegen und etwas ausruhen kann. Er gibt dem Reitknecht ein Zeichen, die Pferde aus den Stallungen herbeizuholen und in der Nähe zu warten.

Die nächste Zeit verbringen sie gezwungenermaßen noch in Aachen.

Wie Hakon befürchtet hat, war die Reise für seinen Vater zu kräfteraubend gewesen. Nachdem mit der Krönung ihr Zweck und Höhepunkt vorüber war, brach Karl von Donarsberg zusammen und lag nun fiebernd und körperlich ausgebrannt seit Tagen im Bett. Hakon wachte Tag und Nacht am Krankenlager, legte täglich mehrfach seine Hände auf und ließ Licht und Lebensenergie in den müden Körper des alten Mannes strömen. Während er so viele Stunden bei seinem Vater saß, stiegen noch einmal wehmütige Erinnerungen an seinen Aufenthalt in Palästina und seine Reise nach Persien in ihm auf. Auslöser war der lang erwartete Antwortbrief des Hochmeisters des Deutschen Ordens, Hermann von Salza, gewesen, der ihm von einem Ritter, der als Abgesandter des Ordens an der Krönung teilgenommen hat, übergeben worden war. Darin bekundete der Hochmeister sein Verständnis für Hakons Wunsch und seine Gründe, den Orden zu verlassen. Gleichzeitig mit seinem Dispens übermittelte er Grüße der Prinzessin Shalimar an ihren Retter und nochmals den ergebensten Dank ihrer Familie, die der Ordensobere im Rahmen einer diplomatischen Mission vor einem halben Jahr besucht hat. Wie dem Brief weiter zu entnehmen war, hat sich die damals von ihnen als prahlerisch empfundene Ankündigung des mongolischen Gesandten Temur-Khan, Dschingis-Khan werde das legendäre China erobern, zwischenzeitlich als richtig erwiesen. Eine Karawane aus Afghanistan habe die Nachricht mitgebracht, daß Peking von den mongolischen Horden erobert worden sei. Der Brief schließt mit der Bitte, dem Orden auch später noch als amtierender Graf von Donarsberg verbunden zu bleiben und für besondere Aufgaben zur Verfügung zu stehen. In dieser Nacht träumt Hakon zum ersten Mal seit langer Zeit wieder voller Sehnsucht von seiner fernen Geliebten, die ihn im Traum liebevoll tröstet und ihm ankündigt, daß er nicht mehr lange allein bleiben wird. Verwirrt und erstaunt über diese überraschende Ankündigung, erwacht er am Morgen und grübelt den ganzen Vormittag, was dieser Traum wohl zu bedeuten hat.

Langsam erholt sich der Graf wieder, und so fassen Vater und Sohn, über einen Monat nach ihrer Ankunft, für den kommenden Tag endlich den Beginn der Rückreise ins Auge. Selbst ohne weitere Aufenthalte in befreundeten Schlössern oder Burgen werden sie fast zwei Wochen unterwegs sein. So kommen sie am neunten Tag in einen kleinen Ort in der Eifel, der in der Nähe mehrerer Maare liegt. Der Heiler hat schon von der seltsamen Faszination dieser dunklen Seen gehört, die vulkanischen Ursprungs sein sollen, und schlägt vor, hier einen Ruhetag einzulegen. Während sein Vater neue Kräfte schöpfen kann, will Hakon das nächstgelegene Maar erkunden. Karl von Donarsberg ist einverstanden, zumal ihn heute von dem langen Ritt alle Knochen schmerzen und sie immer noch ein gutes Stück Weges vor sich haben. Vom Wirt des Gasthauses, in dem sie abgestiegen sind, erfährt der junge Graf, daß es bis zum Maar des Mosenbergs nur ein paar Meilen sind. Und so macht sich Hakon früh am nächsten Morgen auf den Weg.

Wie ein schwarzer Opal liegt der See inmitten eines kreisförmigen Erdwalls, der mit Tannen, Buchen und Eichen bewachsen ist. Ein ausgetretener, sandiger Pfad führt durch den Wald hinab zum Ufer des Kratersees, der auch im hellen Licht der Sonne geheimnisvoll und unergründlich wirkt. Wie ihm der Gastwirt erzählte, soll das Maar sehr tief sein und gefährlich für jeden, der sich darauf wagt. Aber das hat er sowieso nicht vor. Erstens ist kein Kahn in der Nähe und zweitens ist ihm das Wasser zum Schwimmen zu kalt, wie er mit einem prüfenden Hineintauchen der rechten Hand feststellt. Er schöpft ein wenig von dem kühlen Naß und trinkt davon. Es schmeckt seltsam moorig und bitter. Dann setzt er sich unter eine Buche, deren glatte Rinde in der Sonne glänzt. An den Stamm des Baumes gelehnt, läßt er seinen Blick über den See und das gegenüberliegende Ufer schweifen. Ein Falkenpärchen zieht seine Kreise über den Wipfeln des Waldes. Aus einem Dickicht zu seiner Rechten treten nacheinander ein Rudel Rehe ans Wasser, sichern noch einmal nach allen Seiten und beugen dann graziös den Kopf, um zu trinken. Vögel singen in den Zweigen der Bäume, und in der Ferne ruft ein Kuckuck. Ein Schmetterling taumelt vorüber, und Bienen suchen in den Blüten der Uferwiese summend nach Nektar.

Doch plötzlich wird der Frieden der Landschaft durch lautes Wehklagen gestört. Es klingt abwechselnd einmal wie das ängstliche Wimmern von Kindern und dann wieder wie das Schluchzen einer Frau. Die Geräusche kommen links von ihm aus einem etwa hundert Fuß entfernten Gebüsch. Die Rehe schrecken auf und sind mit wenigen Sprüngen wieder im Wald verschwunden. Wütend über die Störung, erhebt sich der junge Graf und stapft zornig durch das hohe Gras zur Quelle dieser seltsamen Laute. Als er um die Ecke biegt und hinter das Gebüsch schaut, bleibt er verblüfft stehen. Eine Horde Kinder sitzt weinend auf dem Boden und fährt erschreckt zusammen, als er so unvermittelt auftaucht. In ihrer Mitte kniet, mit dem Rücken zu ihm, eine erwachsene Person weiblichen Geschlechts, deren gebeugter Oberkörper von einem heftigen Weinkrampf geschüttelt wird. Erst nach einer Weile merkt die Frau am Verhalten und den Blicken der Kinder, daß sich etwas Unerwartetes ereignet hat und dreht sich hastig um. Überrascht blickt Hakon in das tränenüberströmte Gesicht einer jungen Frau seines Alters. Obwohl ihre Züge jetzt von Kummer und Schmerz verzerrt sind, kann Hakon trotzdem noch ihre natürliche und geradezu klassische Schönheit erkennen.

Der Heiler tritt näher, und die Weinende erhebt sich rasch und trocknet ihre Tränen mit den langen, weizenblonden Haaren. Hakon kann nun einen Blick in die Mitte des Kreises werfen und die Ursache ihres und der Kinder Kummer entdecken. Auf einem karrierten Tuch liegt regungslos ein wachsbleiches Mädchen von ungefähr vier Jahren, das aus einer tiefen Wunde an der rechten Schläfe und aus der Nase blutet. Hakon begreift, daß alle anscheinend aus Trauer über die vermeintlich Tote weinen. Wortlos läßt er sich neben dem verletzten Kind nieder, ergreift seine linke Hand und fühlt nach dem Puls. Es dauert eine Weile, bis seine geschärfte Wahrnehmung noch ein ganz schwaches Schlagen vernimmt. Ganz offensichtlich liegt das Mädchen in einer tiefen, todesähnlichen Ohnmacht. Er wendet sich schnell an die junge Frau, die sich wieder hingekniet hat und sagt: „Fragt jetzt nicht viel, sondern tut, was ich Euch sage! Die Kleine lebt noch, aber es ist höchste Zeit, etwas zu unternehmen, wenn sie noch gerettet werden soll. Nehmt Euren Schal, taucht ihn in das kalte Seewasser und bringt ihn mir schnell wieder her. - Und ihr Kinder hört auf zu weinen und macht euch nützlich! Geht in den Wald und sucht zwei armdicke und mindestens mannslange Äste, damit wir eine Trage anfertigen können, um die Kranke nach Hause zu bringen. Vorher zieht ihr alle noch eure Jacken aus, denn wir müssen die Verletzte jetzt vor allen Dingen warm halten." Wortlos gehorchen die Kinder, und auch er selbst zieht seinen Reitmantel aus und legt ihn fürs erste über das Mädchen. Später will er ihn zwischen die beiden Äste spannen und darin das Mädchen transportieren. Während die Jungen und Mädchen in den umliegenden Wald verschwinden, bemerkt er Blutspuren an einem kniehoch aus dem Boden ragenden Basaltfelsen. Es sieht so aus, als wäre das Kind gestürzt und mit dem Kopf dagegen geschlagen. Das aus der Nase fließende Blut läßt auf eine lebensgefährliche innere Verletzung schließen, und so macht er sich sofort ans Werk.

Er benutzt wieder sein Medaillon als Pendel, um den Zustand der Energiezentren des Mädchens zu erfahren. Wie erwartet, sind das Solarplexus-, das Stirn- und das Scheitel-Zentrum blockiert, was, wie er aus Erfahrung weiß, bei Kindern häufig vorkommt, wenn sie einen Unfall erleiden. Der Schock löste Ich-Ängste aus, die zur Blockade des Solarplexus-Zentrums führten. Die Schwere und der Ort der Verletzung führten zur Blockade der Kopf-Zentren. Hakon konzentriert sich auf seine Mitte und öffnet diese Kraftwirbel wieder durch entsprechende Drehbewegungen seiner rechten Hand. Kurz darauf steigt wieder Farbe in das Gesicht der Verletzten. Inzwischen ist die junge Frau zurückgekehrt und reicht Hakon den nassen Schal, den er oberhalb der Wunde vorsichtig und sanft um den Kopf des Kindes wickelt. Intuitiv hat er wahrgenommen, daß der Schädel des Unfallopfers an der Schläfe einen Riß aufweist und die Gefahr von Gehirnblutungen besteht, die zum baldigen Tode des Mädchens führen würden.

Hakon kniet sich hinter die Verletzte und hält seine Hände dicht über die Schläfen des Kindes. Unter seiner Rechten spürt er das Klopfen des Blutes in der Wunde und sendet verstärkt Lichtkraft in die Verletzung. Als das Pochen aufhört, nimmt der Heiler die Hand weg und stellt fest, daß die Blutung gestoppt ist. Auch das Nasenbluten hat aufgehört. Aber nach wie vor liegt das Mädchen bewegungslos da. Doch das ist Hakon im Moment durchaus recht, da bei solchen Kopfverletzungen ein absolutes Still-

192

liegen sehr wichtig ist, wenn es nicht zu lebensbedrohlichen Komplikationen kommen soll. Die blauen Augen der jungen Frau verfolgen alles, was Hakon tut, mit ängstlicher Spannung. Dummerweise hat er heute seine Tasche mit den Heilkräutern und den anderen Medikamenten für den Notfall nicht dabei, um die Wunde ordnungsgemäß versorgen und vor Entzündung schützen zu können. So löst er das Medaillon von seiner Kette, legt es auf die verletzte Schläfe und bindet es mit dem nassen Schal fest. Zwischenzeitlich sind die Kinder mit zwei geeigneten Ästen aus dem Wald zurückgekehrt. Hakon schiebt sie durch die Ärmel seines Mantels und verknotet die unteren Enden ebenfalls mit den Holzstangen. Dann legt er die provisorische Trage auf den Boden und bettet das ohnmächtige Mädchen auf den Reitmantel. Anschließend deckt er es wieder mit den Jacken der anderen Kinder zu. Er und die junge Frau werden die Kleine zumindest bis zu seinem Pferd tragen müssen, das er oben auf der Höhe des Walls auf einer Waldlichtung zum Grasen angebunden hat. Erst jetzt wird es Hakon bewußt, daß er ja noch gar nichts über das Woher und Wohin der Gruppe und besonders des Kindes weiß.

Der Heiler wendet sich der jungen Frau zu, die bis jetzt noch kein Wort gesprochen hat. „Bevor wir uns auf den Weg machen, solltet ihr mir verraten, wer ihr seid, was ihr hier macht und wohin wir die Kranke bringen müssen!" Die Angesprochene steht etwas verlegen zwischen den anderen Kindern, die sich schüchtern um sie geschart haben. Die Angst in ihrem Gesicht ist verschwunden, und ihre Augen blicken vertrauensvoll auf den Retter in der Not, wie ihr Hakon inzwischen vorkommt. „Verzeiht mir meine Unhöflichkeit. Mein Name ist Helena. Aber der Unfall meiner kleinen Schwester hat mich ganz kopflos gemacht. Bis Ihr kamt, dachten wir alle, sie sei tot. Und ich wußte nicht, wie ich das meinen Eltern beibringen sollte. Sarah ist ihr Sonnenschein, und wir alle lieben sie sehr. Ihr Tod hätte meinen Eltern sicher das Herz gebrochen. Das alles ging mir durch den Kopf, und deshalb konnte ich auch nur hilflos und vor Panik und Trauer wie gelähmt neben ihr sitzen. Ich bin natürlich unendlich dankbar, daß Ihr uns durch Euer Erscheinen und Eingreifen von diesen schrecklichen Ängsten befreit habt und wir nun wieder Hoffnung schöpfen dürfen.

Wir alle hier kommen von einem Rittergut, etwa eine Fußstunde entfernt. Meine Schwester und ich sind Kinder von Theo von Wallenberg, eines Vasallen des Erzbischofs von Köln. Die anderen sind Kinder des Verwalters und der verwitweten Schwester meines Vaters, die bei uns lebt. Wir sind auf der Beerensuche hierher gekommen, und meine Schwester, die ein rechter Wildfang ist, stolperte beim Laufen und stürzte so unglücklich, daß sie mit ihrem Kopf gegen diesen Felsen schlug. Seitdem hat sie sich bis zu Ihrem Eintreffen nicht mehr gerührt und auch scheinbar nicht mehr geatmet. Wenn ich sie aber jetzt so betrachte, sehe ich, daß sie nicht mehr so entsetzlich blaß ist und sich ihre Brust, Gott sei Dank, auch wieder merklich hebt und senkt." Tränen der Erleichterung steigen in Helena auf und verhindern, daß sie weitersprechen kann. Gerührt betrachtet Hakon die Schluchzende, die jetzt von den Kindern durch freundliche Worte beruhigt wird. Mühsam reißt er sich von diesem lieblichen Bild los und erinnert sich daran, daß Eile geboten ist. „Nun, Helena, wir müssen Eure Schwester jetzt schnell nach Hause bringen, damit sie dort bald möglichst von einem Kollegen weiter behandelt werden kann. Ich bin der Hofmedicus Kaiser Friedrichs und hier nur auf der Durchreise. Für den Augenblick ist das Schlimmste abgewendet, aber Sarah braucht jetzt für längere Zeit ärztliche Hilfe und absolute Ruhe. Ich helfe Euch aber so lange, bis ein anderer Medicus die Behandlung übernehmen wird. Jetzt laßt uns aber nicht länger zögern und uns auf den Weg machen. Wir tragen Sarah nun hinauf zu meinem Pferd. Ich greife die Trage vorne und gehe voraus, Ihr greift sie hinten und achtet darauf, daß das Kind so ruhig wie möglich liegt und gut zugedeckt bleibt. Paßt auf, wohin Ihr Eure Füße setzt. Ich werde Euch warnen, wenn der Pfad uneben wird oder ein Stein im Weg liegt. Ihr Kinder folgt uns! Und nun laßt uns gehen!" Vorsichtig heben Helena und Hakon die Trage an und machen sich auf den Weg hinauf.

Es dauerte länger, als der Heiler glaubte, die Kranke nach oben zu bringen. Als der Pfad steiler wurde, mußten sie öfter eine Pause einlegen. Helena beklagte sich zwar nicht, aber Hakon sah ihr ihre Erschöpfung an und war froh, nach fast einer Stunde endlich auf der Lichtung anzukommen, auf der sein Schimmel immer noch friedlich graste. Auf dem Weg hat sich Hakon überlegt, wie der Weitertransport am besten vonstatten gehen soll. Reiten und die Verletzte dabei in den Armen zu halten, scheint ihm eine für Sarah zu unruhige und daher für ihren Kopf zu gefährliche Körperlage zu sein. Besser ist es da, die Trage mit einem Ende am Sattel des Pferdes zu befestigen und selbst am anderen Ende zu tragen. Glücklicherweise sind die Äste so lange und der Reitmantel so breit, daß er das Pferd bequem einspannen kann. Während Helena in der Wiese sitzt und die Ohnmächtige ruhig in den Armen hält, befestigt er die vorderen Stangenenden an den Steigbügeln. Gehalten von den Kindern und so, als wüßte er, worum es geht, steht der Schimmel ganz still, als Helena ihre Schwester wieder sanft auf die Trage legt, die Hakon auf der anderen Seite hochhält. Dann greift die junge Frau dem Pferd in die Zügel und führt es langsam in Richtung des elterlichen Ritterguts. Der Heiler folgt ihnen und bemüht sich, beim Tragen etwas die schaukelnden Bewegungen des Pferdes auszugleichen. Den Schluß dieser seltsamen Prozession bilden die wieder munter und fröhlich plappernden Kinder.

Am Ende ihres Weges, als sie bereits in die Allee eingebogen sind, die direkt auf das Haupthaus des Gutes zuläuft, hat Hakon das Gefühl, daß seine vor Überanstrengung zitternden Arme bald ihren Dienst versagen werden und ist sehr erleichtert, als Helena bald darauf den Schimmel vor dem Eingangsportal des schloßähnlichen Gebäudes zum Stehen bringt. Auf ihr lautes Rufen hin kommen mehrere Bedienstete aus dem Haus gelaufen und brechen angesichts der reglosen Sarah auf der Trage in lautes Wehklagen aus. Daraufhin stürzt mit wehenden Röcken eine Frau mittleren Alters heraus und kann erst im letzten Augenblick von Helena daran gehindert werden, die Verletzte an sich zu reißen. Hakon nimmt an, daß das die Mutter von beiden ist und fordert, um das aufgeregte Stimmengewirr zu übertönen, mit lauter Stimme einen der umstehenden Knechte auf, seinen Platz einzunehmen, damit er das Kind herausheben und ins Haus tragen kann. Währenddessen spricht Helena ununterbrochen auf die Mutter in ihren Armen ein, um sie ins Bild zu setzen und sie gleichzeitig zu beruhigen. Langsam faßt sich die Frau wieder und eilt dann Hakon voraus, der bereits mit Sarah auf den Armen auf das Portal zuschreitet, dicht gefolgt von Helena und einer Schar besorgter Knechte und Mägde.

Bereits knapp eine Stunde später hat Hakon Sarah noch einmal behandelt. Dabei war das hübsche Mädchen aus seiner Ohnmacht erwacht und hat ihn mit großen blauen Augen, wie die ihrer älteren Schwester, verwundert angesehen. Die Wunde unter dem Medaillon hat sich schon ein wenig geschlossen, und ein frischer Leinenverband löste den nassen Schal ab. Aus einer glücklicherweise vorhandenen Hausapotheke ließ der Heiler einen mit Honig gesüßten Sud aus Kamille, Baldrian und Mohnblüten herstellen, den er der Kranken schluckweise einflößte, damit sie wieder einschlafen und noch möglichst lange bewegungslos liegenbleiben würde. Als tiefe Atemzüge verrieten, daß seine Patientin für die nächste Zeit gut aufgehoben sei, verließen Hakon, Helena und ihre Mutter das Zimmer und ließen Sarah in Obhut ihrer Amme zurück.

Müde und erschöpft sitzt der Heiler Helena und ihrer Mutter am Nachmittag in dem großen Wohnraum gegenüber und erzählt kurz, wer er sei und warum er und sein Vater diese Reise unternommen haben. Eigentlich hat er sich diesen Tag ganz anders vorgestellt. Man hat ihm einen dampfenden Becher Tee aus den zarten Blättern junger Pfefferminze kredenzt und ihn in den bequemsten Sessel genötigt, der sonst dem abwesenden Hausherrn vorbehalten ist. Voll ängstlicher Ungeduld wartet Elisabeth von Wallenberg dann auf Hakons Diagnose und sein Urteil über die Heilungschancen ihrer jüngsten Tochter. Ihr Gesicht und ihre Haltung entkrampfen sich erst, als er ihr am Ende versichert, daß Sarah nach menschlichem Ermessen wieder genesen wird, wenn sie dafür sorgt, daß das temperamentvolle Mädchen die nächsten drei Wochen absolut still liegt und das Bett nicht verläßt. Entschlossen versichert sie ihm, daß das unter allen Umständen geschehen wird, auch wenn es bedeutet, daß sie Sarah festbinden muß. Sie, Helena, die Amme und das Kindermädchen würden sich, wenn nötig, am Bett ihrer Tochter abwechseln. Aufatmend lehnt sich Elisabeth von Wallenberg zurück und meint dann: „Wir haben Euch, davon bin ich fest überzeugt, das Leben unseres Kindes zu verdanken. Mein abwesender Gatte und ich werden zwar alles für Euch tun, was in unserer

Macht steht, aber was ist das Leben eines geliebten Menschen wert? Wie können wir jemals entgelten, was Ihr für uns getan habt? Für meine älteste Tochter hier war ihre Schwester bereits tot, als Ihr kamt und Sarah wie im Märchen wieder zum Leben erwecktet."

Lächelnd erwidert Hakon: „Dankt nicht mir, dankt Gott, daß er mich heute an diesen See geführt hat. Alles weitere war heilerische und ärztliche Kunst. Und kommen nicht auch alle Künste von Ihm? Tatsächlich war Eure Tochter ja noch nicht tot, und ihr Schicksal sah auf eine uns verborgene und geheime Weise diese lebensrettende Begegnung vor. Ich denke mir, daß diese erzwungene Ruhepause das Temperament eurer Tochter etwas zügeln wird und sie nach ihrer Genesung ein Stück erwachsener und reifer sein wird. Eines bin ich mir allerdings gewiß: Alles, was uns geschieht - im Guten wie im Schlechten - dient letztlich unserem Heil, und so liegt es an uns, seine Botschaft und seinen Nutzen für uns zu erkennen. Aber jetzt laßt uns Dringenderes besprechen. Wenn ich auch sagte, daß Sarah wieder gesunden wird, so bedeutet das nicht, daß sie in den nächsten Tagen keines ärztlichen Beistands bedarf. Laßt also Euren Medicus kommen, denn ich muß mich bald wieder auf den Weg zurück zu meinem Vater machen!"

Diese Ankündigung löst einige Aufregung bei den Frauen aus. Beide sehen in ihm den Retter Sarahs und den am besten geeigneten ärztlichen Betreuer des Mädchens. Außerdem sei der Herr des Hauses in Begleitung des einzigen Medicus der Umgebung nach Köln zu seinem Lehnsherrn unterwegs; und man erwarte sie frühestens in acht Tagen zurück. Er, Hakon, sei also im Augenblick der einzig verfügbare Heilkundige und möge doch bitte mit seinem Vater bis zur Rückkehr des Hausherrn Gast in diesem Hause sein und sich auch um Sarah kümmern.

Hakon ist von dieser Wendung der Dinge etwas überrascht. Aber je länger er darüber nachdenkt, umso klarer wird ihm, daß er, will er das Leben des Mädchens nicht unnötig in Gefahr bringen, zumindest bis zur Rückkehr des anderen Arztes bleiben muß. Nachdenklich ruht sein Blick auf Helena, die ihm gegenübersitzt und ihn flehentlich anschaut. Bis jetzt hat er noch gar keine Muße gehabt, sie richtig zu betrachten. Und wieder fällt ihm die große Schönheit dieser jungen Frau auf. Gesicht und Gestalt erinnern ihn an die Skulpturen griechischer Göttinnen, die er in einer Tempelruine Siziliens entdeckt hat. Das lange blonde Haar und die Anmut ihrer Bewegungen haben es ihm angetan, und bei ihrem Anblick wird ihm warm ums Herz. Helena ist die zweite Frau nach Shalimar, die sein Interesse weckt; und plötzlich fällt ihm der Traum von neulich wieder ein. Es ist nicht das gleiche Gefühl wie bei seiner persischen Geliebten. Damals war es verzehrende Leidenschaft und von Anfang an ein brennendes Verlangen, das scheinbar auch auf Dauer nicht zu stillen war. Diese junge Frau hier weckt ganz andere Vorstellungen in ihm. Zärtlichkeit ist dabei, der Wunsch, sie zu beschützen und ein ihn selbst erstaunendes Gefühl von Ernsthaftigkeit. Unwillkürlich schüttelt er den Kopf über sich und seine Gedanken und sieht dann das schmerzhafte Erschrecken in den Augen Helenas, die das für eine Absage ihrer Bitte hält, doch noch zu bleiben. Schnell stellt er klar, daß das damit nicht gemeint war, ohne aber auf den tatsächlichen Grund seines Kopfschüttelns näher einzugehen.

„Ich kann und will mich nicht aus der Verantwortung für die Kranke stehlen, aber meine erste Sorge gilt meinem Vater, der mich ebenfalls dringend braucht. Ich werde also zurückreiten und ihn bitten, mich hierher zu begleiten und mit mir bis zum Eintreffen des anderen Medicus Ihr Gast zu sein. Ich denke, er wird damit einverstanden sein, wenn ich ihm berichte, was sich heute zugetragen hat. Wir werden uns aber erst morgen früh auf den Weg machen und ungefähr gegen Mittag hier eintreffen. Ich rechne damit, daß der Zustand Sarahs bis dahin stabil bleibt. Flößt ihr nur regelmäßig den Beruhigungstee ein und achtet darauf, daß sie still liegen bleibt." Hakon erhebt sich, verabschiedet sich höflich von Mutter und Tochter und galoppiert dann eilig davon, um noch vor Dunkelwerden bei seinem Vater einzutreffen. Als er am Tor, dort wo die Allee beginnt, noch einmal zurückschaut, sieht er Helena in der Auffahrt stehen und ihm nachwinken. Erfreut hebt er die Hand zu einem letzten Gruß, gibt dann dem Schimmel die Sporen und ist bald darauf hinter dem ersten Hügel verschwunden. Die junge Frau aber wendet sich um und geht gedankenversunken und mit auf den Boden gerichteten Blicken zurück ins Haus. Am Eingang stößt sie beinahe mit ihrer Mutter zusammen, die sie bittet, die zweite Nachtwache bei ihrer Schwester zu übernehmen. Dankbar, daß alles so gut ausgegangen ist, und froh darüber, den gutaussehenden jungen Grafen morgen wiederzusehen, gibt sie ihrer überraschten Mutter einen stürmischen Kuß und macht sich dann fröhlich pfeifend selbst daran, standesgemäße Quartiere für den morgigen Besuch vorzubereiten.

Auf dem Heimritt überdenkt Hakon noch einmal die Ereignisse des Tages. Wie seltsam sind doch die Wege des Schicksals. Hätten ihn die Kraterseen nicht interessiert, wäre er nicht zu dem Mosenberger Maar geritten, und für das kleine Mädchen wäre jede Hilfe zu spät gekommen. Dann hätte er auch nicht ihre schöne Schwester kennengelernt, die ihm seitdem nicht mehr aus dem Kopf geht. Zu gern wüßte er, ob sich Shalimars mysteriöse Andeutung in seinem Traum auf Helena bezieht. Gedankenversunken verpaßt er fast die Abzweigung, wo der Weg abgeht, der zurück in den kleinen Eifelort führt. Als er in der hereinbrechenden Dämmerung die Gaststube betritt, sitzt sein Vater wie in der Burg vor dem Kamin und hat einen Becher dampfenden Weins in der Hand. Vergnügt winkt er seinem Sohn zu, der sich erfreut über die gute Laune seines Vaters neben ihn setzt. Das Gesicht des Grafen ist leicht gerötet. Offensichtlich ist dies nicht der erste Becher. Aber das ist Hakon jetzt gleichgültig. Wichtiger ist, daß sein Vater wieder Lebensfreude ausstrahlt und sich wohl fühlt. Karl von Donarsberg hört seinem Sohn aufmerksam zu, als dieser von seinen Erlebnissen berichtet. Wie es sich herausstellt, ist ihm sogar der Name „von Wallenberg" gut bekannt. Mit einem Ritter gleichen Namens hat er auf den Turnieren seiner Jugend so manchen Strauß ausgefochten, ihn aber dann durch seine Teilnahme an Barbarossas Kreuzzug aus den Augen verloren. Und so ist er neugierig und gespannt, ob es sich bei dem Vater des armen Mädchens tatsächlich um denselbigen handelt. So sind sich der Graf und sein Sohn schnell einig, die nächsten Tage auf Gut Wallenberg zu verbringen. Was der alte Graf seinem Sohn allerdings nicht erzählt, ist, daß er damals ebenfalls um die Gunst der schönen Elisabeth, der Mutter von Sarah und Helena, gebuhlt hatte, dann aber der Teilnahme am Kreuzzug den Vorzug vor dieser sich neu anbahnenden Liebesbeziehung gab.

Am nächsten Tag werden sie beim Eintreffen auf dem Gut wie hohe

Gäste vom Verwalter bereits am Tor begrüßt und zum Gutshaus geleitet. Vor dem Eingangstor warten Elisabeth und Helena von Wallenberg sowie einige Knechte und Mägde, die sich sofort nach ihrer Ankunft um ihr Gepäck und die Pferde kümmern. Erstaunt verfolgen Hakon und Helena die vertrauliche Begrüßung der beiden anderen, und verblüfft erfahren sie dann, daß Karl von Donarsberg und Elisabeth von Jagtshausen, wie sie mit Mädchennamen hieß, gute alte Bekannte sind. Helena und Hakon schauen sich wortlos an. Beide haben bemerkt, daß der jeweilige Elternteil keineswegs überrascht war von dieser unerwarteten Begegnung, und sie begreifen, daß es sowohl Elisabeth wie Karl klar gewesen sein muß, wem sie nach so langer Zeit begegnen würden. Lachend schüttelt Hakon den Kopf. Dieser alte Fuchs! Hat er ihm doch gestern diese Geschichte glatt unterschlagen! Gut gelaunt hakt er Helena unter und führt sie ins Haus. Schelmisch lächelnd schaut er sie von der Seite an und sagt dann augenzwinkernd: „Wie gut, daß damals Barbarossas Kreuzzug dazwischen kam, sonst wären wir vielleicht heute Bruder und Schwester!" Helena spielt die Verständnislose und antwortet: „Wieso, wäre das so schlimm?" Hakon geht auf ihre Koketterie ein und kontert: „Eigentlich nicht, dann könnte ich Euch als der Ältere jetzt nach meinen Hausschuhen schicken und darauf warten, daß Ihr mir fügsam mein Essen bringt." Lachend läßt sie seinen Arm fahren. „Das würde Euch so passen! Das tue ich höchstens für meinen geliebten Mann und das auch nur dann, wenn er mich ganz höflich darum bittet." Als Helena bewußt wird, wie vertraulich das Gespräch zu werden beginnt, errötet sie und macht sich mit der Ausrede, nach dem Mahl sehen zu müssen, rasch aus dem Staub.

Nachdem er und sein Vater ihre Zimmer bezogen haben, begibt sich der Heiler zu seiner Patientin. Sarah liegt mit offenen Augen ruhig in ihrem Bett, als Hakon eintritt. Eine ältere Frau, die Amme, wie er später hört, ist bei ihr und erzählt gerade die spannende Geschichte, wie der tapfere Ritter Kuno das ängstliche Burgfräulein vor einem feuerspeienden Drachen rettet. Die Augen des Mädchens sind klar und die Wangen kühl. Auch hat sie keine Kopfschmerzen mehr, nur ein Gefühl von Taubheit an der verletzten Schläfe. Nachdem die Amme den Platz geräumt hat, läßt sich Hakon auf dem Stuhl nieder. Er entfernt den Verband und stellt befriedigt fest, daß sich die Wunde weiter geschlossen hat und offensichtlich nicht entzündet ist. Dann legt er seine Linke sanft auf die Verletzung, ohne sie direkt zu berühren. Mit der Rechten prüft er die Energiezentren des Kopfes und des Leibes und ist zufrieden, alle noch offen zu finden. „Wie mir scheint, geht es dir besser, als es zu erwarten war. Trotzdem ist es wichtig, daß du die nächsten Tage ruhig liegen bleibst und den Kopf so wenig wie möglich bewegst. Du hast dir von dem Sturz nicht nur eine Fleischwunde zugezogen, sondern auch deinen Schädelknochen verletzt. Damit dieser Riß genauso wie die Wunde wieder richtig zusammenwachsen kann, braucht dein Kopf viel Ruhe. Verstehst du das?" Sarah schaut ihn mit leuchtenden Augen bewundernd an. „Ja. Mamma und Helena haben es mir schon erklärt. Ich soll mich noch bei Euch bedanken. Helena meint, ohne Eure Hilfe wäre ich jetzt schon bei meinem Bruder im Himmel. Aber ich bin ganz froh, noch hier bleiben zu können und mit Hannibal und meinen Freunden spielen zu können." Auf seine Nachfrage hin erfährt Hakon, daß Hannibal ihr junger Hirtenhund ist, den sie letztes Weihnachten von ihrem Vater geschenkt bekam. Er ist jetzt bald ein Jahr alt. Normalerweise schläft er unter ihrem Bett. Aber wegen seines Ungestüms hat ihn Sarahs Mutter für die Zeit ihrer Genesung in den Stall verbannt. Außerdem soll die schmerzhafte Trennung von ihrem liebsten Spielkameraden Sarah die schlimmen Folgen ihrer Unachtsamkeit und Wildheit vor Augen führen. Seufzend und mit hochgezogenen Brauen blickt sie Hakon mit gespielter Unschuld an. Aber die Keckheit in den hellen blauen Augen straft sie Lügen, und so ruft der Heiler lachend wieder die Amme herein und überläßt das Mädchen der wie eine Glucke um ihr Küken besorgten Frau. Soeben bittet man zu Tisch, und das erinnert Hakon daran, daß er seit dem frühen Morgen nichts mehr gegessen hat. Außerdem ist das eine gute Gelegenheit, Helena zu bitten, ihm anschließend das Gut zu zeigen, was eine unverfängliche Möglichkeit ist, sie besser kennenzulernen.

Die Tage auf Gut Wallenberg vergehen für Hakon und seinen Vater wie im Flug. Die Genesung der Kranken, nach der der Heiler mindestens einmal täglich sieht, macht weiter gute Fortschritte, so daß das Mädchen früher als geplant das Krankenlager wird verlassen können. Für Morgen ist die Rückkehr des Hausherrn angekündigt, der Hakon aber mit gemischten Gefühlen entgegen sieht. Dann ist die schöne und unbeschwerte Zeit mit Helena vorerst einmal vorüber. Der Graf und er haben dann mit dem Eintreffen des anderen Medicus keinen Grund mehr, länger hier zu verweilen, und darüber hinaus warten ja auch auf Burg Donarsberg und auf dem Groothof wichtige Aufgaben auf sie. Das alles geht Hakon durch den Kopf, der Helena an diesem strahlend schönen Hochsommertag auf ihrem Inspektionsritt über die Felder begleitet. Die Ernte steht bevor, und bald wird der Herbst wieder seinen Einzug halten. Die zwei haben sich etwas Wegzehrung eingesteckt, um unterwegs zu rasten. Nicht, daß das nötig gewesen wäre, so weit sind die Entfernungen auf dem Gut nicht. Aber so können sie möglichst lange ungestört zusammen bleiben; und das wollen sie beide. Gegen Mittag lenken sie deshalb ihre Pferde auf eine Anhöhe unter das schattige Dach einer Gruppe von alten Buchen, von wo man einen guten Ausblick über das Tal und das Gut in seiner Mitte hat. Sie binden die Pferde unter den Bäumen an, Hakon breitet ein paar Schritt weiter eine vorsorglich mitgebrachte Decke auf dem Boden aus, auf der sich Helena und er schweigend niederlassen.

In den letzten Minuten ist so etwas wie bange Erwartung in ihnen aufgestiegen. Befangen und verwirrt läßt Helena ihre Blicke über die lichtdurchflutete Landschaft wandern, um jetzt nur ja nicht Hakon anschauen zu müssen. Plötzlich spürt sie die kraftvolle, warme Hand des Mannes in ihrem Nacken, die sie sanft aber unwiderstehlich zu ihm hin zieht, und kurz darauf liegen sich beide in den Armen. Es ist ihre erste Begegnung, bei der es zu Zärtlichkeiten kommt, und Helena hat bei Hakons fordernden Küssen das Gefühl, in einem schwindelerregenden Strudel unterschiedlichster Gefühle zu versinken. Benommen wehrt sie sich nur schwach gegen seine suchenden Hände, die an der Verschnürung ihres Kleides nesteln. Seine Lippen streifen behutsam ihre Halsbeuge, was ihr wohlige Schauer über den Leib treibt. Dann löst er sich plötzlich von ihr. An ihrer Seite kniend spielt er mit der Rechten zärtlich und herausfordernd mit ihren Brüsten und den deutlich durch dem Kleiderstoff hervortretenden, festen

Warzen, während die andere Hand zu ihrem Schoß wandert und dort eine von ihr so noch nie erlebte, hoch aufschießende Flamme von Lust und Leidenschaft entfacht. Sie zieht ihn wieder über sich. Keuchend krallen sich ihre Hände in seinen Rücken, während ihr Becken sich dem seinen entgegendrängt. Als sie schon glaubt, es nicht mehr aushalten zu können, hört Hakon wieder mit seinen Zärtlichkeiten unvermittelt auf und läßt sich aufstöhnend neben sie fallen. Verwirrt richtet sie sich halb auf und schaut ihm fragend ins Gesicht. Doch sie sieht nur den Ausdruck von tiefer Liebe und großer Zärtlichkeit in seinen Augen, und beruhigt läßt sie sich wieder hingebungsvoll an seine Brust sinken.

Seine Arme halten sie jetzt ganz fest, und so liegen sie eine Weile schweigend und bewegungslos nebeneinander und bemühen sich, den Zauber dieses Augenblicks nicht mit einem voreiligen Ausleben ihres natürlichen Triebes zu zerstören. Beide empfinden die große körperliche und seelische Nähe des anderen wie eine Ergänzung des eigenen Seins. Ein Beben geht durch den Körper der jungen Frau, als ihr bewußt wird, wie stark ihre Gefühle für den Mann in ihren Armen sind. Helena drückt Hakon fest an sich, so als wollte sie ihn nie mehr loslassen. Er erwidert den Druck, zieht ihren Kopf zu sich und seine Zunge findet erneut den Weg in das süße Innere ihres Mundes und streichelt dort ihre sich verführerisch hin und her schlängelnde Zunge. Erregt wandert nun Helenas Hand zu seinem steifen Geschlecht und massiert es sanft über der Hose. Seine Erregung wächst. Keuchend greift er nach der jungen Frau, rollt sich geschmeidig über sie und reibt sein für sie deutlich fühlbares, pralles Glied an ihrem drängenden Schoß. Als sie vor Lust laut aufstöhnt, packt er ihre zuckenden Hinterbakken, dreht sich mit ihr auf den Rücken und drückt die nun auf ihm Liegende rhythmisch gegen seinen kraftvoll stoßenden Unterleib. Aufs höchste erregt und ihre Hände in seine Brust gekrallt, richtet Helena sich mit geschlossenen Augen etwas auf und verstärkt lustvoll mit entsprechenden Gegenbewegungen diese leidenschaftliche Begegnung ihrer Körper. Sie spürt die Hitze zwischen ihren Schenkeln und hat das Gefühl zu zerfließen. Wollüstig wünscht sie sich, alle Kleider vom Leib zu reißen und die nackte Haut des Geliebten und die berstende Kraft seiner Lenden unmittelbar auf ihrer Haut und tief in ihrem feuchten Schoß zu fühlen. Wieder ist es Hakon, der das Liebespiel kurz vor seinem Höhepunkt unterbricht und damit Helenas Lust auf einen fast unerträglichen Punkt höchster Erregung treibt. Stöhnend und keuchend liegen beide Mund an Mund, jeder den Atem des anderen trinkend. Noch nie in ihrem jungen Leben hat Helena solche gewaltigen, alle Vorsicht und anerzogene Moral hinwegspülenden und alle Bedenken sprengenden Gefühle erlebt. Es kommt ihr so vor, als stünde inzwischen ihr ganzer Körper in Flammen und nur die Explosion ihrer beider Lust und das sich in sie verströmende Glied des Mannes könne diesen wilden Brand löschen.

Früher hat sie unbefangen, in kindlicher Unschuld und voller Neugierde den röchelnden Hengsten zugeschaut, wenn sie die vor Erregung zitternden Stuten besprangen. Später, als heranwachsende Frau, spürte sie, wie dieser Anblick etwas Drängendes und Ziehendes in ihren Brüsten und ihrem Becken auslöste, und verwirrt hat sie sich gefragt, ob die Tiere Gleiches oder Ähnliches dabei empfinden. Nun bebt ihr eigener Körper wie damals der der zitternden Stuten, und sie bekommt erstmals selbst einen Vorgeschmack von diesem unbeschreibbaren Mysterium, wenn Männliches und Weibliches auf dem Höhepunkt der Vereinigung in Einheit verschmelzen. Langsam beruhigt sich ihrer beider Atem, und sie nehmen wieder die Umgebung wahr. Unwillkürlich schaut Helena zu ihren Pferden, einer Stute und einem Hengst, hin und muß dann laut lachen, als sie bemerkt, daß die beiden Pferde sie wohl die ganze Zeit mit gespitzten Ohren aufmerksam beobachtet haben. Weit davon entfernt, verlegen zu sein, empfindet sie die Teilnahme und das Interesse der Tiere an ihrem Glück und ihrer Lust als etwas ganz Natürliches und allen fühlenden Lebewesen Innewohnendes. Als sie den etwas erstaunten und fragenden Blick Hakons sieht, flüstert sie ihrem Liebsten zärtlich ihre Beobachtung sowie ihre Gedanken und Überzeugungen ins Ohr. Glücklich darüber, eine so lebensfrohe und sinnliche Geliebte gefunden zu haben, drückt Hakon sie erneut fest an sich und sagt ihr dann zum ersten Mal: „Ich liebe Euch sehr und will, daß Ihr meine Frau werdet!" Da fällt sie ihm selig jauchzend um den Hals und verbirgt ihr Gesicht an seiner Brust, damit er nicht sieht, wie ihr

Tränen der Freude in die Augen schießen. Nachdem sie sich etwas gefangen hat, greift Helena nach Hakons Händen, blickt ihm vor Freude strahlend ins Gesicht und bittet ihn dann: „Kommt, laßt uns zurückreiten und mit meiner Mutter und Eurem Vater reden. Sie sollen wissen, daß wir uns heute verlobt haben!" Der junge Graf ist einverstanden, und so erheben sie sich, ordnen ihre Kleider und reiten dann Hand in Hand dicht nebeneinander den Hügel hinab.

Seit einer Woche sind der Graf und sein Sohn wieder zurück auf Burg Donarsberg. Der Abschied von Helena ist Hakon sehr schwer gefallen, auch wenn sie sich in absehbarer Zeit wiedersehen und dann für immer zusammen bleiben werden. Als sich der von seiner Reise zurückgekehrte Ritter Eberhard von Wallenberg von seinem großen Erstaunen und nicht geringen Schrecken über die Ereignisse während seiner Abwesenheit wieder erholt hat, ist er mit der Verbindung zwischen seiner ältesten Tochter und dem jungen Grafen von Donarsberg sehr einverstanden gewesen. Er hat sich schon Sorgen um Helena gemacht, die, obwohl schon lange im heiratsfähigen Alter, bisher kein Interesse an Männern gezeigt hat. Mit dem reichen Erben eines der ältesten und bedeutendsten Adelsgeschlechter Deutschlands macht sie nun eine unerwartet glänzende Partie. Verabredungsgemäß soll die Hochzeit nach der Ernte Anfang Oktober auf Gut Wallenberg stattfinden. Bis dorthin sind es noch fast zwei Monate, und Hakons Gedanken fliegen oft sehnsüchtig zu seiner Geliebten. Um sich abzulenken, hat er sich verstärkt seinen heilerischen Aufgaben zugewandt und verbringt jetzt die meiste Zeit auf dem Groothof. Nach anfänglich ängstlichem Zögern kommen die Hilfesuchenden jetzt auch hierher, und so reißt an den bekannten Behandlungstagen der Strom der Kranken von morgens bis abends kaum ab.

Nach Hakons Rückkehr hat ihm Ali eröffnet, daß er die Tochter des Schmiedes heiraten will, der Hakon den Groothof verkauft hat. Annemarie ist das einzige Kind des begüterten Mannes, der sich anfänglich stark sträubte, seine Tochter einem Fremden und dazu noch Nichtchristen zur Frau zu geben. Aber Annemarie, die insgeheim schon länger für den Perser schwärmte, war fest entschlossen, dieses gut gebaute Mannsbild zu ehelichen; und auf Dauer war der gutmütige Schmied, der schon lange verwitwet ist und nur noch seine Tochter hat, ihrem Betteln und Schmeicheln nicht gewachsen. Spätestens als sie sich nach seinem letzten vergeblichen Versuch, ihr diesen Mann auszureden, zwei Tage weinend und schmollend in ihre Kammer zurückgezogen hat, ihren verzweifelten Vater nicht hereinließ und nur laut und herzzerreißend schluchzte, war es um den Widerstand des armen Mannes geschehen, und er würde allem zustimmen, wenn sie nur wieder herauskäme und wieder lieb zu ihm sei.

Hakon lacht, als er diese Geschichte hört. Er kennt zwar die hübsche, aber auch willensstarke junge Frau nur flüchtig; doch sein Gefühl sagt ihm, daß die beiden ein gutes Gespann zur Führung des Groothofes sein werden. So stimmt er zu und gratuliert seinem Freund zu dieser Wahl, die den Perser darüber hinaus nach dem Tod des Alten zu einem wohlhabenden Mann machen wird. Die Hochzeit soll in vier Wochen sein, und Hakon hat Ali nach Rücksprache mit seinem Vater angeboten, in der großen Halle der Burg zu feiern, um damit das Ansehen seines alten Freundes bei seinem zukünftigen Schwiegervater und den Menschen im Dorf zu steigern. Ali nahm dankbar an und hat stolz davon Annemarie berichtet, die das sofort ihrer besten Freundin erzählte, und nun weiß es schon der ganze Sprengel und beneidet den Schmied und seine Tochter um ihre engen Beziehungen zur gräflichen Familie.

Als Hakon wieder seine Arbeit auf dem Groothof aufnimmt, wird er von dem Bärenjungen stürmisch begrüßt. Jakob ist in den Wochen seiner Abwesenheit sichtlich gewachsen und spielt sich nun als absoluter Herrscher aller Tiere auf, die Ali im zwischenzeitlich renovierten Stall untergebracht hat. Zuerst hat ihm noch der überhebliche Ganter flügelschlagend und laut schnatternd widerstehen wollen, bis Jakob eines Tages der Geduldsfaden riß und er dem großen Vogel vor der versammelten Gänseschar eine seiner Schwanzfedern ausriß. Der so Gedemütigte begegnete ihm von da an mit großer Achtung. Amüsiert beobachtet Hakon öfter, wie sich das Bärenjunge respektheischend in der Mitte des Hofes aufbaut, auf die Hinterbeine stellt und sich laut brüllend und mit den Vorderbeinen schlagend in Szene setzt. Das tut er grundsätzlich nur dann, wenn andere Tiere in der

Nähe sind, denen Jakob imponieren will. Ali lehrt den heranwachsenden Bären mit großer Geduld, ihm immer mehr bei der Arbeit zu helfen und beispielsweise am Abend auf Kommando die Schafe, Ziegen und Gänse in den Stall zu treiben oder ihm dabei zu helfen, die Wölfe zu vertreiben, wenn die sich bei ihren Streifzügen allzu dicht ans Haus wagen. Ganz geschickt nutzt Ali dabei die natürlichen Veranlagungen des Bären. Jakob zeigt sich überraschend willig und gelehrig und folgt seinem Lehrmeister am Abend ganz selbstverständlich, wie ein menschlicher Schüler, ins Haus, wo er nach wie vor unter der Bank am Kamin seinen Schlafplatz hat. Hakon ist fest davon überzeugt, daß sich Jakob zwischenzeitlich in seinem Bärenherzen für einen Menschen hält und bald der denkbar beste Wächter und Hirte des Groothofs sein wird.

Die Sonne steht schon über den Bäumen am Fluß, als Hakon an diesem Morgen aufwacht. Am gestrigen Abend war es spät geworden. Ali und er besprachen ausführlich alle Veränderungen in ihren Leben, die die Hochzeiten mit sich bringen würden. Dabei sprachen sie auch kräftig einigen Krügen Bier zu und waren erst spät nach Mitternacht ins Bett gefallen. Auch Jakob bekam eine Schale von dem köstlichen Naß ab, das er sehr schätzt. Laut schnarchend lag er auf dem Rücken und streckte alle viere von sich, als Hakon und Ali beim Zubettgehen etwas mühsam die steile Treppe nach oben erklommen.

Hakon erhebt sich gähnend und geht zum Fenster. Unten im Hof lagert schon eine Gruppe von Menschen, die zur Behandlung gekommen sind. Die Leute haben sich um eine laut weinende Frau in ihrer Mitte geschart, die ein Bündel in den Armen trägt. Hakon atmet beklommen tief durch. Da wartet schon wieder jemand voller Verzweiflung auf ihn, damit er das Schicksal wende und das Unmögliche möglich mache. Die grenzenlosen Erwartungen und blinden Hoffnungen, die die Menschen meistens in ihn setzen, erdrücken ihn oft. Von ihren Krankheiten geschlagen, kommen sie zu ihm, um nur möglichst schnell wieder geheilt zu werden. Keiner denkt darüber nach, warum er krank wurde. Niemand will sich daran erinnern lassen, daß doch jeder seines eigenen Glückes Schmied ist. Die Leute sind gewohnt, daß ihnen der Medicus oder die Heilkundigen, die es fast an jedem Ort gibt, Pülverchen, Kräuter oder Salben verordnen und ansonsten keine Fragen stellen. Und so waren seine Patienten sehr erstaunt, als er nach den Ursachen ihrer Erkrankungen forschte. Mangelnde Sauberkeit, einseitige Ernährung oder Unterernährung waren die häufigsten Krankheitsursachen. Aber da gab es auch die Hoffnungslosen ohne Lebenswillen und die wenigen anderen, deren Völlerei sie krank gemacht hatte. Denen redete er ins Gewissen und stärkte ihre seelischen Kräfte, damit die einen wieder Mut faßten und die anderen Maß halten lernten. Dort, wo es ihm nicht gelang, die Einstellung seiner Patienten zu verändern, erlebte er häufig, daß seine Bemühungen entweder ergebnislos blieben oder die eingetretene Besserung bald wieder schwand und die Krankheit oft sogar schlimmer wurde. Hakon hat bereits bei seinen Studien in Palästina erkannt, daß die körperliche Erkrankung immer einen seelischen Konflikt spiegelt, der aber bedauerlicherweise dem betreffenden Menschen meistens nicht bewußt ist. Die Schwierigkeit liegt dann oft darin, dem Betroffenen die Krankheitsursache so zu erklären, daß er sie nicht nur verstehen, sondern auch annehmen kann.

Hakon verzichtet an diesem Morgen auf ein Frühstück und macht sich gleich an die Arbeit. Unter den ersten, die Ali hereinläßt, ist die Frau mit dem Bündel im Arm, die er bereits von oben beobachtet hat. Sie ist in Begleitung eines finster und bedrückt blickenden älteren Mannes. Beide sind gut gekleidet. Erst jetzt erkennt Hakon den ehemaligen Medicus seines Paten, der ihm und seiner Mutter damals so übel mitspielte und sie bei der Inquisition angeschwärzt hat. Er erinnert sich, gehört zu haben, daß dieser nach Ausscheiden aus des Bischofs Diensten die Tochter des Bürgermeisters der nahen Stadt geheiratet hat.

Die in Tränen aufgelöste Frau tritt näher und hält ihm schluchzend das Bündel entgegen. „Bitte, Herr Graf, helft unserem Kind! Wir haben doch nur das eine. Niemand weiß, was es hat, und mein Mann kann ihm nicht helfen. Seit Tagen schreit es nur und bricht alles heraus, was es trinkt."
Hakon schaut in das kleine, blasse und stille Gesicht in der Decke. Reglos und mit geschlossenen Augen liegt das Kind da. Hakon blickt fragend den Vater des Kindes an. Der kommt verlegen näher, faßt nach den Schultern

seiner Frau, als wollte er sie wegziehen und sagt zu dem Heiler: „Verzeiht, Euer Gnaden, die unnötige Störung. Meine Frau bestand darauf. Aber unser Sohn ist kurz bevor wir hier ankamen gestorben. Er war gerade erst ein halbes Jahr alt. Sie will es nicht wahrhaben und hofft verzweifelt, Ihr könntet das tote Kind wieder lebendig machen. Aber hier ist jede menschliche Kunst am Ende." Der Mann redet beruhigend auf die Weinende ein, die sich aber nicht trösten läßt und seine mahnende Hand abschüttelt. Wieder streckt sie dem Heiler beschwörend ihren Sohn entgegen, und der ist erschüttert über die Trauer der jungen Mutter und ihre wider alle Vernunft auf ein Wunder hoffende Mutterliebe. Doch wenn es ihn auch fast innerlich vor Mitgefühl zerreißt, sind seinen Hilfsmöglichkeiten hier doch gottgewollte Grenzen gesetzt. Schon will er seinen Mund öffnen, um ihr sein Bedauern auszudrücken, da läßt ihn unerwartet ein kraftvoll aufwallender innerer Impuls stocken.

Erschrocken sehen die Umstehenden, wie plötzlich mit Hakon schlagartig eine beängstigende Veränderung vor sich geht. Mit einem Mal scheint seine normale Gestalt zu wachsen. Um Kopf und Schultern bildet sich eine strahlende Lichtaura, als wenn ein Dutzend Kerzen hinter seiner hohen Stirn entzündet worden wären. Seine Augen leuchten machtvoll im Glanz eines inneren Feuers, und als er zu sprechen beginnt, ist seine Stimme völlig verändert. Sie klingt nun viel gehaltvoller und tiefer und dröhnt wie der Schlag einer großen Glocke. Hakon selbst erlebt diese Verwandlung ähnlich wie die seinerzeitige Inbesitznahme durch seine verstorbene Mutter, als sie in Konstanz direkt mit seinem Vater sprechen wollte. Nur daß die Kraft dieses Wesens größer und reiner zu sein scheint. Auch bleibt sein Bewußtsein diesmal wach, und so kann er wie ein Zuschauer das Geschehen miterleben. Und so, als außenstehender Betrachter, erkennt er plötzlich, daß es sich bei dem Geistwesen um Hanael handelt, der sich in dieser Situation Hakons Körper bedient. Die Menschen im Raum sind ängstlich zurückgewichen und stehen wie gebannt, als der Engel durch ihn zu sprechen beginnt:

Der Friede Gottes sei mit euch! Seine Worte sollt ihr
durch mich hören!
Was ihr nun erlebt, ist allein Sein Werk, kein
Dämon kann es je zerstören.
Vertraut dem göttlichen Licht und Seiner Liebe Kraft,
die keine Grenzen kennt und Herrliches in euch erschafft.
Wachsen soll der Liebe Weinstock in euren ängstlichen Herzen
dann wird der süßen Trauben Frucht lindern eure Schmerzen.
Großes wird geschehen, und jeder hier kann es bezeugen:
Nur Liebe schafft Leben, davor muß sich selbst Satan beugen!
So geht hinaus und verkündet jauchzend der Liebe Macht,
wenn bald von begnadeter Hand Wunderbares ist vollbracht.
Ist's auch ein Engel im Menschen,
der diesmal öffnet des Schicksals Ringe,
ist eines doch gewiß: Gott allein, bleibt die Ursache aller Dinge!

Kaum sind diese Worte im Raum verklungen, tritt der Engel in Gestalt
Hakons auf die Frau zu und legt seine Rechte segnend auf den Kopf des
Kindes und seine Linke auf den der Mutter. Rosenduft verbreitet sich im
Zimmer und ein ferner himmlischer Gesang ist zu hören. Mutter und Kind
sind wie in ein überirdisches Licht getaucht, und ein strahlendes Lächeln
verklärt die Züge der jungen Frau. Ihr Mann ist gleich zu Beginn erschrokken zurückgefahren und verfolgt mit aufgerissenen Augen und angehaltenem Atem aus einiger Entfernung, was geschieht. Ali und die anderen
Hilfesuchenden stehen wie erstarrt, zwei ältere Frauen sind auf die Knie
gesunken und beten laut und inbrünstig.

Da, auf einmal, bewegt sich das Kind, öffnet die blauen Augen und
blickt Hakon direkt an. Ein liebliches Lächeln verzaubert sein Gesicht,
und dann lacht es plötzlich laut und herzhaft. Ein Aufstöhnen geht durch
die Versammelten, die das Wunder nicht fassen können. Tränenüberströmt
aber überaus glücklich greift die Frau nach des Engels rechter Hand, um
sie demütig zu küssen. Der entzieht sie ihr sanft mit einer liebevollen, nach
oben weisenden Handbewegung, die besagen soll, daß sie sich bei Gott

bedanken muß. Dann segnet er mit einer fließenden Bewegung seiner Rechten die Anwesenden, und einen Moment lang tanzen im Halbdunkel des Raumes violette Feuerzungen auf den Häuptern der tief ergriffenen Menschen. Später schildern sie diese Erfahrung wie das warme Einströmen von lebendig wirkendem Wasser. Dann wendet sich der Engel um, und als er sich entfernt, kommt es den Beobachtern so vor, als wenn seine Gestalt schrumpfen würde. Das aurische Licht erlischt, und ein etwas mitgenommener Hakon läßt sich erschüttert auf einen Stuhl an der gegenüberliegenden Wand sinken. Er bedeckt seine Augen mit der Hand und fordert Ali mit einem Wink auf, alle im Raum nach draußen zu schaffen. Was er jetzt unbedingt braucht, ist Ruhe und Alleinsein, um wieder zu sich zu kommen.

Dabei ist es weniger das, was der Engel tat, was Hakon so aufwühlt, sondern das, was er persönlich - unbemerkt von den anderen - in diesen Augenblicken entdecken konnte. Man hat ihm nicht nur erlaubt, im Äußeren Zeuge und Werkzeug göttlichen Willens zu sein. Nein, das Wunder plötzlichen Begreifens, das er erleben durfte, war für ihn noch viel größer, spielte sich aber ausschließlich im tiefsten Inneren seines Herzens ab.

Hakon sah mit geistigen Augen eine paradiesische Gartenlandschaft. Auf einem grünen Hügel, umrahmt von den herrlichsten und farbenfrohsten Blumen, die man sich denken kann, stand ein licht- und farbensprühender Tempel aus Kristall. Seine Säulen ragten hoch in den strahlend blauen Himmel, an dem eine riesige Sonne prunkte, hinter der der Ball einer noch mächtigeren, aber etwas weiter entfernteren, schwarzen Sonne den Raum ausfüllte. Eine leise, aber trotzdem unglaublich durchdringende Stimme, die gleichzeitig aus beiden Sonnen zu kommen schien, verkündete ihm, daß dies der Tempel seines Herzens sei und Hakons göttlicher Geist, der aus den Himmeln und Sphären des Lichts gekommen sei, die die beiden Sonnen verkörperten, während eines Menschenlebens dort seinen Sitz habe. Und mit fassungslosem Staunen sah er den Engel Hanael auf diesen Kristalltempel zuschweben und durch seine geöffneten Tore im Inneren verschwinden, die sich wie von Zauberhand lautlos hinter ihm schlossen. Und plötzlich war ihm alles klar! Hakon verstand in diesem Augenblick, daß er in der

Gestalt Hanaels seinem eigenen Höheren Selbst, seinem Geistwesen, gegenüber steht; daß er, Hakon, eine Verkörperung dieses Engels ist und sie beide letzlich eins sind.

Bei dieser Erkenntnis schießen Hakon heiße Tränen in die Augen, und er muß, so erregt und aufgewühlt wie seit seinen Kindertagen nicht mehr, fassungslos weinen. Die Erschütterung ist so groß, daß er, nachdem die anderen den Raum verlassen haben, vom Stuhl sinkt und sich wie der Gekreuzigte flach und mit ausgestreckten Armen auf den hölzernen Boden legen muß. Seine weit geöffneten Augen sehen blicklos an die Decke. Immer noch hält ihn dieses unglaubliche Bild gefangen. Stunden scheinen zu vergehen, bis die Eindrücke langsam verblassen, er sich wieder gefangen hat und sich dann erheben kann. Als er vor die Tür tritt, sind die Kranken und alle Rat- und Hilfesuchenden verschwunden. Ali erhebt sich von einem Felsblock, auf dem er geduldig gesessen und über die Ereignisse nachgegrübelt hat und kommt langsam auf ihn zu. Ein paar Schritte vor Hakon fällt er dann plötzlich nach seiner Heimat Sitte auf die Knie und will die Füße seines Freundes küssen. Schnell beugt sich der Heiler zu ihm hinab und hebt ihn auf. „Ali, knie nie wieder vor einem Menschen! Hast du nicht verstanden, daß alles Gottes Werk war und ich nur sein Werkzeug bin? Also gebührt ihm aller Dank und alle Verehrung. Und nun sage mir, wo die anderen sind!" Von dem ehrfürchtigen Ali erfährt er dann, daß das glückliche Elternpaar mit seinem vom Tod erweckten Sohn nach Hause zurückgekehrt sei, um von dem unglaublichen Wunder zu berichten, das sich hier ereignet habe. Die restlichen Patienten seien gefolgt, und so seien alle in einer regelrechten Prozession und laut Gott lobend in die Stadt gezogen. Der Medicus aber ließ ihm ausrichten, daß er nun von Hakons göttlichem Auftrag fest überzeugt sei, seinen damaligen Unglauben bitter bereue und flehentlich um Verzeihung für seine gottlosen Taten bitte. Er erflehe auch Gottes Vergebung, der ihn durch dieses unerwartete Geschenk seiner Liebe zutiefst beschämt habe. Als Ali seine Botschaft beendet hat, umarmt ihn Hakon, und beide beschließen, einen Spaziergang am Flußufer entlang zu machen, um wieder einen klaren Kopf zu bekommen.

Die Nachricht von der Totenerweckung des Kindes hat im ganzen Land großes Aufsehen erregt. Seitdem treffen täglich schon vor Sonnenaufgang die ersten Hilfesuchenden ein, und die letzten kommen oft erst, wenn es draußen schon dunkel wird. Man bringt Schwerkranke auf Bahren von weit her und inzwischen auch mit Booten aus der Stadt. Hakon kommt tagsüber kaum noch zur Ruhe und muß bald feststellen, daß er immer öfter an seine körperliche Leistungsgrenze stößt.

Als er kurz vor Alis Hochzeit wieder einmal abends wie zerschlagen auf sein Bett sinkt und kaum noch in der Lage ist, sein abendliches Gebet zu sprechen, meldet sich seit längerer Zeit wieder einmal seine Mutter in ihm. Er sieht mit inneren Augen ihren besorgten Blick auf sich ruhen und fühlt deutlich ihre wohltuenden Hände auf seinem Körper, die ihm Kraft spenden. Entspannt sinkt er zurück und genießt zutiefst die Ruhe und den Frieden, die sich in ihm ausbreiten. „Mein Sohn, du mußt mehr auf deine Gesundheit achten! Es ist niemandem damit gedient, wenn du dich durch den Dienst am Nächsten so aufreibst. Es ist nun an der Zeit, daß du Hilfe bei deiner Heilertätigkeit erhältst. Wie euch Hanael in der Höhle bereits ankündigte und nachdem er inzwischen Ali durch regelmäßige Schulung vorbereitet hat, ist nun der Zeitpunkt gekommen, wo du, Hakon, deinen Freund initiieren kannst, damit auch er zukünftig als Heiler und Bote des göttlichen Lichts wirken kann. Geht morgen zur Mittagsstunde, wenn die Sonne am höchsten Punkt des Himmels steht, hinunter in das Heiligtum. Meditiert vor der ewigen Flamme und macht euch leer für das Folgende. Mehr brauchst du im Moment nicht zu wissen. Als die Mutter deines jetzigen Lebens segne ich dich mit meiner Liebe und freue mich, daß dieser nächste wichtige Schritt in eurer beider Entwicklung im mütterlichen Schoß der Erde stattfinden wird. Der Friede Gottes sei mit euch!" Noch im Einschlafen spürt Hakon die Hände seiner Mutter über seinen Körper gleiten und fühlt sich wie damals als Kind, als Jadasa ihn oft in den Schlaf wiegen mußte.

Als Hakon ihm am nächsten Morgen die gute Nachricht bringt, ist Ali zunächst etwas erschrocken, dann aber Feuer und Flamme. Sein nächster Gedanke ist, daß es doch sehr schade sei, daß seine Mutter diesen Tag nicht mehr erleben durfte. Doch bald darauf sieht er sich schon in einem Raum

213

des Groothofs sitzen, den er selbst seinerzeit für damals noch unbekannte Zwecke hergerichtet hat, und dort nun selbst Kranke heilen. Ausgelassen umarmt er Jakob, der erfreut über dieses neue Spiel sofort versucht, mit seinem Lehrer einen Ringkampf zu veranstalten. Als beide sich wieder beruhigt haben, fordert Hakon Ali auf, alle Patienten, die nicht schwerkrank sind, auf morgen zu vertrösten und nach Hause zu schicken. Anschließend beeilt er sich, die ernstlich Kranken so gut wie möglich zu behandeln und zu versorgen. Die Sonne steht fast im Zenit, als sich die beiden Freunde auf den Weg in das unterirdische Heiligtum machen. Jakob, der nicht akzeptieren kann, daß man ihm nie erlaubt, ihnen dorthin zu folgen, verzieht sich mürrisch und beleidigt unter die Bank.

In der Höhle angekommen, lassen sich beide mit dem Rücken an der Wand nieder. Konzentriert blicken sie in die ruhig brennende Flamme auf dem gegenüberliegenden Altar, schließen dann die Augen und lassen sich in die Meditation gleiten. Nach einer Weile stiller Versenkung fordert sie plötzlich die laute Stimme Hanaels auf, die Augen wieder zu öffnen und seinen Worten zu lauschen. Etwa fünf Fuß über dem Altar schwebt erneut der Lichtball. Von dort kommt auch diesmal die Stimme, die ihnen erklärt, wie die Initiation erfolgen soll. Hakon ist nach wie vor sehr von dem Mysterium beeindruckt, daß ein Teil seiner Gesamtpersönlichkeit - sozusagen sein spiritueller Kern - in der Lage ist, sich ihnen getrennt von seinem menschlichen Körper als Lichtwesen zu präsentieren. Er hat Ali nichts von seinem inneren Erleben während Hanaels äußerem Auftreten vor den Eltern des toten Kindes und den anderen Kranken erzählt. Das ist ein Geheimnis, das nur ihn etwas angeht. Niemand könnte es verstehen, und man würde ihn wahrscheinlich bestenfalls für einen Aufschneider, schlimmstenfalls aber für vom Dämon des Hochmuts besessen halten. Wenn man dagegen Hanael und ihn auch weiterhin als getrennte und selbständige Wesen ansieht, so hat das für Hakon den großen Vorteil, daß er zwar erkennbar als Sprachrohr oder Medium des Engels dienen kann, aber letztlich nicht für dessen Botschaften oder Taten verantwortlich zu machen sein wird. Darüber hinaus werden die Menschen eher und leichter in der Lage sein, das Heilige von dem Profanen und Menschlichen zu trennen.

Die Stimme des Engels fordert sie beide auf, sich nach seinem Verschwinden zu erheben. Ali soll mit dem Gesicht zur Flamme und mit ausgestreckten Armen vor den Altar treten. Hakon soll sich hinter ihn stellen und entlang der Wirbelsäule Alis mit einer fließenden Bewegung seiner beiden Hände vom Scheitel- bis zum Basis-Zentrum die Aura entlang streichen, bis für ihn intuitiv erkennbar die Verbindung zwischen Himmel und Erde, die diese beiden Zentren repräsentieren, hergestellt sei. In einem zweiten Schritt sollen die beiden Dreiecke des Sechssterns, der ein Sinnbild der harmonischen Verschmelzung des Göttlichen mit seiner Schöpfung sei, in Alis Aura verankert werden. Dazu sei es nötig, durch entsprechendes Ausstreichen der Aura zuerst das obere, göttliche Dreieck zu etablieren, dessen Eckpunkte der Scheitel und die beiden Zentren in den Handflächen seien. Danach solle das Gleiche mit dem nach unten gerichteten Dreieck geschehen, dessen Basis die Linie durch die Hände und dessen Spitze der Steiß sei - und das die Schöpfung vertrete. Hanael erklärt weiter, daß, wenn man diesen symbolischen Ausdruck eines ausgeglichenen Dualsystems zeichnerisch darstellen wolle, man die Verbindung zwischen Himmel und Erde durch das Ineinanderlegen beider Dreiecke verdeutlichen müsse. So entstünde dann das Bild des allseits bekannten Hexagramms, das in der jüdischen Mystik Symbol des Bundes zwischen Gott und seinem auserwählten Volk, vertreten durch sein Königsgeschlecht, sei und deshalb auch Davidstern genannt werde.

Voll konzentriert folgt Hakon den Erklärungen und Anweisungen seines Höheren Selbst. Er ist froh über seine früheren Studien der magischen Symbole, die ihm nun helfen, das von Hanael Gesagte zu verstehen. Ali dagegen ist von dem Gehörten hoffnungslos überfordert, wie sein Gesichtsausdruck deutlich zum Ausdruck bringt. Aber er braucht es auch nicht zu begreifen, wichtig ist nur, daß es Hakon vermag, der die Initiation ja schießlich durchführen soll. Und so gibt sich der Perser ganz dem gefühlsmäßigen Erleben dieser Situation hin und überläßt es seinem jüngeren Freund, den schwierigen Erklärungen des Geistwesens zu folgen.

Ein paar Augenblicke später verabschiedet sich Hanael mit der Zusicherung, daß Hakon es mit Gottes Hilfe ganz sicher schaffen werde, die geistigen Kräfte in seinem Freund freizusetzen. Der Heiler hat diesbezüglich seine Zweifel, aber das nützt jetzt auch nichts mehr. Hakon spürt fast körperlich Alis vertrauens- und erwartungsvollen Blick auf sich ruhen. Seufzend erhebt er sich. Ali folgt ihm, und beide treten an den Altar. Dann bittet Hakon seinen Freund, sich mit dem Gesicht zur ewigen Flamme zu wenden und die Arme waagrecht auszustrecken. Er tritt hinter Ali und beginnt mit den rituellen Gesten, wie Hanael sie ihm erklärt hat. Sehr schnell nimmt Hakon wahr, daß eine neue Energie aus seinen Händen strömt, die dabei ganz heiß werden. Der aurische Strahlenmantel seines Freundes baut sich zunehmend auf und wirkt größer und kraftvoller als vorher. Vom Herzen Alis fließt nun ein besonderes Licht zu seinen Hand-Zentren, die wie kleine Sonnen zu leuchten beginnen.

Als das Initiationsritual beendet ist, stehen beide noch eine Weile still und gedankenversunken am Altar. Plötzlich beginnt Ali in die Stille hinein sehr bewegt von seinen Erfahrungen während der Kraftübertragung zu berichten. „Ich danke dir von ganzem Herzen, Hakon! Da du hinter meinem Rücken standest, konnte ich zwar nichts sehen, dafür aber umso besser fühlen, was du tatest. Es war zuerst so, als wenn sich Feuer entlang meines Rückgrats von unten nach oben ausbreiten würde. Ich spürte, wie ich entlang dieser Linie stark zu schwitzen begann, und mein Hemd ist jetzt dort, wie du sicherlich bemerkt hast, schweißnaß. Als du die beiden Dreiecke in meiner Aura nachgezogen hast, hatte ich ein Gefühl, als wenn gleichzeitig mein Herz und meine Hände anschwellen würden, und auch sie wurden ganz warm. Dann hatte ich den Eindruck, als würdest du einen Schleier von meinen Augen ziehen und mir ein neues Sehen ermöglichen. Tatsächlich hatte ich plötzlich die Vorstellung, daß überall, wohin ich blickte, kraftvolle, farbige Schleier im Raum schwebten, und einen Augenblick glaubte ich, durch die Felswand nach außen schauen und den Fluß sehen zu können. - Da! Jetzt, wo ich davon spreche, kommt es wieder! Ich kann tatsächlich auf eine bestimmte Art in und gleichzeitig durch deinen Körper sehen! Was für ein erstaunlicher und auch unheimlicher Anblick! Sag mir, wie kann das sein?" Beruhigend legt Hakon dem aufgeregten Ali die Hände auf die Schultern und schaut dabei fest in die weit aufgerissenen

Augen seines Freundes. „Beruhige dich! Die Initiation erweitert natürlich das Spektrum deiner Wahrnehmung. Du siehst jetzt nicht nur mit äußeren, sondern auch mit inneren Augen. Und die sehen bekanntlich mehr und weiter. Aber die Wirkung ist nicht auf das Sehen begrenzt. Du wirst auch auf eine andere Art hören und fühlen lernen. Alle fünf Sinne werden sich mehr oder weniger erweitern. Daran wirst du dich bald gewöhnen. Darüber hinaus wirst du das Licht deines Herzens über deine Hände abgeben und so heilen können. Ab morgen früh sollst du deine eigenen Patienten haben und erleben, was es heißt, Kraft und Licht in kranke menschliche Körper einströmen zu lassen. - Aber nun wollen wir zuerst beten und für alles danken und dann noch ein wenig meditieren, damit du wieder zur Ruhe kommst."

Hakon legt seinen Arm um Ali und führt ihn zurück zu seinem Platz an der Höhlenwand. Sie setzen sich wieder hin, und jeder spricht ein stilles Dankgebet. Die anschließende Versenkung ist so tief, daß sie beide darüber die Zeit vergessen und erst nach mehr als einer Stunde wieder aus der Meditation erwachen. Schweigend steigen sie durch den engen Gang nach oben, wo sie bereits von dem ungestümen Bärenjungen ungeduldig erwartet werden. Dann machen sich beide daran, zum Dank und zur Feier des Tages wie bei einer Opferzeremonie ein Lamm zu schlachten. Damit wollen sie morgen die vom langen Weg ermatteten Kranken und ihre Begleiter speisen. Sie selbst werden für den Rest des Tages fasten. Jakob allerdings wird für seine Geduld und sein langes Ausharren mit den Eingeweiden des Tieres belohnt, und der junge Bär hat keinerlei Hemmungen, auf diese pietätlose Art eines ehemaligen Spielkameraden und Mitbewohners zu gedenken.

Die Wochen gehen ins Land, und Ali erweist sich als einfühlsamer und liebevoller Heiler. Die Menschen kommen gern zu ihm, manche lieber als zu Hakon, den viele wegen seiner Ermahnungen und strengen Ansichten fürchten. Dann ist der Tag von Alis und Annemaries Hochzeit gekommen. Das ganze Dorf ist in die Burg eingeladen, und der Vater der Braut stolziert wie ein Pfau durch die große Halle. Man könnte meinen, er sei der Hausherr. Dem Brautpaar ist dieses Verhalten zwar peinlich, aber Hakon beruhigt sie mit dem Hinweis, daß dieser Tag für jeden Vater einer Tochter von besonderer Bedeutung sei und man dafür Verständnis aufbringen müsse. Kurz darauf hat das extra zu diesem fröhlichen Anlaß gebraute Starkbier seine Wirkung getan. Der Schmied, der bereits seit dem frühen Morgen dem beliebten Getränk seine Referenz erwiesen hat, geht plötzlich in die Knie, und zwei kräftige Knechte haben alle Mühe, den korpulenten Mann in eine Kammer zu schleifen, wo er seinen Rausch ausschlafen kann. Auch Karl von Donarsberg verabschiedet sich bald. Mit seiner Gesundheit geht es immer mehr bergab, und Hakon fragt sich besorgt, ob sein Vater noch genug Kraft haben wird, an seiner Hochzeit auf Gut Wallenberg teilzunehmen. Um wenigstens heute abend den anstrengenden Alltag zu vergessen, stürzt sich Hakon in das Getümmel und schließt sich einer Gruppe von Tänzern an, die einen in dieser Gegend üblichen bäuerlichen Hochzeitstanz aufführen wollen. In seinen Gedanken ist er beim Tanzen ganz bei seiner geliebten Helena. Keines der Mädchen und jungen Frauen, die ihm heute abend schöne Augen machen, kann sich mit ihr vergleichen. Und so träumt er während des Tanzens davon, seine Geliebte im Arm zu halten, sich mit ihr schnell im Kreis zu drehen und dabei in ihre lachenden Augen zu schauen. Erst als er sich der atemlosen Tochter des größten Bauern der Umgebung bewußt wird, die sich mit roten Wangen schmachtend an ihn drückt, wird ihm klar, daß ihn seine große Sehnsucht ungewollt in eine verfängliche Situation gebracht hat. Hastig verabschiedet er sich von der enttäuschten Schönen, winkt aus der Ferne dem Brautpaar zu, das soeben von einem Pulk junger Leute aus dem Dorf bedrängt wird, und geht dann in sein Schlafgemach. Als er noch einmal aus dem schmalen Fenster in die dunkle Landschaft blickt, ziehen plötzlich nacheinander mehrere leuchtende Sternschnuppen über den Horizont. Er ist zwar nicht abergläubisch, aber man kann ja nie wissen, und deshalb wünscht er sich rasch ein glückliches Zusammenleben mit Helena und daß sie ihm viele gesunde Kinder schenken möge. Über seinen Rückfall in althergebrachte Bräuche muß er anschließend selbst lächeln und dabei daran denken, daß ja heute Nacht die Hochzeitsnacht von Ali und Annemarie ist und es von daher ange-

218

brachter wäre, zuerst einmal diesen beiden reichen Kindersegen zu wünschen.

Nachdenklich schaut Hakon in den von Fackeln erleuchteten Burghof hinunter. Wer von ihnen wird wohl zuerst Nachwuchs bekommen? Die beiden da unten in der Halle oder Helena und er? An ihm soll es nicht liegen, wenn es darum geht, für zahlreiche Nachkommen des gräflichen Geschlechts zu sorgen. Ein übermütiges Grinsen zieht bei diesen frivolen Gedanken über sein Gesicht. Und er muß dabei an seine beiden Halbbrüder unten im Dorf denken, die der lebende Beweis dafür sind, daß die Grafen von Donarsberg aus ihrem Selbstverständnis heraus seit jeher gehorsam dem Bibelwort folgten: „..seid fruchtbar und mehret euch."

Der Tag der Hochzeit von Helena und Hakon kommt näher, und so machen sich die Herren von Donarsberg an einem windigen Herbsttag in Begleitung einiger Knechte und Mägde auf den Weg in die Heimat der Braut. Beklommen beobachtet Hakon unterwegs seinen Vater ab und zu von der Seite. Karl von Donarsberg ist in den letzten Wochen erschreckend schmal und blaß geworden. Wie ein Greis sitzt er vorgebeugt im Sattel, die Hände, die die Zügel halten, zittern meistens leicht. Das inzwischen vollkommen ergraute Haar fällt ihm lang auf die Schulter, kann aber nur mühsam die eingefallenen bleichen Wangen verdecken. Der alte Graf spürt die Besorgnis seines Sohnes und versucht mit bewußt lockeren und munteren Reden von seinem Zustand abzulenken. Tatsächlich ist er selbst unruhig und besorgt, seit er vor einigen Monaten erstmals Blut in seinem Stuhl entdeckte und seit dieser Zeit auch ziehende Schmerzen im Unterleib verspürt. Er ahnt, daß da etwas in ihm wächst, das ihm den Tod bringen wird. Nicht, daß er Gevatter Tod fürchtet. Nein, aber er hätte noch zu gern sein erstes Enkelkind erlebt und wäre am liebsten mit der Gewißheit ins Grab gestiegen, daß genügend männliche Nachkommen vorhanden sind, die den Fortbestand seines Geschlechts gewährleisten werden. Aber sein rapider Gewichtsverlust, der inzwischen dazu führte, daß ihm alle seine Kleider viel zu weit sind, sagt ihm, daß ihm nur noch wenig Zeit bleibt und er seine Dinge regeln muß.

Ohne Angst und sogar mit verhaltener Freude rechnet Karl von Donarsberg fest damit, bald wieder mit seinem geliebten Weib vereint zu sein. Das Leben auf Erden, ohne sie an seiner Seite, hat ja für ihn schon seit langer Zeit keinen Reiz mehr. Ganz bewußt hat er auf jede medizinische Hilfe verzichtet. Der Wein half ihm bis jetzt, die ärgsten Schmerzwellen zu verkraften. Jadasas Drängen, doch Hakon um Hilfe zu bitten, hat er kategorisch abgelehnt. Und so tut sie alles, was sie als unverkörpertes Wesen vollbringen darf und kann, um ihm seine letzten Tage auf Erden so leicht und angenehm wie möglich zu gestalten. Sie wacht über seinen Schlaf und gibt ihm so viel Kraft wie nötig, daß er noch die Hochzeit seines Sohnes miterleben kann. Nur darum hat er sie gebeten.

Als sie nach vier Tagen auf Gut Wallenberg ankommen, werden sie von Helena und ihrer kleinen Schwester bereits zu Pferd am Taleingang erwartet. Lange liegt sich das Brautpaar in den Armen, und auch Sarah drückt ihren Retter heftig und voller Freude darüber, nun endlich einen Bruder zu haben, an sich. Hannibal, ihr Hirtenhund, umrundet wild bellend die Gruppe, so daß die Pferde unruhig werden und man sich schließlich voneinander löst, wieder aufsteigt und in fröhlichem Galopp auf das Gut zureitet. Karl von Donarsberg folgt langsam in angemessenem Abstand. Es tut ihm gut, macht ihn aber auch gleichzeitig wehmütig, die Liebe zwischen Hakon und Helena zu beobachten, erinnert es ihn doch stark an seine Gefühle für Jadasa. Wieder steigt diese Sehnsucht nach ihr schmerzlich in ihm auf. Es ist zwar schön, innerlich mit ihr reden zu können. Aber ihm fehlt die Zärtlichkeit und Wärme ihrer Umarmungen, die ihn immer seine Alltagssorgen vergessen ließen und ihm Friede und Lebensfreude schenkten. Er hofft sehr, daß es im Jenseits wieder so sein wird, wie er es von ihrem irdischen Zusammensein so beglückend in Erinnerung hat. Bald darauf haben auch er und seine Begleiter das Gut erreicht, und Berthold und Elisabeth von Wallenberg geleiten ihren Ehrengast in seine Gemächer, damit er sich etwas von der anstrengenden Reise erholen kann. Erfreut nimmt der Graf noch zur Kenntnis, daß Hakons Pate, der Bischof von Metz, bereits angekommen ist. Arnulf wird in der Kapelle die Hochzeitsmesse lesen, die auf Wunsch der Braut nur im familiären Kreis in den Räumen des Gutes stattfinden soll. Hakon war damit sehr einverstanden gewesen, zumal es ihn vor einer großen Hochzeit mit vielen Gästen, zu denen er keine Beziehung haben und die man nur der Etikette und der Politik halber einladen würde, grauste. Den Brauteltern, die nicht so begütert sind wie der Graf von Donarsberg, kam das sehr gelegen, und Karl selbst war schon seinerzeit, als die Hochzeit geplant wurde, zu müde und zu erschöpft gewesen und bereits an den Dingen dieser Welt nicht mehr genug interessiert, um dagegen Einspruch zu erheben.

Im Kamin verglühen die Reste der Buchenscheite, die eine fürsorgliche Magd am Abend entzündet hat. Eine rußende orientalische Öllampe auf dem Kaminsims und die drei Kerzen des schmiedeeisernen Leuchters gegenüber an der Wand verbreiten ein warmes rotgelbes Licht. Die flackernden Flämmchen zaubern geheimnisvolle Schatten auf die weißen wallenden Vorhänge, die vom Himmel des Hochzeitsbetts bis auf den Boden fallen. Nachdem man sie endlich alleingelassen hat, liegen Helena und Hakon etwas verlegen in den neuen Laken des großen und fast quadratischen Bettes. Das Tuch unter ihnen fühlt sich noch hart und rauh an. Die beiden frisch Vermählten tragen die üblichen Schlafgewänder, die traditionell für die Hochzeitsnacht vorgesehen sind.

Der Tag ihrer Vermählung war wie im Flug vergangen. Zumindest ist es Helena so vorgekommen, die das Gefühl hat, daß dieses für sie so wichtige Fest, vom ersten Hahnenschrei heute morgen bis zum abendlichen zeremoniellen Defilee der Verwandten und wenigen Gäste am Hochzeitslager, viel zu schnell zu Ende ging. Soeben erst hat sich die Tür des Brautgemachs hinter der letzten Besucherin geschlossen. Es war Helenas Mutter gewesen, die ihrer Tochter im Hinausgehen noch einen aufmunternden Blick und einen beruhigenden Klaps auf die Wange verabreichte. Wenn sie ahnen würde, wie freudig ihre Älteste dieser Nacht entgegengefiebert hat, wüßte sie, daß ihre Befürchtungen, die auf eigener trauriger Erfahrung beruhen, gänzlich unbegründet sind.

Wie auf Kommando drehen sich die beiden Vermählten plötzlich zueinander und stoßen dabei fast zwangsläufig heftig mit den Köpfen zusammen. Das befreiende Gelächter und gegenseitige liebevolle Massieren ihrer schmerzenden Köpfe entkrampft die Situation und schafft stattdessen eine

Atmosphäre von zärtlicher Vertraulichkeit und steigender Erregung. Während die zwei bald darauf in einem innigen Kuß versinken und Hakon dabei verspielt in den langen blonden Haaren seiner jungen Frau wühlt, streichelt sie mit ihrem nackten Fuß und der Innenseite ihres Schenkel sein haariges Bein und die muskulöse Hüfte. Wohlig erschauernd bemerkt sie, wie sein Nachtgewand hochrutscht und sie zunehmend in Kontakt mit seinem nackten männlichen Körper kommt. Helenas Hände streicheln sanft über Hakons feste Hinterbacken und sie spürt, wie ihr dabei sein ganzer Körper freudig und lustvoll entgegen drängt. Plötzlich fühlt sie an ihrem Bauch die harte Lanze seines erregten Gliedes. Spontan löst sie sich aus seiner heftigen Umarmung, streift sich und ihm die Hemden von den erhitzten Leibern und gleitet dann geschmeidig mit ihren roten Lippen an seiner behaarten Brust hinab. Zärtlich erforscht sie dann mit ihrer Zungenspitze die Tiefe seines Nabels. Ein Zucken läuft durch Hakons Unterleib, und zum ersten Mal stöhnt er leise. Das beflügelt und erregt Helena. Sie selbst spürt, wie unten in ihrem Schoß ein drängendes Sehnen erwacht. Sie beugt sich tiefer hinab, bis sie mit ihrer feuchten Zunge zärtlich seine pralle Eichel umschmeicheln kann. Diese intime Berührung läßt Hakon jetzt laut aufstöhnen. Fast verrückt vor Verlangen, drückt er den Kopf seiner Frau gegen seinen angespannten Bauch, so daß sein steifes Glied tief in den lockenden weiblichen Mund eintaucht. Unbewußt und nur von ihrem instinktiven Gefühl geleitet, reagiert Helena genau richtig. Ihre Lippen umschließen kraftvoll den harten Schaft und fahren an ihm immer schneller werdend auf und ab.

Hakon hat sich vor Neugier und leidenschaftlicher Erregung halb aufgerichtet und betrachtet voller Bewunderung die geschwungene Linie ihres nackten Leibes, der im Kerzenlicht wie Seide schimmert. Seine warmen Hände wandern fordernd über ihren Rücken, teilen die erregt zitternden Gesäßbacken und liebkosen zärtlich den sanften Flaum zwischen ihren Schenkeln. Hakons Fingerspitzen gleiten nun sanft und verführerisch unter leichtem Massieren durch die weiche Umarmung ihrer feuchten Schamlippen und treffen dort auf eine kleine Knospe, die schon bei der ersten zarten Berührung heftige Wellen sinnlichster Erregung durch den Körper seiner Frau jagt. Aufstöhnend lassen Helenas Lippen das Glied ihres Mannes los. Sie läßt sich keuchend neben ihn sinken und zieht Hakon dann mit einer fließenden Bewegung über sich. Ihre Schenkel spreizen sich, ihr Becken drängt sich ihm einladend entgegen, und so dringt Hakon mit einem machtvollen Stoß bis zur Wurzel seines Gliedes in ihren bebenden Schoß ein.

Ein kurzer Schmerz durchzuckt Helena. Dann versinken beide in einer wilden Woge leidenschaftlichster Gefühle und verlieren sich anschließend in einem so ungeheuren Glücksgefühl, daß sie fast ohnmächtig werden. Während Liebe und Lust das Paar überfluten, schießt auf dem Höhepunkt ihrer Einswerdung ein heißer Strom ungebändigter Lebenskraft aus des Mannes Lenden in der Frau empfängnisbereiten Leib und findet seinen Weg zu den Quellen des Lebens. Später ist ihnen beiden klar, daß bei dieser ersten wunderbaren Vereinigung auch ihr erstes Kind gezeugt wurde. Ermattet und schweißüberströmt liegen sie noch lange in innigster Umarmung beieinander und sinnen staunend über diese Urgewalt nach, die sie soeben gemeinsam auf die höchsten Gipfel lustvollen Erlebens katapultiert hat. Ohne es zu merken, schlafen sie dann ineinander verschlungen friedlich ein und werden erst von den Strahlen der Morgensonne geweckt.

Nachdem das junge Ehepaar am späten Vormittag im Kreis der Familie ausgiebig gespeist hat, bittet der Bischof Hakon und Helena, ihn auf einem Spaziergang zu begleiten. Die Laubbäume der Allee und des nahen Waldes haben sich bereits herbstlich verfärbt und leuchten in allen Schattierungen von rot, braun und ockergelb. Tannen und Fichten, die wie ein grünes Band den Mischwald durchziehen, hängen voll reifer, dunkelbrauner Zapfen. Mehrere muntere Eichhörnchen mit ihren buschigen Schwänzen hüpfen von Ast zu Ast und sammeln Vorräte für den Winter. In einem Gatter zu ihrer Linken grast im hellen Sonnenlicht eine Herde Pferde. Die einjährigen Fohlen tollen übermütig um ihre Mütter, die geduldig stillhalten, wenn ihr stets hungriger Nachwuchs mit heftigen Stößen in den mütterlichen Bauch nach mehr Milch verlangt. Einige Mägde und Knechte sind mit letzten Arbeiten in den Gärten und auf den bereits abgeernteten Feldern beschäftigt. Das Gut und das umgebende Land vermitteln den

Eindruck geruhsamer Gelassenheit, wie nach einer gewonnenen Schlacht. Die Ernte ist glücklich eingebracht, die Scheunen und Speicher sind voll, und auch die Aufregung der letzten Tage beginnt sich zu legen. Der Alltag kehrt wieder ein.

Hand in Hand folgen die frisch Vermählten dem alten Priester, der ihnen, mit gesenktem Kopf und auf einen Gehstock mit massiv silbernem Knauf gestützt, langsam vorausgeht. Plötzlich bleibt Arnulf von Metz unvermittelt stehen, dreht sich zu den beiden um und sagt. „Es tut mir sehr leid für euch! Aber ich glaube, ihr werdet euer junges Glück nicht lange ungestört genießen können. Ich habe bewußt bis nach eurer Hochzeit gewartet, um euch über ein Unwetter ins Bild zu setzen, das sich über euren Häuptern zusammenbraut." Der Bischof schweigt nachdenklich, und Helena schaut Hakon betroffen und fragend ins Gesicht. Ihr Mann kann nur ratlos mit den Schultern zucken, ist er doch genauso überrascht wie seine Frau. „Was meint ihr damit, Pate? Erklärt euch bitte näher!" Hakon hat sich vor dem Priester aufgebaut und versperrt ihm Antwort heischend den Weg. Etwas gequält schaut ihm Arnulf in die blauen Augen, deren durchdringender Blick dem Bischof schon immer und jetzt besonders Unbehagen bereitete.

„Nun ja, deine Taten, mein lieber Patensohn, haben inzwischen Wellen bis in den päpstlichen Palast in Rom geschlagen. Und so hat Innozenz einen Prälaten geschickt, der mit Hilfe der Inquisition feststellen soll, was es mit den angeblich von einem deutschen Grafensohn vollbrachten Wundern auf sich hat, und ob dabei Gott oder Satan ihre Hand im Spiel haben. Ich vermute, daß man in Rom sehr wohl weiß, wie du persönlich zu Friedrich stehst, daß deine Mutter keine Christin war und du bis vor kurzem einem Orden angehörtest, der bei Teilen der Kurie im Verdacht steht, mit dem deutschen Kaiser gegen die Kirche zu konspirieren. Daher und als Sohn eines der bedeutendsten deutschen Reichsgrafen bist du - ob du es nun willst oder nicht - auch eine politische Figur.

Unglücklicherweise hat man als einen der ersten ausgerechnet den Vater des von dir erweckten Kindes verhört. Der wiederum, im Überschwang seiner Gefühle und nun im Gegensatz zu damals vollkommen von deiner himmlischen Mission überzeugt, hat leider vor der päpstlichen Kommission den fatalen Eindruck erweckt, nicht ganz bei Sinnen und eher ein Beweis für deine verführerischen und teuflischen Künste, als ein Garant für ein göttliches Wunder zu sein. Daraufhin drohte man ihm zur Wahrheitsfindung mit der Befragung unter der Folter. Anfänglich hielt der gute Mann noch stand. Aber dann, angesichts der Daumenschrauben, der schrecklichen Streckbank und der glühenden Eisen, verließ ihn der Mut, und er bekannte, in dir einen höllischen Geist gesehen zu haben. Und so wurde das, was alle Zeugen anfänglich als die Offenbarung eines Engels geschildert haben, unter dem Einfluß, den Drohungen und den Einflüsterungen der Inquisitoren ins Umgekehrte verdreht und als das Werk Satans gebrandmarkt. Kurz vor meiner Abreise beschloß man, dich und deinen Freund vorzuladen und euch beide nach geheimer Verhandlung sofort in den Verliesen meines Metzer Palastes festzusetzen. Da man deinen Einfluß auf den Kaiser und eine Revolte der Landbevölkerung fürchtet, die, wie man weiß, hinter dir steht, sollt ihr sofort außer Landes und sodann zur Aburteilung dem Inquisitionsheer, das in Südfrankreich gegen die Ketzer von Albi kämpft, ausgeliefert werden.""

Wieder schweigt der Bischof und schaut finster zu Boden. Arnulf von Metz fühlt sich keineswegs wohl in seiner Haut. Einerseits ist er davon überzeugt, in Hakon ein Werkzeug göttlichen Willens vor sich zu haben, andererseits steht sein Amt und damit die Ernte seines Lebens auf dem Spiel, wenn er sich in dieser Angelegenheit allzu stark für seinen Patensohn einsetzt. Er fühlt sich für einen solchen Kampf nicht mehr jung genug. Insgeheim denkt er, daß es ihm am liebsten wäre, wenn Hakon mit seiner Frau und Ali wieder nach Palästina verschwinden würde. Doch der Einfluß und die Macht des alten Grafen von Donnersberg sind nicht zu unterschätzen, und so hält Arnulf lieber den Mund. Sollen die Dinge doch ihren gottgewollten Lauf nehmen! Er wird schon genau aufpassen und diplomatisch so geschickt vorgehen, daß man ihm von keiner Seite wird etwas vorwerfen können. Mit sich zufrieden und einem feinen, fast unmerklichen Lächeln auf den Lippen, blickt Arnulf wieder auf und setzt dann, angesichts der Tränen in Helenas Augen, schnell eine mitfühlende Miene auf.

Mit steigendem Zorn hat Hakon den so unerwarteten wie schlechten Neuigkeiten seines Paten gelauscht. Ihm ist sofort klar, wie gefährlich ab sofort die Situation für Ali und ihn ist. Am meisten aber erbost ihn die Feigheit und ängstliche Verlogenheit derer, die das Wunder der Totenerweckung miterlebt haben. Wie können sie das Erlebte guten Gewissens so verleugnen und verleumden? Fürchen sie denn nicht den Zorn Gottes? Als er bemerkt, wie betroffen Helena ist, nimmt er sie tröstend in den Arm und sagt: „Keine Angst, meine Liebe! Wir haben starke Verbündete, und das Recht ist auf unserer Seite. Vielleicht nicht das Recht der Menschen, aber sicher das Gottes! Erinnert Euch, was ich Euch über die Botschaften Hanaels erzählte. Bereits bei seinem ersten Erscheinen auf dem Groothof versprach er mir den Schutz des Lichts. Solange wir uns im magischen Steinkreis befinden - da bin ich mir ganz sicher - droht uns keine Gefahr und kann uns keine weltliche Macht etwas anhaben. Wir müssen uns also nur so schnell wie möglich direkt dorthin begeben. Die Burg, Euer zukünftiges Zuhause, muß noch etwas warten, dort suchen sie uns bestimmt zuerst. Alles weitere wird sich dann schon finden. Jetzt aber laßt uns zurückgehen und Euren Eltern und meinem Vater von dieser bedrohlichen Entwicklung berichten."

Für Helena ist das Gehörte so unglaublich, daß sie noch nichts dazu sagen kann, und so schmiegt sie ihren Kopf beim Gehen nur schutzsuchend an die Schulter ihres Mannes, als er auf dem Rückweg seinen Arm beruhigend um sie legt. Der Bischof folgt ihnen langsam und überlegt sich dabei, welche Position er gegenüber dem alten Grafen einnehmen soll, der von ihm sicherlich ein energisches und persönliches Eintreten für seinen Patensohn fordern wird. Da fällt ihm plötzlich ein, daß er ja seit dem Konzil eine Einladung nach Rom zur Privataudienz hat. Und so beschließt er, diese Reise umgehend anzutreten. Er wird gegenüber seinen Gastgebern die Notwendigkeit dieses Besuchs dringlicher darstellen, als sie ist. Und wer wird schließlich den Papst warten lassen, wenn er gerufen wird! Zufrieden, diesen Ausweg gefunden zu haben, beschleunigt er seine Schritte und folgt den beiden ins Gutshaus.

## 7. Kapitel

# Licht im Dunkel

ES DUNKELT BEREITS, als sich Hakon und Helena mit mehreren Packpferden, die auch einen Teil der Mitgift tragen, dem Groothof nähern. Nun sehen sie schon durch die Bäume das Licht der Kerzen leuchten, die Ali jeden Abend in die Fenster stellt. Er ist unbeirrbar der Ansicht, daß man ein Lichtzentrum auch nachts als solches erkennen können sollte. Obwohl er sich deshalb schon oft über Ali lustig gemacht und behauptet hat, dieser fürchte sich ja nur im Dunkeln vor den Geistern des Waldes, ist Hakon heute froh über diese Art des Willkommens, und auch Helena seufzt erleichtert auf, als sie das Licht erstmals durch die dicht stehenden Stämme schimmern sieht. So ganz wohl fühlt sie sich auch in Begleitung ihres Mannes in diesem Wald nicht. Zumal sie sich nur zu gut an die schauerliche Geschichte des Kampfes zwischen Hakon und dem Dämon erinnert. Und wer weiß, vielleicht gibt es hier noch mehr von diesen höllischen Geistern. Unwillkürlich gibt sie ihrem Pferd die Sporen.

Bereits am zweiten Tag nach ihrer Hochzeit haben sie sich auf den Weg gemacht. Die guten Wünsche von Helenas Eltern und Sarah, ihrer kleinen Schwester, die ihre verfrühte Abreise am meisten bedauerte, begleiteten sie. Karl von Donarsberg war, als er von dem erneuten Versuch der Kirche hörte, seines Sohnes habhaft zu werden, sehr zornig geworden und wollte sofort nach Hause reiten und seine Gefolgsleute auffordern, Truppen auszuheben und mit ihm nach Metz zu ziehen. Diesen bösartigen Pfaffen wollte er es diesmal schon zeigen. Er war fest entschlossen gewesen, sie gefangenzunehmen und vor das Gericht des Kaisers zu bringen. Dann würde man ja sehen, ob in deutschen Landen der Papst oder Friedrich regiert.

Nur mit Mühe konnten Hakon und der um seine Position bangende Bischof ihn davon abhalten, sofort auf seine Burg zurückzukehren und einen regelrechten Krieg zu beginnen. Die Aussicht auf eine glorreiche letzte Schlacht belebte den alten Ritter, und seine Augen leuchteten wieder so kämpferisch wie früher. Erst als Helena, der er sehr zugetan war, ihn auf einen bittenden Blick Hakons hin liebevoll daran erinnerte, daß es Vertrauen in das Schutzversprechen des Engels zu zeigen gelte und Gott seine Sache wohl am besten verteidigen könne, gab der alte Kämpe widerwillig nach. Aber nicht ohne der Kirche und dem Bischof seine unerbittliche Rache anzukündigen, wenn seinem Erben wider Erwarten doch durch die Inquisition Schlimmes widerfahren würde. Auch die Brauteltern redeten beruhigend auf Karl ein und baten ihn, doch noch eine Weile ihr Gast zu sein, was er, zur nicht geringen Erleichterung Hakons, nach einigem Zögern schließlich akzeptierte.

Soeben passieren die beiden Reiter den Steinkreis, und Hakon macht seine Frau auf die nun herrschende neue und positive Atmosphäre aufmerksam. Selbst die Pferde scheinen es zu spüren und lebendiger zu werden. Sie spielen erregt mit den Ohren, und Hakons Schimmel wiehert schrill. In leichtem Trab streben jetzt Mensch und Tier dem einladenden Licht entgegen und sind bald darauf zu Hause. Auf sein lautes Rufen hin erscheint Ali im Türbogen, und hinter ihm baut sich die große, im Gegenlicht unheimlich wirkende Gestalt Jakobs auf, der beim Anblick seines geliebten Herrn laut aufjault und versucht, Ali beiseite zu schieben, um nach draußen zu gelangen. Schnell springt Hakon vom Pferd, damit die liebevolle, aber auch bekanntermaßen heftige Begrüßung des Bären das scheuende Tier nicht gänzlich in Panik treibt. Mit entsetzt aufgerissenen Augen beobachtet Helena auf ihrem ängstlich tänzelnden Pferd, wie ihr Mann zwischen den Tatzen des wild brummenden Bären verschwindet, der, auf seinen Hinterbeinen stehend, inzwischen fast zwei Kopf größer als Hakon ist. Er hat ihr zwar von Jakob erzählt, aber in ihrer Vorstellung blieb er das kleine, liebesbedürftige Bärenkind, das seine Mutter verloren hat. Und nun erlebt sie eine gefährliche Bestie, die ihren geliebten Mann aufzufressen droht. Da befiehlt der schon Totgeglaubte dem Tier, sich nun nieder zu legen und ruhig zu sein. Fassungslos sieht Helena, wie Jakob sofort gehorcht und Hakon losläßt, der daraufhin seinem Freund als Belohnung für seinen Gehorsam lachend das Fell krault. Genüßlich brummend rollt sich der Bär auf den Rücken, damit auch sein Bauch bei dieser Zärtlichkeit nicht zu kurz kommt. Dann tritt Hakon zu seiner Frau, hebt die immer noch Erstarrte vom Pferd und trägt sie über die Schwelle ins Haus. Dort begrüßt Ali das heimgekehrte Paar. Er geleitet sie ins Innere, wo seine Frau Annemarie nach einem unterwürfigen Knicks vor der neuen Herrin schnell beginnt, für die so bald noch nicht Erwarteten ein Abendessen herzurichten.

Nachdem Helena sich eingerichtet hat und sie beide gegessen haben, setzen sich Hakon, Ali und ihre Frauen vor den Kamin, um bei einem Krug Wein vom einzigen Weinberg, über den Gut Wallenberg verfügt, ihre Lage zu besprechen. Ali kann es nicht fassen, daß das, was er selbst als Wunder und als Tat eines himmlischen Wesens erlebt hat, von Menschen, die nicht dabei gewesen sind, nun als Werk des Teufels dargestellt wird. Daß die, die persönlich Zeugen dieses unerhörten Geschehens gewesen waren, nun aus Angst vor der Folter alles leugnen, kann er noch verstehen, wenn es ihn auch tief enttäuscht. „Ich denke, Hakon, wir sollten mit Hanael sprechen und ihn fragen, was wir tun sollen. Laß uns morgen früh gleich hinunter in die Höhle gehen und ihn rufen!"

Hakon schaut seinen Freund nachdenklich an. Ali hat das Wesen Hanaels bis jetzt noch nicht wirklich verstanden. Für ihn ist er ein Geist, der offensichtlich mit diesem Ort und besonders dem unterirdischen Heiligtum verbunden ist. Hakon hat schon länger das Gefühl, daß Ali Hanael für ein ähnliches Geistwesen hält wie Sybille, nur daß sie böse war und er gut ist. Doch er hat keinen inneren Auftrag, Ali von diesem Irrtum zu befreien. Wenn der Engel, der das sicher noch deutlicher als er erkennt, es für nötig halten sollte, wird er sicherlich das Notwendige sagen oder tun. „Gut, Ali, so wollen wir es machen und bei dieser Gelegenheit zum ersten Mal Helena und Annemarie mitnehmen. Die beiden sollen sich selbst von Hanael einen Eindruck machen und feststellen, ob sie ihm hinsichtlich der kommenden schweren Zeit vertrauen können und wollen."

Aber es kommt dann ganz anders. Früh am Morgen werden die Bewohner des Groothofs von lautem Schreien geweckt. Als Hakon und Helena aus dem Bett stürzen und an das einzige Fenster ihres Zimmers eilen, von wo man in den Hof und auf den etwa zweihundert Schritt entfernten Fluß blicken kann, bietet sich ihnen ein unglaublicher Anblick. Noch im Schutz der Dunkelheit haben mehrere Boote angelegt, die, festgebunden an den Erlen am Flußufer, im träge dahinfließenden Wasser dümpeln. In den Booten saßen ungefähr zwei Dutzend Männer, die sich im Morgengrauen an das Gutshaus herangeschlichen haben. Das Tageslicht nimmt zu, und Hakon erkennt jetzt unter ihnen mehrere Ordensbrüder aus Metz. Ganz offensichtlich war man von ihrer Ankunft unterrichtet gewesen und hat versucht, die Bewohner des Groothofs im Schlaf zu überraschen. Aber die Angreifer kamen nicht weit.

Zwischen den alten Steinen muß sich in dem Augenblick ein abwehrendes Lichtfeld aufgebaut haben, als die ersten der Häscher das Innere des Kreises betreten wollten. Und so stehen die maßlos Überraschten jetzt vor einer baumhohen, durchsichtigen Wand, die in allen Farben des Regenbogens schillert und leicht im Wind zu schwanken scheint. Diese Wand aus farbigem Licht erinnert Hakon sehr stark an die Oberfläche einer menschlichen Aura. Nur ist diese hier sehr viel kraftvoller, so daß sie sogar vom normalen menschlichen Auge wahrgenommen werden kann, wie Hakon mit einem schnellen Seitenblick auf die ungläubig darauf starrende Helena feststellt. Die Unglücklichen, die diese unheimliche Abwehr offensichtlich auslösten, liegen laut schreiend vor der Lichtbarriere und krümmen sich vor Schmerzen, so, als wenn sie sich verbrannt hätten. Die anderen sind entsetzt zurückgewichen, stehen in einem wild diskutierenden Haufen vor diesem unerwarteten und bedrohlichen Hindernis und beratschlagen anscheinend, wie es weitergehen soll.

In diesem Moment öffnet sich unten im Haus die Tür, und ein wutschnaubender Jakob galoppiert brüllend auf die Eindringlinge zu. Das gibt den Angreifern den letzten Rest. Demoralisiert und kopflos ergreifen sie die Flucht und rennen um ihr Leben zurück zu den Booten. Dort beginnt ein wilder Kampf, da wohl eines der Boote bei der nächtlichen Landung beschädigt wurde und nun nicht mehr genügend Plätze zur Verfügung stehen. Verblüfft beobachtet Hakon, daß der Bär den Lichtvorhang unverletzt durchbrochen hat und wie ein Sturmwind weiter auf den Landeplatz zuprescht. Damit haben wohl auch die Eindringlinge nicht gerechnet, und ihre Angst steigert sich nun zur Panik. Das erste Boot legt in aller Eile ab, das zweite kentert unter dem Ansturm der Flüchtenden, so daß alle ins Wasser stürzen, und das dritte treibt mit nur drei oder vier Personen an Bord führerlos in Richtung Flußmitte. Bevor der rasende Bär das Flußufer erreicht, springen einige der Männer vor Angst in den Fluß, andere versuchen hastig auf die umstehenden Bäume zu klettern.

Da erscheint Ali im Hof. Ein lauter Pfiff, ein hartes Kommando und Jakob gibt sofort die Verfolgung auf und kommt brummend zurückgetrottet. Die Verletzten an der Lichtschranke versuchen sich wimmernd und auf allen Vieren kriechend vor dem zurückkehrenden Ungeheuer in Sicherheit zu bringen. Aber Jakob beachtet sie gar nicht, sondern marschiert unbeeindruckt wieder durch die Energiebarriere, so, als existiere sie überhaupt nicht. Dann setzt er sich vor Ali gehorsam auf die Hinterbacken und wartet auf weitere Befehle. Der blickt hinauf zu Hakon am Fenster. „Warte, ich komme gleich hinunter!" Schnell springt der junge Graf in seine Kleider, küßt zum Abschied flüchtig seine immer noch fassungslose Frau und ist schon auf dem Weg nach unten, bevor sie den Mund aufmachen und ihn fragen kann, was das alles zu bedeuten hat.

Auf dem Hof angekommen, hält sich Hakon nicht lange mit Reden auf, sondern eilt direkt auf die Lichtbarriere zu, um ihre Natur zu erkunden und zu prüfen, ob er sie genauso unproblematisch passieren kann wie vorhin Jakob. Ali und der Bär folgen ihm auf den Fersen. Dort angekommen, streckt der junge Graf zuerst einen Finger, dann die ganze Hand in das pulsierende Feld und verspürt lediglich ein leicht unangenehmes Kribbeln, mehr nicht. Dann tritt er kurz entschlossen hindurch und kommt unversehrt, aber mit einem merkwürdigen Gefühl im Kopf, auf der anderen Seite heraus. Es fühlte sich so an, als wenn er den Schleier eines Wasserfalls durchquert hätte. Ali und Jakob sind ihm weiter gefolgt, und so stehen alle drei vor den Verletzten, die der festen Überzeugung sind, daß jetzt ihr letztes Stündlein geschlagen hat. Der Bär schnüffelt neugierig an einem von ihnen, der entsetzt die Augen schließt und ergeben auf den tödlichen Biß wartet. Die großen Bären dieser Gegend sind bei der Bevölkerung noch mehr gefürchtet als die Wölfe. Doch Jakob mag wohl den Weihrauchgeruch nicht, der der Mönchskutte des Mannes entströmt. Angewidert verzieht er die empfindliche Nase, niest mehrmals und wendet sich dann gelangweilt ab.

Mit vereinten Kräften tragen Ali und Hakon die Verletzten ins Haus. Die Barriere scheint auch für Fremde und sogar Feinde durchlässig zu sein, wenn es die Bewohner des Hauses, wie in diesem Fall, wünschen oder zulassen. Als der letzte von ihnen, ein Benediktinermönch, dem es nicht ganz so schlecht geht, es dagegen allein versucht, endet der Versuch genauso schmerzhaft wie beim ersten Mal. Benommen liegt er noch am Boden, als Ali zurückkommt, der sich den Stöhnenden auf die Schulter lädt und zu den vier anderen ins Haus trägt. Sie bringen die Verwundeten in einen großen Raum neben der Küche und legen sie fürs erste dort auf ein Strohbett, das die beiden Frauen auf Wunsch Hakons schnell aufgeschüttet haben. Die Männer wimmern und stöhnen herzzerreißend, doch es ist schwer zu sagen, ob vor Schmerzen oder vor Angst, nun einem so schrecklichen Magier in die Hände gefallen zu sein, der offensichtlich über mehr Macht und Zauberkunst verfügt, als sie es selbst in ihren schlimmsten Befürchtungen erwartet haben. Hakon errät ihre Gedanken. Wenn ihre Blindheit und Voreingenommenheit nicht schon fast tragisch zu nennen wäre, könnte man über diese Hasenfüße nur lachen. So aber erwächst erst aus ihrer und dann aus der anderen Kirchenmänner Unwissenheit, Angst und Intoleranz das Böse, das in den letzten Jahren, seit Einführung der Inquisition, schon so viele unschuldige und gottgläubige Menschen das Leben gekostet hat. Und das nicht nur im Land der Katharer im Südwesten Frankreichs, sondern zunehmend auch in Deutschland und Spanien.

Als die Sonne schon hoch am Himmel steht, ist wieder Ruhe auf dem

Groothof eingekehrt. Die Verwundeten sind versorgt. Durch die Kraft aus Hakons und Alis Händen sind die Verbrennungen auf Gesicht, Hals und Händen der Männer eingedämmt und die Schmerzen wesentlich gelindert worden. Dort, wo sich anfänglich Blasen zu bilden begannen, erholte sich die Haut schnell und ist jetzt nur noch gerötet. Aber der Schock macht den Gefangenen noch schwer zu schaffen. Jakob hat sich vor die offene Tür gelegt und wacht darüber, daß keiner ihrer Gäste ohne Abschied das Weite sucht. Die anderen unerwünschten Besucher sind inzwischen geflüchtet. Zumindest fand Ali niemanden mehr, als er mit Jakob das Ufer absuchte. Hakon wüßte zu gern, was die Geschlagenen jetzt ihren Auftraggebern in Metz erzählen werden. Das Eingreifen Hanaels hat die Bewohner des Groothofs zwar gerettet, aber diese Demonstration übernatürlicher Kräfte wird ihre Position noch unglaubwürdiger machen. Nun wird es auch für die, die es bisher gut mit ihnen meinten, schwierig werden, in diesem Fall nicht an ein Werk des Teufels zu glauben. Wie sollen auch die einfachen und ungebildeten Leute bei dem Auftreten solcher Phänomene zwischen gut und böse unterscheiden können? Ist es doch selbst für den, der sich ständig mit seelischen und geistigen Dingen beschäftigt, manchmal schwer, solche Kraftoffenbarungen richtig einzuordnen. Die Kirchenmänner allerdings werden ihre Niederlage geschickt als Beweis dafür zu nützen wissen, daß auf dem Groothof Satan regiert.

Je länger Hakon über ihre Situation und die zu erwartende Entwicklung nachdenkt, umso mehr stellt sich in ihm ein Gefühl von Resignation ein. Gegen die Übermacht ihrer Gegner sind sie nur durch das Übernatürliche geschützt. Und genau das werden ihre Feinde vor der Welt gegen sie verwenden. Die Bibel berichtet zwar vom übernatürlichen Wirken Gottes und seiner Engel und die Priester auf den Kanzeln predigen es auch so, aber wenn es dann tatsächlich geschieht, halten es alle für ein Blendwerk des Teufels. Zumal es sich diesmal gegen die Männer der Kirche richtete, die doch ihr Leben Gott geweiht haben! Hakon, der bei seinem Inspektionsgang soeben erlebte, wie die Lichtbarriere in wenigen Augenblicken schwächer wurde und dann erlosch, seufzt tief auf. Wie soll es nun weitergehen? Ratlos kehrt er ins Haus zurück, um sich mit den anderen auf den

Weg in die Höhle zu machen. Seine ganze Hoffnung ruht nun auf seinem Höheren Selbst. Aber er als Mensch hat nicht die geringste Ahnung, wie sich diese verfahrene Geschichte lösen könnte. Jetzt kann wirklich nur noch Gott und seine gute Geisterwelt helfen. Bedrückt folgt Hakon den anderen, die unter Führung Alis bereits im unterirdischen Gang verschwunden sind.

In Meditation versunken, sitzen die zwei Paare an die kühle Höhlenwand gelehnt. Von fern hört man das Rauschen des Flusses. Die ewige Flamme auf dem Altar flackert in einem sanften Luftzug, und wieder scheinen die uralten Zeichnungen an der Wand lebendig zu werden. Helena kann die Augen nicht lange geschlossen halten. An ihren Mann geschmiegt, wandert ihr Blick ängstlich und nervös durch das faszinierende und geheimnisvolle Halbdunkel. Das, was ihr Hakon über dieses Heiligtum erzählt hat, flößt ihr Furcht ein, und die hier herrschende geheimnisvolle Atmosphäre legt sich ihr wie ein Panzer auf die Brust, so daß es ihr schwerfällt, durchzuatmen. Annemarie, die neben ihr sitzt, scheint ganz ruhig zu sein. Nur das leichte Zucken der Augenlider und ein zartes Beben der Nasenflügel verraten, daß auch Alis Frau gegen ihre aufsteigende Angst ankämpft. Gerade als sich Helena dazu durchgerungen hat, wieder die Augen zu schließen, ist aus dem Höhlenhintergrund ein wehmütiger, klagender Gesang zu hören. Erschrocken reißt Helena die Augen wieder auf, und auch die anderen schauen suchend in Richtung der merkwürdigen Laute. Beruhigend legt Hakon den Arm um seine Frau, und Annemarie ergreift schutzsuchend die Hand Alis.

Der Gesang kommt näher, und die Höhlenwand ihnen gegenüber ist plötzlich in ein seltsames Licht getaucht. Die Veränderung geht weiter. Die Wand scheint sich aufzulösen, und stattdessen sehen die vier wie durch ein Fenster in einen sakralen Raum. Farbiges Licht strömt durch das Glas hoher Fenster herein und fällt auf einen steinernen Sarg in der Mitte des Raumes. Mönche in dunklen Kutten und mit Kapuzen über dem Kopf knien um den Sarkophag, und von ihnen stammt dieser klagende Gesang. Der Ort und die Umstände lassen darauf schließen, daß hier der Tod eines hohen kirchlichen Würdenträgers betrauert wird.

Plötzlich ertönt ein dumpfes Grollen, und die Erde beginnt zu beben. Der schwere Sarg erzittert und kommt ins Rutschen. Die knienden Mönche haben ihren Gesang schlagartig unterbrochen und stützen sich Halt suchend mit den Händen auf den Fußboden vor ihnen. Das Beben wird stärker, und auch die vier in der Höhle spüren es jetzt in abgeschwächter Form. Es kann also nicht so weit entfernt sein. Der mit Ornamenten, Wappen und einer nicht lesbaren Inschrift geschmückte Sarkophag rutscht von seinem Sockel und stürzt krachend zu Boden. Der Deckel löst sich berstend, und die Leiche eines älteren Priesters im festlichen Gewand und einer Mitra auf dem Kopf rollt heraus und bleibt mit ausgebreiteten Armen wie gekreuzigt auf dem Rücken liegen. Staub wallt auf. Die Kopfbedeckung des Leichnams ist abgefallen, und, in dem Chaos unbemerkt, kippt eine dicke Kerze aus dem in unmittelbarer Nähe stehenden, mannshohen Kerzenhalter und fällt auf die Brust des Toten. Blitzschnell entzündet sich das seidene Gewand und setzt dann die eingeölten, schulterlangen Haare des Toten in Brand. Bevor es in dem Aufruhr einer der Mönche bemerkt, stehen Brust und Kopf der Leiche in Flammen. Jetzt erst werden sie aufmerksam, und im selben Moment hört die Erde auf zu beben. Alle springen auf, und einer der Kapuzenträger wirf sich über den Leichnam, um die Flammen zu ersticken.

Im gleichen Augenblick erlischt für die Beobachter in der Höhle unvermittelt die Vision. Die Wand ist wieder da, und nichts deutet darauf hin, daß es jemals anders gewesen ist. Ratlos schauen sich die vier an. Da ertönt wieder der überirdische Klang, und über dem Altar schwebend, erscheint Hanael in seinem Kugelleib aus Licht. Helena und Annemarie sind starr vor Staunen. Aber zu ihrem eigenen Erstaunen verspüren sie keine Angst. Wie beim ersten Mal verwandelt sich der Lichtball in das zeitlos schöne Gesicht des Engels, das sie mit leuchtend großen Augen einen nach dem anderen freundlich mustert. Dann erklingt wieder die Stimme, die Hakon inzwischen so vertraut ist:

Der Friede Gottes ist mit jedem,
ihr Lieben, die ihr nun vereint.
Darum fürchtet nicht um euer Leben,
es trifft nur den, der der hehren Liebe Werk verneint!
Der Mann aus Rom,
er mußte sterben.
Nun liegt er aufgebahrt in eurem Dom.
Er selbst stürzte sich in sein Verderben
So ist der Tod seiner lieblosen Blindheit gerechter Lohn!
Es ist der Wille unseres Herrn,
daß niemand trachte nach eurem Leben.
Jeder Feind muß bleiben diesem heil'gen Orte fern.
Dafür sorg' ich durch der Sphären Feuer und der Erde Beben
und entlarve so der scheinbar Guten bösen Kern.
Zerstoben ist nun der Feinde Schar,
wie Spreu im Wind vor des Gutsherrn Tenne.
Der Tod des Großen gibt euch Zeit für mehrere Jahr'.
Weiter wach' ich über euch: ihr seid die Küken und ich die Henne.

Bei diesen Worten beginnt die Gestalt Hanaels wie eine Sonne immer heller zu leuchten, so daß die vier bald geblendet die Augen schließen müssen. Mit einem hellen Klang wird es dann wieder dunkel, und als sie die Augen wieder öffnen, ist Hakons Höheres Selbst verschwunden. Nur noch dieser zarte Duft nach Weihrauch und Myrrhe zieht durch die Höhle. Auf einen Wink des jungen Grafen machen sich alle wortlos auf den Weg nach oben. Die Worte des Engels haben ihnen Mut gemacht, und auch Hakons Zweifel sind fürs erste verflogen. Die beiden Frauen sind von dem Erlebten zutiefst beeindruckt und haben, wie sie einstimmig bekunden, großes Vertrauen in die Wahrhaftigkeit des Ganzen.

Tatsächlich kehrt nun Ruhe in das Leben auf dem Groothof ein. Zumindest was ihre Auseinandersetzung mit der Kirche betrifft. Der Strom der Kranken nimmt allerdings stetig zu, so daß Hakon und Ali an manchen Tagen vom Morgengrauen bis zum Sonnenuntergang an der Arbeit sind. Die gemeinsame Aufgabe hat die beiden einander noch näher gebracht, und auch Helena und Annemarie verstehen sich inzwischen gut. Jakob hat sich nach einigen Anfällen von Eifersucht zwischenzeitlich damit abgefunden, daß er in der Gunst der Männer erst nach ihren Frauen rangiert. Schlau, wie er ist, spielt er nun, aber nur wenn Hakon und Ali nicht in Sichtweite sind, das arme und verlassene Bärenjunge. Mit seinen großen braunen Augen bettelt er Helena und Annemarie ständig um Leckerbissen oder Fellkraulen an. Wenn das einmal nichts hilft, jault er leise und herzzerreißend, rollt sich auf den Rücken und fordert, daß man ihm den Bauch streichelt. Meistens erreicht er, was er will und bekommt auf diese Art mehr Zuwendung als damals, als er noch mit den beiden Männern allein war. So vergehen die Tage in Harmonie und Freude. Helena ist nun ganz sicher, schwanger zu sein. Die Monatsblutungen sind wie erwartet nach der Hochzeitsnacht ausgeblieben, und ihre Brüste spannen, wie in Vorbereitung des baldigen Milchflusses. Auch hat sie seit neuestem Appetit auf Speisen, die sie früher heftig ablehnte. Zum Beispiel saures Gemüse oder vergorene Milch.

Kurz vor Weihnachten steht plötzlich der junge Mönch vor ihrer Tür, der damals unvorsichtigerweise ein zweites Mal versuchte, die schützende Lichtbarriere zu durchbrechen. Nachdem die fünf Verletzten genesen waren, hat sie Hakon ohne weitere Auflagen stillschweigend laufen lassen. Annemarie gab ihnen sogar noch Wegzehrung mit, und so schlichen sie sich an einem frühen Sonntagmorgen aus dem Haus. Inzwischen schämten sie sich ihrer Absichten so sehr, daß sie Hakon nicht mehr über den Weg laufen wollten. Seine und Alis uneigennützige Hilfe überzeugten sie davon, daß man ihnen von dem Heiler und dem, was er auf dem Groothof machte, bewußt ein falsches Bild vermittelt hatte. Die Männer erlebten, wie hier Böses mit Gutem vergolten wurde und wußten nicht, wie sie sich gegenüber so viel Großmut verhalten sollten. Also machten sie sich beschämt aus dem Staub.

Verlegen bleibt der junge Mönch in der Tür stehen, als Ali auf sein Klopfen öffnet. Hakon, der sich gerade mit seinem Freund über fernöstliche Heilmethoden unterhalten hat, fordert ihn auf, näherzutreten und Platz zu nehmen. Zögernd gehorcht der junge Mann. Man merkt ihm an, daß es ihm nicht wohl in seiner Haut ist. Hakon fällt jetzt ein, daß sein Name Arno von Traben ist. „Nun, Bruder Arno, was führt Euch diesmal zu uns? Ich hoffe, ihr habt heute friedlichere Absichten als das letzte Mal." Der Angesprochene lächelt gequält. Es ist ihm offensichtlich peinlich, an seinen ersten „Besuch" auf dem Groothof erinnert zu werden. „Ich danke Euch, Herr Graf, daß Ihr bereit seid, mich anzuhören! Ich komme sozusagen im Auftrag Eures Paten, des Herrn Bischofs, obwohl er nichts von meinem Besuch hier bei Euch weiß." Hakon schüttelt verständnislos den Kopf. „Was heißt das? Ihr kommt im Auftrag des Bischofs, der gar nichts von dieser Beauftragung weiß! Solltet Ihr schon so früh am Tag betrunken sein? Ich bitte Euch, sagt jetzt ohne Umschweife, was ihr wollt!"

Der Mönch holt tief Luft und beginnt dann zu erzählen: „Bald nachdem die anderen und ich geheilt zurückkehren durften, kam der Beichtvater des Bischofs zu mir. Zuerst dachte ich, er wolle mich über unsere Gefangenschaft und unsere Erlebnisse aushorchen. Aber bald merkte ich, daß er ein anderes Anliegen hatte, das ihm anscheinend schwer auf der Seele lag. Zuerst fragte er mich ausführlich über meine Ausbildung zum Exorzisten und meine Erfahrungen mit Besessenen aus. Er wollte ganz genau wissen, wie sich eine Besessenheit äußert und ob man als kirchlicher Teufelsaustreiber immer helfen könne. Ich sagte ihm, ich sei zwar zur Zeit im Bistum der einzige ausgebildete Exorzist, aber ich müßte zugeben, daß die Dämonen Satans oft stärker sind als wir Teufelsaustreiber und dann meistens nur noch eine lebenslange Verwahrung des armen Opfers übrig bliebe. Sollte sich der Besessene aber einer Straftat gegen Gott oder die Mutter Kirche und ihre Diener schuldig gemacht haben, so sei das Sache der Inquisition.

Meine Worte schienen meinem Amtsbruder nicht zu genügen. Immer wieder bestürmte er mich, doch zu überlegen, ob es im Falle einer schweren Besessenheit nicht noch andere Möglichkeiten gäbe. Als er so hartnäckig in mich drang und keine Ruhe geben wollte, nannte ich ihm schließlich Ihren Namen, Herr Graf, und sagte ihm, daß ich Euch aus eigener Erfahrung für befähigt hielte, vielleicht in einem solchen Fall doch noch

238

etwas tun zu können. Eigentlich erwartete ich, nach allem, was vorgefallen war, empörten Widerspruch. Aber seltsamerweise blieb der Beichtvater des Bischofs ganz ruhig. Er fixierte mich eine Weile nachdenklich, ohne ein Wort zu sagen. Fast hatte ich das Gefühl, als hätte er gewollt, daß ich Euren Namen ins Spiel brächte. Mir wurde etwas mulmig, und ich befürchtete, man wollte mich wieder gegen Euch benutzen. Aber dann erzählte mir der ältere Mönch etwas unter dem Siegel der Verschwiegenheit, das alle meine Bedenken zerstreute und mir erklärte, warum er mich aufgesucht hatte. Was ich zu hören bekam, war so unglaublich, daß - hätte ich es später nicht mit eigenen Augen gesehen und mit eigenen Ohren gehört - ich für eine böswillige Lüge und einen infamen, teuflischen Anschlag auf die heilige Mutter Kirche und einen ihrer verdienstvollsten Hirten gehalten hätte."

Der junge Ordensbruder hat zum Schluß vor Erregung immer schneller gesprochen, so daß er am Ende atemlos innehalten muß. Dann fährt er fort: „Ich will es kurz machen, um Euer Gnaden Geduld nicht unnötig zu strapazieren. Das Ungeheuerliche, was mir der Beichtvater berichtete, war, daß Arnulf von Metz, unser armer Bischof, seit einigen Tagen besessen sei und deshalb in seinen Gemächern festgehalten werde, bis man einen Ausweg aus dem schrecklichen Geschehen gefunden habe. Offiziell hat man erklärt, der Bischof sei zu der beabsichtigten Pilgerfahrt nach Rom unterwegs. Tatsächlich wird er Tag und Nacht von Benediktinermönchen betreut und bewacht. Das ist aber noch nicht das Schlimmste!

Wie ich deutlich sehen konnte, fiel es dem Beichtvater des Bischofs ungeheuer schwer, über etwas zu sprechen, was an allem rüttelt, woran wir als Priester unserer Heiligen Mutter Kirche glauben. Und so preßte er schließlich zwischen den Zähnen hervor, daß der Geist, der den armen Bischof besetzt hielte, unzweifelhaft der des überraschend verstorbenen Prälaten aus Rom sei! Ich glaubte, mich verhört zu haben! Ein Gesandter des Papstes soll sich in einen bösen Geist verwandelt haben und nun in unseren Bischof gefahren sein? Ich konnte es nicht glauben! Daraufhin nahm mich mein Amtsbruder mit in die Privatgemächer des Bischofs, und ich hatte mehrere Stunden Gelegenheit, mich von der Wahrheit des Gehörten zu überzeugen."

Wieder mußte der junge Ordensmann tief Luft holen. Hakon kann sich gut vorstellen, daß das Ganze die hehren Vorstellungen des jungen Mönchs von der priesterlichen Berufung durch Gott geradezu auf den Kopf stellen mußte! Mitleidig blickt er ihn an und fragt dann: „Es tut mir leid, das zu hören. Aber was kann ich da tun, und warum seid Ihr hier?" Verlegen knetet der Mönch seine Hände. Dann faßt er Mut, gibt sich einen Ruck und sagt bittend: „Auf Geheiß meiner Ordesoberen und auf ausdrücklichen Wunsch des Beichtvaters seiner Eminenz soll ich Euch, Herr Graf, inständig bitten, Eurem Paten und unserem allseits verehrten Herrn Bischof, so gut Ihr es vermögt, zu helfen. Seid barmherzig und folgt mir, ohne zu zögern, nach Metz. In einem Schreiben, das ich hier bei mir trage, wird Euch offiziell versichert, daß alle Anklagen fallen gelassen wurden und Ihr somit nicht befürchten müßt, festgehalten zu werden. Gleichzeitig bittet man Euch, das Ganze geheim zu halten, damit dem guten Ruf der Kirche - und insbesondere dem des Herrn Bischof - kein unnötiger Schaden zugefügt wird." Arno von Traben schweigt nun und blickt Hakon erwartungsvoll an. Der ist über diese Bitte und den offensichtlichen Meinungsumschwung des Metzer Klerus recht erstaunt. Nachdenklich blickt er zu Boden. Es ist ihm schnell klar geworden, daß er hier - aus seinem Selbstverständnis wie aus dem allgemeinen Gebot christlicher Nächstenliebe heraus - seine Hilfe nicht versagen kann. Hakon greift nach dem Brief, den ihm der Mönch devot überreicht und überfliegt schnell den in lateinischer Sprache gehaltenen Text. Ja, der Briefinhalt stimmt im wesentlichen mit dem überein, was ihm der junge Ordensbruder berichtet hat. Er geht sogar noch etwas weiter und gibt eine ausdrückliche Garantie für die Niederschlagung aller Anklagen und freies Geleit für die notwendigen Besuche in Metz und für die Zeit danach.

Lächelnd wendet sich Hakon an seine Frau, die kurz nach dem Mönch ins Zimmer getreten war. „Es sieht so aus, meine Liebe, als wenn Ihr nun zum ersten Mal Gelegenheit habt, die schöne Stadt Metz zu besuchen. Ich hoffe, Ihr werdet mich begleiten. Auch wenn diese Reise etwas unverhofft kommt. Ich weiß zwar im Moment noch nicht, wie lange sich die Behandlung meines Paten hinziehen wird; aber gerade deshalb wäre es im Hinblick auf Eure Schwangerschaft und im Interesse unserer Kinder besser, Ihr würdet mich begleiten, damit ich, wenn es notwendig sein sollte, in Eurer Nähe bin!" Seitdem Hakon durch die innere Schau festgestellt hat, daß seine Frau Zwillinge erwartet, ist beider Freude groß. Helena kommt näher, legt ihren Arm um seine Schulter und meint dann schelmisch: „Wie mein großer Herr und Meister es wünscht!" Und dann ernster werdend: „Ich bin froh, wenn ich Euch begleiten darf. Ich verspreche, auch keine Last zu sein und freue mich auf unsere erste gemeinsame Reise. Außerdem denke ich, daß dies eine Chance ist, unser Verhältnis zur Kirche zu verbessern, und manchmal sind Frauen doch die besseren Diplomaten!" Schnell drückt sie ihrem Mann einen Kuß auf die Wange und eilt dann lachend aus dem Raum, um ihre Vorbereitungen für die Reise zu treffen. Schmunzelnd bittet Hakon Arno von Traben, bis zum nächsten Morgen zu warten. Dann könnten sie sich gemeinsam auf den Weg nach Metz machen. Erfreut, daß sein Auftrag von unerwartetem Erfolg gekrönt sein wird, verspricht der junge Mönch hastig, seine Rückreise gerne auf den kommenden Tag zu verschieben.

Die Sonne versinkt an diesem winterlichen Tag schon rotgolden hinter den Moselhöhen, als Hakon, Helena, Arno von Traben und einige Bedienstete aus der Burg die Stadtgrenze erreichen. Seitdem sich Metz Ende des vorigen Jahrhunderts aus der Abhängigkeit der seit 535 regierenden Bischöfe gelöst hat und freie deutsche Reichsstadt wurde, ist in der Stadt eine rege Bautätigkeit festzustellen. So hat man unter anderem damit begonnen, das Zentrum durch die Errichtung einer monumentalen Festungsanlage zu schützen. Eines der noch im Bau befindlichen massiven Festungstore wird bereits heute das Deutsche Tor genannt, da der Deutsche Orden hier eine Komturei eröffnen will. In einem der ersten fertiggestellten Häuser der Niederlassung wollen Hakon, als ehemaliges Ordensmitglied, und seine Frau für die Zeit ihres Aufenthalts unterkommen. Die Brückenkonstruktion des Tores führt die Reisenden jetzt über die Mosel, in der sich gerade die letzten Strahlen der untergehenden Sonne spiegeln. In ihrem Quartier angekommen, verabschieden sich Hakon und Helena von dem Mönch, nachdem der Heiler ihm zugesagt hat, früh am kommenden

Morgen in den Bischofspalast zu kommen, um nach seinem Paten zu sehen.

Der Beichtvater des Bischofs und Arno von Traben geleiten Hakon am nächsten Tag in die Gemächer, in denen Arnulf von Metz zu seinem eigenen Besten festgehalten wird. Bruder Clemens, wie sich der Beichtvater vorgestellt hat, ist ein Mann im fortgeschrittenen Alter, dessen faltiges Gesicht von einem schütteren Kranz grauer Haare umrahmt wird. Seine dunklen Augen sind kalt und stechend, und Hakon nimmt sich vor, in Gegenwart dieses Mannes sehr vorsichtig zu sein. Bruder Clemens erzählt ihm, daß sich bei dem Bischof Anfälle von offensichtlicher Besessenheit mit normalem Verhalten ständig abwechseln. Im Verlauf eines solchen krankhaften Schubes würde sich die Persönlichkeit des Bischofs gänzlich verändern. Er spräche dann fließend einen süditalienischen Dialekt, den er normalerweise nicht beherrsche. Seine Stimme sei dann die des toten Prälaten, und auch in Mimik und Gestik würde Arnulf dann verblüffend dem Verstorbenen gleichen. Träte wieder die eigene Persönlichkeit des Bischofs nach vorne, würde er sich zwar an alles erinnern, was geschehen sei, sähe aber unglücklicherweise keine Möglichkeit, sich gegen die überfallartigen Angriffe der fremden Persönlichkeit zu wehren. Sein Pate sei vollkommen verzweifelt und habe bereits versucht, sich das Leben zu nehmen, was erst im letzten Moment verhindert werden konnte. Seitdem werde er ununterbrochen von Mönchen aus dem nahen Benediktinerkloster versorgt und überwacht. Auf die Frage Hakons, wie und wann das alles angefangen habe, antwortet ihm Bruder Clemens, daß der Bischof vor seiner Abreise nach Rom ein letztes Zusammentreffen mit dem Prälaten hatte, anläßlich dessen er seinem Besucher den ins Auge gefaßten Platz für die geplante Kathedrale zeigen wollte. Auf dem Hinweg löste sich auf dem Dach eines kurz vor der Fertigstellung stehenden Hauses ein Ziegel und erschlug den Gesandten des Papstes. Anrulf sei von dem schrecklichen Vorfall sehr erschüttert und wie betäubt gewesen, so daß Mönche, die die beiden begleitet hatten, ihn fast zurück tragen mußten. Bereits in der folgenden Nacht sei der erste von einer ganzen Reihe von Anfällen von Besessenheit aufgetreten, die sich in den letzten Tagen immer mehr häuften.

Inzwischen sind die drei vor einer mit Wappen verzierten Tür angelangt, die zu den Privatgemächern des Bischofs führt und rechts und links von zwei Mönchen bewacht wird. Bruder Clemens gibt ihnen ein Zeichen, und einer der Wächter öffnet ihnen die schwere Tür, die - wie Hakon zu seinem Erstaunen feststellt - vorher fest verschlossen war und in einen breiten Korridor führt, der nur durch wenige Kerzen in zwei Wandhaltern spärlich beleuchtet wird. Dient das nun zur Sicherheit des Bischofs oder ist das bereits das Gefängnis für einen, den Ruf und das Ansehen der Heiligen Mutter Kirche gefährdenden, aber unschuldigen und kranken Mann? Gespannt folgt Hakon den beiden Kirchenmännern. Hinter ihm schließt sich die Tür mit einem dumpfen Klang, und Hakon hat das unangenehme Gefühl, sich nun in einer Gruft zu befinden. Gleichzeitig hat er den Eindruck, daß sich plötzlich seine Mutter unmittelbar neben ihm befindet. So, als wolle sie ihn in dieser Situation nicht allein lassen. Nachdenklich gehorcht der junge Graf einem bittenden Wink des Beichtvaters, der ihn zum Betreten eines bestimmten Raumes am Ende des Ganges auffordert. Die zwei Mönche bleiben draußen, als er die Tür öffnet und in das dunkle Zimmer tritt.

Es dauert eine Weile, bis sich Hakons Augen an das Halbdunkel gewöhnt haben. Drei Kerzen auf dem Kaminsims sind die einzige Lichtquelle des spärlich möblierten Zimmers. Neben dem Kamin, in dem trotz der Kühle - wohl aus Gründen der Vorsicht - kein Feuer brennt, sitzt eine zusammengesunkene Gestalt in einem thronähnlichen Sessel. Bei näherem Hinsehen bemerkt der Heiler, daß ihre Hände an die Armlehnen gefesselt sind. Als die Person sich plötzlich unvermittelt aufrichtet, erkennt Hakon das von Leid und Schmerz durchfurchte Gesicht seines Paten. Erschreckt stellt er fest, daß der Bischof in der kurzen Zeit seid ihrer Hochzeit um Jahre gealtert ist. Tiefe dunkle Ringe unter seinen Augen und die wachsbleiche Haut verleihen seinen Zügen etwas Tragisches.

Erst als sich einer von ihnen räuspert, bemerkt Hakon die dunklen Gestalten zweier Mönche im Hintergrund des Raumes. Das sind wohl die Pfleger und Wächter des Kranken. Der junge Graf beachtet sie nicht weiter. Ganz offensichtlich sind sie bereits von seinem Eintreffen unterrichtet und beobachten alles, was geschieht, um notfalls eingreifen zu können. Langsam nähert sich Hakon dem Besessenen und beobachtet gespannt, wie Arnulf von Metz auf ihn reagieren wird. Einige Schritte bevor er den Stuhl erreicht, den man neben dem Kranken für ihn bereitgestellt hat, bäumt sich der Körper seines Paten krampfartig auf. Und zwar in dem Moment, als die Aura des Heilers das matt und schmutzig wirkende Energiefeld des Kranken berührt. Wie ein Schlag durchzuckt es den gefesselten Leib, und ein Röcheln dringt aus dem verzerrten Mund. Die Augen sind nach hinten verdreht, so daß nur noch das blutunterlaufene Weiße zu sehen ist. Noch einmal fährt es wie ein Blitz durch den ausgemergelten Körper, der dann nach hinten in die fürsorglich angebrachten Kissen sinkt. Staunend beobachtet Hakon die unglaublichen Veränderungen im Gesicht des Bischofs. Es sieht so aus, als wenn eine unsichtbare Kraft Kopf und Gesichtszüge seines Paten neu modelliere. Am Ende blickt Hakon in ein vollkommen fremdes Gesicht, von dem er nur vermuten kann, daß es sich dabei um das des ihm unbekannten Prälaten handelt.

Eine Flut italienischer Laute ergießt sich über den Heiler, der wegen des Dialekts nur so viel versteht, daß der päpstliche Gesandte zutiefst über die Behandlung empört ist, die ihm hier zuteil wird, und seine sofortige Freilassung fordert. Ganz offensichtlich ist sich die Seele des Verstorbenen ihrer Lage nicht bewußt und wähnt sich noch am Leben. Hakon weiß von seinen Studien, daß dies häufig die Folge eines plötzlichen und unerwarteten Todes ist. Verstört sucht eine solche Seele dann nach einer Möglichkeit, wieder in das gewohnte Leben zurückkehren zu können und nistet sich oft in der Sphäre einer anderen, meist vertrauten und noch verkörperten Seele ein. Immer häufiger versucht sie nun selbst die Kontrolle zu übernehmen und den eigentlichen Bewohner des betreffenden Körpers in den Hintergrund zu drängen.

Als Hakon so sinnend vor dem Besessenen steht, der verzweifelt versucht, sich keuchend und Verwünschungen ausstoßend von den Fesseln zu befreien, wird ihm klar, warum alle kirchlichen Exorzisten mit ihren Methoden in diesem Fall scheitern müssen. Glaubt sich doch der Besatzer des Bischofs im Recht und reagiert als ehemaliger hoher kirchlicher Würdenträger nur empört auf die rituellen Gebete und magischen Aufforderungen, die jeden wirklich bösartigen Geist in die Flucht schlagen würden. Von seinem irrigen Selbstverständnis her, ist er ja noch am Leben und Vorgesetzter derer, die ihn - aus für ihn unverständlichen Gründen - anscheinend für einen Dämon halten und ihn so schändlich behandeln. Die kirchlichen Exorzitien wirken aber nur gegen solche Geister, die sich dem Gegenspieler Gottes verschrieben haben und sich damit auch als Feinde der Kiche betrachten. Dies ist aber bei dem ehemaligen Prälaten keineswegs der Fall. Für ihn, der sich seines Zustandes nicht bewußt ist, ist alles, was er seit seinem plötzlichen, verdrängten Tod erlebt, wie ein schrecklicher Alptraum, aus dem er hoffentlich bald erwacht. Da er seinen körperlichen Tod nicht zur Kenntnis nimmt, kann er auch nicht verstehen, wieso sich die Umwelt ihm gegenüber plötzlich so anders verhält.

Hakon hat genug gesehen. Er verläßt gedankenversunken den Raum und trifft draußen wieder den Beichtvater des Bischofs und Bruder Arno, die ihm erwartungsvoll entgegenblicken. „Laßt uns ein wenig ins Freie gehen! Nach der Atmosphäre da drinnen habe ich jetzt ein dringendes Bedürfnis nach frischer Luft und Sonnenlicht." Während sie im Hof des Bischofspalastes auf und ab spazieren, erklärt ihnen der Heiler, was seine Einschätzung der Lage des Kranken ist und warum seiner Ansicht nach alle kirchlichen Methoden bisher nicht zu den gewünschten Ergebnissen führten. Als er seine Analyse beendet hat, herrscht zunächst Schweigen. Nachdenklich blickt ihm der ältere Mönch ins Gesicht und meint dann: „Das leuchtet mir ein und ist bis jetzt die erste vernünftige Erklärung für das Scheitern aller Maßnahmen unserer Exorzisten. Aber können wir dann überhaupt noch etwas tun? Seht Ihr, Herr Graf, überhaupt noch eine Möglichkeit, Eurem Paten zu helfen?"

Hakon ist stehengeblieben und schaut konzentriert vor sich auf den Boden. Dann hebt er den Kopf und antwortet: „Grundsätzlich ja! Nur muß die Vorgehensweise in der Behandlung geändert werden. Das Grundübel in diesem Fall ist doch, daß sich die Seele des Prälaten über die Ereignisse und ihre Konsequenzen nicht im klaren ist. Indem sie ihren physischen Tod unbewußt leugnet, versperrt sie jeder weiteren Entwicklung den

Weg. Wenn wir also wollen, daß sie den Körper des Bischofs verläßt und weiter ins Licht geht, müssen wir sie zuerst einmal davon überzeugen, daß das nicht ihr Körper und nicht mehr ihr Leben ist. Wir müssen sie dazu bringen, daß sie ihren physischen Tod akzeptiert und ihrem Engel ins Licht folgt. Aus Angst, und weil sie an ihrem irdischen Leben und seinen Annehmlichkeiten so sehr hängt, verweigert die Seele des Prälaten bis jetzt die Anerkennung ihrer Situation und blendet jene Fakten aus ihrem Bewußtsein aus, die sie zu dieser schmerzvollen Einsicht zwingen könnten.

Es sind also in diesem Fall weniger ein klassischer Exorzismus, sondern intensive Gespräche und Erklärungen gefragt. Wichtig dabei ist, daß in den Augenblicken der Besessenheit die Realität der Existenz des Prälaten akzeptiert und nicht in Frage gestellt wird. So, als wenn er noch am Leben und das sein Körper wäre. Wir müssen also unsere Strategie dahingehend ändern, daß wir nicht mehr gegen diese Seele ankämpfen und ihr Lebensrecht in Frage stellen, sondern ihr schrittweise und mit viel Geduld und liebevollem Verständnis für ihre Angst helfen, ihre inneren Augen mutig zu öffnen und die nicht änderbaren Tatsachen und die daraus erwachsenden Konsequenzen anzuerkennen. Dies nenne ich Seelsorge im besten Sinne, und ich bin davon überzeugt, daß sie deshalb auch letztlich von Erfolg gekrönt sein wird!" Erneut senkt sich Schweigen über die drei, die langsam wieder auf das Eingangsportal zugehen. Dort angekommen, bleibt der Beichtvater des Bischofs abrupt stehen, schaut Hakon intensiv in die Augen und fragt ihn dann eindringlich: „Ich stimme im wesentlichen zu. Aber seid Ihr auch bereit, diesen zeitraubenden Prozeß der Bewußtwerdung aller beteiligter Seelen in die Wege zu leiten und zu begleiten? Ich kenne niemanden, der dazu so gut imstande wäre wie Ihr!"

Das befreite Aufatmen von Bruder Clemens, als Hakon zustimmend nickt, verrät ihm, wie erleichtert der alte Mönch über seine Zusage ist. „Laßt uns bei einem guten Glas Wein alle weiteren Schritte planen!" Einladend öffnet des Bischofs Beichtvater eine Prunktür in der Eingangshalle, die zu den Empfangsräumen seines Dienstherrn führt.

Drei Wochen später ist das Werk vollbracht, und der Bischof befindet sich nach seiner Befreiung von dem unerwünschten Besucher wieder auf dem Weg der Genesung. Anfänglich sah es allerdings gar nicht nach einem guten Ausgang der Geschichte aus. Die erste Behandlungswoche war ein ununterbrochener Kampf gegen die verzweifelte und sich mit Macht wehrende, uneinsichtige Geistpersönlichkeit des Prälaten. Hakon mußte alle seine magischen Künste und sein ganzes Wissen um die verschlungenen Wege der menschlichen Seele einsetzen, um überhaupt ins Gespräch mit dem unglücklichen Geist zu kommen. Denn nach den fruchtlosen und lautstark geführten Monologen der ersten Tage zog sich der Besatzer regelmäßig zurück, wenn Hakon nur das Krankenzimmer betrat und überließ schlauerweise einfach dem rechtmäßigen Eigentümer so lange die Kontrolle seines Körpers, bis der Heiler den Raum wieder verlassen hatte.

Der Bischof nahm das in seinen lichten Momenten bereits als günstiges Vorzeichen. Aber Hakon mußte ihm diese Illusion nehmen und machte seinem Paten klar, daß das nur ein taktisches Verhalten der verlorenen Seele sei, die so der gefürchteten Auseinandersetzung aus dem Wege ginge. Erst als Hakon den Bischof mittels Suggestionen in einen tranceähnlichen Zustand versetzte und Licht aus seinen Händen in den Scheitel und das Nabelzentrum des Kranken einströmen ließ, nahm er damit der Seele des Prälaten die bergenden Schatten, hinter denen sie sich versteckte, und zwang sie, wieder nach vorne ins Licht zu treten. Empört beschwerte sich der Verstorbene sofort über diese, aus seiner Sicht lieblose Behandlung und klagte über die peinigenden Schmerzen des Feuers, das der Heiler angeblich über ihn ausgießen würde. Da er verstanden werden wollte, bediente sich der Geist dabei der lateinischen Sprache, und das gab Hakon, der diese Sprache ebenfalls gut sprach, nun die Gelegenheit, in einen Dialog mit dem Prälaten zu treten.

„Verzeiht, Eure Eminenz, wenn ich Euch Schmerzen bereitete. Aber dieser Körper verfällt zusehends. Wenn ich nichts unternehme, stirbt er! Und dann haben wir keine Möglichkeit mehr, uns zu unterhalten." Einen Moment herrschte verblüfftes Schweigen. Mit dieser Antwort hatte der Geist nicht gerechnet. Einerseits entwaffnete sie ihn und andererseits zwang sie ihn dazu anzuerkennen, daß sein Sein, seine scheinbare körperliche Existenz möglicherweise auf einem brüchigen Fundament ruhte. Und daß der Heiler die Wahrheit sprach, das konnte der Besatzer auf der inneren Ebene aufgrund des Schwindens der Lebensenergien in dem von ihm besetzten Körper selbst feststellen und deshalb nicht leugnen. Aber genau dieser Umstand zwang die Seele des Prälaten erneut, sich mit der so gefürchteten Frage „Was geschieht mit mir, wenn dieser Körper möglicherweise stirbt?" auseinanderzusetzen. Als der Verstorbene durch den Mund des Bischofs wieder zu sprechen begann, klang seine Stimme hektisch und angstvoll. „Worauf wartet Ihr dann noch? Tut endlich etwas Vernünftiges, damit ich am Leben bleibe! Bringt kraftvolle Kost und ruft einen tüchtigen Medicus, der etwas von seinem Fach versteht! Oder wollt Ihr riskieren, daß der Bischof und ich sterben?"

Auf diesen Moment hatte Hakon die ganze Zeit gewartet. Zum ersten Mal gab die Seele des Prälaten zu, daß sie zu zweit in diesem Körper waren. Das war der Durchbruch. Was folgte, waren tagelange zähe Diskussionen und Verhandlungen um jede Position, die die verlorene Seele auf ihrem leidvollen Rückzug aufgeben mußte. Das verlangte von dem Heiler viel Geduld und große Überzeugungskraft. Mühsam und dann auch nur in kleinen Schritten ließ sich die angstvolle Seele des Prälaten dazu überreden, zu ihrem eigenen Besten der Wahrheit mutig ins Gesicht zu sehen, den eigenen körperlichen Tod zu akzeptieren und nun alles Irdische - und damit auch den besetzten Körper des Bischofs - loszulassen. Erst als sie ernstlich begann, dies in Erwägung zu ziehen, wurde es um den Prälaten heller, und er nahm erstmalig seinen Schutzengel wahr, der die ganze Zeit geduldig auf diesen Augenblick gewartet hatte. Es war auch für Arnulf von Metz ein bewegender Moment, als er nach einer versöhnlichen inneren Umarmung die Seele des Prälaten hellsichtig an der Hand des Engels ins Licht gehen sah. Wieder war ein verlorener Sohn nach Hause zurückgekehrt!

Als sich Hakon und Helena kurz vor Weihnachten auf den Weg nach Hause machen, ist ihr Verhältnis zu den führenden Metzer Klerikern sichtlich entspannt. Das kommt beispielsweise dadurch deutlich zum Ausdruck, daß der dankbare und erleichterte Beichtvater des Bischofs und Theophil,

der Abt des Benediktinerklosters, die beide noch vor kurzem zu ihren erklärten Gegnern zählten, es sich nicht nehmen ließen, sie bis vor die Tore
der Stadt zu geleiten. Als sie ihre Pferde anhalten, um sich endgültig voneinander zu verabschieden, greift Bruder Clemens in seinen Rock und reicht
Hakon mit den Worten „Dies soll ich euch noch von Eurem unendlich
dankbaren Paten zum Abschied überreichen..." einen versiegelten Umschlag.
Hakon bricht das Siegel auf, und zu seiner nicht geringen Überraschung
kommt eine offizielle Urkunde zum Vorschein, mit der ihn Bischof Arnulf
zu seinem Leibarzt und zum obersten Exorzisten seines Bistums ernennt.
Außer einem stattlichen jährlichen Einkommen liegt der entscheidende
Gewinn dieser Ernennung darin, daß der Heiler mit dem Segen der Kirche
nun auch öffentlich magische Handlungen durchführen kann, die ihn früher unweigerlich ins Schußfeld der Inquisition gebracht hätten. Hakon
bittet Bruder Clemens, dem Bischof seinen Dank auszusprechen und ihn
seiner Loyalität und steten Dienstbereitschaft zu versichern. Dann reichen
sich die beiden Männer die Hände, und obwohl sie aufgrund ihrer unterschiedlichen Charaktere nie Freunde sein werden, ist nun ein neuer Respekt zwischen ihnen. Dann wendet Hakon sein Pferd und galoppiert seiner Frau nach, die bereits mit den Dienern vorausgeritten ist.

# 8. KAPITEL

# TOD UND GEBURT

AUF DEM RITT NACH Hause sinnt Hakon über die letzten Neuigkeiten nach, die Abt Theophil aus Rom mitgebracht hat. Dort hat das
vierte Laterankonzil beschlossen, König Otto IV. für abgesetzt zu erklären
und die Wahl Friedrichs II. anzuerkennen. Das freut den jungen Grafen
für seinen Gönner und Souverän. Gleichzeitig ist er fest davon überzeugt,
daß das die politische Lage im Deutschen Reich wieder stabilisieren wird.
Aber es führt Hakon auch erneut vor Augen, wieviel Macht in den Händen des Klerus und seines Oberhirten in der Stadt am Tiber ruht.

Zum ersten Mal hat Hakon bei dieser Gelegenheit auch von einem
erzwungenen Vertrag zwischen dem englischen König und seinem Adel
gehört, der Mitte des Jahres geschlossen worden sein soll. Er wird angeblich die königliche Macht beschneiden und eine Kontrolle des königlichen
Handelns durch ein unabhängiges Gremium garantieren. Magna Charta
soll dieser Vertrag heißen, der aber - wie Theophil berichtete - vom Papst
beleidigt abgelehnt wird, da man den Pontifex vorher nicht konsultiert
hat. Als treuer Anhänger der Staufer und als Verfechter einer starken und
zentralen Königsmacht, hält Hakon wenig von solchen Bestrebungen, die
seiner Meinung nach ein Reich nur schwächen.

Langsam und in Gedanken versunken reitet Hakon neben seiner Frau
über den staubigen Weg, in den Wagenräder tiefe Furchen gegraben haben. Eine schnellere Gangart der Pferde verbietet sich auch wegen Helenas
Schwangerschaft. Knapp eine Stunde vor Erreichen der Burg kommt ih-

nen in vollem Galopp ein Reiter entgegen. Der junge Graf erkennt bald Hans von Warken, den Stallmeister seines Vaters, der kurz darauf sein schnaubendes Pferd neben ihm zügelt. „Willkommen in der Heimat, Graf Hakon! Leider bringe ich keine guten Nachrichten. Ihr Vater liegt vom Schlag getroffen seit gestern ohne Bewußtsein zu Bett. Da wir das Schlimmste befürchten müssen, bin ich Euch entgegengeritten, als ich durch Euren Boten von Eurem Kommen hörte. Eile ist geboten, wenn Ihr Euren Vater noch lebend antreffen wollt." Schwer atmend hält der ältere Mann inne, und der betroffene Hakon dankt ihm für seine Mühe und Fürsorge. Nachdem er Helena dem Schutz des Stallmeisters anvertraut hat, gibt er seinem Schimmel die Sporen. So hat er sich sein Heimkommen nicht vorgestellt. Er schickt ein kurzes Gebet gen Himmel, daß sein Vater bei seiner Ankunft noch leben möge und hört plötzlich die tröstende und beruhigende Stimme seiner Mutter, die ihm versichert, daß er noch rechtzeitig ankommen wird.

Karl von Donarsberg sitzt mehr als er liegt, mit offenem Mund und laut schnarchend in den aufgetürmten Kissen. Wäre da nicht sein bleiches Gesicht und die eingefallenen Wangen, man könnte denken, er würde nur schlafen. Aber auch als Hakon ihn sanft an der Schulter rüttelt, reagiert der Kranke nicht, und seine Augen bleiben fest geschlossen. Sein Sohn schickt alle hinaus und gibt Anweisung, nur seine Frau hereinzulassen, wenn sie kommt. Dann setzt er sich neben den Schwerkranken, versenkt sich und tastet sich dann vorsichtig in das träumende Bewußtsein seines Vaters vor. Gerührt beobachtet er, daß Karl von Donarsberg in der Rückerinnerung noch einmal die glücklichsten Zeiten seines Lebens durchlebt: Die Abenteuer an der Seite des legendären Barbarossas vor und während des Kreuzzugs und die intensiven Stunden mit seiner geliebten Frau Jadasa. Eine Kette lebendiger Bilder zieht vor dem inneren Auge des Sterbenden vorbei, und Hakon begreift, daß er soeben Zeuge des Abschieds des Grafen von diesem erfüllten Leben ist. Der Sohn akzeptiert die Entscheidung der Seele seines Vaters zu gehen und tut als Heiler nichts, um das zu verhindern.

Jetzt tritt Hakon in der verklärten Erinnerung seines Vaters sich selbst gegenüber. Er erlebt seine eigene schwere Geburt, die Angst des Grafen und dann dessen überschäumende Freude und den großen Stolz über den ersehnten Stammhalter. Er fühlt mit dem Herzen und sieht mit den Augen seines Vaters sich selbst heranwachsen und betrachtet staunend sein bisheriges Leben, aber diesmal aus dem Blickwinkel dieses geliebten Menschen. So erlebt Hakon Episoden wieder, die längst seinem Gedächtnis entschwunden waren, die aber im Herzen seines Vaters tiefe Spuren hinterlassen haben. Tränen steigen ihm in die Augen, und er ist froh über die tröstliche Anwesenheit Helenas, die - wie er auch im Zustand der Versenkung gespürt hat - vor kurzem den Raum betreten hat. Aber er bleibt in seiner Mitte zentriert und verfolgt weiter die Reise des Sterbenden durch die Räume und Stationen seines vergangenen Lebens. Gleichzeitig ist sich Hakon der kraftvollen Anwesenheit seiner Mutter bewußt, die darauf wartet, die Seele ihres geliebten Mannes in Empfang zu nehmen und in die jenseitige Heimat zu geleiten. Hakon nimmt Jadasa wie eine Lichtgestalt wahr, deren durchscheinende Züge die der jungen Frau zur Zeit ihrer ersten Begegnung mit Karl von Donarsberg sind.

Aber irgend etwas scheint den alten Grafen noch in seinem physischen Leib festzuhalten. Intuitiv legt Hakon seine Rechte auf den Scheitel und seine Linke auf das Nabelzentrum seines Vaters. Ganz selbstverständlich kommen dann laut die Worte über seine Lippen, auf die die Seele des Grafen gewartet hat. „Ich und Helena sind bei dir, Vater! Und ich freue mich sehr, dir sagen zu können, daß Helena Zwillinge erwartet. Ein Junge und ein Mädchen. Der Mutter und den Kindern geht es gut. Schloß Donarsberg wird bald eine neue Generation unserer Familie erleben, und so werden du und Mutter in euren Enkeln weiterleben. - Jetzt aber öffne deine geistigen Augen und schau, daß Mutter dort drüben auf dich wartet! Du kannst ihr jetzt getrost und unbesorgt ins Licht folgen! Deine Aufgabe hier auf Erden ist nun zu Ende. Freue dich auf das, was bald auf dich zukommt! - Ergreife jetzt die Hand, die Mutter dir entgegenstreckt! Und nun leb wohl, Vater." Und mit einer segnenden Geste seiner rechten Hand beendet Hakon die Übertragung der Lichtenergie, die seinem Vater geholfen hat, sein irdisches Kleid abzulegen und geführt von Jadasas Lichtgestalt davonzuschweben.

Die inneren Bilder erlöschen, und Hakon öffnet wieder die Augen. Die Leiche seines Vaters liegt wie schlafend vor ihm, der Mund leicht geöffnet, die Lider geschlossen. Der Ausdruck des Gesichts ist der eines Menschen, der endlich seinen Frieden und sein Glück gefunden hat. Der Graf und neue Herr von Donarsberg erhebt sich und umarmt seine weinende Frau. Den Arm um die Schulter von Helena gelegt, stehen dann beide am Fußende des Bettes, und die werdende Mutter spricht ein Gebet für ihren Schwiegervater, den sie in der kurzen Zeit ihrer Bekanntschaft sehr lieb gewonnen hat. Dann gehen beide hinaus und erlauben den Bediensteten und anwesenden Gefolgsleuten, Abschied von ihrem Herrn zu nehmen. Viele weinen, und auch Hans von Warken hat Tränen in den Augen. Nun ist sein alter Weggefährte gegangen, der ihm immer mehr Freund als Herr gewesen war. Was ihm bleibt, ist die Erinnerung und Rainer, der illegitime Sohn des Grafen, den der Stallmeister an Sohnes statt angenommen hat und der sich zu seiner und seiner Mutter Freude zu einem stolzen und erfolgreichen Bauern mit bereits großer eigener Familie entwickelt hat. Alles in allem, davon ist Hans von Warken überzeugt, hat sein Lehnsherr ein gutes Leben geführt und wichtige und tiefe Spuren in den Leben vieler Menschen hinterlassen. Karl von Donarsberg hat sein Haus bestellt, und alle, die ihn kannten, werden sein Andenken in Ehren halten. Mit einem letzten stillen Gruß an den verstorbenen Freund und in der Hoffnung auf ein Wiedersehen im Jenseits, verläßt der Stallmeister mit gesenktem Haupt das Sterbezimmer.

Wie es sein Wunsch gewesen war, wurde der alte Graf neben seinem persischen Schwiegervater im leeren Grab der Gedenkstätte seiner Frau bestattet. Eine schwere Sandsteinplatte, auf der in lateinischer Sprache nur das gräfliche Wappen, der Name des Toten und das Geburts- und Sterbedatum eingemeißelt sind, bedeckt das schmucklose Erdgrab. Bevor Hakon und Helena, die ihre Kinder im Groothof zur Welt bringen will, die Donarsburg für die Zeit der Niederkunft verlassen, sind beide noch einmal hier heraufgekommen, um sich von ihren Lieben zu verabschieden und um ihren Segen zu bitten. Dann machen sie sich in Begleitung einiger Bediensteter, die aber wieder zur Burg zurückkehren werden, auf den Weg. Beide freuen sich, auf den Groothof zurückkehren zu können. Hakon, weil er wieder seine heilerische Tätigkeit ausüben kann, und Helena, weil sie sich im Schutz dieses Hauses und seines jenseitigen Wächters sicherer und geborgener fühlt, als in den alten und kalten Mauern der Burg. Wie sie beide abgesprochen haben, wird Hakon mit Unterstützung von Annemarie die Geburt seiner Kinder begleiten und überwachen. So wird die Tradition fortgesetzt und auch diesmal der amtierende Graf von Donarsberg bei der Geburt seiner Nachkommen persönlich anwesend sein. Es ist der Tag vor Heiligabend des Jahres 1215, als das gräfliche Paar wieder auf dem Groothof eintrifft. Bald gehen die Dinge wieder ihren gewohnten Gang. Nur Helena fiebert ungeduldig dem Tag ihrer Niederkunft entgegen.

Am ersten Sonntag des Monats Juni, im Jahr des Herrn 1216, ist es dann soweit. Gegen Mittag spürt Helena erstmals das erwartete Ziehen und Stechen im Unterleib, das den Beginn der Geburt ankündigt. Hakon beendet schnell seine Behandlung an einem Flößknecht, der sich bei der Verladung von Holz eine böse Quetschung des linken Fußes zugezogen hat und den die anderen Knechte auf einer provisorischen Bahre liegend vom Flußufer, wo das Floß festgemacht hat, zum Haus herübergetragen haben. Ohne Hast betritt er dann ihrer beider Schlafzimmer, wo sich die besorgte Annemarie bereits um seine Frau kümmert. Wie er es in Palästina gelernt hat, wäscht er sich zuerst seine Hände gründlich in einem bereitgestellten Becken und fordert auch Annemarie dazu auf. Dann setzt er sich neben das Bett, ergreift zärtlich die Hand seiner Frau und versenkt sich dann einen Moment, um mit seinen inneren Augen in ihren Körper zu schauen und den Fortgang der Geburt zu beobachten. Beruhigt stellt er fest, daß alles seinen natürlichen Gang geht. Die Zwillinge sind wohlauf und in der richtigen Position, den mütterlichen Leib ohne Schaden zu verlassen. Soeben platzt die Fruchtblase, und das erste Kind, das Mädchen, tritt bald darauf in den Geburtskanal ein. Hakon kommt aus seiner Versenkung zurück und legt - wie seinerzeit sein Vater seiner Mutter - seiner Frau das Medaillon, das Karl von Donarsberg einst von seinem Schwiegervater erhielt, auf den geschwollenen Bauch. Die Wehen werden stärker, und Helena stöhnt laut auf. Beruhigend legt Hakon zusätzlich seine Rechte auf ihren Unterleib und die Linke auf Helenas Herz und schickt ihr blaues Licht, das die Gebärende entkrampft und die Schmerzen lindert.

Knapp drei Stunden später ist alles vorüber, und die glückliche Mutter liegt mit ihren beiden gesunden Kindern links und rechts im Arm zufrieden, aber etwas mitgenommen in den frisch aufgeschüttelten Kissen. Der stolze Vater kann sich nicht satt sehen an diesem Bild. Immer wieder muß er mit seiner Hand über den schwarzen Flaum streichen, der bereits den Kopf beider Kinder bedeckt. Auch Ali ist auf Geheiß seines Freundes eingetreten und betrachtet froh, aber auch ein wenig neidisch das doppelte Glück. Bei seiner Frau gibt es bis jetzt noch keine Anzeichen einer Schwangerschaft. Draußen vor der Tür jault Jakob, der wohl spürt, daß etwas Außerordentliches vorgefallen ist. Aber auf einen fragenden Blick Hakons antwortet ihm Helena nur mit einem energischen Kopfschütteln. So muß der Bär noch etwas warten, bis er die neuen Familienmitglieder begrüßen darf.

Als die Zwillinge ein Jahr alt werden, veranstalten die stolzen Eltern im Burggarten ein großes Fest. Alle Kinder des Sprengels bis zum Alter von drei Jahren und ihre Eltern sind eingeladen, und so bevölkert eine fröhliche Schar an diesem Spätfrühlingstag des Jahres 1217 die noch von Jadasa liebevoll angelegten Gärten. Clara und Arno, die beiden lebhaften Zwillinge, sind der erklärte Mittelpunkt und sind sich der ihnen von allen Seiten zufließenden Aufmerksamkeit voll bewußt. Geführt von ihren Ammen, machen sie in diesen Tagen ihre ersten Gehversuche auf dem zentralen Platz, wo Gaukler und Spielleute für die Unterhaltung des Publikums sorgen. Hakon und Helena wandern Arm in Arm durch den Rosengarten, und zum ersten Mal hat die junge Gräfin das Gefühl, sich auch im Schatten der Burg zu Hause und wohl zu fühlen.

Auch wenn sich die Leidenschaft der ersten Zeit etwas gelegt hat und einer ruhigen und gefestigten Liebe gewichen ist, so zieht es die beiden in jeder freien Minute zueinander. Die Stunde vor dem Zubettgehen, wenn auf dem Groothof alles zur Ruhe kommt und das junge Grafenpaar in Begleitung und im Schutz von Jakob einen letzten Spaziergang am Fluß entlang macht, zählt zu den glücklichsten Momenten ihrer noch jungen

Ehe. Immer wieder versucht dabei der verspielte Bär durch seine Eskapaden die Aufmerksamkeit der beiden Menschen auf sich zu lenken. Dabei trägt er durch die ungewollte Komik seiner Versuche zur Erheiterung von Helena und ihrem Mann bei, die Jakob dann mit einem heimlich mitgenommenen Apfel oder einem anderen Leckerbissen belohnen.

Auf besonderen Wunsch des Grafen nimmt auch sein Halbbruder Rainer mit seiner Familie an dem Fest teil. Erst nach dem Tode ihres Vaters sind sich die beiden Brüder vorsichtig näher gekommen und pflegen jetzt einen lockeren Kontakt, wobei sich Rainer immer leidvoll des Klassenunterschieds bewußt ist. Auch als jetzt das gräfliche Paar an ihnen vorbeiflaniert und huldvoll die ergebenen Grüße und Dankadressen der geladenen Gäste entgegennimmt, spürt der uneheliche Sohn des alten Grafen wieder eine Welle heißer Eifersucht in sich aufsteigen und wendet sich mit finsterem Blick ab. Hakon, der diese Reaktion beobachtet hat, weiß um das immer wieder aufflammende Gefühl der Benachteiligung in Rainers Seele seit ihrer ersten Begegnung. Seitdem behandelt er seinen Halbbruder immer wie einen Gleichgestellten und läßt ihn nie seine Position als Herr und Landesvater spüren. Auch äußerlich sind sich die beiden Brüder sehr unähnlich. Während Hakon sichtbar seinem Vater nachschlägt, gleicht Rainer in Haarfarbe und Körperbau mehr seiner Mutter, die mit ihrem langen blonden Haar, ihrer kindlichen Unbeschwertheit und den drallen Reizen ihres rundlichen Körpers den schwermütigen Karl von Donarsberg überraschend lange zu fesseln verstand.

Plötzlich bemerkt Hakon Ali, der sich suchend durch die Menge drängt. Eigentlich sollte sich sein Freund auf dem Groothof um die Kranken kümmern. Als Alis Blick auf sie fällt, zieht ein erleichtertes Lächeln über sein Gesicht. Schnell nähert er sich ihnen und begrüßt sie mit einer tiefen Verbeugung. In der Öffentlichkeit achtet der Perser stets auf die gebotene Etikette und vermeidet jede plumpe Vertraulichkeit. „Herr Graf, es ist etwas geschehen, was Eure Anwesenheit auf dem Groothof dringend erforderlich macht." Der überraschte Hakon mustert seinen Freund aufmerksam und entdeckt in seinen Augen eine ungewohnte Unsicherheit und Angst. Er zieht Ali beiseite und fragt: „Was ist los, Ali? Warum bist du so aufgeregt?" Immer noch etwas atemlos, beginnt der Perser stockend zu erzählen: „Kaum wart ihr vorgestern abgereist, brachte man einen Schwerkranken, der von einer Eskorte begleitet wurde. Man verlangte nach dir, und als ich sagte, du seiest nicht hier, wurden die Begleiter des Kranken sehr zornig und drohten uns mit Vergeltung, wenn sie den weiten Weg umsonst gemacht hätten und der Kranke stürbe. Man erlaubte mir nur, einen Blick auf den Kranken zu werfen, nicht aber ihn zu behandeln. Man verweigerte mir auch seinen Namen, doch war ich sehr erschrocken, in dem Patienten Kaiser Friedrich zu erkennen, der offenbar in tiefer Bewußtlosigkeit liegt. Zufällig hörte ich vor dem Krankenzimmer, in das ich ihn legen ließ, wie sich drinnen die zwei ranghöchsten Begleiter über eine vermutete Vergiftung stritten. Ich bot ihnen an, dich umgehend herbeizuschaffen. Deshalb bin ich hier!" Betroffen fragt sich Hakon, ob man wohl aus machtpolitischen Gründen die Identität des Kranken geheimhalten will. Er zweifelt keinen Moment an Alis Beobachtung, daß es sich dabei um Friedrich handelt, dessen erklärter Leibarzt er ja nach wie vor ist. Hakon erinnert sich noch lebhaft an ihren Aufenthalt in Palermo, als Ali in seiner Begleitung dem jungen sizilianischen König mehrfach begegnet ist. Rasch unterrichtet er Helena und macht sich dann mit seinem Freund auf den Weg zum Groothof.

Bereits von weitem hören sie schon das empörte Brüllen von Jakob, den Ali bei seinem Weggang zum Schutz der Besucher in einen Verschlag im Stall einsperren mußte. Nur wenn der Perser oder Hakon anwesend sind, darf der Bär aus seinem Verlies, da nur sie beide das letztlich immer noch wilde Tier mit ihrem Willen unter Kontrolle halten können. Seit dem bewaffneten Angriff der Metzer Kleriker hat der eigentlich gutmütige Jakob eine deutliche Abneigung gegen alles Soldatische. Offenbar spürt der Bär die Aggression, die vermutlich von allen Waffenträgern ausgeht. Im Hof angekommen, springt Hakon vom Pferd und hastet, ohne den dort Versammelten große Aufmerksamkeit zu schenken, ins Haus. Im Wohnraum findet er drei Männer vor, die schweigend und bedrückt am Tisch sitzen und in ihre Weinbecher starren, aber bei seinem überraschenden Eintritt erleichtert aufspringen. „Na endlich, Graf von Donarsberg!

257

Ich befürchtete schon, Ihr kämt zu spät. Euer Lehnsherr bedarf dringend Eurer Hilfe als sein Medicus!" Hakon erkennt in dem Sprecher Tassilo von Weinheim, den Haushofmeister Friedrichs, einen untersetzten Mann in mittleren Jahren, der in Begleitung von zwei anderen wichtigen Gefolgsleuten ist, dem Kämmerer und dem Schwertträger des Kaisers. Beide verneigen sich schweigend.

Der junge Graf verneigt sich gleichfalls flüchtig. „Bevor Ihr mir erzählt, was geschehen ist, laßt mich zuerst nach unserem Herrscher sehen!" Hakon eilt in das Krankenzimmer, wo Annemarie neben dem Lager Friedrichs sitzt und dem Bewußtlosen den kalten Schweiß von der Stirn wischt. Ab und zu durchzucken krampfartige Anfälle den Kranken. Neben dem Bett verbreitet ein Eimer mit Erbrochenem einen merkwürdigen und Übelkeit erregenden Gestank, der stark an den Geruch von Mäusen erinnert, die in diesem Jahr wieder überall eine wahre Plage sind. Dieser Geruch ist aber auch der typische Duft der Doldenblüte des giftigen Schierlings.

„Sagt mir, Haushofmeister, wie zeigte sich die Krankheit, bevor der Kaiser bewußtlos wurde? Was gab es für Symptome?" - Vorläufig will Hakon noch nichts von seinem Verdacht sagen. - Der von der Last seiner Verantwortung gebeugte Höfling blickt sorgenvoll auf seinen todkranken Herrn im Bett. „Gestern, auf der Jagd, im Forst des Reichsgrafen von Lauenburg, machten wir mittags bei einer Mühle Rast und verzehrten unser mitgebrachtes Mahl. Friedrich trank dazu den starken Rotwein aus seiner sizilianischen Heimat. Knapp eine Stunde später klagte unser Herr plötzlich über Übelkeit und Schmerzen in den Beinen, die er bald darauf schon nicht mehr bewegen konnte. Als er dann plötzlich auch noch begann, Dinge und Personen zu sehen und Stimmen zu hören, die sonst niemand wahrnehmen konnte, ahnte ich, daß die Situation sehr bedrohlich ist und Leib und Leben unseres Kaisers in Gefahr sind. Da ich aus unseren Gesprächen noch wußte, daß Ihr Euch in erreichbarer Nähe niedergelassen habt und unser Herr sehr viel von Euch als Medicus und Heiler hält, bot ich dem Kaiser an, keine Zeit zu verlieren und ihn zu Euch zu bringen. Er stimmte schon halb bewußtlos zu, und so machten wir uns unverzüglich auf den Weg. Wir sind die ganze Nacht durchgeritten und hoffen für uns alle, daß

Ihr ihm noch helfen könnt! Ich wage gar nicht daran zu denken, was mit dem Reich geschieht, wenn wir unseren Kaiser durch feigen Meuchelmord verlieren!" Zum ersten Mal gibt Tassilo von Weinheim ihm gegenüber zu erkennen, daß er einen Giftanschlag für die Ursache der kaiserlichen Erkrankung hält.

Hakon hat sich, noch während der Haushofmeister sprach, neben dem Kranken niedergelassen. Er legt seine Rechte auf das Herz und die Linke auf den Magen des ohnmächtigen Kaisers. Der Heiler überlegt, daß die geschilderten Symptome ebenfalls auf eine Schierlingsvergiftung hinweisen. Oft ersticken die Opfer durch eine schließlich eintretende Atemlähmung, die das Gift hervorruft. Für den heilkundigen Helfer ist es wichtig, durch das Herbeiführen von Erbrechen und der Gabe starker Abführmittel das Gift möglichst schnell aus dem Körper des Betroffenen zu schaffen, bevor es seine tödliche Wirkung voll entfalten und den Verdauungstrakt sowie Herz und Lunge irreparabel schädigen kann.

Unter seiner rechten Hand spürt Hakon jetzt die unregelmäßigen Schläge des kaiserlichen Herzens. Manchmal setzt es kurz aus, ein anderes Mal scheint es Sprünge zu machen. Der Todkranke ringt bereits heftig nach Luft, und Hakon wird klar, daß er keine Stunde später hätte eintreffen dürfen. Mit kraftvoller violetter Lichtenergie aus seiner Rechten versucht er zuerst den Herzschlag zu stabilisieren und zu beruhigen. Währenddessen läßt er aus seiner linken Hand das grüne Licht der Heilung durch das Nabel-Zentrum in Magen und Darm strömen, um die Reste des Giftes aus dem Körper zu treiben. Als sich der Bewußtlose kurz darauf in einem stinkenden Schwall erneut erbricht und einige Zeit später das Herz wieder regelmäßiger schlägt, legt Hakon beide Hände auf den Brustkorb des immer noch Schweratmenden, um mit seiner ganzen Kraft der beginnenden Lungenlähmung entgegenzutreten. Das weiße, allumfassende Licht durchströmt entkrampfend die Bronchien und beiden Lungenflügel des Kranken. Aber erst nach einer den Anwesenden endlos erscheinenden Zeit läßt der qualvolle Krampf langsam nach, der Atem beruhigt sich, und der aufgeblähte und herausgedrückte Brustkorb Friedrichs sinkt in seine Normalhaltung zurück. Bald darauf atmet der Kranke zum ersten Mal wieder tief ein und aus. Noch immer ist der Kaiser ohne Bewußtsein, aber die fahle Blässe seiner Wangen ist einer zarten Rötung gewichen. Auch die drei Edelleute, die dem etwa einstündigen Bemühen Hakons gespannt und teilweise skeptisch zugesehen haben, erkennen die Wendung zum Besseren und treten erleichtert ans Fenster, um den draußen Wartenden diese gute Nachricht zu signalisieren. Vom Hof antwortet man ihnen mit lautstarken Hochrufen auf den Kaiser.

Hakon kommen diese Freudenkundgebungen allerdings noch etwas verfrüht vor. Der Heiler ist gerade dabei, die durch das Gift hervorgerufene massive Blockade der Kraftzentren des Herzens und des Solarplexus des Kranken endgültig zu öffnen, um wieder einen geordneten Energiefluß als Voraussetzung für die Aktivierung der Selbstheilungskräfte in Gang zu setzen. Wenige Augenblicke später erwacht Friedrich aus der Ohnmacht und schlägt die Augen auf. Verwirrt und fragend schaut er sich um, und ein schwaches aber erleichtertes Lächeln zieht über seine Züge, als er schließlich Hakon erkennt. Sanft drückt ihn sein Medicus zurück, als sich der Kaiser aufsetzen will. „Dafür ist es noch zu früh, mein Gebieter! Ihr seid nur sehr knapp dem Tod entronnen, und Euer geschwächter Körper braucht jetzt ein paar Tage Zeit, um wieder zu Kräften zu kommen. Seid solange - ebenso wie Eure Begleitung - mein Gast!" Das Sprechen fällt Friedrich noch schwer, und so drückt er als Zeichen seiner Zustimmung Hakon nur die Hand und nickt dabei seinem Haushofmeister schwach aber erkennbar zu, der hoch erfreut darüber ist, seinen Herrn bei Sinnen und offenbar auf dem Weg der Heilung zu sehen. Während der Kaiser wieder die Augen schließt und noch von den Krämpfen erschöpft seiner Gesundung entgegen schlummert, verlassen Hakon und die drei Höflinge den Raum und lassen Friedrich unter der fürsorglichen Obhut von Annemarie zurück.

In den Wohnraum zurückgekehrt, lassen sich die drei Höflinge und Hakon wieder am Tisch nieder. „Nun, Graf von Donarsberg, was haltet Ihr von dieser merkwürdigen Krankheit? Sagt uns ganz offen und ehrlich Eure Meinung! Aber bedenkt, wir haben keine Zeit mehr für falsche Rücksichtnahme oder vorsichtiges Abwägen!" Die Erregung in Tassilo von Weinheims Stimme ist nicht zu überhören. Nachdem sein Kaiser nun gerettet zu sein scheint, ist seine Angst einem unverhohlenen heiligen Zorn gewichen. Der Kämmerer und der Schwertträger benehmen sich viel zurückhaltender, warten aber offensichtlich gespannt auf Hakons Einschätzung.

Ernst und nachdenklich blickt der Heiler in das gerötete Gesicht des Haushofmeisters. „Nun, ich bin ziemlich sicher, daß der Kaiser an einer schweren Vergiftung durch das Schierlingskraut leidet. Wahrscheinlich war das Gift dem Wein beigemischt, den Friedrich gestern trank und dessen schwerer südländischer Geschmack den typischen und unangenehmen Geruch des Giftes überdeckt hat. Es muß eine hohe Dosis gewesen sein. Die Vergiftung war bei meinem Eintreffen so weit fortgeschritten, daß sie etwa eine Stunde später unweigerlich zum Tode durch Ersticken geführt hätte." Die deutlichen Worte rufen in der Runde tiefe Betroffenheit hervor. Tassilo von Weinheim starrt mit grimmiger Befriedigung seine beiden Gegenüber an, die wohl bis zuletzt die Möglichkeit einer Verursachung durch Dritte für ein Hirngespinst des Haushofmeisters gehalten haben. Unbekannte und durch die Kreuzzüge eingeschleppte Krankheiten, die weder Herr noch Knecht verschonen, gibt es ja schließlich genug. Da muß man nicht gleich an das Schlimmste denken. Aber nun ist alles anders. Das Wort des Grafen von Donarsberg hat beim Kaiser hohes Gewicht und wird nach der erfolgreichen Behandlung des Herrschers jetzt noch weiter in seinem Wert steigen; und wenn er und der Haushofmeister von einem Giftanschlag überzeugt sind, dann gilt es, spätestens jetzt das Undenkbare und seine unabsehbaren Konsequenzen ernstlich in Erwägung zu ziehen. Hastig nimmt der Kämmerer einen Schluck aus seinem Becher. Der junge Schwertträger hat das Kinn auf seine Faust gestürzt und stiert blicklos auf die gegenüberliegende Wand. Als der Haushofmeister wieder zu sprechen anfangen will, unterbricht ihn Hakon höflich und sagt: „Verzeiht, aber ich muß euch jetzt verlassen und noch einmal nach dem Kaiser sehen. Alles weitere ist ja jetzt auch Eure Sache, und da liegt es sicherlich in guten Händen!" Bevor einer der drei die feine Ironie in Hakons Worten auch nur bemerkt, hat er den Raum verlassen. Er ist froh, daß es nicht seine Aufgabe ist, dieses Verbrechen gegen die Majestät des Kaisers aufzuklären. Zudem er hat große Zweifel, daß es den Höflingen gelingen wird. Seufzend macht er sich daran, aus seinen aus Palästina mitgebrachten Vorräten an Heilkräutern einen Tee zusammenzustellen, der stark entgiftend wirkt und den Annemarie dem Kaiser in den nächsten Stunden regelmäßig zu trinken geben muß.

Eine knappe Woche später machen der Kaiser und sein Leibarzt einen ersten ausgedehnten Spaziergang. In einiger Entfernung folgen ihnen als Leibwache Ali und der Schwertträger Friedrichs, der wiederum von dem argwöhnischen Jakob bewacht wird. Dem guten Mann ist es sichtlich unwohl in seiner Haut, und sein Blick heftet sich hilfesuchend auf den Perser, der ihn aber gekonnt übersieht. Zu gut hat Ali noch die unfreundliche und aggressive Haltung des Höflings bei Ankunft des Trupps in Erinnerung. So schlendert Ali unbekümmert den Weg entlang, ohne scheinbar das böse Spiel zu bemerken, das Jakob mit dem immer ängstlicher wirkenden Mann treibt. Der Bär folgt ihm so dicht auf den Fersen, daß er schon den heißen Atem der Bestie in seinem Nacken wehen fühlt. Der Schweiß rinnt ihm in dicken Tropfen den Rücken hinab, und das macht Jakob, der das riecht, noch übermütiger und angriffslustiger. Schließlich greift der Perser ein, als er denkt, daß der eingebildete Ritter nun genug gelitten und seine Lektion gelernt hat. Ali ruft Jakob an seine Seite, und der Bär gehorcht widerwillig. Aber nicht, ohne zuvor dem Angstschlotternden noch mit der Schnauze in die Seite gestoßen und einen grimmigen Blick zugeworfen zu haben. Der Schwertträger, dem bei dieser letzten Attacke fast das Herz stehen blieb, atmet pfeifend aus und muß einen Moment innehalten, um sich wieder zu fangen. Mit dem Ärmel seines Wamses wischt er verstohlen die Schweißperlen aus der Stirn. Dann folgt er eilig den anderen, die er bereits aus den Augen zu verlieren droht, da der Weg dem Flußlauf folgt, der hier eine scharfe Biegung macht.

„Ich verdanke Euch mein Leben, mein Freund!" Friedrich hat seinen Arm um die Schultern Hakons gelegt und drückt ihn herzlich. „Wie es aussieht, kann ich mich in diesem kalten und verregneten Deutschland wenigstens auf meine sizilianischen Getreuen verlassen! Obwohl, das muß ich gerechterweise zugeben, mir mein Haushofmeister sehr zugetan ist und ich ohne sein beherztes und rasches Handeln verloren wäre. Ich frage mich allerdings, wie es nun weitergehen soll? Wem kann ich von den anderen noch trauen? - Ihr hattet übrigens Recht, Graf Donarsberg! Das Gift war tatsächlich im Wein gewesen. Ein Rest fand sich noch im Beutel. Man flößte ihn einem der Jagdhunde ein, und dieser verstarb am nächsten Tag qualvoll. Aber mein Mundschenk schwört bei seinem Leben, daß er den Wein vor meiner Abreise zur Jagd selbst gekostet und für gut befunden hat. Er ist zwar ein Maure, aber seitdem ich ihn vor Jahren aus der Sklaverei befreit habe, gehört er zu meinen treuesten Gefolgsleuten. Deshalb traue ich ihm diese Tat noch am wenigsten zu. Also muß sich der Attentäter in der Jagdgesellschaft befinden. Aber dann kommen fast drei Dutzend Edelleute in Frage, darunter die Blüte des Reiches. Zählt man alle Knechte und Diener mit, so sind es über hundert Verdächtige. - Ihr seht, die Aufklärung dieses feigen Mordanschlags steht unter einem ungünstigen Stern. Unter den gegebenen Umständen sehe ich keine Möglichkeit, den Täter zu entlarven. Doch das bedeutet, daß er es jederzeit erneut versuchen kann. - Kein schöner Gedanke, wenn ihr mich fragt! - Ich spüre, daß ich bereits beginne, den meisten meiner Begleiter zu mißtrauen und anfange, hinter jedem Baum einen Mörder zu sehen. Sagt, was ratet Ihr mir in dieser verfahrenen Situation, mein Freund?"

Hakon fühlt sich von der offen gezeigten Zuneigung des Kaisers sehr geschmeichelt und angetan. Gleichzeitig ist er bedrückt über die scheinbar ausweglose Lage, in der sich sein Souverän befindet. Da kommt ihm plötzlich eine Idee. Bei seinen Studien der östlichen Mysterien hat er gelernt, daß es keinen Zufall gibt, daß alles Fügung ist. Dann war es aber auch kein Zufall, der seinen Herrscher hierher auf den Groothof geführt hat. Birgt doch der Schoß dieses Hauses ein großes Geheimnis, eine Quelle der Hilfe, die auch dieses Problem lösen kann. Aber wie soll er seinem Kaiser von dem Engel in der Grotte erzählen? Was wird der dazu sagen? Und kann Hakon es riskieren, Friedrich und die drei Höflinge mit Hanael zu konfrontieren? Denn diese werden ihren Herrn nach dem Vorgefallenen niemals allein an einen geheimen unterirdischen Ort gehen lassen. Wie wird ihre Reaktion sein, und was wird das für Konsequenzen für den Groothof und seine Bewohner haben? Aber so sehr Hakon darüber nachgrübelt, so wenig sieht er einen anderen Ausweg, und so beschließt er, seinem Gefühl zu trauen und das Risiko einzugehen.

„Erinnert Ihr Euch noch an unsere Gespräche in Sizilien, als ich Euch, Majestät, von meinen medialen Kontakten zu meiner verstorbenen Mutter berichtete?" Friedrich bleibt überrascht stehen. Die Erzählungen des geheimnisvollen jungen Ritters, den seine übernatürlichen Fähigkeiten schon in jungen Jahren in das Heilige Land und dann nach Sizilien führten, hatten ihn schon in Palermo sehr fasziniert. Bei der Erwähnung von Jadasa fällt dem Kaiser ein, daß dies ja auch eine Möglichkeit wäre, den unbekannten Attentäter zu entlarven. Einfach indem man sich dieser jenseitigen Informationsquelle bedient. So wie es die Bibel im Alten und Neuen Testament bei der Befragung der Totengeister schildert.

Hakon nimmt wahr, daß sein Lehnsherr gedanklich zwar die falsche Spur verfolgt, doch der Idee, ein Orakel zu befragen, offen gegenüber steht. „Damit wir uns nicht falsch verstehen: Ich wollte damit nicht andeuten, daß wir meine Mutter befragen sollen." Beide haben zwischenzeitlich ihren Spaziergang wieder aufgenommen. Friedrich ist etwas enttäuscht, daß sich diese Hoffnung wieder zerschlagen soll. Fragend schaut er Hakon von der Seite an, der, nach Worten suchend, langsam und bedächtig zu erzählen beginnt. Auf einen inneren Impuls hin hat er sich entschlossen, die Geschichte des Groothofs und seine persönlichen Erlebnisse einfach so wiederzugeben, wie er sie selbst gehört beziehungsweise erfahren hat. Das führt dann zwangsläufig zur Schilderung seiner und der anderen Begegnung mit Hanael.

Konzentriert und sehr interessiert folgt der Kaiser der Erzählung seines Retters. Manchmal unterbricht er den Redefluß Hakons, wenn ihm etwas unverständlich oder unzureichend erklärt scheint. So wandern die beiden stundenlang am Fluß auf und ab. Ali und der Schwertträger haben es längst aufgegeben, ihren Herren zu folgen. Sie haben sich einen erhöhten Standort auf einem nahen Hügel gesucht und genießen dort einen guten Überblick. So überwachen sie die beiden ins Gespräch Vertieften aus der Ferne. Nur Jakob folgt Friedrich und Hakon unermüdlich. Als sein Herr dies schließlich bemerkt, ruft er den Bären zu sich, der auch freudig brummend angaloppiert kommt, und belohnt ihn mit einer getrockneten Pflaume. Dann nehmen die drei wieder ihre Wanderung auf, und Ali und der junge Ritter auf dem Hügel schließen ergeben die Augen, lassen sich müde ins Gras sinken und sind bald darauf fest eingeschlafen.

„Ich dachte immer, schon mein Leben wäre ein einziges Abenteuer. Aber mit dem, was Ihr bereits in jungen Jahren erlebt habt, Graf Donarsberg, kann ich nicht mithalten. Mit Euren Erfahrungen gebt Ihr Generationen von Märchenerzählern auf den Märkten Stoff für ihre Geschichten. - Aber zurück zu Eurem Vorschlag. Ich bin sehr einverstanden damit, den Geist dieser Stätte zu befragen. Ehrlich gesagt, bin ich jetzt neugieriger auf diese Begegnung, als auf Informationen über den Attentäter. Laßt uns also spätestens morgen unser Vorhaben durchführen; und macht Euch keine Sorgen über mögliche Reaktionen der anderen. Wenn er ist, was er vorgibt zu sein, so wird Euer jenseitiger Freund selbst am besten wissen, wie und was zu tun oder zu lassen ist. Ich denke, meine Herren Ritter werden von dieser Erfahrung so erschlagen sein, daß für Zweifel kein Raum bleibt. Jetzt aber laßt uns zurückgehen. Zum ersten Mal seit dieser Geschichte verspüre ich einen unbändigen Appetit!" Als hätte Jakob diese Bemerkung verstanden, brummt er zustimmend, und so machen sich Friedrich und Hakon lachend auf den Heimweg. Der Bär folgt ihnen mit seinem wiegenden Schritt, wobei er gelegentlich schnüffelnd am Wegrand nach Freßbarem sucht.

Am nächsten Tag zwängt sich eine kleine Prozession durch den engen unterirdischen Gang zur Grotte. Angeführt von Hakon, gefolgt von Friedrich und seinen drei Begleitern, haben sich ihnen auch Ali und Annemarie angeschlossen. Helena ist mit den Kindern immer noch in der Burg. Der Kaiser hat es bewußt vermieden, seine Gefolgsleute vorab darüber in Kenntnis zu setzen, was sie da unten erwartet. Das hätte nur unnötige Kommentare und Einwände provoziert; und so spiegeln die Gesichter der drei ihr Unwohlsein über einen ihrer Meinung nach gefährlichen und fragwürdigen Ausflug. Warnende Worte seines Haushofmeisters hatte der Kaiser durch die Aussage: „Dort unten werden wir Antwort auf unsere Fragen finden" im Keim erstickt. So folgt von Weinheim seinem Herrn im flackernden

Licht der spärlichen Fackeln mit der Hand am Dolch, bereit, jedwedem Angreifer sofort energisch entgegenzutreten. Dem Kämmerer und dem Schwertträger ist es unheimlich hier unten, und beide sind froh und erleichtert, als sie aus dem feuchten und engen Gang endlich in die Weite der Höhle treten können. Hakon fordert alle auf, sich an der Höhlenwand gegenüber dem Steinaltar niederzulassen. Alle folgen dieser Aufforderung, die Höflinge mit einer Mischung aus Opposition und erzwungener Ergebenheit in ihrer Haltung. Dann bittet der Heiler alle Anwesenden, die Augen zu schließen und auf das Kommende zu warten. Als letztes sieht Hakon den fragenden und skeptischen Blick Tassilo von Weinheims, bevor er sich in sein Inneres versenkt.

Plötzlich ist da wieder dieses gleißende Licht über dem Altar, das sich schnell zu einem feurigen Ball und dann in die erhabenen Züge Hanaels verwandelt. Der Kaiser und sein Gefolge starren die Erscheinung mit unterschiedlichen Gefühlen an. Während Friedrich fasziniert und innerlich ergriffen ist, herrschen bei seinen Begleitern fassungsloses Staunen und Angst vor. Hakon hört, wie der Kämmerer neben ihm den vor Entsetzen angehaltenen Atem keuchend ausatmet und legt dem Mann beruhigend die Hand auf den Arm. Und wieder füllt der wunderbare Klang der Engelsstimme die Grotte bis in den letzten Winkel:

Seid gegrüßt, ihr Hoffnungsträger dieser Zeit!
Besonders du, Herrscher über viele, sei bereit,
zu tragen deines Amtes Last noch viele Jahre,
bis Michaels Engel stehen dereinst an deines Leibes Bahre.
Nie war dein Leben wirklich in Gefahr.
Das schien zwar so, doch ist das nur begrenzter Menschen Sicht.
Geistige Wesen, das ist getreulich wahr,
steuern stets das ewige Walten des himmlischen Gerichts.
Zufall, Willkür oder Angst haben keine Wirklichkeit!
Nach Gottes unabänderlichem Plan machen sie den Menschen
seelisch nur für sein gerechtes Schicksal innerlich bereit.
Allein deshalb sind sie für euch von scheinbarem Belang,

doch durchschaut ihr die Absicht, so erkennt ihr,
wie es gewollt von Anfang an.
Und so soll dich, Friedrich, diese Erfahrung leidvoll lehren,
zukünftig die dir Anvertrauten klarer zu erkennen.
Dann ist's dir möglich, Falschem rechtzeitig zu wehren
und für des Volkes Führung Ungeeignete ehrlich zu benennen.
Laß ab von weiterem rachsüchtigen Suchen nach dem Täter,
er hat sich selbst gerichtet,
gedrückt von seiner bald erwachten Gewissensqual.
Vertraue Gott und suche nicht nach weiteren Verrätern,
du achtest damit die gottgewollte freie Wahl.
Denn steht es nicht in deines Schicksals Buch,
so kann dir auch kein anderes Wesen schaden.
Wer das mißachtet, den trifft nur der eigne Fluch,
und du wirst deine Hände dann in Unschuld baden.
In eurer Welt der Zweiheit wird es stets
das Dunkle und das Böse geben,
gesetzt als gerechter Gegenpol zu Licht und reiner Liebe.
Sieh du nur zu, immer nach dem Göttlichen zu streben,
und zu beherrschen deine niederen Triebe!

Die Stimme verstummt, und das Gesicht des Engels löst sich in Licht
auf, das kurz darauf erlischt. Als Hakon erwartungsvoll den Kaiser und
seine Begleiter anblickt, schaut er in Gesichter, die den aufgewühlten Zustand ihrer Seelen spiegeln. Während Friedrich vor Freude und Ergriffen-
heit strahlt, wirken die drei Edelleute eher erschreckt und furchtsam. Der
Haushofmeister ringt sichtlich um Fassung und bemüht sich, passende
Worte zu finden für etwas, was er nicht versteht und geneigt ist, für Teufels-
blendwerk zu halten. Die beiden anderen erheben sich als erste, schütteln
benommen den Kopf und stieren immer wieder ängstlich zum Altar, als
fürchteten sie, daß sich die unheimliche Erscheinung noch einmal zeige.
Hakon wird schmerzlich bewußt, daß wohl die meisten Menschen für eine
solche Begegnung noch nicht reif sind. Es tröstet ihn, daß das aber nicht

für seinen Lehnsherrn gilt, der sich jetzt ebenfalls erhebt, auf ihn zukommt und den Heiler fest umarmt. „Habt Dank für diese Erfahrung! Danke sage ich auch diesem himmlischen Wesen für seine Worte, die sich tief in mein Herz eingegraben haben. Wie ein Blitz haben sie mein Inneres erhellt und mir klar gemacht, daß ich Gottes Weisheit und Führung immer vertrauen kann. Dem Himmel sei Dank für dieses große Geschenk!" Mit diesen Worten wendet sich Friedrich um und mustert prüfend sein Gefolge. Seine Miene verdüstert sich, als er bemerkt, daß seine engsten Mitarbeiter das Erlebte nicht so beglückend empfinden wie er. Seufzend wendet er sich wieder Hakon zu und sagt leise: „Ihr hattet wohl Recht mit Euren Bedenken! Wenn ich in ihren Gesichtern richtig lese, dann fühlt sich wohl jeder von ihnen im tiefsten Schlachtengetümmel wohler, als an diesem heiligen Ort. Das lehrt mich, daß das gleiche Erleben für den einen Balsam und den anderen Gift sein kann. Unser ungleiches Bewußtsein macht wohl den Unterschied; und die Drei sind offensichtlich nicht reif für solche Erfahrungen. – Nun gut, laßt uns nach oben gehen und beraten, was die praktische Konsequenz aus dem Gehörten ist!"

Der Kaiser, gefolgt von Hakon, wendet sich dem Höhleneingang zu, und beide verschwinden in dem dunklen Gang, ohne darauf zu achten, ob ihnen die anderen folgen.

Als alle wieder im Wohnraum versammelt sind, nimmt Friedrich den drei Höflingen das Versprechen ab, mit niemandem über ihr Erlebnis zu sprechen. Mitten in ihre lautstarken Beteuerungen, wie ein Grab zu schweigen, platzt Frederico, der Führer der sizilianischen Leibgarde, und flüstert seinem Kaiser etwas ins Ohr. Überrascht tritt Friedrich einen Schritt zurück und fragt nur: „Wo?" Der Ritter antwortet nun laut, aber soldatisch knapp: „Im Wald, keine hundert Schritte von hier, mein Kaiser!" Der Kaiser bedankt sich und entläßt dann den Mann. „Wartet draußen! Laßt alles, wie es ist, und vorläufig zu keinem Menschen ein Wort. Wir kommen gleich!" Darauf wendet er sich um und sagt in die gespannte Stille hinein: „Die Prophezeiung des Engels scheint bereits in Erfüllung gegangen zu sein. Man hat einen friesischen Baron an einer Eiche erhängt aufgefunden.

Offensichtlich von eigener Hand gerichtet. Laßt uns selbst nachsehen, ob es Hinweise gibt, die meine Vermutung bestätigen!"

Sie finden den Toten ganz in der Nähe der Stelle, wo Hakon den Dämon besiegte. Die Leiche schaukelt an einem dicken, moosbewachsenen Ast im Wind. Lange blonde Haare hängen ihr ins Gesicht, so daß man nicht sofort erkennen kann, um wen es sich handelt. Der Oberkörper ist bloß, das Wams heruntergestreift. Erschauernd bemerken die Umstehenden, daß - wie nach einer Geißelung - blutverkrustete Striemen über Brust und Rücken des Erhängten laufen. Neben dem mächtigen Baumstamm liegt ein Stallschemel, von dem der Selbstmörder wahrscheinlich gesprungen ist und den seine Füße im Todeskampf umgestoßen haben. An den Eichenstamm gelehnt funkeln im Licht der durch die Zweige scheinenden Sonne Schwert und Schild des Toten, die er wohl selbst wie zum Gedächtnis an einen auf dem Schlachtfeld Gefallenen dort plaziert hat.

Auf einen Wink des Kaisers nehmen Mitglieder seiner Leibwache die Leiche ab und betten sie ins Gras. Einer der Männer streift die dichten Haare beiseite, und erschrocken ruft Tassilo von Weinheim: „Mein Gott, das ist ja Hermann von Seeland!" Ein Verstehen beginnt im Gesicht Friedrichs heraufzudämmern. Der vor ihnen Liegende galt als enger Vertrauter des abgesetzten Welfenkaisers. Friedrich hatte ihm vor kurzem, wie übrigens noch anderen Anhängern seines Konkurrenten um den Thron, nach dessen Rückzug erlaubt, sich seinem Hof anzuschließen. Der Staufer sah darin eine Versöhnungsgeste gegenüber der Welfenpartei. Nun sieht es so aus, als hätte man seine Großherzigkeit mit haßerfüllter Bosheit vergolten.

Bevor jemand noch etwas sagen oder tun kann, kommt Frederico, der Sizilianer normannischer Abstammung, herbei, der einen bleichen und widerstrebenden Knappen vor sich her schiebt. „Verzeiht, Majestät, aber ich glaube, dieser junge Mann hat etwas zu melden!" sagt er in seinem südländisch gefärbten Deutsch. Der Knappe, ein Junge von vielleicht vierzehn Jahren, sinkt neben der Leiche seines Herrn schluchzend auf die Knie. Es dauert eine ganze Weile, bis der wie Espenlaub Zitternde sich wenigstens so weit gefangen hat, daß man ihn befragen kann. Friedrich legt beruhigend die Hand auf seinen Kopf. Langsam schält sich aus dem Gestammel des Knaben für die Zuhörer das Bild eines verbitterten Einzelgängers heraus, dem der Verlauf der Geschichte einen Strich durch all seine hochfliegenden Pläne machte. Zunehmend gefaßter, schildert der Knappe das Leben eines Edelmannes, dessen Erwartungen und Hoffnungen auf Macht und Einfluß und die damit verbundenen Einkünfte für sich und seine Sippe durch den Wechsel auf dem Thron mit einem Schlag vernichtet wurden.

Hermann von Seeland war ein treuer und enger Gefolgsmann Otto IV. gewesen. Mit dem Thronwechsel waren für ihn und seine Familie alle kühnen Träume über eine glänzende Zukunft wie ein Kartenhaus zusammengebrochen, und sein Geschlecht war wieder in die friesische Einöde verbannt und in die Bedeutungslosigkeit gestürzt worden. Das hatte er nicht verkraftet und immer häufiger auf Rache gesonnen. Sein junger Knappe, ein entfernter Verwandter, hatte dieser Verwandlung in einen verblendeten Mordbuben hilflos zusehen müssen. Der ganze Haß des Friesen richtete sich gegen den vermeintlichen Urheber seines Leids, Kaiser Friedrich. So sann er Tag und Nacht darüber nach, wie er sich rächen könne. Auf der Jagd war endlich der ersehnte Augenblick gekommen. Mit Hilfe seines Knappen, der vom Haushofmeister zum Dienst im Zelt des Kaisers eingeteilt war, verschaffte er sich Zugang zu den Weinvorräten Friedrichs, und während alle noch auf der Jagd waren, vergiftete er das Lieblingsgetränk seines verhaßten Herrschers. Sein Entsetzen sei groß gewesen, als Friedrich den Anschlag überraschend überlebte. Als klar war, daß der Kaiser bald wieder gesund sein würde, fiel der Attentäter zuerst in eine tiefe Schwermut. Dann klagte er sich an, im entscheidensten Augenblick seines Lebens versagt zu haben, um anschließend eine tiefe Reue über seine Tat zu verspüren, sich zu geißeln und zu beschuldigen, jetzt erst recht seine Familie ins Unglück gestürzt zu haben. Gestern, spät abends, sei sein Herr noch allein in den Wald gegangen. Seitdem, so berichtet der Knappe, habe er ihn nicht mehr lebend gesehen. Erschüttert vernehmen die Umstehenden diese tragische Geschichte. Lediglich Tassilo von Weinheim, der Haushofmeister, macht ein grimmiges Gesicht und meint dann: „Nun seht Ihr, mein Kaiser, warum ich schon immer dagegen war, die Anhänger Ottos am Hof zu dulden!" Seufzend über soviel Intoleranz und Selbstgerechtigkeit wendet sich der Kaiser ab, um die durch die Tragödie unterbrochene Besprechung wieder aufzunehmen.

# 9. KAPITEL

# ZEIT DER ERNTE

DREI PFERDE NÄHERN sich der Burg in rasendem Galopp. Schweißbedeckt und immer wieder von ihren Reitern lautstark angetrieben, jagen sie den staubigen Weg den Burghügel hinauf, donnern über die hölzernen Bohlen der Zugbrücke und preschen an der erschreckt auseinanderstiebenden Torwache vorbei in den Burghof. Dort zügelt der erste Reiter seinen Schimmel so heftig, daß das Pferd sich wiehernd aufbäumt. Strahlend wendet sich Arno von Donarsberg seiner Schwester zu, deren Augen ihn wütend anblitzen. „Das ist jetzt schon das zweite Mal, Arno, daß du unser Rennen nur gewinnst, weil du mit Godewind das viel bessere Pferd hast!" Erbost läßt sich Clara, seine Zwillingsschwester, aus dem Sattel ihrer ermatteten braunen Stute gleiten und stürmt dann auf den dritten Reiter zu, der noch im Sattel seines Pferdes sitzt. Ali, der alte Wegbegleiter ihres Vaters, sieht diese zornsprühende Amazone mit gemischten Gefühlen auf sich zurauschen. Eigentlich fühlt er sich schon zu alt, um als Aufpasser und Schiedsrichter an den wilden Wettkämpfen seiner Schützlinge teilzunehmen. Müde steigt er vom Pferd. „Sag, Ali, wann läßt mich Vater endlich Freya reiten? Sie ist genauso schnell wie ihr Bruder Godewind. Dann wird es sich ja herausstellen, wer von uns beiden der bessere Reiter ist!" Beruhigend nimmt Ali die heranwachsende Frau in die Arme, die jetzt wild an seiner Brust schluchzt. Immer wieder ist der Perser von ihrem überschäumenden Temperament überrumpelt. Die Tochter des Grafen und ihr Bruder werden bald vierzehn Jahre, und das Mädchen erinnert Ali immer

272

stärker an ihre persische Großmutter Jadasa, deren Schönheit und Leidenschaft sie in so reichem Maße geerbt hat, daß Hakon auf Drängen seiner Frau seinen alten Freund gebeten hat, sie bei den häufigen Ausritten der Zwillinge nicht mehr aus den Augen zu lassen.

Arno, ihr Bruder, ist inzwischen zu einem jungen Mann herangereift, der ganz seinem Vater nacheifert und im Gegensatz zu Clara viel Interesse an der heilerischen Arbeit von Hakon und Ali zeigt. Der Graf hat deshalb beschlossen, ihn anläßlich seines vierzehnten Geburtstags in die Bruderschaft des Lichts aufzunehmen und ihn zum Heiler zu initiieren. Angeregt dazu hat ihn sein Höheres Selbst bei dem letzten ihrer regelmäßigen Zwiegespräche in der Grotte. Hanael hat ihm dabei noch einmal ausführlich erklärt, wie Hakon die Initiation durchführen soll und was dabei aus geistiger Sicht geschieht. Der Graf war von der Idee des Engels begeistert und freute sich sehr auf den Tag, an dem sein Sohn in die Tradition und Nachfolge der Lichtbruderschaft berufen würde.

Arno ist vom Pferd gestiegen und zu seiner immer noch schluchzenden Schwester getreten. „Ach, Clara, sei doch nicht so kindisch. Alle und auch ich wissen inzwischen, daß du genauso gut reitest wie ich. Wenn du willst, spreche ich mit Vater, damit er dir Freya ab unserem Geburtstag endlich überläßt. Dann bist du nicht mehr benachteiligt!' Genauso schnell wie Claras Zorn entbrannt war, ist er auch wieder verraucht. Versöhnt umarmt sie ihren Bruder, und beide übergeben ihre erschöpften Pferde den herbeigeeilten Stallknechten. Arm in Arm machen sie sich dann auf den Weg in die Gemächer ihrer Eltern, die zur Zeit in der Burg weilen. Lächelnd schaut Ali den beiden nach, und Wehmut macht sich in seiner Brust breit. Nach einigen Fehl- und Totgeburten haben Annemarie und er die Hoffnung auf eigene Kinder aufgegeben und seit der Geburt der Zwillinge immer mehr die Rolle von Ersatzeltern übernommen, wenn mannigfaltige Pflichten das gräfliche Paar weg von ihren Kindern führten. Die Zwillinge dankten es ihnen durch große Anhänglichkeit, so daß es Ali und seiner Frau mit der Zeit leichter fiel, auf eigene Nachkommen zu verzichten. Vor einigen Jahren adoptierten sie zwar das jüngste Kind einer früh verstorbenen Schwester Annemaries, aber in einem unbeaufsichtigten Moment fiel der knapp

fünfjährige Junge beim Spielen in den nahen Fluß und ertrank. Da gaben
Ali und seine Frau endgültig alle Anstrengungen und Hoffnungen bezüg-
lich eigener Kinder auf und widmeten von da an ihre ganze Liebe und
Fürsorge nur noch Arno und Clara.

Hakon, der amtierende Graf von Donarsberg, sitzt an diesem Tag, Anfang April des Jahres 1230, nachdenklich auf seinem Thronsessel in der
großen Halle. Bald beginnt die monatliche Audienz, zu der er und Helena
immer vom Groothof – wo sie sich meistens aufhalten – in die Burg kommen. In den letzten Jahren ist im Reich viel geschehen. Da war es gut, daß
der Graf seine Familie und seine heilerische Berufung stets als ein Hort der
Ruhe und eine Quelle der Kraft erfahren hat. Kurz nachdem er seinem
Kaiser das Leben gerettet hatte, gingen ihre Lebenswege immer weiter auseinander, und enttäuscht mußte Hakon aus der Ferne miterleben, wie Friedrich sich unter der Last des Amtes und dem Zeitgeist entsprechend immer
mehr in einen despotischen Herrscher verwandelte, der von den Idealen
seiner Jugend und seiner ersten Regierungsjahre zunehmend abrückte.

Bereits 1220 sagte der Kaiser Papst Honorius III. seine Unterstützung
bei der Ketzerverfolgung zu und verschärfte die weltlichen Strafen. Von da
an drohte auch in Deutschland jedem Ketzer der schreckliche Tod auf dem
Scheiterhaufen. Das hielt allerdings den neuen Papst, Gregor IX., nicht
davon ab, in dem ewigen Kampf um Macht und Ländereien 1227 über
Friedrich den Kirchenbann zu verhängen. Anlaß dazu war, daß der Kaiser
einen dem Papst vertraglich zugesicherten Kreuzzug nach wenigen Tagen
wieder abbrechen mußte, da im Heer schlimme Seuchen wüteten. Für den
Papst war das ein willkommener Vorwand, einen gefährlichen Konkurrenten um Einfluß und Landgewinn in Oberitalien in die Schranken zu verweisen. Da spielte es auch keine Rolle, daß Friedrich den Kreuzzug letztes
Jahr doch noch durchführte und zu einem erfolgreichen Ende brachte.
Papst und Kaiser blieben unerbittliche Feinde.

Hakon widert dieses Taktieren und Lavieren der Mächtigen zutiefst an,
und er ist froh, daß er bereits vor Jahren seinen Dienst als Leibarzt des
Kaisers aufgekündigt hat, um sich ganz den Bedürfnissen und der Gesund-
heitspflege der Bewohner seiner Grafschaft widmen zu können, worin er

von Ali und Helena tatkräftig unterstützt wurde. Sorge bereitet ihm auch die wieder aufflackernden Bestrebungen des Papstes und der Kurie, die Aktivitäten der Inquisition zu verstärken. So sollen die Bürger noch mehr als bisher in die Pflicht genommen werden, vermeintliche Ketzer unverzüglich anzuzeigen. Das schürt das Denunziantentum und gibt jedem Rachsüchtigen ein Instrument an die Hand, private Fehden auf dem Rücken des Glaubens auszutragen. Hakon ist davon überzeugt, daß diese Entwicklung nicht dem Frieden im Land dienen wird.

Anläßlich der Beerdigung seines Paten Arnulf, des Bischofs von Metz, im vorigen Jahr, hat er erstmals seit Jahren wieder persönliche Anfeindungen des Metzer Klerus erlebt. Gehässige Bemerkungen über seine angeblich fragwürdige Tätigkeit als Heiler und die offen ausgesprochene Frage, ob sich seine Ansichten und sein Tun und Lassen mit seinem kirchlichen Amt als oberster Exorzist des Bistums vertrage, haben ihm gezeigt, daß auch in seiner Nachbarschaft die Schlange der Inquisition wieder beginnt, ihren häßlichen Kopf zu heben. Neid und Mißgunst scheinen unsterblich zu sein, und Hakon ist sich inzwischen sicher, daß seine Gegner all die Jahre nur darauf gewartet haben, daß er seine hochgestellten Gönner und damit ihren Schutz verliert. Nun, da der Bischof tot und seine Beziehungen zum Kaiser sich für jeden ersichtlich spürbar abgekühlt haben, halten seine Kritiker und alten Feinde wohl die Zeit für gekommen, endlich mit dem Ketzer und Freund fragwürdiger Geister abrechnen zu können. Zum ersten Mal verspürt Hakon Resignation und Müdigkeit, wenn er an die offensichtliche Fruchtlosigkeit all seiner Überzeugungsarbeit der letzten Jahre und die vielen, scheinbar wirkungslosen Gespräche mit dem Metzer Klerus denkt.

Soll das alles, was er schon vergessen und vergeben glaubte, nun wieder aufleben? Wie soll seine und seiner Familie Zukunft aussehen, wenn so mächtige Feinde nur darauf warten, ihm und seinen Lieben an Leib und Leben zu gehen? Wäre es dann nicht besser, Deutschland – zumindest für längere Zeit – zu verlassen und mit seiner Familie nach Palästina oder vielleicht gar nach Persien zu gehen, wo sie alle in Sicherheit sein würden? In Palästina kann er als ehemaliger Angehöriger dem Schutz des Deutschen

Ordens vertrauen, in Persien dem Schoß der Familie mütterlicherseits. Hakon beschließt, darüber mit Hanael zu sprechen und gibt einem Hausdiener einen Wink, jetzt die draußen Wartenden zur Audienz hereinzulassen.

Den Geburtstag der Zwillinge feiert die Familie auf dem Groothof. Clara, überglücklich endlich das ersehnte Pferd reiten zu dürfen, ist bereits seit dem frühen Morgen auf Freya unterwegs. Ali begleitet sie. Der Anblick der jungen Frau auf der rassigen Schimmelstute erinnert ihn an die Zeit, als er mit dem weißen Hengst Aratau aus Persien kam, um ihn Jadasa als Hochzeitsgeschenk ihres Großvaters zu übergeben. Viele Jahre sind seitdem vergangen, und in letzter Zeit denkt Ali immer häufiger sehnsüchtig an seine Heimat. Seite an Seite reiten die beiden durch den Frühlingswald. Ab und zu naschen die Pferde vom zarten Grün der jungen Blätter und Gräser. Freya und Godewind, die Schimmel der Zwillinge, sind Nachkommen des legendären arabischen Hengstes. Aratau war nach der Flucht von Jadasa und Hakon nach Palästina das Lieblingspferd des alten Grafen geworden und bald nach dessen Tod ebenfalls hochbetagt gestorben. Ali hatte damals, nachdem bereits der Tod Jadasas und seiner Mutter ihn allein in der Fremde zurückließ, das schmerzliche Gefühl, daß nun auch das letzte Band, das ihn noch mit der alten Heimat verbunden hatte, zerrissen war. Erst die Ehe mit Annemarie und die freundschaftliche Akzeptanz und Aufnahme in ihrer Familie ließen ihn schließlich endgültig hier heimisch werden.

Während Clara und Ali mit den Pferden unterwegs sind und Arno freudestrahlend im Gutshof an Strohpuppen das neue Schwert erprobt, das ihm sein Vater geschenkt hat, haben sich Hakon und Helena in das unterirdische Heiligtum begeben, um von Hanael etwas über ihre Zukunft zu erfahren. Zu ihrer großen Überraschung tritt ihnen der Engel zum ersten Mal in menschlicher Gestalt aus dem Licht entgegen. Das lange weiße Gewand ihres jenseitigen Freundes wird von einem kostbaren, mit leuchtenden Edelsteinen besetzten Gürtel zusammengehalten. Das schulterlange, gewellte, blonde Haar und ein goldener Stirnreif mit einem großen blutroten Rubin in der Mitte lassen Hanael wie einen mythischen König aus grauer Vorzeit aussehen. In seiner Rechten hält er einen mannshohen Wanderstab aus schwarzem Ebenholz, der mit fremdartigen Symbolen aus Silber verziert ist und dessen Spitze in einer Sonnenkugel endet, von der ein gleißendes Licht ausgeht.

Lächelnd bleibt der Engel vor ihnen stehen. Hakon und Helena haben sich erwartungsvoll erhoben. „Ich weiß, was euch bedrückt!" Die Stimme seines Höheren Selbst füllt die ganze Höhle. „Heute komme ich als Wanderer durch die Zeit zu Euch. Es soll Euch ein Zeichen sein, daß nun bald die Zeit des Abschieds für Euch gekommen ist und etwas ganz Neues beginnt. Noch vor Ende des Jahres werdet Ihr Eure Heimat verlassen, und ich werde Euch begleiten! Euer Werk ist vollbracht! Ihr habt Licht ins Dunkel dieser Welt gebracht, und es beginnt nun nach Gottes Plan die gesetzmäßige Auseinandersetzung mit den verkörperten Anhängern der Finsternis, die viele Generationen lang die Seelen der auf diesem Kontinent Inkarnierten läutern und reinigen soll. Ihr aber, Kinder des Lichtes, werdet an einen Ort geführt, wo Eure Brüder und Schwestern im Geist Euch bereits sehnlichst erwarten. Es wird die Zeit kommen, wo Ihr wieder euren Fuß in dieses Land setzen werdet. Dann, wenn der letzte Kampf mit dem Widersacher Gottes beginnt. Übergebt diesen Ort Eurem treuen Freund, damit er hier das Werk in unserem Sinne weiterführt. Die Burg überlaßt einem Verwalter. Nehmt nur das Nötigste mit. Es wird für Euch gesorgt! Alles weitere wirst du, Hakon, von nun an nur noch in deinem Inneren hören und sehen. Dies ist mein letztes Erscheinen an diesem Platz. Laßt uns nun zum Abschluß ein gemeinsames Dankgebet an den Schöpfer aller Dinge richten!"

Und in die Stille der Höhle, die von einem überirdischen Licht durchflutet wird, spricht Hanael die Worte:

Licht des Geistes, wir danken Dir,
für Deine Liebe, Deine Kraft.
Vertrauensvoll übergeben wir,
was Dein Wille in und um uns erschafft.
Auf ewigen Wegen wandert unsere Seele

durch Zeit und Raum zurück zu Dir.
Gib, daß niemals treulos ich verhehle,
was reichlich stets geflossen ist von Dir zu mir.
Denn nur Dein Licht ist unserer Seele Speise.
Dich zu erkennen bleibt unser höchstes Ziel.
Drum lehre uns auf Deine liebevolle Weise,
Dich zu finden in der Vielfalt Formen begrenztem Spiel.
Herr, wir danken Dir für unser Leben,
auf allen Ebenen offenbart sich so Dein göttliches Sein.
Laß uns stets nach Vollendung streben,
damit wir nie mehr trennen zwischen Dein und mein.
In Deiner Einheit verschmelzen alle Pole,
Trennung erkennen wir als trügerische Illusion.
Das wünschen wir zu aller Schöpfung Wohle.
Es werde Licht, wie einst zu Beginn beim ersten Ton.
Aus Klang ward Licht, aus Licht das Leben.
Schließt sich der Kreis am Ende nun,
so sind verpflichtet wir, all das zurückzugeben
und Rechenschaft abzulegen über unser Tun.
Jetzt öffnen wir Dir unsre Herzen,
und bitten in Deinem heiligen Namen,
um Heilung der verbliebenen Schmerzen
und sagen dann voll Inbrunst und Vertrauen: Amen!

Mit einer segnenden Geste seiner linken Hand verabschiedet sich Hanael
von ihnen. Während sich seine Gestalt auflöst und das Licht erlischt, liegen sich Hakon und seine Frau in den Armen. Erschüttert ringen beide
um Fassung. Behutsam streichelt Hakon Helena nach einer Weile über
den Kopf. Dann nimmt er wortlos ihre Hand und führt die Weinende ein
letztes Mal durch den unterirdischen Gang nach oben. Die Ankündigung,
bald ihr Heim verlassen zu müssen, hat Helena so erschreckt, daß Hakon
alle Mühe hat, sie wieder zu beruhigen. Schließlich wendet sie sich ihren
alltäglichen Pflichten zu, die ihr helfen, die in ihr aufsteigenden Ängste vor

der Zukunft wieder in den Griff zu bekommen. Hakon, der sie besorgt beobachtet hat, stellt beruhigt fest, daß seine Frau ihre Fassung wiedergefunden hat und macht sich auf die Suche nach Arno, um ihn auf die sehnlichst erwartete Initiation am Nachmittag vorzubereiten.

Vater und Sohn haben in den letzten Tagen intensive Gespräche am abendlichen Kaminfeuer geführt. Hakon berichtete Arno zum ersten Mal ausführlich, was es bedeutet, ein Heiler zu sein, wie alles bei ihm begann und was Arno noch in den nächsten Wochen unter seiner Anleitung lernen muß. Der junge Mann ist Feuer und Flamme und freut sich darauf, zukünftig seinem Vater und Ali bei der Arbeit helfen zu dürfen.

Nach dem Mittagessen ziehen sich der Graf und Arno in das kleine Studierzimmer Hakons zurück, das voll alter arabischer, hebräischer und lateinischer Schriften ist, die sich um Astrologie, Alchemie, Magie sowie die unterschiedlichsten Krankheiten und ihre Bekämpfung drehen. An den Wänden hängen geheimnisvolle Zeichnungen aus dem Orient, die die Anatomie des Menschen zeigen. Besonders diese Bilder, die Hakon aus Palästina mitbrachte, haben es seinem Sohn schon von jeher angetan und früh sein Interesse für das Funktionieren des menschlichen Körpers geweckt.

Vater und Sohn sitzen sich im Licht der Frühlingssonne gegenüber, und Arno hängt gespannt an den Lippen seines Vaters. „Bevor du eingeführt wirst, mein Sohn, will ich dir noch erklären, was einen Menschen zum Heiler macht und wie sich diese Fähigkeit begründet: In der Sonntagsmesse und von deinen Lehrern hast du öfter von der Dreieinigkeit beziehungsweise Dreifaltigkeit Gottes gehört. Was verbirgt sich dahinter? Fragst du einen Priester, so wird er dir sagen, daß damit Vater, Sohn und Heiliger Geist gemeint sind, deren Wirken in der Bibel geschildert wird. Für den einfachen Menschen entsteht der Eindruck, daß es sich dabei offensichtlich um drei getrennte Wesen handelt. Aber das ist falsch! Es gibt nur einen Gott! Das Geheimnis – oder vielleicht sollte ich besser sagen das Mysterium – besteht darin, daß Gott drei Gesichter hat, sich auf dreierlei Weise offenbart. Die Weisen des Orients sowie einige griechische Philosophen sprechen vom Prinzip der Dreiheit, das die Natur Gottes umschreibt und seiner Schöpfung zu Grunde liegt. Sie sagen, daß die Schöpfung ihren Schöpfer spiegelt und drücken das symbolisch durch den Sechsstern aus, den du von der Synagoge in der Stadt her kennst, wo er über dem Eingangsportal angebracht ist und von den Juden Davidstern genannt wird. Betrachtest du ihn dir näher, so stellst du fest, daß er aus zwei gleichseitigen Dreiecken besteht, die ineinander gelegt sind. Nach überlieferter Tradition soll das Dreieck, dessen Spitze nach oben weist, den dreieinigen Gott darstellen. Das mit der Spitze nach unten gerichtete Dreieck steht für die Schöpfung, die wie ihr Schöpfer geartet und deshalb ebenfalls dreifaltig ist. Später wirst du hören, welch große Bedeutung diese Tatsache bei der von mir durchgeführten Initiation hat. Jetzt wollen wir zuerst einmal feststellen, welche überprüfbaren Beweise es für diese Behauptung gibt.

Gott entzieht sich jeglicher Überprüfbarkeit. Aber wenn es stimmt, daß wir Menschen, ebenso wie alles andere, was existiert, von den Sternen bis zum kleinsten Sandkorn auf Erden, Abbilder unseres himmlischen Schöpfers sind, dann müssen die Kinder dem Vater wie die Tropfen dem Meer gleichen. Also laß uns nachforschen, ob sich das Gesagte in unserem Leben finden läßt!

„Der Mensch sucht Gott in Zeit und Raum." Dieser Satz spricht von dem jedem Menschen innewohnenden Antrieb, der ihn zurück zu Gott führen soll. Untersuchen wir nun diesen vordergründigen Satz genauer, so stellen wir schnell fest, daß er voll hintergründiger Beweise für die Trinität aller Dinge steckt. Vom Menschen sagen wir, daß er aus der Dreiheit von Geist, Seele und Körper besteht. Gott nennen wir dreieinig oder dreifaltig. Die Zeit erfahren wir in ihrer Dreiheit von Vergangenheit, Gegenwart und Zukunft. Den Raum erleben wir in seiner Trinität von Länge, Breite und Höhe. – Oder denke einmal an die Hühner im Stall, um die sich Annemarie so sorgsam kümmert. Am Anfang ihres Lebens steht das Ei. Schlägst du es auf, dann entdeckst du, daß es aus drei Teilen besteht - dem Dotter, dem Eiweiß und der Schale. Aus dieser Dreiheit entsteht das Leben des Kükens. Man könnte also behaupten, daß das Leben die Offenbarung einer verborgenen Dreiheit ist!

Es ließen sich noch viele Beispiele finden, wir wollen es aber damit genug sein lassen. Du begreifst nun, welche Bewandtnis es mit diesem göttlichen Gesetz hat. – Dort drüben an der Wand siehst du eine indische Darstellung des Menschen und seiner Kraftzentren, von denen ich dir bereits erzählt habe. Wenn du genau hinschaust, bemerkst du die drei Energiebahnen, die entlang des Rückgrats bis zum Scheitel laufen und in der Zeichnung weiß, rot und blau gehalten sind. Sie repräsentieren die drei Kräfte im Menschen, die sein inneres und äußeres Leben gewährleisten. In ihrem Zusammenspiel nennt man sie die Schlangenkraft. Die sieben wichtigsten Kraftzentren münden in diese Energiebahnen. Aber wie du dem Bild ebenfalls entnehmen kannst, gibt es noch weitere Zentren; unter anderem beispielsweise in den Handflächen. Was geschieht nun bei der Initiation? Was ist ihr Ziel und was das Ergebnis? Hier müssen wir zuerst von dem sogenannten Höheren Selbst sprechen.

Als Höheres Selbst bezeichnen wir den Geist im Menschen, der herabgestiegen ist, um sich im Fleisch als verkörpertes Wesen zu erfahren. Das rein Geistige umhüllt sich dabei mit Seele und Körper. Nun mußt du dir vorstellen, daß Seele und Körper eine eigene Wahrnehmung und daher auch eine eigene Identität haben. Der Körper erfährt sich durch die Sinne und die ihnen entsprechenden Organe. Die Seele drückt sich durch die Kraftzentren, Energiebahnen und die Aura aus. Der Geist benutzt Seele und Körper, um seine Ziele in der Verkörperung zu verfolgen. Herabgestiegen aus den Himmeln, hat er seinen Platz im Herzen des Menschen eingenommen, um Seele und Körper im Verlauf vieler Leben in ihrer Schwingung anzuheben und wieder ins Lichtreich zurückzuführen.

Die Stimme des Geistes, also des Höheren Selbst, dringt oft als die feine Stimme des Gewissens in unser Bewußtsein; und dann erleben wir, daß sich dem Geist häufig eine Gegenkraft entgegenstellt und auf ihrer Position beharrt. Das ist die Stimme unseres niederen Selbst oder Ichs, das sich wie ein ungezogenes Kind gegen die Mahnungen und Ratschläge des Geistes wehrt und nur widerwillig bereit ist, zu folgen. Seele und Körper, der einstmals gefallene Geist, verbünden sich und versuchen in Gestalt unseres Ichs eigene Wege zu gehen und den Forderungen des Höheren Selbst auszuweichen. Diese Auseinandersetzung erlebt jeder Mensch. Sie ist Ausdruck seiner Entwicklung. Ein erwachter Mensch hat also gelernt, daß es besser ist, der Stimme des Geistes und nicht der des Fleisches zu folgen. Dieser Entwicklungsweg ist lang und mühsam, und so gibt es gottgewollte Hilfen, um ihn abzukürzen.

Der Widerstand des Ichs ist das Ergebnis von Trennung. Seele und Körper gehören nicht dem Geistreich, sondern tieferen Ebenen der Existenz an. Deshalb kommt ihnen das Höhere Selbst auf halbem Weg entgegen und öffnet seine Arme, um sich mit den gefallenen Brüdern zu vereinen. Allerdings fällt es der Seele und dem Körper schwer, sich aus der Umklammerung falscher Glaubenssätze und dem daraus sich ergebenden falschen Denken und Fühlen zu befreien. Die Hindernisse auf dem Weg zum Höheren Selbst scheinen daher vielen Menschen unüberwindlich. Wir möchten zwar gern das Angebot der Verschmelzung mit unserem Geist annehmen, wissen aber nicht wie; und hier kommen wir nun zu dem Sinn einer Initiation.

In gewisser Weise könnte man sagen, daß dieser spirituelle Akt die unverschuldeten Hindernisse auf dem Weg wegräumt und uns das Tor zu unserem Herzen und damit zu unserem Höheren Selbst öffnet. Es liegt dann wirklich nur noch an uns und unserer Bereitwilligkeit, ob wir den Herzensraum betreten und den dort liegenden Schatz in Besitz nehmen wollen. Die Schätze, die uns dort erwarten, sind mannigfaltig. Es sind die Eigenschaften und Fähigkeiten des Geistes, die jeder körperlichen oder magischen Kraft himmelhoch überlegen sind. Das spirituelle Heilen ist dabei nur ein Aspekt von vielen.

Nun will ich dir den Ablauf einer solchen Initiation, wie du sie nachher erleben wirst, schildern. Dabei spielen wieder die beiden am Anfang genannten Dreiecke des Sechssterns eine entscheidende Rolle. Man könnte sagen, daß die spirituelle Einweihung ein vom Initiator ausgehender Licht- und Energieimpuls ist, der in dem Einzuweihenden Einheit erschafft. Mit einer rituellen Geste verbinde ich im Moment der Initiation das Göttliche in dir mit deinem Seelisch/Körperlichen. Dabei übertrage ich mit Hilfe des Geistlichts aus meinen Händen einen imaginären energetischen Sechsstern auf deinen Körper. Dein Scheitel bildet dabei die Spitze des nach oben gerichteten göttlichen Dreiecks. Seine beiden Eckpunkte liegen in den Kraftzentren der in Brusthöhe angehobenen Hände. Die Grundlinie dieses Dreiecks läuft dabei durch dein Herz-Zentrum. Das zweite, nach unten gerichtete Dreieck, teilt die Grundlinie mit dem oberen. Sein Spitze ist allerdings mit deinem Basis-Zentrum verbunden.

Dann verschiebe ich das untere Dreick auf der ätherischen Ebene entlang der Wirbelsäule und mittels des Lichts aus meinen Händen so nach oben, daß beide ineinander ruhen und somit den Sechsstern der Einheit zwischen dem Höheren Selbst und den verkörperten Mensch bilden. Während ich diese besondere Form des Segens hinter dir stehend auf dich übertrage, hast du deine Hände bereits auf dem Scheitel- und Basis-Zentrum deines ersten Patienten liegen. Üblicherweise spüren beide, der Eingeweihte wie sein Patient, die besondere Kraft dieses vor mir kommenden Impulses. Ab diesem Augenblick fließt die Energie des Höheren Selbst durch dich, und dein erster Patient fühlt bereits ganz deutlich, welche Kraft nun von dir ausgeht."

An dieser Stelle unterbricht Hakon seinen Vortrag, um seinem Sohn Gelegenheit zu geben, Fragen zu stellen. Der muß zuerst einmal tief durchatmen, so beeindruckt ist er von dem Gehörten. Wären da nicht die Vorgespräche mit seinem Vater gewesen, er hätte das meiste heute nicht verstanden. Auch so hat er noch das Gefühl, erst seine Gedanken sortieren zu müssen, um zu erkennen, welche Fragen in ihm noch auf Antwort warten. Und so bittet er Hakon um eine Unterbrechung, um bei einem kurzen Spaziergang am Fluß wieder innere Klarheit zu gewinnen. Hakon hat dafür Verständnis, und so machen sich die beiden in Gesellschaft von Jakob, der über diesen unerwarteten Ausflug sehr erfreut ist, auf den Weg. Der Bär ist nun schon alt, sein Fell ist grau, und seine Schritte wirken oft müde. Aber wenn sein Herr ruft, ist er immer noch mit Begeisterung dabei.

Es geht schon gegen Abend, als Hakon sein Einführungsgespräch beendet und alle Fragen Arnos zufriedenstellend beantwortet hat. Der Heiler hat für seinen Sohn aus dem Kreis der heutigen Patienten eine junge Frau aus der Stadt ausgesucht, die seit langem an unerklärlichen Kopf- und Magenschmerzen leidet, die sie fast täglich heimsuchen. Aus innerer

Schau weiß Hakon, daß die Kranke in ihrer Seele an einer schwerwiegenden Schuld leidet. In einem Vorgespräch hat er durch einfühlsames Befragen der Patientin herausgefunden, daß die Zeichen der Krankheit erstmals nach einem Vorfall in ihrer Jugend aufgetreten sind.

Damals herrschte auf Grund mehrjähriger Mißernten großer Hunger unter der Bevölkerung. Eines Tages schickte die Mutter der Kranken die Tochter zu wohlhabenden Verwandten in der Nachbarschaft, damit sie um Brot für ihre hungernde Familie bitte. Man gab dem damals zwölfjährigen Mädchen nur widerwillig ein paar Scheiben, mit denen es sich gedemütigt auf den Heimweg machte. Unterwegs stieg der Hungrigen aus dem Korb der Duft des frischgebackenen Brotes so verführerisch in die Nase, daß ihr Magen sich verkrampfte und lautstark sein Recht forderte. Hastig schlang sie eine Scheibe hinunter und dann, wie unter Zwang, aber gleichzeitig mit schlechtem Gewissen, eine zweite und danach noch eine dritte.

Zu Hause angekommen, gab sie schuldbewußt, aber ohne ihre Tat zu bekennen, das restliche Brot ihrer Mutter, die angesichts des kümmerlichen Restes in Tränen ausbrach. Dann verteilte sie das Wenige unter ihren Kindern. Sie selbst ging leer aus. Am nächsten Tag erlitt die Mutter, die seit längerer Zeit an Schwindsucht litt, einen Schwächeanfall, von dem sie sich nicht mehr erholte und tags darauf starb. Die Tochter, die ihre Tat zutiefst bereute, gab sich die Schuld am Tod der Mutter und konnte tagelang keinen Bissen mehr herunterbringen. Als sie danach wieder zu essen begann, spürte sie jedesmal, daß das Gegessene ihr wie ein Stein im Magen lag. Das erinnerte sie an ihr Vergehen, und kurz darauf verspürte sie heftige Kopfschmerzen. Hakon begriff, daß die Kranke sich immer noch nicht verzeihen konnte und sich, jedesmal, wenn sie aß, durch die Kopfschmerzen selbst unbewußt bestrafte. Er hatte mit der jungen Frau gesprochen und ihr behutsam die Zusammenhänge erklärt. Heute nun wird ihre erste Heilsitzung stattfinden, die Arno durchführen soll.

Der Heiler bat die junge Frau, sich auf eine hölzerne Liege zu legen, die Ali ihm für diese Zwecke gezimmert hatte. Sein Sohn steht neben ihm und verfolgt konzentriert, was sein Vater sagt und tut. Hakon streift das Amulett seines persischen Großvaters vom Hals, das er bei jeder Heilbehandlung trägt. „Nun will ich dir zeigen, wie du zukünftig feststellen kannst, in welchem Zustand die Energiezentren der betreffenden Person sind. Wie du dich erinnerst, habe ich gesagt, daß jedes Zentrum sich in eine bestimmte, gesetzmäßig festgelegte Richtung drehen muß. Blockierte oder falschdrehende Kraftzentren sind also Ausdruck einer seelischen Betroffenheit, die sich dann in Form der entsprechenden Krankheit und der sie begleitenden Symptome zeigt. Bevor wir also einen Körper behandeln, sorgen wir zuerst dafür, daß die Energien richtig fließen und Harmonie und Ausgeglichenheit wieder in der Seele des Kranken Einzug halten können. Das ist eine zwingende Voraussetzung für die erwünschte folgende Genesung.“

Hakon hält das Amulett wie ein Pendel über die sieben Kraftzentren. Fasziniert beobachtet Arno, daß das Amulett überall in kreisende Bewegung gerät. Nur über dem Nabel- und Kehl-Zentrum steht es still. „Wie du sehen kannst, mein Sohn, sind die Zentren, die die Verdauung und den Energiefluß zum Kopf steuern, blockiert. Grund dafür ist die seelische Blockade der Kranken, von der ich dir berichtet habe. Als ersten Schritt wirst du zukünftig – so wie ich jetzt – Blockaden dadurch öffnen, indem du die rechte Hand mehrmals über dem betreffenden Kraftzentrum in der gesetzmäßigen Richtung kreisen läßt. Das Licht aus deinen Händen sorgt dann dafür, daß sich das Zentrum wieder öffnet!“ Gespannt verfolgt Arno, wie sein Vater die beiden blockierten Zentren öffnet, wieder zum Amulett greift und es erneut prüfend über beide Stellen hält, wo es kraftvoll zu kreisen beginnt. „Du siehst, beide Zentren sind jetzt offen, und die Energien können wieder fließen!“ Bewundernd schaut Arno seinen Vater an, der ihm lächelnd auf die Schultern klopft. „Gleich wirst du das und noch vieles mehr auch können! Wir wollen deshalb jetzt mit der Initiation beginnen. Stelle dich nun neben die Patientin, lege die Rechte auf ihren Scheitel, die Linke auf das Steiß-Zentrum. Ich stelle mich jetzt hinter dich, gebe dir wie besprochen den Segensimpuls und du behandelst dann so weiter, wie ich es dir erklärt habe. Am Ende fragst du die Kranke, was sie gespürt hat und teilst ihr mit, was dir deine Intuition gezeigt hat. Komme anschließend in mein Studierzimmer, damit wir über deine Erfahrungen sprechen können!"

Warm strömt es entlang Arnos Wirbelsäule nach oben. Am Kopf hat er das Gefühl, als wenn etwas herausgezogen würde, und sofort danach spürt er, wie eine unbekannte Kraft durch seine Arme und Hände fließt und seine Handflächen heiß werden. Arno hört noch, wie sein Vater leise den Raum verläßt. Danach fällt er in einen fast tranceähnlichen Zustand und nimmt nur noch aus weiter Ferne wahr, daß seine Hände wie von selbst über den Körper der Kranken wandern, hier und da länger verweilen; und er spürt, wie sich das Energiegefühl in seinen Handflächen jedesmal ändert. Er sieht nebelartige Dämpfe vor dem Hintergrund des dunklen Kleids der Kranken aufsteigen, die aber jedesmal verschwunden sind, wenn er direkt hinschaut. Er erinnert sich verschwommen daran, daß sein Vater von Ätherdämpfen gesprochen hat, die der Initiierte beim Heilen aufsteigen sehen kann. Arno weiß nicht, wieviel Zeit verflossen ist, als ihm ein Gefühl sagt, daß die Behandlung nun beendet und alles Notwendige getan ist. Beglückt und zufrieden läßt er die Arme sinken und stellt fest, daß die junge Frau vor ihm entspannt und mit geschlossenen Augen tief und gleichmäßig atmet. Leise läßt er sich auf einen Stuhl neben der Liege sinken und überdenkt das Erlebte. Als sie wieder die Augen aufschlägt, berichtet die junge Frau ihm, daß die Schmerzen im Bauch und im Kopf schlagartig verschwunden sind. Arno verabschiedet die Dankbare schnell und eilt dann zu seinem Vater, um ihm stolz von seinen Eindrücken und dem erfolgreichen Ergebnis seiner ersten Behandlung zu berichten.

Der Sommer kommt und zeigt sich von seiner schönsten Seite. Der Himmel ist seit Tagen wolkenlos. Die Wiesen am Flußufer sind übersät mit Blüten. Das Sonnengelb des Löwenzahns wetteifert mit dem satten Rot des Klatschmohns. Wenn am Morgen die Frühnebel aufsteigen und die Gräser mit blitzenden Tauperlen überziehen, kommen Rehrudel aus dem nahen Wald zum Äsen. Godewind und Freya, die temperamentvollen Schimmel der Zwillinge, bleiben jetzt wie die anderen Pferde über Nacht auf der Koppel und tollen den ganzen Tag wie Fohlen zwischen ihren schwerblütigen Artgenossen herum, die dieses Treiben gutmütig über sich ergehen lassen. Das ganze Land atmet einen tiefen Frieden, und doch hat Helena das Gefühl, daß ihr bevorstehender Abschied sich bereits wie ein Wetterleuchten am Horizont abzeichnet. Ali und Annemarie waren zutiefst erschrocken und unglücklich gewesen, als sie von der baldigen und für sie überraschend kommenden Abreise des Grafen und seiner Familie erfuhren. Auch die Aussicht, bald die alleinigen Herren des Groothofs zu sein, konnte sie nicht trösten. Erst Hakons Versprechen, sie so bald wie möglich nachkommen zu lassen, beruhigte ihre aufgewühlten Gemüter wieder. Jakob, der Bär, ahnt von alledem nichts und liegt wie üblich auf seinem Lieblingsplatz in der Nähe des Stalls faul in der Sonne.

So vergehen die Tage im monotonen Rhythmus der alltäglichen Pflichten. Der Strom der Kranken reißt nicht ab, und so haben Hakon, Arno und Ali mehr als genug zu tun. Stolz beobachtet der Graf, wie sein Sohn immer mehr in die ihm zugedachte Rolle hineinwächst. Es hat sich bereits herumgesprochen, daß nun auch der junge Graf als Heiler tätig ist und offensichtlich besondere Fähigkeiten in der Beseitigung von Schmerzen hat. Auch scheint er das Talent seines persischen Großvaters geerbt zu haben, Blutungen stillen zu können, die sonst niemand in den Griff bekommt. Hakon hat ihm anläßlich seiner Initiation das Medaillon geschenkt, das der junge Mann mit Ehrfurcht entgegennahm und nun immer trägt. Zwei Stunden täglich studiert Arno unter Anleitung Hakons die Kunst des geistigen Heilens, und sein Vater ist erstaunt über seine Fortschritte. Die Begeisterung, mit der Arno am Werk ist, ist der Grund dafür, warum ihm das Wissen geradezu zufliegt.

Eines Tages, Anfang Herbst, wird Bruder Clemens, der ehemalige Beichtvater des verstorbenen Bischofs von Metz, auf einer Trage liegend zum Groothof gebracht. Der Mönch ist sehr alt geworden und wirkt zerbrechlich. Trotzdem hat er sich nicht davon abhalten lassen, auch in der letzten Zeit noch im Klostergarten mitzuarbeiten. Vor drei Wochen war er beim Apfelpflücken von der Leiter gestürzt und hatte sich einen offenen Bruch am linken Fuß zugezogen. Heilkundige Brüder haben den Knochen zwar gerichtet, aber die Wunde wollte sich nicht schließen. Nun begann sie an den Rändern zu faulen, und der Wundbrand drohte auf das ganze Bein überzugreifen. Starrsinnig hatte sich der alte Mann bis zuletzt geweigert, die Hilfe Hakons in Anspruch zu nehmen. Erst als sich die Notwendigkeit einer Amputation des Beines abzeichnete, war er widerwillig bereit gewesen, sich - als letzter Versuch - von seinem alten Gegner behandeln zu lassen. Mißtrauisch beäugt er jeden Handgriff Hakons, der im Beisein Arnos die Wunde untersucht. Zähneknirschend und leichenblaß läßt er es unter lautem Stöhnen zu, daß Hakon das tote Fleisch, das den ganzen Organismus zu vergiften droht, wegschneidet. Am Ende fällt er vor Schmerzen in eine gnädige Ohnmacht. Als er aus ihr wieder erwacht, eröffnet ihm der Heiler, daß sein Sohn die weitere Behandlung übernehmen wird. Arno macht sich sofort mit Feuereifer ans Werk und legt dem Kranken dreimal täglich die Hände auf, reinigt die Aura und leitet frische Lebenskraft in das gefährdete Bein.

Nach drei Tagen beginnt sich die Wunde bereits zu schließen und ist nach einer weiteren Woche gänzlich von einer zartrosa Haut bedeckt. Die den Beichtvater begleitenden Brüder halten es für ein Wunder, und auch der alte Mönch muß mürrisch brummend zugeben, daß Arno gegen seine Erwartung das kranke Bein gerettet hat. Langsam wandelt sich seine Einstellung gegenüber den Bewohnern des Groothofs, und sein Benehmen wird zunehmend freundlicher. Einen Tag vor seiner Abreise läßt er Hakon und Arno zu sich rufen und bittet sie, neben seinem Krankenlager Platz zu nehmen.

„Es fällt mir schwer zuzugeben, daß ich mich bezüglich Eurer und Eures Sohnes Fähigkeiten gründlich geirrt habe, Graf Donarsberg! Aber niemand soll sagen können, daß der Altersstarrsinn mich blind und undankbar werden ließ. Mein besonderer Dank gilt Euch, junger Mann, den Gott so reich mit seinen Gaben beschenkt hat! Da ich mich durch Eure großherzige und uneigennützige Hilfe beschämt fühle, will ich meine Schulden bei Euch auch dadurch abtragen, indem ich Euch vor einer drohenden Gefahr warne: Der Papst hat für Metz einen neuen Bischof ernannt, der ein erklärter Freund der Inquisition ist und sein Bistum von allen kirchenfeindlichen Elementen reinigen will. Ganz oben auf seiner Liste steht Ihr, Graf Donarsberg, und ich weiß, daß seine Eminenz nach seiner Ankunft aus Rom alle Hebel in Bewegung setzen wird, Euer habhaft zu werden. Leider kann ich nicht mehr tun, als Euch zu warnen. Alles weitere liegt nun an Euch. Wir rechnen jeden Tag mit seinem Eintreffen. Insofern habt Ihr nicht mehr viel Zeit, Vorkehrungen zu Eurer Rettung zu treffen." Angestrengt von seiner Rede, läßt sich Bruder Clemens zurücksinken und schließt ermattet die Augen. „Habt Dank für Eure Warnung und denkt daran, daß Ihr Euren Fuß noch länger schonen müßt." Der Mönch liegt regungslos da. Dann öffnet er noch einmal die Augen, blickt Vater und Sohn freundlich, aber ernst an und sagt: „Lebt wohl, und Gott sei mit Euch." Dann wendet er sich ab, damit niemand seine Rührung bemerkt. Hakon gibt Arno einen Wink, und beide verlassen ohne weitere Worte den Raum.

Die nächsten Tage sind voll hektischer Betriebsamkeit. In einem langen abendlichen Gespräch aller Familienmitglieder wurde der Beschluß gefaßt, nicht länger zu warten und alles für ihre Abreise in die Wege zu leiten. Obwohl nicht unvorbereitet, war es für Helena und ihre Tochter ein Schock, schon so bald die Heimat verlassen zu müssen. Die größte Sorge Claras war es, ob sie und Arno auch ihre Pferde mitnehmen können. In Arno erwacht bald die Vorfreude auf das Abenteuer einer Reise ins Unbekannte. Ganz besonders, als er hört, daß ihr erstes Ziel Jerusalem und das Heilige Land sein würde. Auch auf das Meer freut er sich, von dessen ungeheurer Weite er schon gehört hat, ohne sich eine rechte Vorstellung davon machen zu können. Helena fällt der Abschied am schwersten. Sie, die nur ihre engere Heimat kennt, fürchtet sich vor dem Neuen und Unbekannten. Aber noch größer wäre ihre Angst um ihren Mann und die Kinder, wenn sie alle hierbleiben würden. So macht sie sich entschlossen daran, nur das Notwendigste zu packen. Hakon hat den Groothof zu einem vernünftigen Preis an Ali und Annemarie verkauft, die sich einen Teil des Geldes von ihrem Vater geliehen hat, der das Ganze für ein gutes Geschäft hält. Der Erlös aus dem Verkauf und einige Ersparnisse aus dem Steueraufkommen seiner Grafschaft lassen Hakon beruhigt in die nähere Zukunft sehen. Aus Erfahrung weiß er, daß er und Arno in Palästina leicht den Unterhalt für alle werden verdienen können. Sicherlich erinnern sich in einem Land, wo wundersame Ereignisse lange Zeit im Gedächtnis der Bevölkerung verankert bleiben, noch viele an den jungen Ordensritter und Wunderheiler mit der persischen Mutter. So bereitet er seine Getreuen und Vasallen behutsam auf eine möglicherweise lange Abwesenheit der gräflichen Familie vor. Seinem Halbbruder Rainer übergibt er die Verwaltung der Burg und der Ländereien und verbrieft ihm das Recht, während seiner Abwesenheit die Steuern in seinem Auftrag einzutreiben und nach Gutdünken im Interesse der Bevölkerung zu verwenden. Rainers Adoptivvater, Hans von Warken, inzwischen hochbetagt, aber noch sehr rüstig, wird ihm dabei beratend zur Seite stehen. Der alte Stallmeister und Weggefährte seines Vaters war entsetzt und sehr traurig, als ihm Hakon vertraulich die wahren Gründe für seine erneute Flucht in die Fremde verriet. Umso mehr wollte er alles in seiner Macht stehende tun, Arno und Clara ihr angestammtes Erbe zu erhalten. Mit Tränen in den Augen verabschiedet er sich von Hakon.

Zwei Monate sind vergangen, und die vier sind wohlbehalten in Venedig angekommen, wo sie auf Passagen für die Überfahrt nach Palästina warten. Die Zwillinge sind von dem exotischen Leben der Lagunenstadt hellauf begeistert, und auch Helena ist von dem bunten Treiben auf den Märkten und in den Läden der Händler und Handwerker, von der Pracht der Paläste sowie der Vielzahl der Kanäle und Brücken sehr beeindruckt. Arnos Staunen über alles, was mit dem Meer und den Schiffen im Hafen zu tun hat, erinnert Hakon wehmütig daran, wie er damals als Fünfjähriger diese fremde Welt erlebt hat, und er wird nicht müde, die tausend Fragen seines Sohnes zu beantworten.

Vier Tage später sind sie bereits auf hoher See. Der Leiter einer Delegation des Deutschen Ordens, die von Verhandlungen mit dem Dogen über Handelserleichterungen auf dem Weg zurück zu ihrem Stammsitz ist, hat sich erfreut gezeigt, einem ehemaligen Ordensangehörigen und Freund des Großmeisters behilflich sein zu können und hat für Platz auf dem vom Orden angemieteten Kauffahrer gesorgt.

Träge gleitet das schwere Schiff durch die glatten blauen Fluten. Der Wind ist fast eingeschlafen, und so schwingen die Segel schlapp und lustlos am Mast hin und her. Die Fahne an der Mastspitze mit dem schwarzen Kreuz auf weißem Grund hat sich wie ein Leichentuch um das alte Holz gewickelt. Es ist schwülwarm, und alle Reisenden sind auf Deck versammelt. Unten im Schiffsinneren ist es so stickig und heiß, daß jeder, dem es seine Pflicht erlaubt, Abkühlung in der schwachen Brise sucht.

Arno hat sich über die Reling gebeugt und beobachtet seit Stunden das unermüdliche Spiel einer Delphinschule, die das Schiff seit heute morgen begleitet. Plötzlich hebt eines der Tiere den Kopf aus dem Wasser und schaut den jungen Grafen mit großen, unergründlichen Augen an. Erschrokken fährt Arno zusammen, als unerwartet ein Schwall von Schnalz- und Pieplauten aus dem geöffneten Maul des Tieres zu ihm herauf dringt. Fast scheint es so, als wolle das kluge Tier ihm etwas sagen. Fasziniert folgen Arnos Augen den nickenden Kopfbewegungen des Delphins, die ihn an einen alten Knecht auf dem Groothof erinnern, der ständig Selbstgespräche führte. Zu gern hätte er einmal diese glänzende Haut berühren. Plötzlich, so plötzlich wie es sich gezeigt hat, verschwindet das Tier wieder unter die Wasseroberfläche, erhöht dort stark seine Geschwindigkeit, wie Arno deutlich beobachten kann, um dann mit einem gewaltigen Satz aus dem Wasser zu schießen und ein gutes Stück durch die Luft zu fliegen. Elegant taucht der Delphin dann wieder ins Wasser ein und bleibt danach verschwunden. Erstaunt und von dieser merkwürdigen Begegnung tief berührt, schlendert Arno nachdenklich zu seinen Eltern und Clara, die es sich auf dem Vordeck bequem gemacht haben.

Er läßt sich neben seiner schlafenden Mutter nieder und grübelt weiter über die Bedeutung dieser überraschenden Erfahrung nach. Irgend etwas wollte der Delphin ihm sagen. Da ist er sich ganz sicher. Aber was? Schon will er sich an seinen lesenden Vater wenden, als er an Steuerbord am Horizont eine Wolke dicht über dem Meer schweben sieht, die in einem merkwürdigen grünlich-gelben Licht leuchtet. Auch einige Matrosen haben jetzt das Phänomen entdeckt, das rasch auf sie zukommt. Aufgeregt diskutieren sie miteinander, und dann rennt einer vor ihnen zur Kapitänskajüte. Inzwischen füllt die unheimliche Wolke den halben Horizont und scheint von der Wasseroberfläche bis in den Himmel zu reichen. Noch nie hat

Arno etwas Ähnliches gesehen. Ebenso wie sein Vater, Helena und Clara, die von der Unruhe auf Deck geweckt wurden, starrt er mit mulmigen Gefühlen der bedrohlich nahe gekommenen Wolke entgegen. Seine Schwester klammert sich ängstlich an ihre Mutter. Erstaunt und fassungslos beobachtet er, daß sich sein Vater wieder niedergelassen hat, eine Meditationshaltung einnimmt und die Augen schließt. Bald darauf überzieht ein Lächeln sein Gesicht. Arno weiß nicht, wie er das Verhalten seines Vaters einordnen soll. Doch der öffnet in diesem Moment wieder die Augen und fordert seine Familie auf, keine Angst vor dem Kommenden zu haben und dicht zusammenzurücken. Als alle vier, hautnah aneinander gepreßt und sich an den Händen haltend, zusammensitzen, zucken plötzlich grelle Blitze von der Mastspitze hinab auf das Deck, und dann tanzen grünliche Feuerzungen die Segelkanten und Rahen entlang. Die Matrosen in ihrer Nähe fangen vor Angst laut zu schreien an. Entsetzt sieht Arno, daß die Wolke fast das Schiff erreicht hat. Als der Schiffsbug bereits in sie eintaucht, hört Arno noch eine alles durchdringende Stimme sagen:

Dies ist Ende und Anfang zugleich.
Den Gläubigen erwartet der lichten Geister Reich,
die Gottlosen aber verschlingt der Wellen Gischt.
Und so erfährt am Ende jeder, was ihm entspricht.
Ihr aber seid stets gefolgt der Herzen Pflicht.
Freut euch deshalb auf ein glückliches Leben im Licht!

Die Wolke greift jetzt nach ihnen, und alle versinken in einer zärtlichen Umarmung purpurnen Lichts, das, aus dem Zentrum der Wolke kommend, sie umhüllt. Als letztes hört Arno noch einmal das triumphierende Rufen des Delphins. Das also, wollte er ihm sagen!

... Ruhig und glatt liegt das Meer. Die Wolke und das Schiff sind verschwunden. So, als hätte es sie nie gegeben. Nur einige silbern glänzende Delphine schwimmen nebeneinander einem fernen Horizont zu.

# EPILOG

EIN JUNGES PAAR steigt Hand in Hand die letzten ausgetretenen Stufen der verwitterten Treppe hinauf, die auf den Söller des verfallenen Burgturms führt. Ihr Auto haben sie unten am Fuß des Berges auf
dem von der Gemeinde für Touristen angelegten Parkplatz stehen lassen.
Von hier oben hat man einen herrlichen Blick auf das weite Land und den
breiten Fluß, auf dem große Lastkähne geduldig dem Meer zustreben. Man
hat ihn begradigt, den alten Fluß, und ihm viel von seiner ursprünglichen
Lebendigkeit und Vitalität genommen.

Plötzlich blickt die junge Frau ihren Partner an und fragt: „Hast du
auch das Gefühl, schon einmal hier oben gestanden und hinab geschaut zu
haben?" Ihr Begleiter nickt stumm. Das Gefühl hatte er im Moment, als
sie hinaustraten. Aber als Naturwissenschaftler ist er gewohnt, nichts auf
Gefühle und Vermutungen, aber viel auf nüchterne Fakten zu geben. Doch
irgend etwas zieht ihn, seit sie die Ruine betreten haben, spürbar in seinen
Bann. Wäre da nicht die Frau, er hätte sich auf dem Absatz herumgedreht
und wäre schnell gegangen. Das Ganze ist ihm unheimlich und unerklär-
lich, und das macht ihm fast Angst. In seiner Welt der gesicherten Daten
und verläßlichen Zahlen ist kein Platz für solche Erfahrungen.

Die beiden verlassen ihren Aussichtsplatz, steigen wieder hinunter und
wandern weiter durch die alten Mauern. Das Dach der Burg ist schon vor
langer Zeit eingestürzt. Moos wächst auf den Steinen, und in den schatti-
gen Ecken breitet grüner Farn seine Blätter aus. Fast greifbar ist für beide

jetzt das sich immer mehr verdichtende Gefühl, bekannte Wege zu gehen, hier schon einmal gewesen zu sein. Damals, als die Burg noch stand. Die freie Hand des Mannes zittert leicht, und er versteckt sie schnell in der Hosentasche. Ein kalter Schauer überläuft die junge Frau, und sie klammert sich schutzsuchend an den Arm ihres Mannes. Was passiert da mit ihnen? Woher kommen diese Gefühle, und was hat es auf sich mit ihnen? Fragen über Fragen. Aber keine Antworten.

Fast fluchtartig verlassen sie die Ruine und treten ins Freie, auf einen terrassenförmigen Platz, wo wohl vor langer Zeit einmal ein Garten gewesen war. Mitten zwischen allerlei Sträuchern und Bäumen, die damals – da ist sich die junge Frau ganz sicher – nicht da standen, wächst ein uralter Rosenstock, der gerade in voller Blüte steht. Der Mann will eine der Blüten, die seine Frau so sehr liebt, pflücken, doch sie hindert ihn daran. „Laß sie leben! Die Rosen sind vielleicht die letzte Erinnerung an eine große, aber längst vergessene Liebe!" Und mit Tränen in den Augen wendet sie sich ab.

Noch immer zittert die Hand des Mannes in seiner Hosentasche, und ganz allmählich verspürt er zusätzlich einen warmen Strom durch beide Hände ziehen, als wären sie an eine unsichtbare Kraft angeschlossen.

Das intensive Gefühl verläßt ihn auch dann nicht, als er bereits wieder am Steuer seines Wagens sitzt. Zudem tauchen seltsame Bilder in seinen Gedanken auf, die er nicht zuordnen kann. Wohin ist seine gewohnte Sicherheit, sein logisches Denken, das doch anscheinend alles erklären konnte?

Er findet keine Antwort und blickt verblüfft auf seine Hände, die noch immer unter Strom zu stehen scheinen. Ganz sanft dämmert in ihm eine Gewißheit, daß von diesem Tag an sein Leben eine andere Richtung einschlagen würde.

# DER SONNEN PRIESTER

*Roman*

ISBN 3-8280-0853-4
160 Seiten
DM/sFr. 16,80 / öS 123,00

Auf einem Hügel hoch über dem Titica-ca-See sitzt ein alter Inka und grübelt dem Los seines Volkes nach. Seit die goldgierigen Spanier eingefallen sind, grassieren Leid und Krankheiten, gerie-ten die Grundmauern des Inka-Staates ins Wanken. Viele Feinde trachten Je-nem, der alles sieht, einst beauftragt, Disziplin und Machtmißbrauch der kö-niglichen Beamten zu kontrollieren, nach dem Leben. So mußte sich der Alte in die Einsamkeit der Insel im heiligen See flüchten. Nun, da er den nahenden Tod spürt, überläßt sich der Greis ganz den aus der Seele aufsteigenden Bildern der Vergangenheit. Er überschreitet innere Grenzen und taucht in ein anderes Le-ben ein, beginnend mit seiner Initiation zum Sonnenpriester ...

*Frühjahr 1999 im Frieling-Verlag erschienen*